KB088856

하버 스트리트

하버 스트리트

앤 클리브스 장편소설

유소영 옮김

"애거서 크리스티 스타일을 진정으로 계승하는 작가. 클리브스는 정교함과 확신으로 우리의 눈을 속인다."
_콜린 덱스터(《모스 경감 시리즈》 작가)

"앤 클리브스만큼 불안한 분위기를 잘 묘사하는 작가도 없다."
_발 맥더미드(《범죄학자 토니 힐 시리즈》 작가)

"앤 클리브스는 뛰어난 이야기 기술자이다. 경찰소설 분야의 현존하는 가장 뛰어난 작가."
_선데이 익스프레스

"훌륭한 타이밍, 강렬한 캐릭터, 독자를 잡아끄는 긴장감 등 어느 하나 놓칠 것 없는 장점들을 갖춘 작품."
_프레스 어소시에이션

"베라 스탠호프는 작가로서 해낼 수 있는 가장 놀랄 만한 창조다." _북셀러

"외롭고 일에만 집착하고 맥주에 탐닉하면서 살인사건 수사에 탁월한 재능을 보이는 베라는 정말로 현실에 존재할 것 같은 가상의 형사 캐릭터다. 앤 클리브스는 이 인상적인 이야기에 등장하는 캐릭터 묘사에 대단한 공을 기울였다."
_데일리 텔레그래프

"힘 있고 현실성 가득한 여성을 주인공으로 내세우는 멋진 작가. 감정적인 힘이 느껴지는 흥미로운 시리즈."
_스펙테이터

"클리브스는 훌륭한 글쓰기, 어둠과 빛이 공존하는 범죄소설의 멋진 배경, 반전과 복선의 플롯, 놀라운 결말을 통해 다시 한 번 미스터리의 마스터임을 스스로 증명했다."
_북리스트

1

조는 인파를 뚫고 걸었다. 크리스마스 직전이라 전철은 쓸데없는 선물을 가득 채운 쇼핑가방을 든 승객들로 가득 차 있었다. 아기들이 비싼 유모차 안에서 소리를 지르는데도 아무도 달래지 않았다. 일찌감치 사무실 회식에서 술을 마신 사람들이 에스컬레이터를 타고 비틀비틀 내려와 기차에 올랐다. 청년들은 조가 아이들에게 들려주고 싶지 않은 언어를 지껄이고 있었다. 그러나 오늘은 전철을 타지 않을 수 없었다. 샐이 꼭 차를 써야 한다고 고집했다.

그와 딸 단둘이었다. 아이는 학교 합창단 소속이었고, 뉴캐슬 대성당에서 공연이 있었다. 촛불 속에서 캐롤, 4시인데도 건물 안은 컴컴했기 때문이었다. 아름다운 노래 때문에 눈물이 날 것 같았다. 상관 베라 스탠호프는 늘 그를 낭만적인 바보라고 불렀다. 그런 뒤 퇴근 시간의 저녁거리로 나오니 막 눈이 내리기 시작한 참이었고, 제시는 다시 흥분했다. 솔로로 노래를 불렀는데 음정을 하나도 틀리지 않아서 마지막에 지휘자가 특별히 칭찬까지 했던 것이다. 크리스마스는 겨우 열흘 남았지만, 제시는 산타를 믿을 나이는 아니었다. 하지만 눈이 있었다. 작은 토네이도처럼 소용돌이치는 거센 바람에 휘돌아 떨어지는 미세한 눈송이.

전철 안에서 조는 제시의 손을 잡았다. 자리가 다 찼기 때문에 서서 갔다. 문 옆의 공간에 서 있는 소녀 둘은 기껏해야 제시 또래로 보였지만, 얼굴에는 오렌지색 화장, 눈에는 라이너와 마스카라로 검게 범벅을 하고 있었다. 그 옆에는 청년 둘이 끼어 있었다. 조는 서로 주무르고 더듬는 일행을 탐탁지 않은 마음으로 바라보았다. 베라는 그를 보수적이라고 하기도 했다. 단순한 애정 표현이었다면 그도 신경 쓰지 않았을 테지만, 남자애들이 소녀를 대하는 말투에는 어딘가 불쾌한 데가 있었다. 세상 물정을 모른다고 무시하고 조롱하는 태도. 소녀들을 경찰서로 데려가고 싶다는 생각이 들었다. 베라한테 데려가서 페미니즘에 대해, 여성의 존중받을 권리에 대해 설교를 듣게 하면 좋을 텐데. 이 생각을 하니 미소가 떠올랐다. 그는 소녀의 외투에 달린 배지를 바라보았다. 시내 사립학교 배지였다. 그와 샐도 제시를 사립학교에 보낼까 생각해본 적이 있었다. 제시는 아주 똑똑했고, 부부는 아이에 대해 큰 기대를 갖고 있었다. 분명 대학도 갈 것이다. 어쩌면 아주 좋은 대학. 한데 헤실거리며 방어적으로 구는 소녀들을 쳐다보고 있으니 사립학교는 별로 좋은 선택이 아니라는 생각이 들었다.

기차는 역에 들어섰다. 플랫폼 불빛을 통해 눈이 한층 더 많이 내리고 있는 것이 보였다. 큼직한 눈송이가 지붕에 내려앉고 있었다. 긴 코트 차림의 여자가 타더니 객차 저쪽 방금 다른 승객이 일어선 자리에 앉았다. 제시를 앉힐까 싶어 눈여겨보았던 자리였기 때문에, 여자를 향한 비이성적인 반감이 일었다. 희끗희끗한 머리카락, 점잖은 화장, 몸에 붙는 코트는 거의 땅에 끌리는 길이였다. 나이에도 불구하고—70대는 되어 보였다—어딘가 우아한 데가 있었다. 돈 많은 사람 같은데 왜 택시를 부르지 않고 이런 사람들과 같이 전철에 끼어 가는지 알 수 없었다. 다음 역에서는 한 무리의 남자가 객차를 가득 채웠다. 정장과 타이, 서류가방. 영업회의 이야기를 나누는 커다란 목소리. 기분 탓인지 그들도 마음에 들지 않았다. 시끌벅적. 과시하는 분위기. 역마다 사람들은 조류처럼 밀려왔다 밀려갔지만, 조와 제시는 이제 문 옆 구석에 끼어서 뉴캐슬 유나이티드 셔츠 차림의 뚱뚱한 남자 등짝밖에 볼 수 없었다. 재킷도 걸치지 않았다. 동부 북쪽 출신의 거친 사내였다.

조명이 깜빡이더니 잠시 객차 안은 암흑으로 변했다. 어딘가에서 젊은 여자가 낮게 비명을 질렀다. 불이 다시 켜졌고, 기차는 역에 들어섰다. 파팅턴, 거의 종점이었다. 플랫폼에는 눈이 일 인치나 쌓여 있었다. 샐이 집에 돌아와서 중앙난방을 켜놓고 차 준비를 해두었으면 하는 생각이 들었다. 샐은 나무를 사자고 했다. 조는 인조 나무라도 괜찮았지만—그의 어머니도 진짜 나무에는 관심이 없었다—샐은 크리스마스를 맞은 아이처럼 들떠서 이것저것 준비하느라 여념이 없었다. 조는 집안에 들어서는 순간 소나무 향과 음식 냄새가 풍기는 상상을 해보았다. 왜 나는 이 결혼생활이—이 가족이—어딘가 부족하다고 생각했던가.

그는 마들 역에서 집까지 택시를 타기로 했다. 샐이 직접 태우러 오겠다고 했지만, 이런 날씨에 운전을 시키고 싶지는 않았다. 집까지 택시를 타려면 돈이 많이 들겠지만 그럴 가치가 있었다. 객차 문은 아직 열려 있었고, 반대편에 앉은 승객들이 언뜻 보였다. 차가운 바람에 날려 온 눈가루가 머리카락에 달라붙어 있었다. 조는 성당에 어울리는 말쑥한 차림이었고, 제시는 교복 위에 교복 외투만 걸치고 있었다. 그는 따뜻하게 해주려고 딸의 몸에 팔을 둘렀다.

객차 내 스피커가 지직거리더니 운전사의 목소리가 들렸다.

"승객 여러분, 죄송합니다. 선로에 문제가 생겼습니다. 나쁜 눈입니다." 승객 사이에서 나직한 웃음소리가 일었다. 명절의 흥겨운 분위기와 술기운 덕분에 운행 지연에도 짜증을 내지 않았다. "여기서 운행을 중단하겠습니다. 나머지 노선을 따라 곧 버스가 준비될 예정이오니, 큰 도로까지 직원의 안내를 따라가십시오." 사람 좋은 투덜거림. 승객들은 추위를 불평하며 밖으로 나갔지만 극적인 사건을 즐기는 것 같았다. 밤에 퍼브에서 들려줄 이야깃거리가 생긴 셈이다. 조는 제시를 붙잡았다. 취객과 괴짜들이 먼저 내리게 하는 게 좋다. 그는 승강장으로 내려서며 택시를 부르려고 주머니를 더듬어 휴대전화를 찾았다. 마들까지는 한 정거장 남았다. 대단한 거리도 아니다. 샐까지 끌어낼 필요가 없단 생각이 다시 들었다. 그는 제시의 몸에 자기 외투자락을 감고 단단히 끌어당겨 안아 세운 채 전화번호를 찾았다. 다른 승객들은 녹색 재킷 차림 승무원을 따라가고 있었다. 그들은 내리는 눈발에 파묻혀 어느덧 시야에서 사라졌다.

객차 안의 불은 아직 켜져 있었지만, 희미했다. 운전사는 보이지 않았다. 제시는 조의 갈비뼈를 쿡 찔렀다.

"저기 봐요. 여자분이 움직이지 않아요."

"걱정 마." 조는 귀에 전화를 갖다 댔다. 신호음이 울렸다. "자고 있을 거야. 점심 때 술을 너무 많이 마셨나보지." 그때 그는 제시가 긴 코트 차림의 나이 든 여자를 가리키고 있는 것을 보았다.

객차 안이 모두 비었는지 확인하기 전에는 운전사가 전철을 출발시키지 않을 거라는 말을 하려는 순간, 제시가 그의 팔 밑에서 빠져나가 열린 전철 문 안으로 들어갔다. 제시는 여자의 어깨를 가만히 흔들었다. 늘 친절한 아이였고 조도 자랑스러웠지만, 가끔 남의 일에 간섭하지 말아 줬으면 싶을 때도 있었다.

택시 회사에서 전화를 받는 순간, 제시는 비명을 질렀다.

하버 스트리트에는 집이 단 한 채 있었다. 다른 건물은 모두 상업용이었다. 집은 회색의 높은 건물이었는데, 항구 방파제 너머 작은 해변과 마찬가지로 석탄가루 때문에 거의 검게 물들어 있었다. 지하실과 다락방이 있는 3층 건물. 당당한 풍모. 현관문 위쪽에 1885년이라는 날짜가 새겨져 있었다. 지하실 창에서 불이 새어나왔고, 안에서 한 여자가 난로 위에 걸려 있던 빨랫줄에서 빨래를 걷고 있었다. 여자는 능숙한 솜씨로 빨래를 접어 양쪽 끝을 잡고 팽팽하게 잡아당긴 뒤 탁자 위에 놓았다. 위층 다른 창문에도 불이 켜져 있었지만, 보도에서는 안에 누가 있는지 보이지 않았다.

집 옆에는 말콤 커의 작업장이 있었다. 무시무시한 쇠못이 박힌 녹슨 철조망이 쳐져 있었고, 정문은 육중한 체인과 거대한 자물쇠로 잠겨 있었다. 오래된 배 두 척, 엔진 부속, 정체를 알 수 없는 둥근 물체들이 방수포에 덮여 있었다. 고철 처리장 같은 분위기였다. 말콤은 코컷 섬으로 조류관찰 유람여행을 조직했고, '루시-메이' 호를 임대하는 고객이 별로 없는 겨울에는 작업장에서 이웃들의 배를 수선했다. 작업장의 삭막한 풍경도 눈에 차츰 덮여 정체를 분간할 수 없는 수수께끼 같은 분위기를 연출하기 시작했다. 한쪽 구석에는 함석판과 목재로 지은 헛간이 있었다. 말콤은 종종 여기서 맥주를 마시며 밤새도록 일했지만, 오늘 저녁 작업장은 캄캄하고 조용했다. 눈 위에는 발자국 하나 없었다.

작업장 옆에는 연안 구명정을 보관하는 인명구조 초소가 있었고, 초소 밖 바다 쪽에는 긴급 상황이나 훈련 시에 구명정을 바다로 실어 나르는 트랙터와 트레일러가 있었다. 그 옆은 벽에 걸린 텔레비전에서 흘러나오는 음악과 줄을 선 사람들의 웃음소리로 시끌벅적한 마을 어업 직판장이었다. 낮에는 뒤쪽의 길고 낮은 건물에서 대체로 인근에서 잡힌 수산물을 도소매로 팔았다. 저녁에는 옆에 식당이 붙은 피시 앤 칩스 가게로 변했다. 열린 문을 통해 불어 들어오는 눈발에도 불구하고 열기로 얼굴이 달아오른 흰 옷차림의 여자 둘이 튀김기 뒤에서 일하고 있었다. 손님 줄은 거리까지 이어졌다. 모두 지역 주민이었다. 마들은 여름에도 관광객이 놀러오는 도시가 아니었다. 방파제로 둘러싼 항구 외에 볼거리라고는 어시장뿐이었다. 항구에 정박한 배의 검은 그림자가 흩날리는 눈발에 가려 어스름히 보였다.

길 건너편은 코블 퍼브였다. 사람들이 퍼브와 피시 앤 칩스 가게 사이로 건넌 길목에는 이미 눈이 딱딱하고 납작하게 굳어 있었다. 퍼브 밖에는 골초 두 사람이 최악의 날씨를 피해 벽에 기대서서 담배를 피우고 있었다. 퍼브 옆 납작한 건물은 항구관리소였다. 그 옆은 주차장으로 사용되는 공터였고, 그 옆으로, 지하실에 밝게 불이 켜진 높은 주거용 건물

건너편에 세인트 바르톨로뮤 교회가 서 있었다. 빅토리아 시대 고딕 건물, 선원과 광부를 위해 지어졌던 교회에는 이제 나이 지긋한 여자 몇 명만 정기적으로 다니고 있었다. 거리 끝에는 등대처럼, 혹은 사각형으로 빛나는 달처럼, 전철역을 알리는 검정 M 글자가 찍힌 노란 정육면체가 불을 밝히고 있었다. 종점이었다. 금요일 밤을 즐기기 위해 도시로 나가려는 사람들이 플랫폼에서 기다리고 있었지만, 기차는 오지 않았다.

이곳이 하버 스트리트였다.

케이트 듀어는 빨래를 들고 계단을 올라 벽장으로 가는 길에 숫자가 찍힌 문 앞에서 잠시 멈췄다. 귀를 기울이려는 것은 아니었다. 케이트는 절대 객실을 엿듣는 법이 없었다. 그러나 이곳은 그녀의 영역, 사람들이 들어와 있는지 알아두는 것이 좋았다. 집은 조용한 것 같았다. 눈 때문에 교통이 불편할 것이다. 아이들이 일찍 귀가한 것이 반가웠다. 아까 들어오는 소리가 들렸다. 아마 지하 아파트 소파에 늘어져서 텔레비전을 보고 있을 것이다. 텔레비전을 켜기 전에 숙제를 다 하는 것이 규칙이었지만, 학기 말이었기 때문에 굳이 강요할 마음은 없었다.

계단을 올라가는데, 현관 문이 열리는 소리가 언뜻 들린 것 같았다. 하지만 멈춰서 귀를 기울이니 다른 소리는 들리지 않았다. 바람이 우편함을 흔드는 소리였겠지. 북풍이 불면 언제나 그 소리 때문에 알 수 있었다. 세탁물 벽장은 다락방 층 마가렛의 방과 여분의 커피와 차 봉지, 집에서 구운 비스킷 통을 보관하는 선반 사이에 있었다. 선반 옆에는 신선한 우유가 든 작은 냉장고가 있었다. 객실마다 서비스 쟁반이 놓여 있었지만, 그녀는 손님들에게 환영받는다는 느낌을 주고 싶었다. 사람들이 다시 찾아주는 것은 이런 작은 배려 덕분이었다. 분명 위치 때문에 다시 찾아오지는 않는다. 하버 스트리트에는 매력적인 점이 그다지 없었다. 아치 모양 창문 너머로 말콤의 작업장과 어판장 너머 바다가 보였다. 아직 눈이 내리고 있었다. 가로등 아래 삼각형 불빛 속에 눈발이 흩날리는 것이 보였다. 바다에는 조명 부표가 빨갛게 깜빡이고 있었다. 케이트의 남편은 배에서 일했다. 문지방 너머의 광대한 공간을 생각할 때마다 아직도 죄책감과 슬픔이 몰려왔다.

잠시 서 있으니, 노랫가락이 떠올랐다. 케이트는 가락을 흥얼거렸다. 청명하고 앙상한, 겨울 노래. 겨울 사랑 노래. 다시 스튜어트가 떠올랐고, 중년에 예기치 않게 엄습한 열정이 떠올랐다. 지금 당장이라도 새 남자를 위해 모든 것을 희생할 수도 있을 것 같아 숨이 가쁘고 어안이 벙벙했다. 잠을 자지 못하고 야생동물처럼 밤거리를 배회하는 라이언의 악몽보다, 불쑥 터뜨리곤 하는 고약한 성질보다, 그는 더 중요했다. 클로이의 시험 성적과 무시무시한 야심보다 더 중요했다. 음악가보다 차라리 산악인 같은 풍모를 지닌 나이 많고 강인한 스튜어트는 케이트에게 다시 생기를 불어넣어 주었다.

내려오는 길에 그녀는 현관 문 옆에서 조지 엔더비와 마주쳤다. 모직 외투에 눈이 달라붙어 있었고, 큼직하고 사람 좋은 얼굴이 그녀를 내려다보며 활짝 웃었다. "어떠세요, 케이트? 크리스마스에 눈이라니. 아이들이 좋아하겠습니다." 정치가나 배우를 연상시키는, 성량이 풍부하고 세련된 남부 억양이었다.

케이트는 아이들이 요즘 그런 일에 무관심하다는 것을 알고 있었고, 건물 관리인이 눈을 치우겠거니 생각하리라는 것도 알았다. 그러나 순진한 조지의 완벽한 가족에 대한 환상을 굳이 깨뜨리고 싶지는 않았다.

"네." 그녀는 말했다.

조지는 출판사 판매원이었고, 책이 가득 든 커다란 바퀴 여행가방을 끌고 돌아다녔다. 가끔 케이트의 아이들을 위해 책을 남겨둘 때도 있었다. 클로이는 몇몇 책들을 좋아했다. 특히 다른 세상에 대한 두꺼운 책들. 라이언은 관심이 있는 척했지만 독서를 그리 좋아하지 않았다. 그는 어른들을 기쁘게 해주려고 책을 받아들었다. 케이트의 뇌리에는 언제나 라이언에 대한 근심이 떠나지 않았다. 대단한 사고를 치는 일은 없었지만, 케이트는 아이가 늘 미소를 띠고 다녀도 불행하다는 것을 알고 있었다. 자신이 어떻게 해야 하는지 알 수 없었다. 라이언이 가끔 화를 터뜨릴 때면 롭을 연상시켰다. 그러나 하버 스트리트는 그녀의 시간과 에너지를 모조리 빨아들였고, 스튜어트가 그녀의 꿈을 모조리 차지하고 있었다. 라이언은 오래전부터 케이트와 대화하지 않았다. 아직 어린 아이다, 아이들은 원래 복잡하다, 부모에게 속마음을 털어놓지 않는다고 그녀는 스스로에게 되뇌곤 했다.

조지는 아내가 있었지만, 아이는 없었다. 예전에 들은 적이 있었다. 늦은 밤마다 손님용 라운지에서 술 한 잔 하면서 그는 케이트에게 이런 저런 이야기를 했다. 그가 위스키를 마시는 동안, 케이트는 시계를 보며 언제 자러 가려나 생각하곤 했다. 여관은 거의 케이트 혼자 운영하고 있었다. 일손은 주방 일을 돕는 마가렛 한 사람뿐, 지난 며칠 동안은 그녀도 그리 쓸모가 없었다.

"좋은 하루였나요, 조지?"

조지의 업무가 힘들다는 것은 알고 있었다. 그것도 자신이 털어놓은 이야기였다. "이 일이 아니면 뭘 하고 살지 모르겠습니다, 케이트. 책은 내 삶의 목적이에요." 그가 생계를 위해 굳이 일할 필요가 없는 사람이라는 느낌이 왔다. 그는 부잣집에서 태어난 사람 특유의 느긋한 자신감과 돈에 대해 무심한 태도를 지니고 있었다. 결혼생활이 행복하지 않은 것 같다는 생각은 들었지만, 술에 많이 취해도 절대 아내에 대해 불쾌한 말은 입밖에 내지 않았다. "다이아나는 대단한 사람이에요." 그는 말하곤 했다. "멋진 여자죠."

지금 그는 몸을 비틀며 외투를 벗고 있었다. "내가 늘 묵던 방이죠, 케이트?"

"그럼요." 조지는 바다를 바라보는 집 뒤쪽 큰 방을 좋아했다. 여관에서 제일 비싼 방이라는 점은 신경쓰지 않았다. *제 회사는 런던 물가에 익숙해요, 케이트. 비용에 대해 까다롭게 굴지 않습니다.*

"이번에는 이틀만 있을 겁니다. 그리고 남쪽으로 다시 내려가요. 일기예보만큼 폭설이 내리지 않아야 할 텐데. 그러면 이 집 크리스마스 정찬에 예상치 않았던 불청객 한 사람이 끼어들지도 몰라요." 그는 서글프게 미소지었다. 그렇게 되면 당신은 오히려 좋을 텐데. 케이트는 생각했다. 그녀와 아이들과 함께 정식으로 크리스마스 점심을 같이 한다, 지하실 탁자에 둘러 앉아 그가 칠면조를 자르고. 그러나 올해는 스튜어트도 참석할 것이다. 조지가 어떻게 생각할지 알 수 없었다. 케이트는 조지 엔더비가 자신을 몹시 원한다는 의심을 품고 있었다.

"라운지로 차 주전자를 가져갈게요." 이것 역시 관례였다. 그는 랩톱과 책을 들고 라운지에 앉아 차를 마시고 마가렛이 구운 비스킷을 먹곤 했다. 케이트가 저녁 식사를 준비하지는 않았기 때문에, 그다음에는 저녁을 먹으러 거리로 나가—피시 앤 칩스 가게나 코블 술집—맥주 몇 파인트를 마시고 돌아온 뒤 한밤중까지 위스키를 마셨다.

지하실에 가보니, 아이들은 텔레비전을 보고 있었다. 혹시 다른 프로그램을 보고 있다가 계단에서 그녀가 오는 소리를 듣고 채널을 바꿨는지도 모른다. 적절하지 않은 프로그램. 그녀는 통제가 심했다. 아이들이 뭘 보고 있었는지 알고 싶었다. 때로 자신이 왜 아이들에게 그렇게 엄격한가 생각할 때도 있었다. 어쩌면 그 때문에 대화가 끊겼는지도 모른다. 생각해보면 아이들은 거의 다 자랐다. 다른 아이들은 온갖 짓을 다 하고 돌아다닌다. 그러나 그녀는 자신의 젊은 시절을 기억했다. 섹스, 약물, 음악판. 시험도 제대로 치른 적이 없었다. 그녀는 아이들이 더 나은 길을 걷기를 바랐다.

아이들은 아직 교복 차림이었다. 케이트는 갈아입으라고 하려다가 입을 다물었다. 말싸움을 벌일 일은 아니다. *쟁점을 잘 선택하라.* 여성지에서 이런 글귀를 읽은 적이 있었는데, 일리가 있다고 생각했다.

"좋았니?"

클로이가 대답 대신 입 안으로 끙 하는 소리를 냈다. 라이언도 돌아보더니 늘 제 아버지를 연상시켜서 유령을 보는 것처럼 속을 울렁거리게 하는 미소를 지었다.

케이트는 부엌에서 조지에게 내 갈 쟁반을 준비했다. 냅킨, 주전자에 엽차, 컵, 체. 병에 든 우유. 가끔 라이언은 이런 정성을 비웃었다. "여긴 마들이에요, 엄마! 리츠 호텔이 아니라고요." 케이트는 수준을 유지하려는 자신의 노력 때문에 아이들이 놀림받는다는 것을 알고 있었다. 피자를 먹을 때도 탁자에 냅킨을 놓았고, 늘 식탁예절을 강조했다. 그러나 그녀는 작은 것이 중요하다고 믿었고, 아이들도 미리 준비해주고 싶었다. 아이들에게는 시골 도시 쇠락한 거리의 인생보다 더 나은 인생을 원했다. 그녀 자신도 예전에는 이보다 나은 삶을 살았다. 아버지는 한때 자기 사무실을 지닌 회계사였는데, 불경기에 망했다. 자신의 인생이 이렇게 풀린 것이 케이트는 아직도 괴로웠다.

라운지는 비어 있었다. 조지는 아직 객실에 있는 모양이었다. 케이트는 쟁반을 내려놓고, 가스등을 켜고 커튼은 닫았다. 눈이 날아와 창가에 얇게 쌓여 있었다.

저녁으로 냉동실에 있는 캐서롤을 먹을까 생각하고 있는데, 초인종이 울렸다. 날씨 때문에 마을에 갇힌 새 손님이라면, 6번 객실에 들이면 된다. 그녀는 문을 열었다.

밖에는 거대한 여자 한 사람이 서 있었다. 트위드 치마, 눈사람 같은 파카 차림이었다. 커다란 얼굴, 작은 갈색 눈. 머리에는 파카 후드를 쓰고 있었다. 발에는 장화. 머리카락과 몸은 눈에 덮여 있었다. 여자 뒤에 한 사람이 더 있었지만, 앞사람의 덩치에 가려 특징을 알아본다는 것이 불가능했다.

가공할 만한 설인이다, 케이트는 생각했다.

여자는 입을 열었다. "들여보내 주시죠? 여기 밖은 얼어붙을 것 같군요. 내 이름은 스탠호프. 베라 스탠호프 형사입니다."

3
|

전화가 걸려왔을 때 베라는 쇼핑하는 중이었다. 주머니에서 휴대전화가 울리자, 그녀는 반가운 안도감을 느꼈다. 업무가 아니면 뉴캐슬까지 나오는 일이 거의 없었고, 이것은 악몽이었던 것이다. 크리스마스 쇼핑. 눈에 일종의 광기를 띤 근심 어린 인파. 아버지 헥터가 사냥감으로 노리던 토끼떼들 같았다. 아버지는 오래전 죽었고, 베라는 선물을 줄 가족이 없었다. 크리스마스 날에는 히피 이웃집에서 같이 저녁을 먹으면서 다들 고주망태가 되곤 했지만, 잭과 조애나는 선물을 기대하지 않았고—괜찮은 위스키 한 병이면 된다—그녀도 마찬가지였다.

한데 이 계획을 꾸민 것은 일당 중 하나인 홀리였다. 비밀 산타, 모자에 이름을 적은 쪽지를 넣어서 뽑혀 나온 사람에게 선물을 주는 놀이였다. 베라는 찰리가 뽑히기를 바랐다. 그쪽도 위스키 한 병이면 적당할 것이다. 한데 베라가 뽑은 사람은 홀리였다. 홀리는 출근할 때도 향수를 뿌리고 화장을 했고 멋진 옷을 입었다. 그녀를 위해 뭘 선물하면 되지?

그래서 여기 펜윅 백화점에 나와서 줄행랑을 치고 싶은 심정으로 멋진 사람들에 둘러싸여 여전히 외투 차림으로 땀을 흘리고 있는데, 전화가 울린 것이다. 조 애쉬워스였다. 옆에 있다면 키스라도 해주고 싶었다.

"무슨 일이지, 조?" 그녀는 노래하듯이 물었다. 치과용 비슷한 의자에 불편하게 앉은 중년 여성의 얼굴에 파운데이션을 발라주던 흰 옷차림의 판매사원이 그녀를 쳐다보았다.

"살인사건입니다." 가슴이 다시 부풀어 올랐지만, 곧 죄책감이 엄습했다. 피해자는 누군가의 친척이나 친구일 것이다. 그녀의 즐거움을 위해 죽은 것이 아니다. "전철에서 칼에 찔렸어요."

"싸움이 격해졌나보지?" 묘하게 들렸다. 이런 사건은 밤늦게 일어나지 이른 오후에 발생하지 않는다.

"아니요." 베라는 단순한 사건이 아니라는 것을 짐작할 수 있을 정도로 그를 잘 알았다. 이 점 역시 흡족했다. 그녀는 약간의 골칫거리를 좋아했다. 도전. "나이 많은 여자입니다. 제가 현장에 처음 출동했습니다. 지금 감식반이 오고 있어요."

"홀리에게도 알려." 베라는 요즘 홀리를 참여시키는 데 신경을 쓰고 있었다. 따돌림받았다고 느끼면 홀리는 길길이 뛸 것이다. 그녀는 주머니를 더듬어 열쇠를 찾으며 인파를 뚫고 나가다가 잠시 숨을 돌리려고 멈췄다. "찰리도 집구석에서 끌어내. 시체는 누가 찾았지?"

"제시." 조 애쉬워스가 대답했다. "제 딸 제시요."

파팅턴 전철역까지 가는 길은 예상보다 오래 걸렸다. 눈이 몇 인치 쌓여 있었고, 세상은 미쳐 돌아가고 있었다. 벤튼에서는 차 한 대가 눈길에 미끄러져 차선 하나를 막고 있었다. 베라는 헥터의 랜드로버를 몰고 있었다. 워낙 낡아서 경찰 법규에 맞는 점이 하나도 없는 차였지만, 오늘은 차라리 그게 반가웠다. 역은 현장봉쇄 테이프로 폐쇄되어 있었고, 메트로 경찰 두 사람이 일생일대의 순간을 즐기며 현장을 지키고 있었다. 멀리 플랫폼에 조 애쉬워스가 보였다. 부하이자 아들, 제자. 그녀의 양심. 조의 주위로 눈이 내리고 있었고, 그는 이쪽으로 등을 보이고 있었다. 검은 외투 차림이었고, 휴대전화로 통화하는 중이었다. 딸의 모습은 보이지 않았다. 샐이 데려갔을 것이다. 둘 다 아이를 철저히 보호하는 부모였다. 제시는 아마 현장에 남아서 수사 구경을 하고 싶었을 텐데, 베라는 생각했다. 어딘가 반짝이는 구석이 있어서 희망이 보이는 아이였다.

베라는 랜드로버에 보관한 부츠를 신었다. 장화를 신는 것도 일이었다. 다리를 욱여넣어야 했다. 하지만 살은 좀 빠졌다. 부츠는 새것이었고, 일 년 전이었다면 발이 아예 들어가지도 않았을 것이다. 플랫폼이 미끄러워서 그녀는 조심스럽게 걸었다. 넘어지기라도 하면 크레인을 불러서 일으켜 세워야 한다. 환히 불을 밝힌 기차칸 안에서 흰 옷차림의 인력이 작업하는 모습이 보였다. 빌리 웨인라이트가 감식반을 지휘했으면 하는 생각이 들었다. 시체는 보이지 않았다. 수사가 끝날 때까지 허가가 나지 않을 것이다.

"조!" 그는 돌아보더니 전화를 끊고 주머니에 두 손을 찌르며 이쪽으로 걸어오기 시작했다.

다가오는 그의 얼굴은 찡그린 표정이었다. 오늘 저녁 다른 계획이 있었을 것이다. 샐과 아이들과. 어쩌면 아이들이 침대에 든 뒤 선물 포장을 할 생각이었겠지. 샐은 계획적인 사람으로 보였다. 마지막 순간까지 크리스마스 쇼핑을 계속할 유형. 하지만 베라는 조가 스스로, 자기 자신에게조차 인정한 적은 없지만 완벽한 가정생활에 따분함을 느낀다는 것을 알고 있었다. 어쩌면 이 살인사건은 그에게도 구세주였을 것이다.

"어떻게 됐지, 조?" 그들은 지붕이 있는 역 중앙 홀로 옮겼다. 조는 발권기계에 기대섰다. 눈이 너무 많이 내려서 휘날리는 흰 커튼 너머로 기차를 바라보는 기분이었다. 나쁘지 않아, 베라는 생각했다. 사람들은 역이 폐쇄된 것을 경찰 탓이 아니라 날씨 탓으로 돌릴 것이다.

그녀는 조가 시내에서 여기까지 온 경로를 설명하는 동안 귀를 기울였다. 북적이는 기차, 수다스러운 젊은이들, 취한 직장인들. 베라는 이 지점에서는 메모를 하지 않았다. 쓰면 집중력이 흐트러진다. 객차 안 풍경을 머릿속에 그리고 입담을 귀로 들을 수 있어야 했다.

그녀는 조가 이야기를 마칠 때까지 기다렸다. "분위기가 좋았단 말이지? 크리스마스의 광기로 이어질 만한 일은 없었고? 피해자가 욕설을 하거나 좌석에 발을 올려놓는 아이들을 나무란 적도 없고?"

"제가 보거나 들은 한 없었습니다. 차량은 꽉 차 있었지만, 소란이 있었다면 제 눈에 띄었을 겁니다. 기차가 멈추고 다들 내려야 했을 때도 화낸 사람 하나 없었습니다."

"피해자에 대해서 알고 있는 사실은?" 베라가 수사에서 가장 좋아하는 순간이었다. 그녀는 참견하는 것을 좋아했고, 타인의 사생활을 꼬치꼬치 파헤치고 다니는 것이 좋았다. 어쩌면 내 사생활이 없어서겠지, 그녀는 인정하지 않을 수 없었다.

"메트로 노령승차권에서 얻은 정보뿐입니다. 피해자는 핸드백을 갖고 있었는데, 안에는 지갑과 집 열쇠꾸러미, 손수건뿐이었습니다."

"지갑 안에 돈이 있었나?" 약 한 번 하려고 할머니를 찔러 죽이는 약쟁이들도 있다. 하지만 그런 부류도 늦은 오후 전철 안에서 일을 벌이지는 않을 것이다.

"50파운드, 잔돈 약간."

그럼 절도는 아니군. "기타 신상은 어떻게 되지?"

"이름은 마가렛 크루코스키, 일흔 살입니다. 마들에 주소가 있어요. 하버 스트리트 1번지." 조는 성을 발음하면서 약간 더듬었다.

"무슨 이름이지? 러시아? 폴란드?"

조는 고개를 저었다. 저 친구가 아는 게 뭐야? "피해자는 집에 거의 다 왔습니다. 전철 한 정거장만 더 갔으면 안전했을 겁니다." 베라는 조야말로 자기가 아는 최고로 감상적인 경찰일 거라고 생각했다.

"혹시 어디서 탔는지 봤나?"

"네. <u>고스포스</u>."

뉴캐슬에서 잘사는 동네다. 계급과 성취욕 측면에서 마들과 아주 멀리 떨어진 곳.

조는 베라의 생각을 읽었다. "마들보다는 고스포스 쪽이었습니다. 외모로 봤을 때." 그는 말했다.

베라는 잠시 이 점에 대해 생각하다가 문득 사람들이 그녀 자신을 본다면 사회적 위계 어디쯤에 놓을지 궁금했다. 노숙자? 농부?

"그럼 가보지." 그녀는 말했다. "집에서 누가 마가렛 크루코스키를 기다리고 있는지 알아보자고."

그들은 집 밖에 랜드로버를 세우고 잠시 앉아 있었다. 하버 게스트하우스. 현관 옆에 나무 간판이 서 있었다. 알파벳은 눈 때문에 거의 보이지 않았다.

"아이들을 가끔 여기 데리고 옵니다. 마들 어판장에요." 조가 말했다. "외식차. 동북부 최고의 피시 앤 칩스일 겁니다."

베라도 마들에 대한 기억이 있었다. 헥터가 한밤중에 코컷 섬으로 데려다달라고 어부에게 뇌물을 준 기억. 섬 한쪽 끝 관리소에는 아직 불이 켜져 있었다. 음악과 소음, 무슨 파티가 벌어지는 모양이었다. 헥터가 긴꼬리제비갈매기 알을 찾느라 여념이 없는 동안, 베라는 잡힐까 봐 겁에 질려 있었다. 그는 언제나 모험을 좋아했다. 희귀 새 알을 훔쳐서 거래하던 취미가 혹시 단순한 집착보다 위험 자체에 더 이끌렸던 탓이 아니었을까 하는 생각이 들었다.

"음, 들어갈까요?" 조가 말했다. "저도 집에 가봐야 합니다."

그녀는 고개를 끄덕이고 차에서 내렸다. 어린 시절 여관이 여기 있었던가 기억을 더듬어 보았다. 지저분하다고 할 수 있을 정도로 낙후된 거리였다는 기억은 났지만, 그게 벌써 40년 전이었다. 그녀는 초인종을 눌렀다.

피해자의 딸 정도 될 나이의 여자가 문간에 나타났다. 30대 후반, 40대 초반. 검은 곱슬머리, 마로니에 열매 색깔 갈색 눈, 보기 좋은, 거의 직업적인 미소. 간호사를 연상시켰다. 베라가 자기소개를 하자, 그녀는 옆으로 물러나서 두 사람을 안으로 들였다. "무슨 문제가 있나요?"

경찰이 집에 찾아오면, 사람들은 죄책감을 느끼거나 겁을 먹는다. 지금 상대의 반응은 둘 중 어느 쪽인지 알 수 없었다. 베라는 그녀를 따라 집 안쪽 따뜻한 라운지로 들어섰다. 좀 더 작은 방이었다면 어색했을 것 같은 묵직한 가구가 놓여 있었다. 그들은 푹신한 벨벳 소파에 앉았다. 한쪽 벽에는 업라이트 피아노가 놓여 있었고, 보면대에는 악보가, 다른 벽 앞의 작은 탁자에는 디캔터와 술병들이 놓여 있었다. 추운 전철역에서 돌아다닌 참이라 몰트위스키 한 모금이면 딱 좋겠다는 생각이 들었지만, 베라는 아무 말도 하지 않았다. 커튼은 쳐져 있었고, 방에는 크리스마스 장식이 걸려 있었다. 벽난로 위에는 호랑가시나무와 스프레이를 뿌린 은색 소나무가, 탁자에는 긴 빨간색 촛대가 놓여 있었다. 빅토리아풍 응접실 같았다.

라운지는 비어 있었지만, 작은 탁자에 차 쟁반이 놓여 있었다. 여주인은 쟁반이 놓여 있다는 게 신경이 쓰이는 모양이었다. 그녀는 미안하다는 듯 자꾸 그쪽으로 시선을 보냈다. 조가 그 시선을 확인하더니 벽난로 옆에 앉았다.

"좋은 곳이군요." 그가 말했다. "편안하네요."

여자는 미소짓고 약간 긴장을 푸는 것 같았다.

"이름을 말씀해주시겠습니까?" 조가 다시 말했다.

"듀어." 여자는 베라에게 등을 돌리고 있었다. "케이트 듀어."

문이 열리더니 유쾌한 미소와 편안한 태도를 지닌 덩치 큰 대머리 남자가 나타났다.

"안녕하세요." 그는 말했다. "손님이 더 왔습니까, 케이트? 눈보라 속의 방랑자들이군요?" 그는 베라와 조에게도 미소를 보냈다. "잘 오셨습니다." 집 주인 같은 태도였다. "차 드시겠어요? 주전자에 넉넉히 있을 겁니다. 컵은 케이트가 더 가져오면 되고요."

"손님이 아니에요, 조지. 경찰이세요." 경고하는 기미가 있었던가?

말 조심하라는?

"아." 그는 잠시 멈칫하며 어색하게 주위를 둘러보았다. "그럼 제가 방해가 됐군요. 끼어들 생각은 없었습니다. 차는 제 방으로 가지고 가죠, 괜찮지요?" 그는 쟁반을 집어 들더니 뒤돌아보지 않고 방을 나섰다. 베라는 자기라면 궁금해서 저러지 않을 거라고 생각했다. 도움이 필요한지 물어보고, 핑계를 찾아 합석해서 무슨 일이 있는지 알아낼 것이다.

"손님?" 베라는 문간을 턱으로 가리켰다.

"조지 엔더비. 단골 중 한 분이세요."

"마가렛 크루코스키도? 단골입니까? 그런데 주소를 여기로 적었더 군요."

"마가렛? 아픈가요? 그 때문에 오셨어요?"

베라는 목소리에서 안도의 기미를 눈치챘다. 경찰이 찾아올 것을 두려워할 만한 무슨 다른 일이 있는지 궁금했다. "마가렛은 그럼 여기 사는 게 맞군요? 친척입니까?"

"친척은 아니에요. 친구. 그리고 직원이라고 해야겠죠. 집안일을 도와요. 같이 여관을 운영하죠." 언뜻 미소. "마가렛이 없으면 혼자서 도저히 못해요."

베라는 몸을 앞으로 내밀고 부드럽게 말했다. "마가렛 크루코스키는 죽었습니다. 오늘 오후 시내에서 집으로 오는 길에 전철 안에서 칼에 찔렸어요. 그녀에 대해서 전부 말씀해주셔야겠습니다."

4
|

더운 라운지에 앉아 있으니 아직 눈이 내리고 있는지 알 수 없었다. 눈이 온다면, 어린 시절 살던 집으로 이어지는 가파른 언덕길은 랜드로버를 몰고도 못 올라갈 것이다. 하지만 어차피 밤을 새야 할 탐문 같으니, 굳이 할 필요가 없는 걱정이었다.

케이트 듀어는 묵직한 소파 끝에 걸터앉아 울고 있었다. 소란을 피우거나 소리를 내지 않는, 조용한 눈물이었다. 조 애쉬워스는 그녀에게 작은 휴지곽을 건넸다. 보이스카우트 같았다, 조는. 언제나 준비가 철저했다.

"마가렛은 얼마나 알고 지내셨나요?" 가끔은 단순한 사실부터 시작하는 것이 최선이다. 말을 이어갈 수 있는 단초, 머릿속에서 충격과 슬픔을 밀어낼 수 있는 객관적인 사실.

케이트는 눈을 눌러 찍었다. "10년. 아이들이 어렸을 때. 제 친척 아주머니가 돌아가셨어요. 남편 쪽 먼 친척이었죠. 난 모르는 사람이었고,

우린 해안 저 위쪽에 살고 있었어요. 한데 그 분이 유언으로 이 집을 제게 남겼죠. 당시는 여관이 아니라 셋방으로 쪼개 개조한 상태였어요. 낡았죠. 대부분 비어 있었고. 마가렛이 유일한 세입자였어요." 그녀는 숨을 돌렸다. "난 따분했어요. 그리 만족스러운 시절이 아니었죠. 남편은 출장을 많이 다녔어요. 라이언은 이미 학교에 입학했고, 클로이는 놀이학교에 다녔어요. 사업으로 해볼 수도 있겠다, 마을이 뜨고 있으니 곧 관광객들도 오겠지. 물론 그 부분은 착각이었지만."

그녀는 씁쓸하게 어깨를 으쓱했다.

"처음에는 마가렛을 여기 두면 문제가 될 거라고 생각했어요. 방해가 될 거라고." 케이트는 다시 말을 멈추고 사랑스러운 미소를 지었다. "하지만 정반대였어요. 정말 좋은 분이었어요. 마가렛이 없었다면 악몽이었을 거예요. 내게 어머니이자 최고의 친구 같은 존재가 돼 주었죠. 우린 합의를 봤어요. 다락방의 작은 방에서 세를 내지 않고 그대로 살고 집안일을 도와주는 걸로. 난 형편이 되면 급여를 주기로 하고요. 첫 손님이 찾기 시작할 때부터 줄곧 정식으로 급여를 드렸어요."

시야 가장자리에서 조 애쉬워스가 메모를 하는 모습이 보였지만, 베라는 이 큰 집을 개조하고, 일꾼들이 드나들고, 어린 아이를 키우는 여자 둘이 미래를 위한 계획과 아이디어로 가득 차 있는 모습을 그려 보았다. 가까워지는 계기가 되겠지, 갑자기 허전함이 엄습했다. 베라는 단짝 친구, 꿈을 나눌 수 있는 사람을 가져본 적이 없었다. 그런 존재와 가장 가깝다고 할 수 있는 사람은 조 애쉬워스였다.

"마가렛 크루코스키. 폴란드 이름인가요?"

"네. 하지만 마가렛은 폴란드계가 아니에요. 동북부 출신, 번듯한 뉴캐슬 집안에서 태어났어요. 아주 어렸을 때 폴란드 선원과 결혼했죠. 부모님은 노발대발했지만, 60년대였고 마가렛 말로는 아주 잘생긴 망명자여서 더욱 낭만적이었다고 했어요."

"그는 어떻게 됐습니까?" 베라는 피해자가, 그녀의 복잡미묘한 성격이 벌써 마음에 들었다. 조는 마가렛이 마들보다 고스포스 주민 같은 분위기였다고 했지만, 폴란드 망명자와 결혼해서 지저분한 셋방 신세가 된 노년. 그런데도 외모를 꾸몄다. 부츠와 빨간 립스틱으로 세련되게. 억만금을 들였을 긴 코트.

"남자는 고작 두어 해 뒤 떠났어요. 마가렛보다 돈이 많은 여자와 눈이 맞았죠. 가슴이 찢어졌지만, 자존심 때문에 부모님에게 돌아갈 수는 없었다고 했어요. 그녀는 회계 교육을 받고 이런저런 회사에서 일했어요. 내가 처음 알게 됐을 때는 이미 은퇴한 뒤였죠. 혹은 정리해고를 당했거나." 케이트는 다시 미소지었다. "숫자에 정말 밝아서 덕분에 몇 번이나 세무서를 피할 수 있었죠."

"그런데 남편의 이름을 계속 썼어요?" 그 오랜 세월 동안 쉬운 일이 아니었을 것이다. 튀는 외국 이름, 멋에 대한 동경, 품위와 위엄을 지닌 독신 여성.

"늘 그를 사랑했다고 했어요. 말씀드렸듯, 항상 낭만적인 분이었죠."

"당신 남편은? 아직 먼 곳에서 일하나요?"

잠시 침묵이 흘렀다.

"아뇨." 케이트는 말했다. "그는 죽었어요. 북해 유전에서 사고로. 바다에 빠졌어요. 시체도 찾지 못했죠." 그녀는 다시 울기 시작했다.

케이트는 두 사람을 마가렛의 방으로 안내했다. "나이가 들어서 이제 아래층 방으로 옮기는 게 어떠냐고 했는데, 이제 이 방이 자기 집처럼 느껴지고 계단 오르내리는 것도 건강에 도움이 된다고 하더군요."

"그럼 건강은 좋으셨군요? 나이에 비해서?" 식단을 바꾸고 수영도 하고 있었지만, 계단을 오르니 베라는 숨이 찼다. 말도 짧게 끊어져서 나왔다.

"아, 네. 지금은 사업도 그럭저럭 잘 되고 있어요. 단골도 생기고, 식사 서비스는 밖에서 부르기도 하고. 하지만 마가렛은 은퇴는 염두에도 없다고 했어요." 케이트는 문 앞에서 멈췄다. 조는 감식반이 시체에서 찾은 열쇠꾸러미를 꺼냈다.

"만능열쇠는 안 갖고 계십니까?" 베라는 벽에 기대 잠시 호흡을 가다듬었다.

"다른 방은 다 있는데, 이 방은 없어요. 비상상황을 대비해서 내가 하나 갖고 있는 게 어떠냐고 말해봤는데, 별로 탐탁지 않은 것 같더군요. 청소부도 이 방은 들어가지 않았어요. 다른 객실처럼 같이 치우라고 하면 좋겠는데. 매기는 프라이버시를 소중하게 생각했어요."

"개인적인 손님은 없었습니까?"

"가끔 내가 오후 차 시간에 초대받은 적은 있어요. 좋았죠. 언제나 조금 특별했어요. 어떨 때는 팬케이크에 어판장에서 사 온 훈제연어를 곁들이고. 어떤 때는 직접 구운 멋진 케이크. 축하할 일이 있다면서 핑크 샴페인을 내놓은 적도 있었어요. 하지만 다른 사람이 찾아오는 건 본 적이 없네요."

그녀는 같이 들어가야 하는 건지 애매한 듯 문간에서 주춤했다.

베라는 손을 뻗어 그녀의 어깨를 건드렸다. "괜찮아요. 여기부터는 우리가 하죠."

케이트는 고개를 끄덕이고 돌아섰다. 조 애쉬워스는 그녀가 계단 중간쯤 내려갈 때까지 기다렸다가 구멍에 열쇠를 넣었다. 열쇠는 모두 세 개였다. 베라는 다른 두 개가 무슨 용도일지 궁금했다. 하나는 아마 여관 현관문일 것이다. 다른 하나는? 조는 문을 열었다.

셋방은 케이트의 말대로 지붕 밑 남는 공간을 활용한 작은 방이었다. 3피트도 채 되지 않는 한쪽 벽은 경사진 천장과 만났고, 지붕창 세 개가 항구를 내려다보고 있었다. 큰 방은 두 개였고, 아주 작은 욕실이 침실 한구석에 설치되어 있었다. 그런데도 멋이 있었다. 거실이기도 한 부엌 바닥은 윤을 낸 어두운 색 나무였고, 파란색과 녹색이 섞인 색채감 있는 러그가 깔려 있었다. 한쪽 창문 아래에 오래된 책상과 등받이가 곡선을 그리는 의자가 놓여 있었다. 회색 벨벳을 씌운 작은 침대의자. 싱크대, 오븐, 냉장고가 반질반질한 소나무 탁자를 사이에 두고 거실 나머지 부분과 나뉘어 있었다. 팬 대부분은 천장의 고리에 걸려 있었고, 나무 숟가락과 주걱은 두 번째 창턱에 놓인 유약을 바른 녹색 도자기에 꽂혀 있었다. 높은 벽은 온통 선반이었고, 깔끔하게 꽂힌 책 사이사이에 조약돌, 유목 조각, 조개껍데기 장식이 놓여 있었다. 창문이 작고 벽이 두꺼워서 어두웠지만, 책상 위 전등과 부엌의 조명을 켜니 풍부하고 보석 같은 분위기를 풍겼다.

"텔레비전은 없군요." 조가 말했다. 베라는 그가 충격을 받았다는 것을 알 수 있었다. 그는 혹시 텔레비전이 거기 있나 싶어 침실 문을 열어 보았다. 그들은 문간에 서서 안을 들여다보았다. 이 방에는 연녹색 양탄자가 깔려 있었다. 쓰리 쿼터 침대(1인용보다는 크고 더블베드보다는 작은 사이즈 침대-옮긴이)에는 손으로 뜬 조각보 퀼트가 덮여 있었고, 양면에 서랍장이 달려 있었다. 좁은 옷장. 모든 가구는 흰색으로 칠해져 있었다. 잡동사니도, 지저분한 옷가지도 없었다. 샤워실에는 티끌 한 점 없었다.

"텔레비전은 없군요." 그는 다시 말했다. 어쩌면 그와 셀의 유일한 저녁 오락거리라서 텔레비전이 없는 삶은 상상할 수 없는지도 모른다.

"수색팀을 불러야겠어." 베라는 창가로 다가가 밖을 내다보았다. 아직 눈이 내리고 있었지만, 눈발은 다시 가늘어져 있었다. 자신이 직접 서랍장을 열고 마가렛의 속옷을 뒤지지 않아도 된다는 것이 다행스러웠다. 베라는 참견하는 것을 좋아했지만, 이것은 끔찍한 사생활 침해 같았다.

조는 선반을 둘러보고 있었다. "사진은 한 장뿐입니다." 그는 집어 들지 않고 손가락으로 가리켰다. 남녀 사진이었다. 결혼사진. 여자는 옷단에 인조 모피가 달린 단순한 흰색 미니드레스, 무릎까지 오는 흰 부츠, 짧은 털 재킷 차림이었고, 금색과 흰색 프리지아 꽃다발을 들고 있었다. 검은 머리 남자는 넓은 옷깃에 꽃을 꽂은 정장차림이었다. 배경은 교회 문이었다.

"이 여자겠지?" 베라는 물었다. "마가렛 크루코스키와 폴란드인 인생의 남자?"

"아, 네. 맞군요." 즉각 확실한 대답이 나왔다. "피해자와 입매와 광대뼈 윤곽이 같습니다." 조는 사진에서 눈을 떼지 못하고 있었다.

"아리따운 여인이군." 베라는 가볍게 대꾸했다. 그녀를 '아리땁다'고 부른 사람은 평생 아무도 없었다.

"아름답습니다." 조는 50년 전 사진 속의 여인에게 매력을 느끼는 자신이 어리석다는 듯 피식 웃었다. 하지만 그는 말을 이었다. "남자가 여자를 얻기 위해 살인을 저지를 수도 있을 얼굴이군요."

5
|

계단 중간쯤에서 케이트는 주머니에서 휴대전화를 꺼내 애인 스튜어트에게 전화를 걸었다. 롭이 바다에서 죽은 뒤 사실상 첫 관계였다. 스튜어트는 집보다 산이 더 편한 사람이었지만 색소폰을 꿈처럼 연주할 줄 알았고, 지금 케이트는 그가 간절했다. 응답은 없었고, 그녀는 메시지를 남겼다. "전화줘요." 케이트는 내려오면서 마가렛이 죽었다는 소식을 아이들에게 어떻게 전할지 고민했다. 거의 평생 알고 지낸 사이였다. 마가렛은 보모 노릇까지 해주었고, 아이들은 그녀를 할머니처럼 대했다. 라이언은 요즘도 그녀와 많이 시간을 보냈다. 올해 스튜어트가 등장하고 케이트에게 새로운 계획이 생기면서, 그들은 이미 변화에 적응해야 했다. 케이트는 걸음을 늦추고 설명할 말을 찾았지만, 아이들이 어떤 반응을 보일지 전혀 감도 오지 않는다는 사실을 깨달았다. 이미 다 자라서 멀어진 아이들, 더 이상 아이들에 관해 자신의 판단력을 신뢰할 수가 없었다.

발소리를 들었는지, 귀를 기울이고 있었는지, 객실 문이 열리더니 조지 엔더비가 고개를 내밀었다.

"모두 괜찮습니까, 케이트?" 진심으로 염려하는 듯한 목소리였다. 그는 약간 민망한 말투로 덧붙였다. "죄송합니다. 꼬치꼬치 캐물을 생각은 아니었어요."

"마가렛이 죽었어요." 갑자기 현기증이 일었다. 케이트는 벽에 기대섰다.

"오, 이런, 세상에!" 그는 서둘러 복도로 나섰지만, 문이 닫히면 자동으로 잠긴다는 사실을 깨달은 모양이었다. 그는 작게 펄쩍 뛰어 문을 한 발로 괴고 그녀 쪽으로 몸을 기울였다. "난 그분을 잘 모르지만, 나이 든 분이라고 생각해본 적도 없었는데요. 갑작스러웠나요? 심장마비?"

"살해당했어요. 도시에서 집으로 오는 길에 전철 안에서 칼에 찔려서." 다시 세상이 핑 도는 기분이 들었다. 그녀는 맨 아랫계단에 주저앉아 얼굴을 손에 묻었다.

조지는 잠시 사라졌다. 케이트는 그가 열쇠를 찾아 방 안으로 손을 뻗는 것을 보았다. 그는 어느새 그녀 옆에 앉아 어깨에 팔을 두르고 있었다. 애프터셰이브 냄새, 방금 먹은 달콤한 비스킷 냄새가 났다. 계피와 생강. 롭이 조지 엔더비처럼 친절한 사람이었다면 상황이 얼마나 달라졌을까. 케이트는 육체적 접촉을 즐기며 잠시 앉아 있다가 부드럽게 몸을 뗐다. "아이들에게 말해야겠어요."

"그러셔야죠." 그는 일어나서 그녀의 손을 잡아 일으켜 주었다. "제가 도울 수 있는 일이 있다면 뭐든지 말씀하십시오." 그는 자신의 존재가 그녀의 고통을 더할 수도 있겠다고 생각하기라도 했는지 자기 방으로 다시 사라졌다.

지하에 가보니 라이언은 자기 침실에 있었다. 컴퓨터 소리가 들렸다. 무슨 괴물과 세상의 종말이 나오는 게임이었다. 클로이는 탁자 앞에 앉아 책을 한쪽에 쌓아 두고 뭔가 적고 있었다. 그녀는 창백하고 피곤해 보였다.

"라이언, 이리 와보렴. 둘에게 할 말이 있다!"

"네." 그러나 그는 보이지 않았다. 라이언은 늘 이 모양이었다. 뭐든지 말로는 그러겠다고 하면서 행동은 마음대로였다. 클로이는 의자에서 돌아앉더니 엄마가 울었다는 것을 눈치챘다. "무슨 일이에요?" 아이는 언뜻 불쾌한 표정을 비치며 물었다. 부모가 여느 때와 다르게 행동할 때 10대들이 보이는 표준적인 반응이었다. 그러다 이것이 사소한 집안 일로 과민반응을 하는 것이 아니라 심각한 사건이라는 것을 깨달은 것 같았다. 클로이는 일어섰다. "엄마, 무슨 일이에요?" 케이트가 다시 울기 시작하자, 클로이는 오빠를 불렀다. 이번에는 그도 방에서 나타났다. 라이언은 여자들이란 다른 종자다, 끼어들지 않겠다는 듯 혼란스럽고 무력한 눈으로 바라보았다.

그들은 교과서를 서랍장 위로 옮기고 탁자에 둘러앉았다. 클로이는 냉장고에서 와인 한 병을 가져와서 쉽게 땄다. 다른 상황이었다면 케이트가 걱정했을 만한 손놀림이었다. 그녀는 큰 잔에 와인을 가득 따라서 케이트에게 내밀었다. "무슨 일인지 말씀해보세요."

"마가렛이 죽었다."

"어떻게요?" 라이언은 처음으로 입을 열었다. 두 사람 다 그를 쳐다보았다.

"어떻게 죽었느냐고요? 사고? 오늘 아침 내가 집을 나설 때만 해도 멀쩡했어요." 그는 눈살을 찌푸렸다. 케이트는 다시 로비를 떠올렸다.

"살해당했어." 케이트는 이 말이 라이언이 아이팟으로 듣는 노래 후 렴구 같다는 생각이 들었다. 알려야 할 사람들 모두에게 자주 반복하다 보면, 어쩌면 그녀 자신도 믿을 수 있을지 모른다. 그녀는 아이들을 바라 보았다. 두 얼굴에 잠시 흥분이 스쳐 지나가는 것 같더니, 경악과 충격이 뒤따랐다. 살인은 이야깃거리다. 탁자에서 일어나도 좋다는 허락이 떨어 지기 무섭게 달려가서 각자 친구들과 통화하겠지. *우리 집에 무슨 일이 있었는지 들어봐*…. 한동안 둘 다 유명인사가 될 것이다. 둘 다 그런 인기 를 원하는 것 같았다.

"마가렛처럼 나이 많은 여자를 누가 죽여요?"

케이트는 클로이를 쳐다보며 요즘 몸무게가 좀 줄었다는 생각을 했 다. 스튜어트에 대한 묘한 열정에 너무 빠져 있어서 아이들을 소홀히 했 던 걸까?

"모르겠다." 케이트는 사이를 두었다. "마가렛을 나이 많은 여자라고 생각해본 적은 없어. 에너지가 넘쳤으니까."

"어디서 살해당했는데요?" 라이언은 호기심을 만족시킬 자세한 정 보를 듣고 싶은 것 같았다. 갑자기 아들이 거의 낯선 사람처럼 보였다. 잘 생긴 소년이었다. 크면 여자들을 울릴 것이다. 케이트는 아들이 매력적인 소녀들과 마을을 돌아다니는 것을 보았지만, 아들이 여자친구를 엄마에 게 소개한 적은 없었다. 둘 다 친구들을 집에 데려온 적이 없었다.

"전철 안에서. 시내에서 집에 돌아오는 길에." 케이트는 그를 보았 다. "혹시 오늘 아침 마주쳤을 때 어디로 간다고 너한테 말하지 않았니?"

그는 고개를 저었다.

"경찰이 알고 싶어할 것 같아서."

"경찰?" 짐짓 무관심한 척하는 말투였다. 물론 라이언은 수사 이야기도 듣고 싶을 것이다. 페이스북에 써 놓을 이야깃거리가 더 많아진다.

"경찰이 지금 마가렛의 방에 있어. 그 사람들에게 소식을 들었다."

침묵이 흘렀다. "불쌍한 마가렛." 클로이가 말했다. "지금 어디 있어요? 시체 말이에요. 장례식도 있나요?"

"아마 경찰이 부검을 하겠지. 그런 뒤에 장례식도 있을 거고. 어떻게 진행될지는 모르겠다."

내가 장례식 준비를 해야 할텐데. 케이트는 생각했다. 나 아니면 누가 하지? 문득 별로 좋아하지 않는 그루스킨 신부와 상의해야 한다는 생각이 떠올랐다. 갑자기 허기가 몰려왔다. "냉동실에서 캐서롤을 가져오마. 저녁은 먹어야겠지." 일어서서 잠시 방을 나갈 수 있게 되어 마음이 놓였다.

와인 두 잔째를 마시며 저녁 식탁을 차리고 있는데, 형사 둘이 지하층에 나타났다. 오늘은 더 볼 일이 없을 줄 알았는데. 작별 인사를 하러 왔겠지. 한데 어두운 지하실 복도에 서 있는 모습을 보니, 요구사항이 더 있다는 것을 알 수 있었다.

"잠시 들어오시죠."

"귀찮게 해드려서 죄송합니다." 하지만 베라 스탠호프는 미소짓고 있었다. 전혀 죄송하지 않은 얼굴이었다. "크루코스키 씨의 가족과 친구와 연락해야 하는데, 그분 방에는 주소록이 없네요. 도움을 좀 주실 수 있을까요?"

케이트는 그들을 부엌으로 들였다. 라이언과 클로이는 각자 자기 방으로 사라지고 없었다. 아이들은 수줍음 많은 동물처럼 어른들과 같이 있는 것을 꺼렸다. 클로이는 아마 다시 공부하고 있을 것이다. 라이언은 문에 귀를 기울이고 있을지도 모르지. 아들은 관찰하는 것을 좋아했고, 전에도 엿듣다가 엄마에게 들킨 적이 있었다.

"마가렛은 가족 이야기를 한 적이 없어요." 케이트는 말했다. 전자레인지에서 캐서롤이 웅 하며 해동되고 있었다. 스튜어트가 도착했으면 하는 마음이었다. 오븐에서 땡 소리가 났다. "말씀드렸듯이 결혼하면서 관계가 끊어졌어요. 다시 만난 것 같지는 않아요. 부모님은 지금쯤 돌아가셨을 테지만, 마가렛이 장례식에 참석하는 걸 본 기억은 없어요."

"형제 자매는?"

"제가 아는 한 없어요."

"혹시 마가렛이 어디서 자랐는지 들은 적이 있나요?" 베라 스탠호프는 부엌 탁자에 자리잡고 앉았다. 덩치가 너무 커서 공간 전체를 다 차지했고, 너무 편안해 보여서 밤새도록 나가지 않을 수도 있을 것 같았다.

"고스포스." 케이트는 말했다. "하이 스트리트에서 멀지 않은 큰 타운하우스 동네라고 들었어요." 경찰 둘이 시선을 주고받았다. 중요한 정보인 모양이었다.

"그럼 친구는?" 베라가 물었다. 그녀는 케이트를 바라보았다. "마들에서 오래 살았고, 은둔생활을 한 것도 아닌 모양이고. 마가렛 말이에요. 여기 찾아오지 않아도 친구는 있었을 것 아닙니까." 베라는 미소지었다. "당신 말고 다른 친구요, 물론."

케이트는 생각해보았다. 마가렛은 하버 스트리트 외에 다른 친구가 필요해 보이지 않았지만, 형사에게 마가렛이 외톨이였다는 인상을 주고 싶지는 않았다.

"대부분의 교류는 교회 중심이었던 것 같아요. 그루스킨 신부님한테 물어보세요."

"그분은 어디 계실까요? 마을에 가톨릭 교회가 있습니까?"

"영국 국교회예요. 길 건너 세인트 바르톨로뮤 교회. 하지만 본인이 자신을 신부라고 부르세요." 자신의 목소리에 반감이 실려 나오는 것이 느껴졌다. 형사가 눈치챘을까. 하지만 베라는 방 안을 둘러보았다. 서랍장 위에 쌓인 교과서와 구석의 보면대.

"아이들은 지금 몇 살이지요?"

"클로이는 열네 살, 라이언은 열여섯 살이에요."

"아이들과 이야기할 수 있을까요? 공식적인 건 아닙니다. 여기 부엌에서 잠시 이야기하면서 마가렛을 마지막으로 만났을 때가 언제인지 알아보고 싶군요. 여기 조가 질문을 할 겁니다. 비슷한 또래 아이를 키우죠. 그렇지, 조?"

잘생긴 형사가 미소지었다. "제 아이는 약간 어립니다. 가끔 10대처럼 행동하긴 하지만. 다가올 미래가 두려워요."

아이들을 부르지 않을 수 없었지만, 지금 케이트가 원하는 것은 오로지 음식과 와인뿐이었다. 모두 약간 긴장해서 진지한 얼굴로 탁자에 둘러앉으니 무슨 회의 같았다. 하지만 아이들은 자랑스러웠다. 라이언은 정중하게 질문에 대답했고, 클로이조차 형사에게 또렷이 집중했다. "마가렛에 대해 말해주렴." 형사는 입을 열었다. 아이들은 서로 마주 보았고, 라이언이 먼저 대답했다.

"좋은 분이었어요. 어렸을 때 우릴 데리고 놀러 다녔죠. 요즘도 같이 있는 게 좋았어요."

"뭘 하면서?"

"좋은 일을 많이 하셨어요." 라이언이 답했다. "가끔 모금하는 걸 도 왔어요. 수퍼마켓 밖에서." 그는 잠시 사이를 두었다. "나 같은 노인네한 테는 사람들이 기꺼이 지갑을 연다고." 케이트는 사실이라고 생각했지 만, 그게 사연의 전부는 아니었다. 라이언은 마가렛과 함께 있을 때 더 안 전하다고 느꼈다. 어렸을 때 악몽을 꾸면 마가렛이 곁에 있어 주었다.

클로이가 자기 이야기를 시작했다. 뉴캐슬의 극장에 데려가준 이야 기, 처음 어른용 연극을 본 경험이었다. "아는 게 많았어요. 연극과 영화. 토요일에 엄마가 바쁠 때는 마가렛이 도서관에 데려갔어요. 학교 공부 잘 하라고 격려도 하셨고, '여자도 원하는 건 뭐든지 할 수 있단다.' 늘 그 런 말을 하지 않으셨나?"

케이트는 고개를 끄덕였다.

"지금은?" 조 애쉬워스가 물었다. "좀 더 나이를 먹었잖니. 아직도 친 했어?"

잠시 침묵.

"요즘은 마가렛과 그렇게 오래 같이 있지는 않았어요." 클로이가 말 했다. "하지만 늘 곁에 있다는 건 알았죠. 우리가 필요할 때면 언제든."

"난 요즘도 도왔는데, 그렇게 많이는 못했어요. 배 수리소에서 파트 타임으로 일하고 있거든요." 라이언이 말했다.

물론 둘 다 마가렛이 아이들과 같이 시간을 보내고 마음을 털어놓 던 시절을 그리워할지도 모른다는 생각은 해본 적이 없었다. 나이든 여 자가 젊은 사람들을 필요로 할지도 모른다는 생각은. 케이트는 청소년이야말로 우주에서 가장 자기중심적인 사람들일 거라고 생각했다.

형사는 보다 세부적인 질문을 시작했다. "오늘은 마가렛을 봤니?"

"난 봤어요." 라이언이 말했다. "학교에 가는 길에요."

"어디 있었지?"

"아침 식사 뒤에 손님 식당 탁자를 치우고 있었어요. 간밤에는 두 사람밖에 묵지 않았고, 그때 이미 다 떠난 뒤였어요. 열린 문간으로 날 보고 좋은 하루 보내라고 소리치셨죠."

"학교는 어디에 다니지?" 경찰은 의자에 기대앉았다. 케이트는 그가 피곤해 보인다고 생각했다.

"마들 고등학교." 케이트가 대답했다. "역 쪽에 있어요."

"이 지역 종합중등학교예요." 케이트가 덧붙였다. 보다 학급 규모가 작은 다른 학교에 보냈으면 아이들이 더 낫지 않았을까. 내가 하던 일을 계속했다면 그럴 형편이 됐을 텐데.

그때 베라가 끼어들었다. 케이트를 향한 질문이었다. "그 손님들? 혹시 신상에 대해 알고 계십니까?"

케이트는 후배 형사도 상관이 끼어드는 데 익숙하다는 것을 알 수 있었다. "그럼요. 클레어 고든은 대학에 다니는 아들을 데리러 에든버러로 가는 길이었어요. 하트퍼드셔 어딘가에 사는 단골 손님인데, 학기 시작과 끝 무렵 늘 여길 지나치죠. 다른 한 분은 마이클 크랙스, 크랙스 교수. 뉴캐슬 대학 해양생물학자인데, 현장답사를 할 때 늘 여기 묵어요. 클레어는 일찍 떠났어요. 일기예보에 눈이 올지도 모른다고 해서 일찍 나서야겠다고. 마이크는 일할 때는 언제나 집안 누구보다 먼저 나가죠." 이것이 형사가 원했던 정보일까, 자신이 참견하기 좋아하는 여관 주인처럼 보이는 게 아닐까 하는 생각이 들었다. 하지만 베라 스탠호프는 만족스러운 듯 고개를 끄덕였다.

"너는?" 조는 클로이에게 다시 물었다. "오늘 마가렛을 봤니?"

"아뇨. 난 라이언보다 먼저 집을 나섰어요. 못 봤어요."

형사들은 일어섰다. 드디어 가려는구나, 케이트는 생각했다. 저녁을 먹고 와인을 마시고 평화롭게 마가렛에 대해 생각할 수 있겠다. 스튜어트에게서 연락이 왔는지 전화도 확인하고 싶었다. 그러나 경찰들은 아직 원하는 게 있는 것 같았다.

"아까 만난 그 남자," 베라가 말했다. "그 사람도 단골이에요?"

"아, 네." 케이트는 미소지었다. "조지는 한 달에 한 번 이틀 묵어요. 스코틀랜드에서 일을 마치고 돌아가는 길에 하루 더 묵죠. 시계처럼 정확한 단골이에요."

"그럼 그분하고도 이야기할 수 있을까요?" 베라는 미안하다는 듯 다시 미소지었다. "그런 다음에는 평화롭게 놓아 드리죠."

하지만 이번 일이 다 끝날 때까지 하버 스트리트에 평화라고는 없겠지, 케이트는 생각했다. 마가렛 크루코스키를 누가 죽였는지 알아내기 전까지는.

b
|

　주인을 따라 복도를 지나 계단을 올라가면서, 조 애쉬워스는 언젠가 이 가족을 만난 적이 있거나 예전에 비슷한 탐문을 한 적이 있다는 기시감 때문에 찜찜한 기분에 사로잡혔다. 혀끝에서 맴도는 말이 생각나지 않을 때처럼 짜증스러운 기분이었지만, 도무지 기억이 나지 않았다. 어쩌면 자기 아이들이 뭔가 숨기고 있을 때를 연상시키는 이 집 아이들 때문이었는지도 모른다. 공손했지만, 조심스럽고 경계심이 많았다.

　그들은 엔더비의 객실에 도착했고, 케이트가 문을 두드리자마자 손님은 문을 열었다. 하지만 형사는 안으로 들이지 않겠다는 태도가 역력했다. 엔더비는 유쾌하고 약간 수줍음을 탔지만 자기 생각을 관철하는 데 능숙했다.

　"이야기하려면 라운지가 좋을 것 같습니다, 그렇죠, 케이트? 내가 다시 난로를 켜서 아늑한 분위기로 만들겠습니다. 폐가 아니라면 내가 부엌에서 차도 좀 만들죠. 당신은 아무 일도 할 필요가 없어요."

그래서 탐문은 번들거리는 어두운 색 가구가 놓여 있고 밀랍 광택제 향이 감도는 라운지에서 진행되었다. 엔더비는 빨간 초에 불을 붙이고 조명을 켰다. 접신하듯이 손을 잡고 사자를 불러내자고 할 것 같은 분위기였다.

케이트 듀어는 자신의 공간으로 돌아갔다. 세 사람은 차를 마시고 비스킷을 먹으며 잠시 앉아 가스 불꽃을 바라보았다. 엔더비가 쟁반을 들고 올 때까지 기다리는 동안, 조는 바깥이 보이도록 커튼을 걷었다. 눈은 그쳐 있었다. 이제 하늘은 맑았고, 별과 거대한 흰 달이 떠 있었다. 조는 케이트 듀어 가족과 나눈 대화를 떠올리며 자신이 무엇을 놓쳤는지, 왜 그렇게 익숙하게 느껴졌는지 다시 고민했다.

베라는 질문을 던지고 있었고, 벌써 그녀와 엔더비는 서로 교감을 나눈 것 같았다. 정확히 베라가 추파를 던진다고 말할 수는 없었지만, 잘 어울린다는 느낌이었다. 엔더비는 매력적인 사람이었다. 사람들은 대체로 베라 앞에서 굳이 매력적으로 보이려고 노력하지 않는다. 조가 볼 때 그녀는 이 점이 고마운 것 같았다.

그녀는 컵 너머로 미소지으며 집에서 구운 비스킷을 세 개째 차에 담고 있었다. "그럼 무슨 일로 노섬벌랜드에 오셨나요, 엔더비 씨?"

"조지라고 부르세요." 편안하고 밝은 미소. "업무차 왔습니다. 시간을 내서 이 근방을 좀 더 자세히 둘러봐야겠다 늘 속으로 생각하지만, 아내는 워시 만 북쪽은 죄다 지도에도 없는 황무지라고 생각하는 사람이고 나도 평소에 출장을 많이 다니다보니 휴일에는 그녀 없이 혼자 여기까지 올 수가 없어요."

"하시는 일은요?"

"출판사 영업입니다. 이미 멸종 위기 직종이지만, 그래도 살아남았고 은퇴할 때까지 붙어 있으려고 해요. 난 이 일이 좋습니다." 그는 애석한 눈빛으로 난로를 바라보았다. "난 독서를 좋아합니다. 중독이죠. 업무상 필요조건은 아닙니다. 아니, 어떤 측면에서는 방해가 되죠. 내가 쓰레기라고 생각하는 책을, 내키지 않는 서점 주인에게 강요하는 건 힘든 일입니다. 하지만 이제 영업망이 제법 생겼습니다. 동정적인 점주. 대형서점 매니저, 작고 사랑스러운 독립서점 주인들. 나는 그 사람들에게 어떤 책이 가장 좋을지 이해하니까요."

"책을 팔기에는 어울리지 않는 계절 아닐까요." 베라는 거의 추파를 던지는 듯한 가벼운 말투로 말했다. "지금쯤 가게에는 크리스마스 물량을 들여놨을 텐데. 이 계절에는 다들 런던으로 가고 싶어하지 않나요? 사무실 파티. 아이들 물건을 사러 일찌감치 집에 갈 테고."

엔더비는 몸을 앞으로 내밀고 솔직한 목소리로 말했다. "사실 난 크리스마스가 정말 싫습니다. 공포예요. 탈출할 수 있어서 기쁩니다. 물론 소개할 다음 시즌 신간도 있고 말이죠."

"그렇군요." 침묵.

"북쪽으로 출장갈 때는 왜 하버 스트리트에 머무르시죠?" 베라는 옆의 작은 탁자에 컵을 내려놓았다. 지금부터는 보다 진지하게 대화를 진행하겠다는 신호였다. "교통이 그리 편하지는 않을 텐데."

"하지만 정말 편안하고 제 마음에 들어요. 5년 전 노섬벌랜드 관광 웹사이트에서 찾아낸 뒤 줄곧 이용하고 있습니다. 특징 없는 밋밋한 호텔도 싫고, 케이트는 유능하고 따뜻한 주인입니다. 날 아주 잘 돌봐주죠."

조는 그가 지나치게 말을 많이 한다는 생각이 들었다. 그중 어떤 이유 하나만 댔어도 충분할 것이다.

"마가렛 크루코스키도 아셨습니까?"

"그럼요. 좋은 여자였어요." 엔더비는 잠시 사이를 두었다. "그녀와 케이트는 손발이 잘 맞았습니다. 케이트 혼자 해나갈 힘이 있었으면 좋겠어요. 하지만 아마 이제 다른 계획을 만들지도 모르죠."

"마가렛과 이야기를 해본 적도 있나요?" 베라는 상대를 똑바로 쳐다보았다. "사람들에 관심이 많은 분 같아서, 혹시 아침 식사 중에 대화를 나누지 않으셨을까 싶은데요."

"아, 뭐, 그냥 일상적인 이야기였습니다." 엔더비는 찻주전자에 손을 뻗었다.

"그녀에 대해 알고 계시는 게 있나요?"

"놀랄 정도로 별로 없습니다. 늘 친절했지만, 벽이 있었다고 할까요. 비밀을 지키는 것이 습관이 된 것 같았습니다." 그는 문득 매력적인 미소를 지었다. "나는 사람들에 대한 이야기를 만듭니다. 공상이죠. 어쩌면 너무 많이 읽어서인지도 몰라요. 가끔 나도 내 소설을 써 볼까 하는 생각도 합니다."

조는 자신이 대화의 맥락을 놓치고 있다는 기분이 들었다. 엔더비가 무슨 말을 하고 있는지, 이런 이야기가 수사에 도움이 되는지 전혀 알 수 없었지만, 베라는 줄기를 따라가고 있는 것 같았다. "마가렛 크루코스키에 대해서는 어떤 이야기를 쓰셨나요?"

"냉전이 끝나고 뒤에 남은 첩자라는 이야기. 새로운 신분을 얻어서요." 그는 다시 미소지었다. 표정이 환해졌다. "물론 말도 안 되는 이야기죠. 폴란드계 이름이라는 이유만으로! 늘 이렇게 제 멋대로 상상을 하곤

합니다."

베라도 미소지었다. 하지만 총애하던 학생에 대한 인내심이 바닥나기 시작하는 선생의 나무라는 듯한 미소였다.

"우린 현실 이야기만 하죠. 5년이나 다녔다면 그 여자에 대해 뭔가 알고 계실 텐데요."

"현실은 상상보다 진부하지 않을까요. 마가렛 크루코스키는 논리정연하고, 명석하고, 아는 게 많은 분이었습니다. 나이에 비해 아직 매력적이었고요. 마들은 그런 분이 흘러올 만한 곳이 아닌 것 같았습니다. 타인머스나 재스먼드의 좋은 아파트에 사셔야 할 분이라고 생각했어요. 하지만 물론 돈이 없었겠죠. 좋은 요리사였습니다. 이 비스킷도 그분이 구운 거고, 아침에 먹는 빵과 페이스트리도 만들었습니다. 규칙적으로 교회에 다녔어요. 좋은 일을 많이 하셨고. 구명협회부터 적십자에 이르기까지 저도 그분 때문에 온갖 자선사업에 돈을 많이 바쳤습니다." 그는 잠시 말을 멈췄다. "혹시 가정폭력을 당한 적이 있나 생각한 적이 있어요. 그분이 참여하던 자선사업 중에 여성 쉼터도 있었는데, 다른 사업보다 특히 정성을 쏟는 것 같았습니다. 몇 주 전에는 겨울 바자회에 산타클로스 역할을 해달라고 초대도 받았습니다. 아주 설득력 있는 분이고, 그 사업에 특별한 열정을 갖고 계셨어요." 그는 말을 멈췄다. "죄송합니다, 형사님. 또 제멋대로 주절거리고 있군요."

조는 베라 스탠호프가 일하는 방식도 마찬가지라고 생각했다. 그녀는 언제나 수사 내내 이야기를 만들곤 했다. 단지 그녀는 그런 이야기를 '가설'이라고 불렀다.

"가족 이야기를 한 적도 있나요?" 베라는 다시 구체적인 질문으로 들어갔다.

엔더비는 잠시 입을 다물고 불꽃을 바라보았다. 기억을 더듬는지, 시간을 벌려는 건지 알 수 없었다.

"아뇨. 가족이라는 주제는 나온 적이 없었던 것 같습니다. 그 나이 여자라면 보통 누군가 있지 않습니까? 손자라든지, 조카손자라든지. 걸 핏하면 사진을 꺼내 들죠. 하지만 마가렛은 그러지 않았습니다. 전남편 이야기는 가끔 했지요. 듣기로는 건달 같았지만. 건달에 바람둥이."

외로운 늙은 여자에 대한 이야기를 베라가 어떻게 받아들일지 조는 궁금했다. 상처를 받았는지는 몰라도, 그녀는 그 어떤 기색도 비치지 않았다.

"혹시 오래전 헤어진 뒤 남편을 다시 만난 적이 있을까요?"

엔더비는 웃었다. "아, 그럴 것 같지는 않습니다. 현실보다 추억에 대해 열정을 간직하는 것이 훨씬 쉽지 않습니까. 전 그 남자가 마가렛의 인생에서 완전히 물러났다고 생각합니다. 본인 표현을 빌리면, 지구상에서 사라져버린 것 같다고 했으니까요."

"마지막으로 본 건 언제였습니까?" 베라는 상대를 다시 똑바로 쳐다보았다.

"이달 초. 지난번 여기 묵었을 때죠. 필요하시다면, 일기장을 보면 날짜도 확인할 수 있습니다." 그는 의자에 물러앉았다. 어딜 보나 느긋하고 협조적인 태도였다.

"오늘은 못 봤고요?"

"유감입니다, 형사님. 오늘 일은 전혀 도움을 드릴 수가 없어요. 전 어둑해질 때쯤 도착했습니다. 케이트가 말해줄 겁니다. 직접 들였으니까요." 그는 몸을 쭉 뻗고 하품을 했다.

베라는 거의 잠든 것 같았다. 방은 이제 아주 따뜻했다. 조는 몰래 시계를 보았다. 집에서는 아이들이 침대에 들 시간이었다. 베라가 빨리 다음 단계로 넘어갔으면 싶었다. 이 남자에게 유용한 정보가 없다는 것은 명백했다. 비록 눈은 그쳤지만, 돌아가는 길은 악몽일 것이다. 엔더비조차 인내심을 잃어가는 것 같았다. 그는 가볍게 기침을 했다.

"달리 제가 도움이 될 일이 없다면, 형사님."

"그러세요." 베라는 미소지었다. "저는 제 나름대로 이야기를 만들고 있었습니다."

엔더비는 일어섰다. "배가 너무 고픈데요. 이런 때에 제 몸의 안락이나 생각하는 건 천박한 짓이겠지만, 일찍부터 돌아다니면서 날씨가 악화되기 전에 여기 도착할 생각으로 점심도 먹지 않았습니다. 코블에 가서 뭘 좀 먹어야겠습니다." 그는 형사를 바라보았다. 베라도 힘들게 몸을 일으키고 있었다. "살인사건이 뉴스에도 날까요?"

"아, 그렇겠지요." 베라는 솔기가 약간 풀린 트위드 치맛자락을 폈다. "지방신문이 살인만큼 좋아하는 사건이 또 있던가요."

엔더비는 허리를 굽혀 가스 난로를 껐다. 전깃불을 켜고 촛불은 껐다. "난 하룻밤 여기 더 있다가 스코틀랜드에서 내려갑니다." 그는 재킷 주머니에서 지갑을 꺼내 명함을 내밀었다. "여기 제 휴대전화 번호입니다. 혹시 필요하시면 언제든지 연락하십시오." 그는 차쟁반을 들고 잠시 망설이더니 다시 내려놓았다. "생각해보니 여기 두는 게 나을지도 모르겠군요. 케이트도 아이들과 함께 한 잔 하고 싶어할 것 같은데. 스튜어트가 오지 않았다면."

"스튜어트?"

"아, 케이트의 새 남자 친구입니다. 마침내 누군가 찾았다는 소식에 다들 기뻐했지요. 그럴 때가 됐어요."

그는 정중한 미소를 마지막으로 남기고 방을 나섰다.

조는 베라가 뒤따라갈 거라고 생각했지만, 그녀는 양탄자를 가로질러 피아노에 기대서더니 허리를 굽혀 의자를 덮은 태피스트리를 어루만졌다.

"그를 어떻게 봤어?" 날카로운 명령조여서 조는 깜짝 놀랐다.

"모르겠습니다. 유쾌한 사람 같은데요." 조는 이제 약간 노골적으로 다시 시계를 보았다.

"사실대로 말하는 것 같던가?"

"네. 거짓말을 할 이유를 모르겠습니다."

"케이트 듀어의 새 남자 친구에 대해 알아내야 해. 이 집안에 새롭게 등장한 인물."

그는 고개를 끄덕였다. 그제야 조는 부엌의 풍경 어디가 그렇게 익숙하게 느껴졌는지 깨달았다.

"케이트 듀어. 가수 케이트 거스리였군요."

베라는 모르는 표정이었다.

"기억하실 겁니다. 제가 어렸을 때 꽤 유명했어요. 젊은 싱어송라이터로. '흰 달 여름'이라는 히트곡도 있었습니다." 조는 입을 다물고 기억을 더듬었다. 그와 샐은 그 노래를 들으며 연애를 했다. 강렬했던 어느 긴 여름이 떠올랐다. 해변가 파티, 새벽까지 이어진 대화. 지금과 다른 사람들 같았다. 자기도 모르게 입에서 노랫구절이 흘러나왔다.

"자넨 경찰에서 썩기 아까워, 조 애쉬워스. 그런 목소리를 갖고."

그는 베라가 언제 농담을 하는지 통 알아듣지 못했다. "아, 제시가 절 닮았죠."

"그럼 저 케이트 듀어가 유명했나?"

"몇 년 정도 진짜 스타였습니다. 그러다 인기가 떨어졌죠. 그냥 시야에서 사라졌든가. 갑작스러웠던 것 같습니다."

"그런 건 어떤 기분일까." 베라는 혼잣말처럼 중얼거렸다. "그 모든 명성과 영향력을 누리다가 갑자기 아무것도 아닌 존재가 된다는 것."

자기 자신의 은퇴에 대해, 그 뒤에 어떻게 할지 생각하는 게 아닌가 하는 생각이 들었다. 조는 대답하지 않았고, 잠시 침묵이 흘렀다.

"그럼 이제 어떻게 하지?" 베라는 그를 올려다보며 시험하듯 도전적으로 물었다.

"신부를 만나봐야죠. 마가렛이 자기 가족에 대해 뭔가 털어놓았을지도 모릅니다. 결혼생활 중에 실제로 무슨 일이 있었는지."

"고해성사 말이지?" 베라는 큭 하고 작게 웃었다.

"모르죠." 조는 어리둥절했다. 그는 감리교 집안에서 자랐고, 감리교에는 그런 관습이 없다. "그냥 잡담 이상을 했을 것 같은데요."

"여성 쉼터에 대해서도 알고 있을 거고." 베라는 이제 거의 혼잣말이었다. "살해동기가 되지 않을까? 폭력적이고 술을 많이 마시는 남편, 자기 마누라가 마침내 떠날 용기를 얻은 걸 마가렛 탓으로 돌렸다."

가스 난로가 쉿 소리를 내며 식고 있었다.

베라는 조를 돌아보았다. "집까지 태워줄까?"

"네. 괜찮으시면." 안도감이 밀려왔다. 밤새도록 밖에서 돌아다니다가 돌아가는 길에 술 한 잔 하면서 이야기 더 하자고 할까 봐 걱정이었던 것이다.

잠시 침묵. "아니, 택시를 타고 가도 되겠지? 이제 눈은 그쳤고, 곧 제설차가 나올 테니 돌아가는 길은 문제없을 거야. 경비 처리해. 나가는 길에 케이트의 새 남자 친구에 대해서 정보를 얻어 봐. 난 한동안 이 마을에 있을 거야."

"저도 같이 있을까요?" 보통 베라는 그러라고 했다.

"아니." 짓궂은 미소. "샐과 아이들한테 돌아가. 샐의 원한 사기 싫어. 게다가 홀리도 오고 있어."

7
|

베라는 조 애쉬워스가 택시를 타고 떠나는 모습을 지켜보았다. 그가 갈등하고 있다는 것을, 차라리 베라와 같이 추운 바깥을 돌아다니는 게 나을지도 모른다고 생각한다는 것을 알 수 있었다. 조의 성질을 건드리는 건 워낙 쉬워서 별 재미가 없었다. 괴롭힐 필요는 없다. 세인트 바르톨로뮤 교회에는 불이 켜져 있었고, 안으로 들어가서 케이트 듀어가 말한 그루스킨 신부를 찾아볼까 하는 생각이 잠시 들었다. 그러나 배가 고팠다. 배가 고프면 일을 제대로 할 수가 없었다.

너무나 추워서 휴대전화로 홀리에게 씩씩거리며 이야기하는 동안 코와 입에서 김이 뿜어나왔다. 신호등에 걸려 서 있으니, 입김이 그대로 얼음으로 변하는 것 같았다.

"어디지, 홀?"

"지시하신 대로 감식반과 합류했어요." 홀리다웠다. 간결하고 공격적이었다.

"마들로 올 수 있겠어? 조는 가족 품으로 돌아갔는데, 도울 사람이 필요해. 나는 항구 근처 생선가게에 있을 거야. 자네 것도 시켜 놓을까?"

"아뇨, 전 먹었어요." 당연히 먹었겠지. 샐러드 잎과 사과가 가득 든 터퍼웨어 한 상자. 건강에 신경쓰는 홀리는 포화지방 1그램도 섭취하지 않았다. "20분 뒤에 도착할게요."

베라는 생선 튀김 냄새에 이끌려 거리를 걸었다. 올이 풀린 스타킹과 짧은 치마 차림의 덩치 큰 여자가 비틀거리며 퍼브에서 나왔다. 감기라도 걸릴 것 같았다. 안에서 누군가 여자에게 소리쳤다. 말은 알아들을 수 없었지만, 모욕적인 말투였고 약간 즐기는 것 같기도 했다. 베라는 그녀와 동질감을 느꼈다. 발 아래에서 얼어붙은 눈이 뽀드득거렸다.

마들 어판장에서 베라는 탁자에 앉았다. 공간은 절반 이상은 식당으로 꾸며져 있었다. 포장 판매대 앞에 선 줄을 그대로 지나쳐서 웨이트리스가 즉시 주문을 받으러 오게 하니 기분이 좋았다. 영국의 계급의식이란 여기 마들 어판장에서조차 발동할 정도로 뼛속 깊이 박혀 있는 것일까, 약간의 우월감을 느끼는 것은 자연스러운—죄책감을 곁들인—즐거움일까, 베라는 생각했다. 가게 안은 따뜻했고, 창문에 맺힌 이슬이 흘러내리고 있었으며, 배경의 텔레비전에서는 바보 같은 프로그램이 나오고 있었다. 웨이트리스는 쟁반을 가지고 왔다. 주전자에 담은 차, 도자기 접시에 빵과 버터, 튀김옷은 바삭바삭하고 얇았고 생선살은 부드러웠다. 아, 그래, 베라는 생각했다. 이런 게 품위지!

베라가 식사를 마칠 때쯤 홀리가 도착했다. 홀리는 추위를 막는 옷을 껴입었는데도 날씬하고 맵시 있었다. 디자이너 파카라는 것도 있나? 만약 있다면, 홀리가 입은 파카가 그런 종류일 것이다. 그녀는 상관 맞은편에 앉아 종이수건으로 자기 앞의 테이블을 닦았다.

"현장감식은 마쳤나?"

"시체는 안치소로 운반했어요." 홀리는 교육받은 남부지방 말투를 썼다. 그녀의 잘못은 아니다. "기차는 히튼의 차고로 돌아갔고요. 빌리 웨인라이트는 악몽 같다는군요. 워낙 미량증거물과 발자국이 많아서. 며칠 걸릴 거예요. 어쩌면 더 걸릴지도 모르고. 어쨌든 선로는 비었어요. 눈이 더 내리지 않으면 오늘 밤에 운행이 재개될 거예요."

"재미있는 여자야, 피해자 말이야." 베라는 의자에 등을 기댔다. "학교를 졸업하고 곧장 폴란드 남자와 결혼했어. 몇 년 뒤 이혼했는데, 그 뒤로 죽 혼자 산 것 같아. 종교와 자선사업에 열의가 있었던 것 같고. 바로 길 건너 저쪽의 게스트하우스에서 집세 없이 살면서 운영을 도왔지만, 내가 볼 때 거의 가족의 일원 같더군. 여관 주인은 케이트 듀어, 10대 아이 둘을 키우고, 같이 살지 않는 남자 친구가 있어."

"그럼 일반적인 피해자 유형은 아니군요." 홀리는 무슨 전자 장비를 탁자 위에 올려놓고 타이프를 치고 있었다.

베라는 평범한 수첩은 뭐가 문제냐고 묻고 싶은 충동을 억눌렀다. "아니야." 이른 저녁 손님은 드문드문해졌고, 생선가게는 이제 조용해졌다. 길게 늘어섰던 줄도 흩어졌다. 베라는 일어섰다. "같이 가자고."

"어디로 가죠?" 홀리는 장비를 끄고 핸드백 안에 집어넣었다.

"신부를 만나러."

교회에는 아직 불이 켜져 있었고, 묵직한 문을 밀자 그대로 열렸다. 하지만 건물 안은 비어 있는 것 같았다. 습기와 곰팡이, 향 냄새가 났고,

케이트 듀어의 집에서 사용하던 가구 광택제와 같은 냄새도 풍겼다. 베라는 혹시 마가렛 크루코스키가 교회 청소도 한 게 아닐까 생각했다. 그랬다면 지금부터는 교회 안살림을 도울 신도를 새로 구해야 할 것이다. 교회 안에는 크리스마스 장식이 없었고, 색깔이라고 있는 것은 제단 위의 스테인드글래스 창문뿐이었다.

"여보세요! 누구 없어요?" 교회에 오면 늘 불경해진다.

앞쪽에서 인기척이 들리더니, 왼쪽으로 난 문에서 어두운 형체가 나타났다. 베라가 평생 만난 남자 중에 가장 못생긴 것 같았다. 30대 초반 정도, 예상보다 젊었다. 검은 머리, 애벌레 같은 검은 눈썹, 말을 하지 않는데도 움직이고 있는 두꺼운 입술, 가느다란 눈. 덩치 크고 느릿느릿한 미스터 빈이랄까. 스탠드업 코미디언 같은 인상이었다. 그대로 무대에 올라가면 관중들이 놀라 긴장한 웃음을 터뜨릴 것 같았다.

"네?" 그는 검은 사제복 위에 검은 망토를 입고 있었다. 제복을 좋아하는 남자. 이쪽으로 다가오는 몸짓에는 낯선 사람을 환영하는 기색이라고는 전혀 없었다.

"그루스킨 신부?" 베라는 대답을 기다리지 않고 신분증을 꺼내 보였다. 신부는 근시인지 눈을 가늘게 뜨고 확인했다. "유감이지만 신도 한 분에게 좋지 않은 소식이 있습니다."

신부는 두 사람을 교구실로 데리고 들어갔다. 여기는 조금 따뜻했다. 가스 난로가 쉿쉿거렸고, 난로에서 나오는 연기가 목구멍에 걸렸다.

"네?"

"이미 들으셨는지도 모르겠지만." 베라는 말했다. "오늘 이른 저녁 전철에서 살인사건이 있었습니다. 피해자는 마가렛 크루코스키. 여기 규칙적으로 다녔다고 들었습니다만."

신부는 경악한 눈으로 그들을 바라보다가 평범한 나무탁자 앞 의자에 털썩 주저앉았더니 두 손에 얼굴을 묻었다. "믿을 수 없어." 진심으로 비통한 것 같아서, 베라는 잠시 동정심을 느꼈다. "세상이 어떻게 된 건지, 그렇게 훌륭한 노부인이 공공장소에서 살해되다니요." 상류층 말투, 하지만 이 지방 사람이었다. 도시에서 자랐군, 베라는 생각했다. 곱게 자랐어. 신부는 신선한 바람을 쐬며 잠시 산책을 해야 할 것 같은 얼굴이었다.

"잘 알고 지냈나요?" 홀리가 끼어들었지만, 어쨌든 신부는 올려다보고 대답했다. 베라의 말에는 뭐라 답하지 않은 상태였다.

"규칙적으로 교회에 나왔고, 늘 기꺼이 참여했습니다. 요즘 대부분의 교회는 나이 지긋한 여자분들 덕분에 운영됩니다. 내 아버지도 목사였고, 나는 시내 교구에서 자랐지요. 당시에도 마찬가지였습니다." 사제복을 입는 게 집안 전통이었군.

"마가렛의 가족과 연락하려고 합니다." 홀리도 이제 전자장비는 만지작거리지 않고 신부에게 주의를 집중했다. "도와주실 수 있나요?"

"모르겠습니다. 부인은 길 저쪽 하버 게스트하우스에서 살았죠. 듀어 부인이 알지도 모르겠습니다. 가족 같은 사이였거든요. 마가렛이 아이들을 주일학교에 데리고 오곤 했습니다."

그들은 잠시 말없이 앉아 있었다.

"마가렛이 교회 자원봉사도 많이 했다고요?"

"네." 신부는 다른 생각에 잠긴 것 같았다. 마가렛 대신 청소 일을 맡을 만한 늙은 여자를 떠올리는 게 아닐까, 베라는 생각했다. 마침내 그는 질문에 주의를 기울였다. "네, 쉼터에서요."

베라는 자신이 주도권을 쥘 때라고 결정했다. "쉼터는 가정폭력 피해여성을 위한 곳이었다죠?"

이번에도 신부는 단순명료한 대답을 할 수 없는 것 같았다. "아니요. 노숙 여성들을 위한 숙소였습니다. 일부 가정폭력 때문에 집을 나온 사람도 있었겠지만, 우리는 기본적으로 숙소가 필요한 어려운 여성들을 모두 돌봅니다. 교도소에서 출소한 사람도 있고요, 보호시설에서 나온 사람도 있습니다."

"교회에서 운영합니까?"

"자선기금 소속입니다. 사회사업가와 회계사와 함께 제가 신탁관리인을 맡고 있지요. 하지만 교회 차원에서 그 사업을 지지합니다. 재정적으로, 실질적으로, 기도로. 마가렛은 몇몇 여성들에게서 기적을 이끌어냈어요. 일종의 대리모 같은 역할을 해줬습니다. 그들이 정말 안타까워할 겁니다."

"마가렛을 해치고 싶어할 만한 사람이 있었을까요?" 가스 난로의 연기 때문에 어지러웠다. 기절할 것 같았다.

"그럴 리가요!" 즉각적인 대답이 나왔다. "이건 이성적인 사람의 행동이 아닙니다, 형사님, 사악한, 무작위적인 범행이에요. 이 시대의 징후입니다."

"교회에 가까운 친구는 있었나요?" 홀리는 정중하게 물었고, 이번에도 신부는 그녀의 질문에 보다 깊이 생각한 답변을 했다. 그는 베라에게 등을 보이고 홀리 쪽으로 돌아앉았다.

"가까운 친구요? 아니요." 그는 망설이다 조심스럽게 말을 고르는 것 같았다. "교회는 서로 다른 성격을 지닌 다양한 사람들의 공동체입니다. 물론 그리스도의 관용정신으로 서로를 대해야 하지만, 우리도 인간이에요."

베라가 끼어들었다. "여자들이 잔뜩 모여 있으면 당연히 파벌도 생기고 다툼도 있겠죠. 악몽이겠네!"

신부는 그녀를 돌아보더니 처음으로 미소지었다. "늘 쉬운 건 아닙니다."

"마가렛이 어떤 무리에 속해 있었습니까?" 베라는 다시 물었다. 작은 방의 답답한 공기는 숨이 막혔다. 차라리 탁 트인 차가운 공기 속으로 나가고 싶었다. 그녀는 대화를 진전시켜야 했다.

"아뇨. 마가렛은 소문을 싫어했고, 거리를 뒀습니다. 가까운 친구가 없었다고 말씀드린 건 그런 의미입니다. 늘 완벽하게 유쾌한 사람이었고 교회 일상에서 자신의 임무를 충실히 수행했습니다만, 누구에게 속내를 털어놓지는 않았을 겁니다."

"신부님에게도?"

"네." 미소는 약간 서글퍼졌다. "저한테도."

"그 숙소 말입니다. 쉼터. 어디 있지요?"

"예전에 사제관으로 쓰던 건물입니다." 이번에는 딱딱한 미소가 떠올랐다. 약간 분한 것 같기도 했다. "다른 시절이었다면 제 공관으로 썼겠지요. 사제의 지위가 달랐던 시절이라면. 제 아버지 시절에도 교구 목사는 거기서 살았습니다. 하지만 이제는 독신 남성이 그렇게 큰 집을 독차지하는 걸 정당화하기가 힘들고, 교구에서 적절한 세를 받고 자선기금에 내놨지요. 마을을 약간 벗어난 곳입니다. 상업적인 어업이 농사를 대체하기 전 주 정착지였죠." 그는 한숨을 쉬었다. 빅토리아 시대였다면 거대한 사제관에 살면서 귀족들과 사교를 즐기고 뒷자리 농부들에게 설교를 하면서 훨씬 행복하게 사셨겠군, 베라는 생각했다.

"오늘 밤에는 가기 힘들 겁니다. 길이 별로 안 좋고 날씨도…. 여자들도 외로운 곳이라고 늘 투덜거립니다. 최선의 위치인지 저도 잘 모르겠어요."

바깥 거리는 한결 조용했다. 피시 앤 칩스 가게는 문을 닫았고, 하버 게스트하우스의 유리창에도 모두 커튼이 내려져 있었다. 눈 표면에는 단단한 서리가 내려 있었다. 그루스킨은 몸을 떨었다. 그는 아주 오랫동안 움직이지 않았다. 입은 것이라고는 어깨에 뒤집어 쓴 망토뿐이니 아마 얼어붙을 지경이겠지, 베라는 생각했다. 마침내 그는 형사들과 작별하고 보도를 걷기 시작했다. 베라가 문득 뒤돌아보니, 신부는 휴대전화로 누군가와 통화하고 있었다.

8

말콤 커는 코블 바에 서 있었다. 그의 뒤에는 나이 지긋한 남자 넷이 도미노 게임을 하면서 판돈을 놓고 입씨름을 하고 누가 바에 갈 차례인지 싸우고 있었다. 말콤의 눈에 그 네 사람은 처음 아버지를 따라 이 술집에 왔을 때부터 늘 같은 탁자에 앉아 늘 싸우는 것처럼 보였다. 그들의 옥신각신하는 목소리와 갈매기 울음소리가 그에게는 평생의 배경음악이었다.

30년 동안 이 곳은 아무것도 변한 게 없어.

단지 오늘 밤 말콤은 취해 있었다. 마지막으로 취한 게 언제인지 기억도 나지 않았다. 아마 뚱뚱한 밸이 여주인이고, 그가 젊고 탄탄한 선동가였던 시절일 것이다. 바 뒤에 걸린 초상화에서 밸이 그를 나무라듯 응시하고 있었다. 밸에게는 교활하고 약삭빠른 릭이라는 아들이 있었는데, 그 두 사람을 떠올리니 갑작스럽게 죄책감이 밀려왔다. 말콤은 뱃살처럼 죄책감을 두르고 다녔고, 너무나 익숙해서 보통 스스로 깨닫지도 못했다. 술 때문인지도 알 수 없었다. 요즘 그는 술을 많이 마시지 않았다—배수리소에서 작업이 끝나면 거의 매일 저녁 코블에 들렀다. 한두 파인트 마시고, 크로니클을 읽고, 스포츠 중계가 없으면 룩 노스를 보고. 그런 뒤 퍼시 스트리트의 작은 집으로 돌아갔다—이혼 뒤 남은 것이라고는 그것뿐이었다.

그러나 오늘은 벌써 몇 잔째인지도 잊었다. 맥주로 시작했지만 더 이상 방광이 견디지 못해 붉은 포도주로 갈아탔다. 하지만 독한 술에는 손을 대지 않았다. 스카치로 갈아타지 않은 것이 자랑스러웠다. 아직 서 있을 수 있다는 사실도 마찬가지였다.

오늘 나눈 대화라고는 바맨 조니와 주고받은 이야기, 그리고 술을 얻어 마시거나 손님을 낚기 위해 퍼브를 돌아다니는 늙은 갈보 디를 조롱한 것뿐이었다. 세상에, 진짜 절박한가보군. 그는 생각했다. 자신은 그 정도까지 추락하지 않았다는 점도 자랑스러웠다.

그는 문득 후덥지근하게 취한 공기를 통해 등 뒤에서 들려오는 대화를 의식했다. 목소리가 갑자기 활기를 띠었다. 제대로 된 발음은 아니었지만, 아는 이름이었다. 돌아보니 중년 부부였다. 희미하게 안면이 있었고 남자와 같은 학교를 다녔다는 생각이 들었지만, 이름은 기억나지 않았다.

"뭐라고 했지?"

"살인사건이 났어요." 깡마른 여자였다. 그녀는 재킷을 벗고 분홍색 브이넥 스웨터 차림이었다. 젖가슴 사이로 가슴골이 보였다. "그것 때문에 전철 운행이 중단됐어요."

"아니. 눈 때문이오." 말콤은 말했다. 그는 와인 잔에 손을 뻗다가 바

안쪽 거울 속에서 입가에 송곳니처럼 와인 자국이 묻어 있는 자신의 모습을 보고 손등으로 자국을 닦았다. 작업장을 나서기 전에 씻었는데도 불구하고, 못이 박힌 손가락에는 때가 끼어 있었다.

"살인사건이 났어요." 여자의 높은 목소리가 바 전체에 울려 퍼졌다. 바가 고요해지고 다들 귀를 기울이자, 여자는 흡족한 것 같았다. "내 친구 중에 지역경찰과 결혼한 사람이 있는데, 그 친구가 방금 문자를 보냈어요. 저녁뉴스에 나올 거라고."

"누가 살해당했는지 들었소?" 하지만 말콤은 이미 알 것 같았다.

"바로 이 동네 사람이라고 들었어요." 여자는 들뜬 기색이 역력했다. 시체를 직접 볼 기회가 주어진다면 안치소에라도 들어가겠군, 말콤은 생각했다. 침을 흘리면서. "마가렛이라고 하더라고요. 성은 특이했어요."

"크루코스키."

"맞아, 그 이름이에요!" 그녀는 더욱 흥미로운, 존경심까지 담은 눈길로 말콤을 바라보았다. "아는 사람이군요?"

그는 잠시 침묵을 지키다 바에서 떨어져 나왔다. "예전에. 오래전에." 그는 중심을 잡으려고 잠시 우뚝 서 있다가 추위 속으로 나왔다.

그는 거리에서 다시 멈춰 서서 쓰레기가 흘러넘치는 쓰레기통에 몸을 기댔다. 생선가게는 어두웠고, 도로는 조용했다. 갑자기 머릿속에 기억과 영상들이 가득 찼다. 배를 타고 코켓 섬으로 놀러갔던 여름날, 손에 와인 잔을 든 채 웃고 있는 긴 치마와 샌들 차림의 여자. 코블 밖에서 사진을 찍으려고 서 있던 한 무리의 사람들. 뱀의 혀처럼 목재를 핥던 불꽃, 연기와 타르 냄새.

게스트하우스 문을 두드리고 잘난 체하는 케이트에게 마가렛의 소식을 물어볼까 하는 생각이 들었지만, 추위 때문에 술이 충분히 깬 탓에 별로 좋은 생각이 아니라는 판단을 할 수 있었다. 아침에 라이언을 만나 정보를 얻어내면 된다.

그는 불을 밝힌 전철역 간판 쪽으로 걸었다. 사제 피터 그루스킨이 반대쪽에서 걸어오고 있었고, 잠시 말콤은 신부가 어디로 가는지 궁금했다. 퍼브는 아닐 것이고. 하지만 퍼시 스트리트 쪽을 향해 골목을 꺾어 들어가는 순간, 그는 신부가 방향을 바꿔서 자신을 따라오고 있다는 것을 깨달았다. 검은 망토가 뒤로 휘날려서 거대한 검정 새처럼 보일 정도로 빠른 걸음이었다. 그루스킨이 너무나 이상해 보여서—인간 같지 않았다—순간 겁이 더럭 난 나머지 상상 속의 괴물에 겁을 먹은 어린 아이처럼 집으로 뛰어가고 싶은 충동이 일었다. 그러나 신부는 시내로 이어지는 전철 위 고가도로로 올라섰고, 말콤은 가던 길을 계속 갔다. 골목 한쪽에는 세인트 바르톨로뮤 교회가 육중하게 서 있었고, 양쪽 끝에 가로등이 겨우 하나씩 서 있었다. 단단해진 눈밭 위에 자신의 그림자가 앞뒤로 길게 늘어졌다. 참을 수 없을 정도로 오줌이 마려웠다. 말콤은 얼른 주위를 둘러본 뒤 전철 선로와 골목 사이의 못박힌 담장에 오줌을 쌌다. 전철 쪽 골목 끝에서 사람 목소리가 들리는 것 같아, 그는 민망해서 얼른 고개를 돌리고 바삐 집으로 향했다.

집에 들어서니 거리 못지않게 추웠다. 뼛속까지 스미는 축축한 한기였다. 그는 거실 불과 가스 난로를 켜고 처음 들어오는 사람처럼 방을 둘러보았다. 영혼이 없다. 이곳에는 영혼이 없어.

거실에는 구매했던 곳에 있던 것과 똑같은 문양의 양탄자가 깔려 있었고, 모조가죽 소파와 유리 커피 탁자가 놓여 있었다. 텔레비전.

50년 뼈 빠지게 일했는데 남은 게 이것뿐이라니.

쓸 만한 배 한 척도 있지, 그는 생각했다. 배를 생각하니 잠시 마음에 위안이 되었다. 루시-메이 호는 싸울 가치가 있는 배였고, 데보라는 배에 손을 대지 않았다. 그는 심야 지방 뉴스를 볼 생각으로 텔레비전을 켰다. 코트 차림으로 그렇게 서 있으니, 아까 몰려왔던 기억이 다시 머릿속을 채웠다. 물 위에, 웃고 있는 젊은 여인의 얼굴에 어른거리던 불빛. 등에 느껴지는 따뜻한 갑판의 판자, 이상한 모양을 그리며 하늘을 나는 제비갈매기. 활활 타오르는 불길 속에서 채찍 휘두르는 소리를 내며 부서지던 나무 소리, 총성처럼 불꽃이 튀던 소리.

뉴스를 기다리는 동안, 말콤은 머릿속을 가득 채운 영상을 밀어내려고 고개를 흔들며 커튼을 닫으러 창가로 갔다. 등을 꼿꼿이 세우고 똑바로 앞을 쳐다보며 전철이나 교회를 향해 하버 스트리트를 걷는 마가렛 크루코스키의 모습을 다시는 볼 수 없다는 생각이 문득 떠올랐다. 머릿속에 자선사업과 좋은 일들을 가득 담은 채. 이제 그 여자는 더 이상 아무것도 요구할 수 없어. 이 생각이 기쁜지, 실망스러운지 그 자신도 알 수 없었다.

9
|

그들은 바깥 보도에 서 있었다. 베라는 발을 굴렀다. 온기를 돋우려는 목적이기도 했고, 잠을 깨기 위해서이기도 했다.

"이제 뭘 하죠?" 홀리는 절대 먼저 나서서 하루 일과를 접자고 말할 사람이 아니었다. 그녀의 직장생활은 자신이 다른 사람들보다 덜 징징거린다는 것을 동료들에게 증명해보이기 위한 노력이었다. "이 쉼터에 가볼까요?"

"아니." 베라는 말했다. "거기는 내일 날씨가 좋아지면 가자고."

"그럼 이제 뭘 하지." 인내심은 홀리 클락의 미덕이 아니었다.

"집에 가. 자네는 시내에 살지? 도로는 괜찮을 거야. 아침 8시 정각에 회의를 하자고. 폴 키팅이 10시에 부검을 하기로 되어 있어."

"형사님은요?" 걱정보다는 호기심이었다. 수사팀원 전부는 베라가 수시로 눈과 홍수에 길이 막히는 산꼭대기의 아버지 집에 사는 걸 정신 나간 짓이라고 생각했다.

"아, 내 걱정은 하지 마, 홀. 오늘 밤 잘 곳은 알아서 찾을 테니까."

그들은 하버 스트리트 끝까지 나란히 걷다가 역으로 들어오는 기차 소리에 깜짝 놀랐다. 전철 운행이 재개된 모양이었다. 모든 것이 일상으로 돌아왔다.

베라는 거리에 서서 홀리가 차를 몰고 멀어지는 모습을 지켜보았다. 코블 퍼브의 불빛과 따뜻함이 유혹했고, 목구멍을 타고 내려가는 뜨끈한 위스키가 간절했다. 그러나 마들의 술집에 여자 혼자 들어가면 사람들의 이목을 끈다. 스타킹 차림의 덩치 큰 갈보처럼 차려입지는 않았지만, 그래도 사람들은 쳐다보고 궁금해할 것이다.

베라는 충동적으로 케이트 듀어의 여관으로 향했다. 그녀의 랜드로버는 아직 여관 밖에 세워져 있었고, 앞유리창은 눈으로 덮여 있었다. 잠금장치는 얼어 있었고, 문을 열려면 손잡이를 세게 잡아당겨야 했다. 뒷자리에 그녀의 가방이 있었다. 속옷과 칫솔, 치약. 만약을 위해 언제나 들고 다니는 물건이었다.

그녀는 문을 두드렸다. 대답이 없었다. 다시 두드렸고, 이번에는 발소리가 들렸다. 케이트 듀어가 나타났다. 그 뒤에는 남자가 서 있었다. 50대 후반, 아니면 60대 초반. 케이트보다 나이가 많았고, 체크무늬 셔츠와 스웨터 차림이었다. 희끗거리는 턱수염, 거칠어진 얼굴. 베라는 시계를 보았다. 9시 30분이었다.

"아, 당신이군요." 케이트의 목소리에는 짜증과 안도감이 함께 섞여 있었다.

"뭐, 누구일 거라고 생각하셨나요?"

"언론에서 전화가 왔어요. 뉴캐슬 신문."

그랬겠지. 베라는 생각했다. 나이 많은 부인의 죽음은 전국 신문에 날 정도로 화려하지는 않으니까.

"전화를 꺼놨는데, 그게 업무상 좋지는 않아요." 케이트는 울음을 터뜨릴 것 같았다. 사소한 불편함조차 그녀를 극단으로 몰아가고 있었다.

"그렇겠죠. 저도 업무차 왔습니다. 당신 업무. 혹시 오늘 밤 묵어갈 수 있을까요? 당연히 숙박비는 다 내겠습니다. 식사는 아침 일찍 해야 합니다. 난 체비엇 산간에 사는데, 이런 날씨에 거기까지 올라갈 수 있을 것 같진 않아요. 언제나 해안보다 상태가 열 배는 안 좋습니다. 묵게 해주시면 대단히 감사하겠어요."

갑자기 케이트는 업무적인 태도로 전환했다. "그럼요. 들어오세요. 6번 방이 비어 있어요. 라운지에 차를 좀 내드릴까요?" 말이 약간 빨랐다. 베라를 흘끗거리는 시선을 보니 이 단순한 요구 뒤에 뭔가 사악한 음모라도 있을지 모른다고 생각하는 것 같았다.

베라는 즉각 답하지 않았다. 그녀는 문에 기대서 케이트 옆을 지나 남자를 향해 손을 내밀었다. "베라 스탠호프입니다. 처음 뵙겠어요."

"스튜어트 부스, 약혼자예요." 케이트의 얼굴이 환해졌다. 난생 처음 사랑에 빠진 10대 소녀 같았다. 베라는 자신이 그런 기분을 느껴 본 적이 있었던가 생각해보았다.

"만나서 반가워요, 스튜어트." 베라는 미소지었다. 남자의 악수는 사무적이고 단호했다. "내가 정말 원하는 게 뭔지 아세요? 구질구질한 하루였어요. 진짜 술 한 잔. 주류 면허증 있어요?"

"숙박객 전용? 그럼요."

베라는 활짝 웃었다. "그럼 스카치 커다란 잔으로. 두 분도 같이 하시죠. 한 잔 하시는 게 좋을 것 같은데. 힘든 하루였잖습니까." 그녀는 부츠를 벗고 스타킹 바람으로 라운지에 들어섰다. 케이트와 스튜어트도 따라오지 않을 수 없었다. 그녀는 가죽 의자에 앉아 케이트가 술을 따르기를 기다렸다가 두 손으로 잔을 들고 두 사람을 쳐다보았다. "얼마나 오래 사귀셨어요?"

그들은 서로 마주 보았다. "1년 정도." 스튜어트의 억양은 북부였지만 이 지방 말투는 아니었다. 요크셔인가?

"스튜어트는 학교에서 가르치는 일을 해요." 케이트는 기적이라도 보는 듯한, 그가 실제 존재하는 인간이라는 것을 믿을 수 없다는 듯한 눈빛으로 그를 바라보았다.

"까다롭지 않나요? 학교 선생님이 집에 나타나서 엄마에게 이런저런 이야기를 한다고 생각하면 악몽인데요."

"쉬운 일은 아닙니다. 그런데 난 정말 그런 이야기는 안 합니다." 스튜어트는 단어 하나하나 고르듯 아주 정확히, 천천히 말하는 습관이 있었다. 그는 케이트의 손을 잡았다.

세상에, 베라는 생각했다. 10대 커플 같잖아.

"마가렛 크루코스키를 아셨습니까?"

"그럼요." 스튜어트는 말했다. "가족 같은 분이었습니다." 그는 수줍은 미소를 지었다. "결혼식에서 케이트의 손을 잡고 입장하실 계획이었어요."

"그럼 결혼 계획도 세우셨군요." 굳이 그런 거 뭐하러 하느냐고 물어보고 싶은 생각이 굴뚝같았지만, 꾹 참았다.

"음, 날짜를 잡았습니다."

"마지막으로 마가렛을 본 게 언제였나요?"

"주말이었어요." 그는 확인해달라는 듯 케이트를 바라보았고, 그녀는 고개를 끄덕였다. "아이들은 외출 중이었고, 우리가 같이 저녁을 먹고 아래층으로 초대했습니다."

"그럼 당신은 여기 안 사시는군요?"

"네. 가끔 자고 가기도 하지만, 말씀드렸듯이 라이언과 클로이가 어색하게 생각해서요. 결혼하면 좀 더 편하게 받아들이겠지요."

침묵이 흘렀다. 스튜어트는 팔을 케이트의 어깨에 둘렀다. 베라는 사적인 자리에 끼어든 것 같아 어색했고, 아이들도 늘 이런 기분일 거라고 생각했다.

"뭘 가르치시죠, 스튜어트?" 베라에게 잡담은 늘 쉽지 않았다. 그녀와 헥터의 공통점 중 하나였다. 맞은편에 앉은 남자 역시 마찬가지일 거라고 생각했다.

"음악입니다." 베라가 아무 대답도 하지 않자, 그는 덧붙였다. "카운티의 청년 오케스트라도 운영합니다. 재즈 밴드도 하고요."

베라는 밝은 미소를 작게 지어 보였다. "두 분의 공통점 중 하나겠군요. 음악." 그녀는 케이트를 돌아보았다. "부하 말로는 당신이 한때 스타였다더군요. 왜 그만두셨습니까?"

"아, 가족 문제죠, 뭐. 아이들." 케이트는 그 이야기는 하기 곤란하다는 듯 고개를 저었다.

"제가 음악을 계속하라고 설득하는 중입니다." 남자는 진심 어린 목소리로 말했다. 마치 이 새로운 도전에 베라의 승인이라도 원하는 듯한 말투였다. 그는 케이트의 머리카락을 쓰다듬었고, 이 사적인 친밀감의 표현 앞에서 베라는 다시 어색해졌다. 그녀는 두 잔째와 차 주전자는 방으로 가져가서 마시겠다고 말했다.

객실은 잘 정돈되어 있었고 도로를 내려다보고 있었다. 베라는 차와 위스키를 들고 창가에 앉았다. 잔이 비자 가방에 늘 지니고 다니는 병에서 다시 채웠다. 칫솔이나 깨끗한 속옷과 마찬가지로 비상용이었다.

베라는 이 집에서 오랫동안 살았던 마가렛 크루코스키에 대해 생각했다. 그녀는 무엇 때문에 마들에 머물렀을까? 빈곤, 아니면 일종의 무기력? 어쩌면 이곳에 익숙해져서 변화를 감당할 수 없었을지도 모른다. 이 가족을 좋아하게 되었을지도, 베라는 생각했다. 아이들이 자라는 모습을 바라보며 자신이 케이트 듀어의 인생의 일부라고 느꼈는지도. 무언가의 일부라고. 독립적이고 사생활을 아끼는 여성이었겠지만, 완전히 외톨이가 되고 싶지는 않았을 것이다. 그렇다면 마가렛은 케이트의 나이보다 오히려 자기 나이에 더 가까운 스튜어트 부스를 어떻게 생각했을까? 케이트가 결혼하면 자기 인생이 변할 거라고 생각했을까?

왜 살해당했을까? 왜 눈 오는 오후, 다들 크리스마스 기분에 젖어 있는 지금? 왜 칼에 찔렸을까? 오래된 뉴스 이야기가 생각났다. 첩자, 혹은 반체제인사가 무슨 치명적인 비밀 독극물을 바른 우산 끝에 찔려 죽었다는 뉴스였다. 당시 베라는 그 사건이 말도 안 된다고 생각했다. 사람을 죽이려면 더 쉬운 방법이 많다. 이런 살해방식에는 모험 게임을 즐기는 어린 소년의 냄새가 났다. 문득 마가렛 크루코스키가 냉전 후에 남은 첩자일 거라는 조지 엔더비의 공상이 떠올랐다. 무엇이 그런 상상을 촉

발했을까? 물론 이국적인 동유럽 이름 때문이었겠지만, 아마도 이 은밀한 여인이 뭔가 비밀을 간직하고 있다는 느낌을 받았을 것이다.

당신의 비밀을 내게 알려줘, 마가렛 크루코스키. 당신을 살해한 사람을 찾게 도와줘.

베라는 화장실로 가기 위해 일어섰다. 시계를 보니 11시였다. 한 시간 넘게 여기 앉아 있었다. 그녀는 커튼을 걷고 밖을 내다보았다. 코블 술집은 폐장 시간이었고, 취객들이 마을 중심가를 향해 돌아가고 있었다. 교회에는 불이 켜진 유리창이 있었다. 그녀가 바라보고 있는데, 불이 꺼지더니 문이 열렸다. 신부가 나타났다. 아직 검은 사제복 차림이었다.

무엇을 위해 기도를 올리고 계셨나, 신부? 마가렛 크루코스키의 불멸의 영혼을 위해서? 아니면 당신 자신의 영혼을 위해서?

키머스턴 경찰서는 얼음장 같았다. 눈 때문에 전력 문제가 생겨 밤새 전기가 끊겼다. 이제 전기는 다시 들어오고 있었지만, 타이머가 나가서 난방을 이제 막 가동한 참이었다. 그들은 재킷 차림으로 목도리와 장갑을 두른 채 앉아 있었다. 푹 자고 영국식 아침을 든든하게 먹고 나니, 베라의 몸은 가뿐했다.

그녀는 화이트보드 앞에 서 있었다. 케이트가 제공한 마가렛 크루코스키의 최신 사진이 꽂혀 있었다. 본인이 예상하지 못한 순간에 찍은 사진이었다. 그녀는 한 손에 비스킷 틀을 쥔 채 지하 부엌 탁자 앞에 서 있었고, 마지막 순간 카메라를 올려다 본 모양이었다. 놀라는 동시에 즐거운 표정이었다. 베라는 여관에서 마가렛의 결혼사진도 가져왔다. 가끔 수사팀의 젊은 경찰들은 나이 든 팀원들을 다른 종자로 간주하는 게 아닐까 하는 생각이 들 때가 있었다. 어쨌든 죽음에 더 가까운 사람들, 그러니 대단한 노력이 필요하지 않은 사람들. 아이나 10대들과 달리. 입 밖에 내지 않을 것이고 어쩌면 의식적으로 그런 생각을 하지도 않겠지만, 베라는 이 젊고 아름다운 미인의 사진이 그들을 그런 사고방식에서 끌어내주었으면 하는 마음이었다. 한때는 그녀도 당신들처럼 젊었어.

"마가렛 크루코스키. 어제 오후 전철에서 칼에 찔려 사망. 목격자는 없음—전철이 워낙 붐볐기 때문에 불가능한 상황은 아니다. 요란하게 비명을 질렀다면 사람들이 들었겠지만, 신음소리는 들리지 않았을 것이다. 악몽 같은 시나리오지만, 이번에는 전문가 증인이 내내 그 자리에 있었으니 그나마 운이 좋다. 안 그래, 조?"

조는 미소지었다. 아이들이 푹 잤고, 그 역시 좋은 밤을 보낸 것 같았다. 그와 샐도 잘 지내는 것 같았다. 그러면 조도 늘 기분이 나아진다. "같은 칸에 있었습니다. 하지만 피해자와 몇 줄 떨어져 있었어요. 그리고 객차는 만원이었습니다. 크리스마스 직전과 출퇴근 시간에 전철이 어떤 상황인지 다들 아실 겁니다."

그녀는 고개를 끄덕였다. "똑같지. 자네가 기억하는 대로 말해 봐." 그녀는 조가 다시 어제 상황과 전철 안의 사람들에 대해 기억나는 대로 이야기하는 동안 귀를 기울였다. 빠뜨린 부분도 없었고, 더 자세한 부분도 없었다. 그는 좋은 목격자였다. 베라가 훈련을 잘 시켰다.

그녀는 말을 이었다. "현장감식에는 악몽 같은 상황이야. 워낙 다량의 물질이 널려 있어서 몇 주 동안 작업해야 해. 한 가지 다행한 점은 빌리 웨인라이트가 크리스마스 휴가 기간 내내 바쁠 거라는 점이지. 사무실 파티가 열리면 늘 지나치게 흥분하는 사람인데, 이제 그런 추태를 부리기엔 나이가 많잖아."

몇몇이 키득거렸다. 현장감식반 반장 빌리는 연쇄 간통마라는 오명을 즐기는 사람이었다.

"오늘의 가장 중요한 임무: 전철을 타고 있던 몇몇 사람들이 이미 나섰어. 뉴캐슬 중앙역 4시 30분발, 일기 때문에 파팅턴 역에서 운행 중단. 마가렛은 첫 객차에 타고 있었어. 같은 기차를 탔던 승객들에게 경찰에 연락해달라고 요청하는 보도자료가 필요해. 사람들이 어디 앉았거나 서 있었는지, 무엇을 보았는지 평면도를 작성해보자고." 베라는 수사팀을 둘러보았다. "홀리, 자네가 할 일이야. 기자회견에 참석해. 가능하다면 BBC '룩 노스'에 방송 요청도 해 봐. 홍보실에 요구사항을 전달해. 그런 다음 들어오는 승객 증언을 취합해서 좌석 배치도를 만들어."

홀리는 으쓱했다. 베라는 그녀의 등을 두드렸다. 부하들을 다루는 데 점점 익숙해지고 있었다. 홀리는 텔레비전 출연을 좋아할 것이고, 승객 정보를 취합하는 데도 적임자다. 서류 작업만 시킨다면 아마 두 주일은 뚱해 있을 것이다. 팀원에게 임무를 할당하는 것은 전혀 까다로운 일이 아니다. 조직관리 훈련, 그 따위 뭐 하러 하나?

"다음. 마가렛이 고스포스에서 무엇을 했는가? 그녀는 거기서 자랐을 거야. 아직 인근에 살고 있는 가족이 있는가? 기록을 확인해보니 마가렛의 결혼 전 이름은 내쉬였어. 찰리, 자네가 추적해 봐. 요즘 평균 수명을 감안할 때 부모가 아직 살아 있을 수도 있어. 그 지역 노동 및 연금관련 부서와 노인주택단지에 확인할 수 있을까? 마을 사람들에게 자기 가족 이야기는 한 적이 없지만, 우리가 마가렛에 대해 아는 것 한 가지는 사생활에 입이 대단히 무거웠다는 점이야. 친척을 방문하러 고스포스에

갔을 수도 있어."

찰리는 고개를 끄덕였다. 그가 요즘 깔끔해진 것이 베라의 눈에 띄었다. 아내가 떠났을 때만 해도 키머스턴 버스 정류장에 어슬렁거리는 노숙자 꼴이었다. 베라 자신도 그리 깔끔한 사람이라고 할 수는 없었지만, 적어도 지저분하지는 않았다. 아니, 그리 자주는. 다른 여자가 생겼거나, 혼자 살림을 꾸리는 데 익숙해진 게 아닌가 하는 생각이 언뜻 스쳤다. 베라는 그가 옆에 있는 아내의 존재보다 빨래가 저절로 되어 있던 시절을 더 그리워하는 거라고 늘 생각했다.

베라는 잠시 숨을 돌렸다. 날이 점점 밝아오고 있었다. 창문에서 쏟아지는 얼음장 같은 눈부신 햇살이 얼굴에 직접 비쳐 눈을 똑바로 뜰 수가 없었다.

"한 가지 더 알아낸 사실은 마가렛이 봉사에 헌신적이었다는 거야. 모든 종류의 좋은 일들, 하지만 특히 쉼터라는 자선단체."

"홀리풀 빌리지의 타락한 여자들이 사는 곳 말입니까?" 찰리가 커피 머그에서 고개를 들었다.

"타락한 여자?" 홀리가 믿기지 않는다는 듯 날카롭게 추궁했다. "대체 어느 세기에 산담?"

"반어적으로 표현했을 뿐이야." 찰리가 씩 웃었다.

베라는 그의 인생에 뭔가 일어난 게 확실하다고 생각했다. 전에는 반어적인 농담 따위 하지도 않았다. "자네가 쉼터에 대해 어떻게 알지?"

"젊은 마약쟁이를 체포한 적이 있습니다. 교도소에 방이 없었는데, 거리로 그냥 내보낼 수도 없는 상태였죠. 자살 충동이 있는 것 같더라고요. 사회보장국에서 거기 수용하라고 하더군요."

"조, 쉼터를 확인해보겠어? 자네는 마음만 먹으면 복지 업무도 잘하지. 마가렛이 정기적으로 자원봉사를 했다면 직원들과 친했을 거고, 가족이나 친척관계에 대해 털어놓았을 수도 있어. 수용된 여자 중 누군가와 적이 됐을 수도 있고. 그루스킨이 상처받기 쉬운 여자들이라고 했잖아. 정신병력이 있는 사람, 망상증이나 폭력 성향이 있는 사람? 혹은 불만이 많은 전과자라든가."

조는 고개를 끄덕이고 주소를 메모했다.

홀리가 손을 들었다. "거기 가정폭력 피해자들이 살고 있다면, 마가렛이 남성 파트너의 표적이 됐을 수도 있어요."

"그럴 수 있지, 홀." 질문이 들어온다는 사실 자체는 만족스러웠지만, 베라는 아직도 수사의 핵심은 하버 스트리트에 있다고 생각하고 있었다. 그녀는 책상에 기대서 햇살을 피해 눈을 감았다. "그리고 게스트하우스 주인. 케이트 듀어—전직 음악가 케이티 거스리—에게는 새 남자가 생겼어. 스튜어트 부스. 전과도 없고 과속 벌금 한 번 낸 적 없지만, 그에 대해서도 알아보자고. 예전에 사귀던 상대를 찾아 봐. 폭력 성향이 있었는지? 그가 가르치는 학교 교장도 만나보고.

나머지: 기차에 탔던 승객 중에 이미 연락이 온 사람들을 탐문해야해. 정중하게 대하되, 그중 누구도 범인일 수 있다는 점을 염두에 두도록. 그러니 범인처럼 보이지 않는 정장 차림의 말쑥한 사람이라고 간과해서는 안 돼. 그 사람이 어디쯤 앉거나 서 있었는지, 이상한 점을 목격했는지 알아내. 마가렛은 사회적인 계층을 분류하기 힘드니까 모든 종류의 사람들과 어울릴 수 있었을 거야. 특히 고스포스에서 기차에 탄 사람들을 주목해. 플랫폼에서 마가렛을 본 기억이 있는지, 그녀가 어디서 전철역으로

걸어왔는지 목격한 사람은 있는지."

찰리가 기침을 했다. "형사님."

"왜?" 베라는 한쪽 눈썹을 치켜올렸다.

"전철에는 요즘 감시카메라가 있지 않습니까?"

"보통은 그렇지만, 이 객차 안의 카메라는 작동하지 않았어." 베라는 큼직하게 미소지었다. "우리는 살해동기를 찾고 있어. 그러니 구식 탐문 수사에 의지해야 해. 물어보기 전에 답하자면, 역 바깥에도 감시카메라는 있었지만 눈이 워낙 많이 내려서 시야에 잡히는 게 없었어."

그녀는 손을 흔들어 수사팀을 해산시켰다. "누가 날 찾으면 키팅 교수의 부검에 참석했다고 해."

10
|

케이트 듀어는 거의 잠을 이루지 못했다. 스튜어트는 베라 스탠호프가 객실로 올라간 뒤 곧 집에 돌아갔다. "기말 숙제 채점을 마쳐야 해. 아이들도 당신이 필요할 거고." 케이트는 그에게 머물러 달라고 부탁할 뻔했지만 강요하고 싶지 않았다. 그도 그녀가 심란해하는 것을 봤지만 어떻게 도와야 할지 몰랐다. 그녀가 슬퍼하는 모습을 보면 그의 마음이 불편할 것이다. 스튜어트는 감정에 대해 말하는 데 익숙하지 않았다. 그는 너무나 오랫동안 혼자 살아왔기 때문에 거의 새로운 언어를 배우는 것과 같았다. 그리고 그는 친절한 사람이었다. 마가렛을 그리 오래 알고 지내지 않았는데도 불구하고, 케이트는 그녀가 살해당했다는 소식에 스튜어트가 충격받았다는 것을 알 수 있었다.

밤에 잠들 수 없었던 것은 두려움 때문이 아니었다. 마가렛을 죽인 사람이 여관에 침입해서 잠든 사이 가족을 살해하지나 않을까 하는 생각은 들지 않았다. 평소였다면 그런 상상을 했을 테지만—그녀는 상상력이 풍부했다―든든하고 집요한 베라 스탠호프가 한 지붕 아래 있으니 어쩐지 그런 망상은 우스꽝스럽다는 기분이 들었다. 그 대신 보다 미묘한 근심이 머릿속을 가득 채웠다. 사업, 가족, 마가렛에게 적절한 장례식을 어떻게 준비해야 할까. 그녀는 긴장으로 몸을 굳힌 채 옆으로 비스듬히 누워 수시로 침대 옆 시계를 확인했다. 알람 소리에 잠에서 깼을 때는 방금 막 잠든 것 같은 기분이었다.

보통은 7시부터 아침 식사를 대접하지만, 투숙할 때 베라는 일찌감치 아침을 먹겠다고 했다. "시리얼과 토스트면 족해요. 거창하게 준비하실 필요는 없습니다." 그러나 그 목소리에는 아쉬운 감이 감돌았다. 베라가 건강한 식습관의 소유자 같지는 않았기 때문에, 케이트는 만약을 대비해 손님을 기쁘게 해주려고 베이컨과 소시지를 그릴에 넣었다. 그녀는 언제나 남을 기쁘게 해주고 싶었다―그녀의 문제 중 하나였다. 로비를 행복하게 해주는 것이 무엇일까 고민하는 대신 자기 자신이 원하는 것이 무엇인지 판단하고 결혼생활을 시작했더라면, 어쩌면 모든 일이 더 잘 풀렸을지도 모른다.

확실히 베라 스탠호프는 기뻐했다. 그녀는 몇 분 만에 접시를 깨끗이 비우고 활짝 웃었다. "요즘 먹는 걸 조심하려고 하는데, 그래도 가끔 한 번씩 든든히 먹어주는 건 괜찮겠지요?" 마가렛에 대한 질문은 더 이상 없었다. 살인사건에 대한 말도 없었다. 형사는 현금으로 숙박비를 내고, 케이트가 영수증을 써줄까 묻자 물리쳤다. "내가 오지에 사는 건 경찰 탓이 아니지. 이건 비용으로 처리할 수 없어요." 베라는 손을 약간 흔들고 문을 나섰고, 케이트는 설명할 수 없는 상실감을 느꼈다. 마가렛이 죽었다는 사실을 알았을 때 엄습했던 기분의 반복이었다.

조지 엔더비가 8시 정각에 식당에 들어왔다. 본인은 자유로운 영혼처럼 보이고 싶은지 몰라도, 케이트는 그가 규칙적인 사람이라는 것을 알고 있었다. 커피 한 주전자, 구운 토스트 위에 삶은 달걀. 주문도 언제나 같았다. 아이들이 학교에 가기 위해 집을 나섰을 때 그녀는 설거지를 하고 있었다. 창문을 통해 라이언이 무거운 책가방을 한쪽 어깨에 걸머지고 느릿하게 걸어가는 모습이 보였다. 그는 지각하지 않으려고 서두르는 법이 없었다. 요즘은 학교에 가는 것보다 말콤 커를 돕는 일에 더 열심이었다. 클로이는 몇 분 뒤 집을 나섰다. 거리를 한참 걷다 그녀는 케이트가 모르는 청년과 만났다.

"오늘은 어디로 가죠, 조지?" 그녀는 다시 방 안으로 주의를 돌렸다. 책이 든 바퀴 여행가방이 이미 계단 아래에 내려와 있었다.

"뉴캐슬이요." 그는 약간 서글프게 미소지었다. "벅찹니다. 다들 머릿속에 크리스마스 생각뿐일 때 봄 신간에 관심을 갖게 하는 건 정말 힘들어요."

"그 경찰이 간밤에 여기서 묵었어요. 날씨 때문에 집에 못 가겠다고 하더군요."

"아?" 조지는 갑자기 관심을 보였다. 최초의 충격이 가시니 다들 마가렛의 죽음에 관심을 갖는 것 같군, 케이트는 생각했다. 텔레비전 드라마와 비슷했다. 전날 저녁 조심스럽고 고분고분하던 아이들도 일상으로 돌아와서 서로 싸우고 투닥거리는 것 같았다.

"경찰은 한 시간 전에 나갔어요. 물론 수사에 대해서는 아무 말도 안 하더군요. 입이 무거워야겠죠." 케이트는 냅킨으로 옆 탁자의 빵가루를 닦아 오목하게 받친 손바닥에 털어 모았다.

"네." 조지가 말했다. "그래야겠지요."

나중에 정돈도 끝나고 집이 조용해지자, 케이트는 부엌 소파에 앉아 잠시 졸았다. 스튜어트가 추천한 새 포크밴드 음악이 배경에서 흘러나오고 있었다. 목소리는 조약돌 위에서 부서지는 파도처럼 몽롱한 최면 효과가 있었다. 문간에서 초인종 소리가 울렸을 때, 그녀는 깜짝 놀랐다. 형사는 다른 경찰이 오전 중에 마가렛의 방을 수색하러 올 거라고 했다. 케이트는 이 정보를 조지 엔더비에게 알리지 않았다. 마가렛의 죽음에 대해 이야기하고 싶은 기색이 약간 천박하게 느껴졌고, 평소 예의바른 그답지 않았다. 수색팀이 도착했다고 생각한 케이트는 서둘러 현관으로 나갔다. 그루스킨 신부나 그를 떠받드는 노파 무리들이 문간에 정복경찰한 떼가 와 있는 광경을 보게 하고 싶지 않았다. 마을에서 소문은 들불처럼 번져나간다.

그러나 도로에는 경찰이 없었다. 대신 보트 임대인 말콤 커가 서 있었다. 가끔 라이언이 용돈을 벌려고 그의 작업장에서 일했고, 케이트는 아들을 통해 말콤의 이혼과 얽힌 이런저런 이야기, 웍워스의 큰 집에서 한때 공공건물이었던 퍼시 스트리트의 작은 집으로 오게 됐다는 이야기를 전해 들었다. 그의 피부는 납빛이었다. 면도도 거칠었고, 누런 흰자위는 충혈되어 있었다. 케이트와 비슷한 높이에서 얼굴을 마주치자 그는 다시 보도로 물러섰다. 숨결에서 찌든 알콜 냄새가 풍겼다.

"말콤." 그녀는 그를 집 안으로 초대하지 않았다. 잘 알지는 못했지만, 그는 불편한 고객이라는 평판이 있었다―뚱하고 늘 투덜거렸다. 라이언이 뭔가 말콤의 기분을 거스르는 짓을 했나 하는 생각이 대뜸 들었다.

케이트는 그가 라이언을 작업장에 데리고 있는 것을 좋아한다고 생각해왔지만, 요즘 라이언은 수수께끼였다.

"마가렛 일이오. 들어가도 될까요?" 그는 대뜸 계단을 올라왔고, 케이트는 그와 부딪히지 않기 위해 반사적으로 비켜섰다. 어느새 그는 집 안에 들어와 있었다. 케이트는 그를 현관에서 가까운 손님 라운지로 들였다. 언제든지 탈출할 수 있다는 사실을 알고 있어야 마음 편히 대화할 수 있을 것 같았다. 억세고 찌푸린 얼굴의 이 남자는 어딘가 무서운 데가 있었다. 케이트는 자신이 이사 오기 훨씬 전부터 그의 작업장은 하버 스트리트에 있었다고 알고 있었다. 교회와 퍼브처럼 이 동네 터줏대감. 그는 아버지에게서 코켓 섬 보트 임대업을 물려받았고, 최근까지 구명정 조타수 역할도 했다. 성질은 고약하지만, 믿을 만한 사람. 그녀는 말콤을 크게 신경 쓴 적이 없었다. 한데 지금 와서 생각하니 그가 무슨 정신병을 앓고 있지 않나 하는 생각이 스쳤다.

"왜 그러시죠, 말콤?" 그는 거리가 충분히 떨어진 난로 옆 구석에 있었다. 케이트는 목소리를 진정시켰다. 화나게 하지 않는 게 중요하다.

"마가렛 일입니다."

"마가렛에 대해 아시는 게 있으면 경찰에 연락하세요." 좋은 대사가 생각났다. "곧 경찰이 여기로 와요. 마가렛의 방을 수색하기로 했어요."

"내가 봐도 됩니까?" 말은 입에서 총알처럼 튀어나왔다. 생각하지도 않고 저절로 문장이 되어 나오는 것 같았다.

"무슨 뜻인가요?"

"방을 봐도 될까요? 그녀가 살던 곳을?"

"안 돼요!" 두렵다는 기분보다 화가 치밀었다. 양로원 노인처럼 두 손을 무릎 위에 얹고 등받이가 높은 의자에 앉아 있는 그는 나이 들고 혼란스러워 보였다. "나는 열쇠도 없고, 무엇보다 사적인 공간이에요."

문득 케이트는 그가 울고 있다는 것을 깨달았다. 커다랗고 둥근 눈물 방울이 뺨을 타고 흘러내렸다. 말콤이 우는 데 익숙하지 않아 어떻게 해야 할지 모르고 있다는 생각이 스쳤다. 케이트는 주머니에서 종이 손수건을 꺼내 양탄자를 가로질러 그에게 건넸다.

"두 분이 그렇게 친한 사이인 줄은 몰랐어요." 그녀는 보다 부드럽게 말했다.

그는 휴지를 받아들고 얼굴을 닦았다. "마가렛 크루코스키는 내 밑에서 일했소. 아주 오래전에. 아버지가 살아 계실 때, 그때는 작업장에 사무실이 있었지. 장부 정리를 하고, 청구서를 부치고, 전화를 받고, 예약을 하고, 뭐 그런 일."

"아, 몰랐어요." 케이트는 자신이 마을에 대해 모르는 일이 많다고 생각했다. 그녀보다 아이들이 오히려 이 마을 사람과 더 가까웠다. 특히 라이언은 학교에서 여러 가지를 주워들었다. 다른 가족의 비밀들. 하버 스트리트에 있는 가게들의 소문. 케이트는 이 큰 집에 처박혀 바깥 이야기를 거의 듣지 못했고, 스튜어트는 그런 데 관심도 없었다. 그는 전적으로 자족적인 사람이었고, 필요한 것은 오로지 음악과 케이트인 것 같았다. 케이트는 소문도 아이들을 거쳐서 듣거나 가게와 카페에서 다른 사람들이 주고받는 이야기를 통해 어깨 너머로 들었다.

"그러다 힘들어졌지." 말콤은 거의 혼잣말을 하는 것 같았다. "마가렛을 내보내야 했어. 그리고 불도 났지. 사무실도 잃었어."

"유감이에요." 달리 무슨 말을 하겠는가?

그는 갑자기 일어섰다. 갑작스러운 움직임, 덩치 때문에 다시 겁이 더럭 나서 케이트는 뒤로 물러섰다.

"장례식."

"언제 해야 할지 모르겠어요." 케이트는 얼른 말했다. "경찰이 시체를 돌려줄 때까지 기다려야겠죠."

"하지만 나도 도움이 되고 싶소. 필요한 일이면 뭐든지."

그는 다시 눈물을 글썽이고 있었다. "알려드릴게요. 정말로." 케이트는 말콤이 따라오기를 기대하며 문간으로 나갔다. 그는 뒤따라왔지만, 계단 밑에서 멈춰 서서 위를 올려다보았다. 순간 그가 다시 예측불가로 돌변해서 계단을 뛰쳐올라가 마가렛의 방으로 들어가지 않을까 두려웠다. 말콤이 전에 이 집에 와본 적이 있고 집 안 구조도 알고 있다는 느낌이 들었다.

케이트는 말하려고 했다. 집 안 구조는 많이 바뀌었어요. 사실 그녀가 처음 인수했을 때와 지금은 비교할 수 없을 정도로 달랐고, 말콤은 최근 이 집에 온 적이 없지 않은가? 마가렛은 방에 손님을 들인 적이 없었다. 그러나 그녀가 미처 뭐라 말하기 전에, 말콤은 돌아서서 거의 뛰듯이 계단을 내려가 보도로 향했다. 마치 누가 쫓아내는 듯한 기세였다. 그는 작별 인사 대신 손을 들어 보였지만 돌아보지도 않았고 걸음을 멈추지도 않았다.

케이트는 문을 닫고 잠근 뒤 부엌으로 돌아갔다. 아무 일도 없었다는 듯이 음악이 계속 흐르고 있었고, 순간 말콤 커와의 만남은 노래의 소재였던 듯한 기분이 들었다. 베라 스탠호프는 떠나기 전에 아침 식탁에 명함을 남겼다. "혹시 뭐라도 도움이 될 만한 게 기억나시면." 케이트는 서랍장 위에서 명함을 찾아서 손가락 사이에 끼워 들었다. 그리고 충동적으로 전화를 집어들었다.

"무슨 일이든." 베라는 말했다. "사소한 게 결정적인 차이를 만들거든요."

다시 아이가 된 기분이었다. 학급 앞에서 발표하는, 선생님의 사랑을 받고 싶은 착한 소녀. 기쁘게 해주고 싶은 소녀. 그녀는 베라에게 말콤이 집에 찾아왔었다, 마가렛이 그와 그의 아버지 밑에서 일했다는 정보를 알렸다.

"친구 이상의 사이였다는 느낌이 들었어요." 베라에게 자세히 설명한 뒤, 케이트는 덧붙였다.

11

베라는 원래 부검에 그리 거부감이 없었다. 죽은 사람은 남을 해치지 않는다. 두려워해야 할 상대는 살아 있는 사람들이다. 병리학자 폴 키팅은 벨파스트 출신이었다. 신앙심이 깊고, 과묵하고 품위가 있었으며, 감식반장 빌리 웨인라이트와 좋은 골프 친구 사이였다. 베라는 골프장이나 경기 후 술집에서 두 남자가 무슨 이야기를 하는지 궁금했다. 죽은 사람 외에 두 사람에게는 공통점이 없지 않나, 베라는 가끔 생각했다.

시체안치소는 평소보다 더 싸늘했다. 얼음장 같은 경찰서처럼 병원 전기도 폭설 때문에 간밤에 끊겼다. 부검대 위에 누운 여자는 확실히 추워 보였다. 얼어붙어 있었다. 베라는 비위가 약하지 않았지만, 담요라도 덮어주지 하는 생각이 들었다.

키팅은 계속 중얼거리며 부검 현장에서 느낀 감상을 녹음하고 있었다. 베라는 그의 말에 귀를 기울였지만, 머릿속으로는 마가렛이 나이에 비해 상태가 좋다는 생각을 하고 있었다. 허리춤에 지방이 약간 낀 것 외에 군살은 없었고, 멋진 광대뼈는 젊을 때 그대로였다. 조가 결혼사진을 보고 젊은 마가렛에게 감탄했던 것을 기억하자 익숙한 질투심이 가슴을 쿡 찔렀다. 베라는 스무 살 때도 그런 감탄을 받아본 적이 없었다. 조는 날씬한 여자들을 좋아하는 것 같았다. 아내 샐도 뼈와 가죽뿐이었다.

키팅이 잠시 숨을 고르는 사이, 베라는 수사 시작 단계부터 마음에 걸렸던 질문을 던졌다. "왜 아무도 눈치를 못 챘는지 이해가 안 돼. 사람이 가득 찬 전철 안에서 말이야. 비명을 질렀을 텐데, 안 그래? 조는 못 들었지만, 그는 객차 반대쪽 끝에 있었어. 피도 흘렸을 거고."

"아니." 키팅이 말했다. "피는 거의 흐르지 않았어. 사람들이 눈치챌 정도는 아니야." 그는 조수의 도움을 받아 마가렛의 몸을 옆으로 눕혔다. "아주 얇은 칼날에 찔렸어. 길고 얇은 날. 본인도 느끼기는 했겠지만, 진짜 아프다기보다 몸이 불편한 정도였을 거야. 핀으로 찔리는 기분. 피하지방이 상처를 덮었다면 외부 출혈은 거의 없었겠지. 자기 자신이나 다른 사람들이나 무슨 일인지 미처 깨닫기도 전에 죽었을 거야."

이게 좋은 죽음의 방식일까. 크리스마스 직전 북적이는 기차 안에서 흥분한 젊은이들과 맥주에 잔뜩 취한 성인들에 둘러싸인 채. 베라는 이보다 더 나쁜 죽음의 방식을 생각할 수 없었다.

"그럼 그게 바로 그의 의도였던 거군? 알고 그랬단 말이지? 살인범 말이야."

키팅은 어깨를 으쓱했다. "그랬든가, 운이 좋았겠지."

"등 뒤에서 찔렸어?" 어떻게 그게 가능한지 알 수 없었다. 마가렛은 앉아 있었다. 조는 그녀가 객차 안에서 빈자리를 찾아 앉던 모습을 자세히 묘사했다. 한데 어떻게 뒤에서 찔릴 수가 있지?

"확실히 등 뒤에서."

박사는 보고서를 계속 녹음했지만, 베라는 머릿속에서 당시 상황을 상상하고 또 상상했다. 잘 차려입은 마가렛이 눈 내리는 플랫폼에서 기차에 올라탄다, 자리를 찾아 등을 기대고 편안히 앉는다. 베라는 캐시미어 코트를 뚫고 등에 칼 상처를 낼 수 있는 시나리오를 써보았다. 어쩌면 고스포스에서부터 누군가 미행하다가 마가렛이 서 있을 때 찔렀을 수도 있다. 하지만 그런 상황이라면 왜 굳이 붐비는 기차에 탄 뒤에 찔렀을까? 어둡고 고요한 교외의 거리가 훨씬 더 좋은 범행장소였을 것이다. 어쩌면 기차가 역에 들어갈 때 등을 돌려 창밖을 내다보는 틈을 타 찔렀을 수도 있다. 어느 쪽이든, 범인은 고스포스와 파팅턴 사이의 어느 역에서든 내릴 수 있다. 지금까지 그들은 마가렛이 마지막 정거장 가까이서 살해당했다고 가정했지만, 키팅의 말대로 눈에 띄지 않는 죽음이었다면 굳이 그럴 필요가 없다.

배경음악처럼 흘러가던 박사의 말이 갑작스럽게 중단되었다.

"무슨 일이지?" 베라는 얼음장 같은 시체안치소로, 인간의 배설물 악취가 풍기는 현재로 돌아왔다.

"피해자는 아팠다." 키팅은 눈살을 찌푸린 채 잠시 서 있었다. "대장암. 간에서 표식을 발견했다. 암은 대장에서 전이했다."

"치료할 수 있는 상태?" 이 사실이 수사와 무슨 관계가 있을지 알 수 없었다. 본인이 등에서 자기 자신을 찌르지는 않았을 것이다. 이 사건은 절망적인, 공개적인 자살 행위가 아니다.

"그럴 수도. 하지만 그런 표식은 없어."

"진단받은 지 얼마 안 됐을 수도 있겠지." 베라는 여러 가지 가능성을 떠올리며 혼잣말을 했다. 수많은 시나리오. 수많은 이야기들. "주치의를 알아봐야겠군." 살해당한 오후 마가렛이 외래환자를 받는 진료소에 다녀오던 길이었을 가능성은 희박하겠지. 고스포스 전철역 인근에는 큰 병원이 없었다.

바깥에는 햇빛이 밝게 비췄지만, 아직 매우 추웠다. 아이들은 보도를 미끄럼틀로 만들어 놓았고, 베라는 하마터면 미끄러질 뻔했다. 부검 도중 뭔가 중요한 연락이 왔나 싶어 전화를 확인하는데, 바로 그때 전화가 울리기 시작했다. 처음에는 목소리를 알아듣지 못했지만, 몇 초 목소리를 듣고 있으니 케이트 듀어라는 것을 깨달을 수 있었다. 베라는 말콤 커가 여관에 찾아왔다는 이야기에 귀를 기울였다.

"코컷 섬을 오가는 조류 관찰선을 운영했죠." 육지에서는 서투르지만 배 위에서는 날쌔던 깡마른 젊은이가 기억났다. "아버지와 함께."

케이트는 베라가 끼어들자 놀란 것 같았다. "아버지는 오래전에 죽었어요."

"그런데 약간 동요한 상태였다고요?"

"마가렛에 대해 말하던 말투가 친구 이상인 것 같은 느낌이었어요."

랜드로버를 하버 스트리트에 세우자, 집에 돌아온 기분이었다. 케이트는 베라를 기다리며 밖을 내다보고 있었는지, 문이 곧장 열렸다. "부엌에서 이야기해도 괜찮으시죠? 오븐에 굽고 있는 게 있어서요."

베라는 반질거리는 라운지에 앉아 있지 않게 된 것을 다행으로 여기며 지하실로 따라 내려갔다. 생각해보니 그 라운지는 장례식장이나 정교한 예배당을 연상시켰다.

"술을 마셨더군요." 케이트는 말했다. "간밤, 아니면 오늘 아침에. 술 냄새가 풍겼어요. 그가 저녁에 코블에서 한 잔 하는 걸 좋아한다는 건 마을 사람들이 다 알죠. 일할 때는 헛간에서 캔으로 마시고. 하지만 취한 모습을 본 적은 없었어요. 데보라가 떠났을 때조차."

필터 커피머신이 켜져 있었다. 물이 가루를 통과해서 뚝뚝 떨어졌고, 부엌은 커피 향으로 가득 찼다.

"데보라?"

"전처예요." 케이트는 오븐을 열고 쇼트브레드 쟁반을 꺼냈다. "마가렛 솜씨만큼은 안 되겠지."

"음악으로 다시 크게 성공하면 빵 걱정 따위는 안 하셔도 될 텐데요." 베라는 눈을 가늘게 뜨고 케이트를 보았다. 이 음악 일이라는 것은 아직 이해를 할 수가 없었다. 그냥 스튜어트 부스가 부추긴 꿈인지, 아니면 구체적인 계획이 있는지?

"네, 그럴 수도 있겠죠. 하지만 크게 기대는 하지 않아요. 불안정한 일이거든요. 스튜어트도 무모한 도전에 찬성할 사람은 아니고." 그녀는 미소지었다. 하지만 내심 이 모든 것에 흥분해 있는 것 같았다―음악과 남자.

"말콤과 데보라는 언제 헤어졌나요?" 베라가 살인사건을 둘러싼 인간 군상들에 대한 이런 이야기보다 더 좋아하는 일도 없었다. 뒷공론이지만, 업무이기 때문에 정당하다.

"5년 전? 그 정도 됐나. 데보라가 말콤의 사업에 투자를 해서, 이혼할 때 말콤이 지분을 사들여야 했죠. 한때 윅워스 해안에 멋진 집이 있었는데, 그 집을 팔아서 현금을 만들어야 했어요. 지금은 퍼스 스트리트의 좁은 옛 공공건물 아파트에서 살아요."

"그게 마들인가요?"

"네." 케이트는 커피를 따랐다. "교회 바로 뒤쪽이에요."

"말콤과 마가렛이 가까웠다는 건 알고 계셨나요?" 베라는 쇼트브레드에 시선을 주었지만, 케이트는 식도록 내버려두려는 것 같았다.

"아뇨. 하지만 마가렛이 그를 위해 일했다는 것도 모르고 있었으니까요. 사무실에서 일했다고 했어요. 우리가 여기 이사 오기 전이었을 거예요." 그녀는 잠시 사이를 두었다. "마가렛은 한 번도 그런 말을 한 적이 없었고, 지금은 말콤도 사무실이 없어요. 그냥 누추한 헛간 하나뿐이죠."

잠시 침묵이 흘렀다. 베라가 물었다. "마들에 의료기관이 있나요?"

갑작스러운 질문이었다. 케이트는 베라가 정신이 나갔나 생각하는 표정이었다. "네. 전철 선로 옆에. 고등학교 근처에 있는 새 건물이에요."

"잘됐군요." 베라는 커피를 마셨다. "마가렛의 주치의도 거기에 있을까요?"

케이트는 잠시 생각했다. "모르겠어요. 좀 이상하죠? 그렇게 오랫동안 한 집에서 살았으면서 어떤 의사한테 다녔는지도 모르다니. 아마 마가렛이 아픈 적이 없어서 그럴 거예요. 한번은 독감 예방주사를 맞으라고 권한 적이 있어요. 마을 사람들이 죄다 걸렸거든요. 한데 마가렛은 싫다고 하더군요. 원래 바늘을 싫어한다면서."

"지난 며칠 동안은 괜찮아 보이던가요?"

이번에는 대답이 좀 더 빠르게 나왔다. "사실, 아뇨. 평소처럼 야무지지 않았어요. 무슨 생각이 있는 것 같고, 멍하니 돌아다녔어요. 무슨 일이냐고 물었더니, 그냥 생각을 정리할 일이 좀 있다고만 하더군요."

강박적인 프라이버시. 그 모든 비밀. 아, 마가렛 크루코스키, 당신은 도대체 뭘 숨겨야 했던 거지?

밖으로 나오니 묘하게 부연 빛이 감돌았다. 얇은 구름이 해를 가렸고, 눈 냄새가 감돌았다. 베라는 눈이 내리기 시작하면 곧장 집으로 가야겠다고 생각했다. 오늘 밤은 내 침대에서 푹 자면서 생각을 정돈할 시간이 필요하다. 이웃이 지금쯤 길에서 눈을 치웠을 테니 아침에 나가는 것도 문제 없을 거다. 점심시간이었다. 학생들이 피시 앤 칩스 가게 앞에 줄을 서 있었다. 추위도 느껴지지 않는지 몇몇은 교복 스웨트셔츠 바람이었다. 클로이 듀어가 어떤 남학생과 같이 있는 모습이 언뜻 눈에 띈 것 같았지만, 확실하지는 않았다. 10대 소녀들은 다 비슷해 보였다.

커의 작업장은 높고 뾰족한 창살 난간으로 둘러싸여 있었고, 두 짝으로 된 나무 대문으로 드나들게 돼 있었다. 기억을 더듬어보니, 헥터의 갈매기 알 사냥길에 따라 나섰던 날 말콤을 여기서 만난 것 같았다. 그런 다음 같이 항구로 가서 배에 올랐다. 루시-메이 호는 여객선이 아니라, 강력한 선외모터가 달린 작은 배였다. 사무실 풍경을 떠올려보려고 해도 기억이 나지 않았다. 대문의 자물쇠는 열려 있었지만, 경첩 부위가 주저앉아 있어 문을 들어 올린 상태로 쌓인 눈 위에서 밀어 열고 안으로 들어가야 했다. 커는 보이지 않았고 눈 위에 난 발자국을 따라가 보니 판자와 함석으로 지은 헛간이 나왔다. 커는 거기 있었다. 헛간에는 작은 창문이 하나 있었는데, 지저분해서 안이 잘 보이지는 않았지만 낡은 안락의자에 주저앉아 있는 사람의 형체는 알아볼 수 있었다. 베라는 유리를 두드렸다. 움직임은 없었고, 순간 상상력이 사방으로 내달렸다. 이번에도 살인이다. 자살이든가. 이런 공간이라면 여자를 찌를 공구는 수없이 많을 것이다. 죄책감을 감당할 수 없다면, 손목을 그을 칼도.

그녀는 다시, 이번에는 보다 세게 유리를 두드렸고, 커는 의자에서 꿈틀거리더니 일어섰다. 그가 미처 나오기도 전에, 베라는 문을 열고 안으로 들어갔다.

갑자기 매우 따뜻하게 느껴졌다. 구석에는 나무를 때는 작은 난로가 있었고, 실내에는 연기와 땀 냄새가 풍겼다. 술을 많이 마시고 잠은 별로 안 잔 것 같았다. 그런 기미를 읽을 수 있는 행색이었다.

"어떤 놈이야?"

"베라 스탠호프." 그녀는 말콤의 거친 말투에 개의치 않았다. 숙취로 머리가 지끈거리면 그녀 역시 곰이 된다. "형사입니다."

"스탠호프." 그는 아는 이름이라는 말투로 중얼거렸다.

"아, 내 아버지를 아셨을 겁니다." 헥터는 아마 오랫동안 이 남자와 같이 사냥 여행을 다녔을 것이다. 한 번 동행한 인연으로 이름까지 기억할 리가 없었다. 저 고무보트에 헥터를 태우고 또 어딜 다녔을까? 또 어떤 알을 같이 훔쳤을까?

"세상에, 헥터의 딸이라니." 커는 기침 같기도 하고 클클거리는 웃음 같기도 한 소리를 내며 지껄였다. "게다가 경찰. 헥터가 무덤에서 벌떡 일어나겠군!"

베라는 의자 위에 쌓인 낡은 항해 잡지 무더기를 치우고 앉았다. "마가렛 크루코스키."

그는 의자에 다시 앉아 앞을 응시했다. "그 여자가 뭐?"

"당신 밑에서 일했나요?"

"오래전이오." 그는 아무것도 말하지 않겠다고 작정하고 경계하는 태도였다. 생태보호지역으로 지정된 섬에 사냥을 나간 일 외에 경찰에 숨겨야 할 일이 또 뭐가 있을까? 세금 탈루는 거의 확실할 것이다. 금지 어종 밀렵? 담배와 밀주 암거래?

"난 살인사건에만 관심이 있어요. 마가렛에 대해 뭐든지 알려주시면 도움이 될 겁니다."

"오래전에 우리 사무실에서 일했소. 내가 당신 아버지를 알던 시절에. 그때는 사업이 더 잘됐지. 섬으로 유람선을 띄웠지만, 낚시도 했어. 임대업도 하고. 작업장에 정식 사무실도 있었소. 작은 이동식 목재 건물. 마가렛은 어린애였지. 일자리를 찾는 부잣집 어린애. 통화 예절이 좋다 싶어 아버지가 그녀를 들였소. 품위 있다고."

"그때 마가렛은 결혼했었나요?"

그는 망설였다. "난 그녀의 사생활에 대해서는 별로 아는 게 없소."

"이봐요, 말콤. 누굴 속이려 드시나. 그렇게 미인이었는데. 당신은 한 창때 남자. 독신인지 아닌지 분명 기억할 거 아니야."

그는 고개를 들고 그녀를 쏘아보았다.

"말했지만, 난 누가 그녀를 죽였는지에 대해서만 관심이 있어. 당신도 그런 것 같던데." 베라는 말했다.

"아마 결혼했을 거요." 그는 잠시 뜸을 들였다. "외국인 선원. 오래가지 않았소. 부모님한테 반항하려고 한 짓 같았소."

"남자가 그녀를 팼어요?" 베라는 세상에서 가장 자연스러운 일이라는 듯 물었다.

"왜 그런 생각을 하게 됐소?" 다시 분노와 의심.

"신부 말로는 노숙 여성 쉼터에서 자원봉사를 했더군요. 혹시 개인적인 동기가 있지 않나 해서. 내 일이 그런 겁니다. 연결점을 찾는 것."

"아니." 그는 마침내 대답했다. "때린 것 같지는 않았소. 마가렛은 남자를 정말 사랑했어. 그녀는 젊고 어리석었고, 그는 번드르르한 얼굴에 달콤한 말뿐이었지. 돈 없이 사는 데 질려서 남자가 다른 여자와 도망칠 때까지는 행복했을 거요."

"혹시 남자가 도망쳤을 때 마가렛과 어떻게 해볼 생각은 없었나요?" 베라는 커 뒤쪽의 작은 창문을 바라보았다. 유리에 떨어진 눈송이가 녹아 창틀로 흘러내리고 있었다.

그는 고개를 저었다. "파벨이 돌아올지도 모른다고 생각했으니 이 마을 남자들에는 관심이 없었소."

"그게 그 사람 이름이었나요?"

"그래." 커는 마지못해 철자를 불러주었다.

"마지막으로 마가렛을 본 게 언제였어요?"

그는 망설였다. "어제 아침. 하버 스트리트에서 길 모퉁이를 돌아 버스 정류장 쪽으로 걸어가고 있었소."

"이야기도 했어요?" 감질나서 죽을 것 같았다.

"그냥 인사차. 거리에서 지나쳤소. 난 여기 오는 길이었고. 듀어 부인의 손님 중 한 분과 배 임대계약이 있었어."

"이런 날씨에 어떤 사람이 항해를 하던가요?"

커는 처음으로 진심에서 우러나오는 미소를 지었다. "미친 교수님이지. 마이클 크랙스라는 사람. 대학에서 해양생물학자로 일해. 해수온을 연구하는데, 두 주에 한 번씩 내가 배로 두 시간씩 섬에 데려간다오. 본토 해안도 연구할 거요."

"항구에 돌아온 건 몇 시였나요?"

커는 어깨를 으쓱했다. "늦은 오후. 일기예보가 안 좋아서 교수가 집에 가자고 했소. 그때 눈은 아직 안 내렸는데, 거의 어둑어둑했소."

"그다음에는 뭘 하셨죠?" 베라는 참을성 있게 목소리를 억눌렀다. 이건 탐문이지 신문이 아니다.

"잠시 집으로 돌아갔소. 몸이 얼어붙는 것 같아서 뜨거운 물에 목욕을 하고 따뜻한 음식을 먹으려고. 그런 뒤 술집으로 나갔소." 그는 더 자세히 물어보라는 듯 도전적으로 올려다보았지만, 베라는 넘어가지 않았다. 그가 언제 왔는지는 코블에 물어보면 된다.

"그녀가 죽었다는 소식을 듣고 왜 그렇게 괴로워하셨죠?" 베라의 음성은 낮고 부드러웠다. "오랫동안 친구 사이였나요?"

그는 몸을 앞으로 내밀더니 손에 헝겊을 감고 난로 문을 연 뒤 나무 한 토막을 던져 넣었다. "아니. 그런 건 아니었소. 그냥 그녀 때문에 내 젊은 시절이 생각났던 것 같군." 그는 다시 사이를 두었다. "좋았던 시절."

12
I

홀리풀은 마들에서 겨우 몇 마일 내륙으로 들어간 위치에 있었지만, 조 애쉬워스는 여기 오면 자신이 줄곧 원하던 다른 세상에 온 것 같다고 느꼈다. 그는 언제나 이 마을이 좋았고, 가끔 술집 바로 뒤에 새로 개발한 작은 고급 주택가에 살면 얼마나 좋을까 생각하곤 했다. 좁은 중심가 양쪽에는 길고 좁은 앞마당이 있는 작은 돌집들이 늘어서 있었다. 여름이면 새가 지저귈 것이다. 햇살과 밤새 지나친 차량 덕분에 도로는 깨끗했지만, 아직 눈이 쌓여 있는 지붕들을 보니 마치 유모가 보내 준 크리스마스 카드 속 풍경 같았다.

머릿속에서 케이티 거스리에게 유명세를 안겨 준 노래 '흰 달 여름'의 가락이 계속 울려퍼지고 있었다. 운전 내내 노래가 계속 떠올랐고, 그는 어린 아이 같았던 자신과 샐을, 둘 다 시험을 마친 뒤 서로와 미래에 대한 계획만으로 머릿속이 꽉 차 있던 그 시절을 떠올렸다.

쉼터는 도로에서 좀 떨어져서 숲과 농장으로 둘러싸인 집이었다.

진입로에 나무 정문이 세워져 있었고, 문을 열려고 차에서 내린 조는 물이 뚝뚝 떨어지는 소리를 들었다. 얼음이 녹아 나뭇가지에서 뚝뚝 떨어지는 소리였다. 드라이브웨이는 울퉁불퉁했고, 여기저기 팬 구멍을 재와 셰일로 메워 놓아서 조심스럽게 운전해야 했다. 입주자들은 이곳을 어떻게 생각할까. 대부분은 아마 도시 출신일 텐데, 그들에게는 어쩌면 우주의 끝과 같을지도 모른다. 밤에는 어둠과 정적을 어떻게 견딜까? 그 생각을 하니 그조차 오싹했다. 구름 한 점이 해를 가렸다. 그는 숲을 뚫고 나와 판석을 깐 마당에 들어섰다. 마당 두 면에는 돌집이 서 있었고, 세 번째 면에는 거의 인적이 없어 보이는 별채가 있었다.

청바지와 스웨터 차림의 여자가 한때 낡은 차고로 쓰인 듯한 나무 구조물에서 나타났다. 그녀는 통나무를 실은 바퀴수레를 밀고 나오다가 그를 보고 손잡이를 놓았다. 그리고 그가 차에서 내려 다가오는 동안 움직이지 않고 응시했다. 어떤 사람인지 짐작할 수가 없어서 조는 불편했다. 고객일까, 일꾼일까? 그는 앞에 있는 사람을 분류할 수 있어야 마음이 편했다.

"무슨 용무신가요?" 상대의 지위에 대해 아무 힌트도 주지 않는 말이었다. 억양도 특징이 확실하지 않았고, 목소리는 약간 적대적이었다. 좋게 말해, 경계하는 말투였다. 조는 상대를 마주 바라보며 혹시 살해 당일 오후 전철에 있던 사람은 아닐까 기억을 더듬어 보았다. 하지만 본 적이 있다는 느낌은 들지 않았다. 수많은 사람들을 언뜻 본 것에 불과하니 어쩌면 당연할 것이다.

책임자가 어디 있는지 물어보려는데, 본채 문이 열리더니 금빛 래브라도가 튀어나오고 중년 여자가 그 뒤에 나타났다. 키가 작고 통통했으며, 보라색 코듀로이 치마, 실제보다 뚱뚱해 보이는 밝은 색감의 손뜨개 카디건을 입고 있었다. 발에는 부츠를 신고 있었다. 여자는 조를 향해 뛰어오는 개를 불렀다.

"샌디, 이리 와." 스코틀랜드 억양이었고, 마치 웃는 것 같은 음성이었다.

그녀는 젊은 여자가 아까 했던 질문을 되풀이했다. "무슨 용무신가요?" 친절했지만, 대답을 요구하는 물음이었다.

조는 그 자리에서 움직이지 않았다. 어린 시절 학교에 간 첫날 물린 뒤로 큰 개만 보면 언제나 경계심이 일었다. 이 점도 베라 스탠호프의 놀림거리였다. 그는 자신을 소개했다.

스코틀랜드 여자는 편안하게 미소지었다. "신분증을 갖고 계신가요? 우린 쉼터에 낯선 사람들이 나타나면 늘 조금 경계한답니다. 그렇지, 로리?"

젊은 여자는 코웃음을 쳤다. "그럴 거 없네요. 돼지 같은 사람인데. 1마일 밖에서도 냄새가 나." 그녀는 허리를 굽혀 수레 손잡이를 잡고 집 옆쪽으로 밀고 갔다.

조는 나이 많은 여자 쪽으로 신분증을 들어 보였다.

"추운데 들어오세요. 주전자에 물을 끓여야겠네. 점심시간도 다 됐는데, 식사도 같이 하세요."

집 안도 그리 따뜻하지는 않았다. 홀 바닥에도 판석이 깔려 있었고, 그는 여기저기 널려 있는 부츠짝, 아동용 세발자전거, 커다란 구석 유모차를 넘어가야 했다. 실내는 넓고 천장이 높았고, 한쪽 구석에는 손으로 만든 종이 사슬과 은박지 별이 달린 거대한 크리스마스 트리가 놓여 있었다. 여자는 트리 옆을 지나쳐서 고풍스러운 책상과 가운데가 너무 꺼져 바닥에 닿을 듯한 소파, 부엌용 의자 몇 개가 놓인 사무실로 들어섰다. "제 소개를 해야겠네요. 제인 캐머론입니다. 여기 운영자예요." 그녀는 그를 두고 사라졌다. 멀리 있는 누군가에게 커피 한 주전자 갖다 달라고 외치는 소리가 들렸다. 그리고 그녀는 다시 나타났다. 방 안을 가득 채우고 따뜻하게 품어주는 듯한 사람이었다. 이런 사람은 생전 처음이라는 생각이 들었다.

"자, 애쉬워스 형사님. 무슨 일이신가요?" 그녀는 책상에 앉고 조는 소파에 앉았기 때문에, 그쪽이 내려다보는 위치였다. 빈틈없이 상대에게 주의를 집중하는 태도였다.

"마가렛 크루코스키라는 자원봉사자를 아시지요?"

"네." 그녀는 미간을 찌푸렸다. "무슨 일인가요?"

"간밤에 지역뉴스를 안 보셨나요? 그루스킨 신부가 전화하지 않았습니까?"

"피터에게서는 며칠째 연락을 못 받았고, 간밤에는 텔레비전을 안 봤어요. 6시부터 11시까지 정전이었거든요. 아주 난리였답니다. 촛불과 큰 벽난로로 밤을 났어요. 여자들은 투덜거렸지만, 아마 극적인 사건이라 즐겼을 거예요. 불이 들어왔을 때는 모두 침대에 들었어요."

"마가렛 크루코스키는 살해당했습니다. 우리는 그분을 아는 사람들을 모두 탐문하는 중입니다."

제인 캐머론은 그를 응시했다. 갑자기 창백하고, 늙어 보였다. "믿을 수가 없어요. 누군가 마가렛을 죽이다니요?"

"그래서 온 겁니다. 도움을 주실 수 있겠다고 생각해서요."

문에서 노크 소리가 들렸고, 아까 본 여자가 쟁반에 커피 주전자와 플라스틱 병에 든 우유, 잔 두 개를 받쳐 들고 나타났다. 접시 위에는 하버 스트리트의 여관에서 먹은 것과 비슷한 비스킷이 놓여 있었다. 마가렛이 여기 비스킷도 구웠구나. 로리는 책상에 쟁반을 놓았다. 그녀는 제인의 안색이 변한 것을 알아챘다. "괜찮아요?"

"그래." 제인은 여자가 걱정하는 것을 깨달았다. "정말, 괜찮아. 이야기를 마친 뒤에 설명할게. 잠시 이야기 좀 하고."

로리는 제인의 심기가 불편해진 게 그의 책임이라는 듯 화난 눈으로 조 애쉬워스를 쏘아본 뒤 방을 나갔다.

제인은 정신이 다른 데 가 있는 손길로 커피를 따르고 우유와 설탕을 권했다. "죄송해요." 그녀는 마침내 입을 열었다. "받아들일 수가 없네요. 마가렛은 철인 같았는데. 내가 아는 그 어떤 누구보다 힘이 넘쳤어요. 이곳의 모든 사람들이 그녀를 그리워할 거예요. 가족의 일부나 마찬가지였으니까요. 케이트의 아이들도 가끔 데려왔는데. 요즘도 특별한 행사가 있으면 같이 와요. 두 주 전에는 겨울 모금행사가 열렸는데, 케이트와 아이들도 같이 왔어요." 그녀는 딱딱하게 미소지어 보였다. "여긴 언제나 돈이 부족하거든요. 언제나 폐쇄 위기죠. 이런 행사를 해도 항상 원하는 만큼 돈이 모이지 않아요."

"쉼터에 대해 말씀해주십시오."

"20년 정도 운영됐어요. 난 내내 여기 있었고, 마가렛도 내가 온 직후부터 자원봉사를 시작했습니다. 일시적으로 안전하게 머물 곳이 필요한 여성들을 위한 곳이죠. 단순히 가정폭력 피해자 대피소일 뿐만 아니라, 중독 문제가 있는 여성, 정신병원이나 교도소에서 나온 뒤 지원의 손길이 필요한 여성들 모두를 위한 곳이에요. 거주자 자녀들도 받습니다만, 지금은 그런 아이는 없습니다." 그녀는 시선을 들고 미소지었다. "나는 시 사회복지사로 일하다가 6개월 안식 휴가를 받아 쉼터를 차렸어요. 그 뒤로 죽 여기 있었죠. 도피일 수도 있겠지만, 어떤 면에서는 스트레스가 훨씬 적어요. 하지만 사람들과 집중적으로 일하면서 공동체를 건설할 수 있는 기회죠. 난 여길 거쳐나간 사람들과도 계속 연락을 주고받아요. 가끔 친목모임도 하죠. 많은 사람들이 기금 모금에도 동참하고요. 몇몇 사람들이 성취한 모습을 보면 뿌듯해요. 난 이제 은퇴할 때까지 여길 지킬 거예요. 제 평생의 일이니까요." 그녀는 자신이 이런 생각을, 혹은 자기 자신을 대단한 것으로 생각지 않는다는 뜻으로 미소지었다.

"그럼 여기 사십니까?" 조는 이런 생활이 어떤 것일지 궁금했다. 샐은 그가 남는 시간을 모조리 일에 쏟아붓는다고 생각했다. 당신은 그 뚱뚱한 여자에게 영혼을 바쳤어. 하지만 제인 캐머론은 일에서 도망칠 수가 없을 것이다.

"아파트가 따로 있어요. 여기 여자들은 대체로 제 사생활을 존중해주죠. 도시에 친구도 있어요. 휴식이나 문화생활이 필요할 때 어울릴 수 있는 사람들이죠."

하지만 당신 가족은? 파트너는? 베라라면 이렇게 물었겠지만, 조는 그런 질문을 할 수가 없었다.

"그간 여러 가지 문제를 목격하셨겠군요. 폭력적인 남편, 마약상, 뚜쟁이. 여기 와서 문제를 일으키는 사람들 말입니다."

"모두 다. 우리는 지역 경찰들과 아주 좋은 관계를 맺고 있어요. 필요할 때 출동한답니다. 하지만 최근에는 그런 소동이 없었어요. 누군가 마가렛을 표적으로 할 이유도 없고요. 그녀는 자원봉사자였고, 자기 방식을 강요하는 사람도 아니었어요. 마가렛은 여기 온 여자들에게 친구가 돼 준 것뿐이에요. 애당초 여기로 오라고 설득하는 일과는 아무 관계가 없었죠."

조는 커피를 마셨다. "입주민들과 이야기를 해봐야겠습니다. 마가렛이 뭔가 털어놓았을 수도 있고, 걱정거리를 말했을 수도 있으니까요." 그는 고개를 들었다. "혹시 그런 이야기를 당신에게 한 적은 없었습니까?"

제인은 고개를 저었다. "처음부터 마가렛은 사생활에 입이 대단히 무거웠어요. 자기 자신에 대해 이야기하지 않았죠. 혹시 그랬더라도, 속을 털어놓았을 쪽은 오히려 저였을 걸요. 그녀가 그리울 거예요." 그녀는 잠시 뜸을 들였다. "마지막으로 여기 왔을 때 언젠가 한번 이야기를 좀 해야겠다, 조언이 필요하다고 하긴 했어요. 난 바빠서 다음 주에 시간을 내자고 했고요." 그녀는 충격을 받아 고개를 들었다. "그때 시간을 냈어야 했는데. 그 오랜 세월 마가렛은 우리한테 많은 걸 줬는데, 몇 분 시간도 못 내다니. 한데 마가렛은 다음 주도 괜찮은 것 같았어요. 어쨌든 그렇게 말했어요."

"무슨 문제였는지 전혀 짐작은 안 가시고요?"

제인은 서글프게 고개를 저었다. "다른 사람들을 만나보시죠. 마가렛이 혹시 그중 누군가에게 말했을지도 몰라요. 점심시간이 다 됐으니 같이 드세요. 미리 경고하지만, 사람들은 아주 충격받을 거예요. 말씀드렸듯이 가족의 일원이나 마찬가지였으니까요. 자원봉사자라기보다 엄마나 할머니 같은 분이었어요. 우리 입주민들 중에 마가렛을 죽인 사람은 절대 없다고 확신하실 겁니다."

"유감스런 말씀이지만, 이 단계에서는 어느 누구도 확실히 배제할 수 없습니다."

제인은 퍼뜩 환히 미소지었다. "저도요? 물론 열린 마음을 유지하는 건 중요하겠지만, 이 경우에는 그런 수사방향은 정말 어리석은 짓일 거예요. 말씀드렸지만 우리 입주민은 마가렛을 죽이지 않았습니다, 형사님. 어제는 날씨가 너무 안 좋아서 아무도 외출하지 않았어요. 오후 내내 모두 여기 있었습니다. 그건 보증할 수 있어요." 그녀는 반박해보라는 듯 도전적으로 조를 올려다보았지만, 그는 아무 말도 하지 않았다.

입주민은 넓고 어수선한 부엌에 앉아 있었다. 부엌은 좀 더 따뜻했다. 지저분하고 우그러진 솥에서 열기가 나오고 있었다. 아이들이 그린 그림이 벽에 붙어 있었고, 모서리는 오래되어 접혀 있었다. 난로 옆 바구니 안에 개가 웅크리고 있었다. 다진 고기파이가 작업대 위 쇠망 위에서 식고 있었다. 조는 통나무를 나르던 로리를 알아보았고, 다양한 나이대의 주민 다섯 명이 더 있었다—천사 같은 얼굴을 한 창백하고 마른, 초조해 보이는 10대 소녀도 있었고, 조리대 앞에서 수프를 젓고 있는 나이 지긋한 여자도 있었다.

"이쪽은 애쉬워스 형사. 이야기할 게 있어서 오셨어요. 우리랑 점심을 같이 드실 거예요." 제인은 접시에 빵을 올려놓고 냉장고에서 마가린을 꺼냈다.

로리는 탁자에 식사 준비를 하다 올려다보았다. "원하는 게 뭐죠?"

조는 그녀를 마주 응시했다. "마가렛이 어제 살해당했습니다." 얼른 끝내고 싶었다. 수프 냄새가 구수했지만, 이 사람들과 같이 식탁에 앉아서 먹는 동안 질문하는 광경은 상상할 수가 없었다. 베라는 편안한 잡담의 전문가일지 모른다. 하지만 그는 적절한 형식을 갖추는 것이 좋았다.

아무도 움직이지 않았다. 소식을 납득하려고 애쓰는 것 같았다. 화덕 옆에서 수프를 젓고 있던 나이 든 여자의 뺨으로 눈물이 흘러내렸다. 긴 빨강머리 소녀는 석상처럼 얼어붙었다.

"도대체 누가 마가렛을 죽인단 말이야?" 로리였다. 너무 격하게 화가 나서 살인이라도 저지를 수 있을 기세였다. 제인은 그녀의 어깨에 팔을 두르고 아주 단단히 안아주었다. 위로이기도 했고, 자제하라는 뜻이기도 했다. 로리는 방을 둘러보며 말을 이었다. "아니, 정말 좋은 분이었잖아, 안 그래요? 여기 모두 그녀를 좋아했어요." 그녀는 조를 응시했다. "우리가 살인과 관계가 있다고 생각하는 거예요?"

"살인범을 잡는 데 도움을 주실 수 있을 것 같아서 왔습니다."

방 안에 정적이 흘렀다. 바깥이 갑자기 아주 어두워지더니, 돌풍이 창문 앞의 나뭇가지를 흔들었다. 제인은 로리에게서 떨어져 나와 전등을 켰다.

속마음은 얼른 벗어나고 싶었고 눈이 내리면 바깥세상과 단절될지도 몰랐지만, 어쨌든 조는 식탁에 앉아 일곱 명의 여자와 같이 식사를 하며 마가렛 크루코스키에 대한 추억담을 듣게 되었다.

초조해보이는 10대 소녀 에밀리는 두 달 전에 쉼터에 온 것 같았다. "마가렛은 좋은 사람 같았지만, 전 그분을 잘 몰라요. 어느 날 같이 산책을 한 적이 있는데, 저만 계속 신세한탄을 하고 그분은 들어주셨죠. 다른 분들한테 물어보시는 게 좋을 거예요." 그녀는 말하면서 조를 쳐다보지 않았다. 나직하고 잘 교육받은 목소리였다. 어쩌다 쉼터에 들어오게 됐는지 궁금했다. 돌봐주실 부모님이 없나? 아직 학교에 다녀야 하는 나이 같았다. 수프를 먹다가 소매가 우연히 걷혀 올라가는 순간, 팔 안쪽에 칼자국이 보였다. 자해 성향이었다. 기껏해야 조의 딸 제시 또래 같았다.

수프를 만들던 나이 지긋한 여자는 귀가 멀었거나 자기만의 세상에 사는 것 같았다. 계속 울었지만 표정은 멍해서, 마가렛 때문에 슬픈 것인지 만성적인 우울증 상태인지 알 수 없었다. 로리가 다른 사람들도 동의하는지 확인하려고 식탁을 둘러보면서 제일 말을 많이 했다. 제인은 말을 끊지 않았다.

"다른 자원봉사자도 있지만, 다들 자기가 원하는 게 있어요. 종교적인 이유에서 온 사람도 있고, 애들 옷가지 몇 개 던져주니까 우리가 고마워해야 한다고 생각하죠. 사회복지 분야에 직장을 얻고 싶어서 이력서에 써 넣으려고 온 사람도 있어요. 하지만 마가렛은 절대 그렇지 않았어요. 그냥 자기가 원해서 여기 오셨죠. 우릴 좋아하고, 우리 일상을 더 낫게 만들어주려고 하셨죠. 누구 생일이 되면 생일 케이크를 구워주는 단순한 일부터, 굳이 사회복지사를 대동하지 않고도 아이들을 만날 수 있도록 접견 시간에 옆에 있어 주는 까다로운 일까지."

"마지막으로 마가렛을 본 게 언제였습니까?" 조는 지금까지 다 잘 됐고 베라도 충분히 흥미를 가질 거라고 생각했지만, 이제 사실관계가 필요했다.

"그제요." 다시 로리였다. 그녀는 자기 기억이 옳은지 주위를 둘러본 뒤 대답했다.

"마가렛은 어떻게 여기 왔습니까?" 이번에는 제인 캐머론을 향한 질문이었다. 그녀가 답했다.

"여느 때처럼 버스로. 가끔 시내에 나갈 일이 있으면 내가 태워 오기도 했어요. 하지만 워낙 독립적인 사람이었어요. 나도 버스 승차권이 있어, 이렇게 말씀하셨죠. 그걸 쓰면 된다고."

"마지막으로 오셨을 때는?"

"누가 태워줬어요." 제인이 대답하기 전에 로리가 끼어들었다. "정원에서 일하고 있는데, 무슨 차가 정문 앞에서 내려주더라고요."

"운전사도 봤습니까?" 중요한 정보다. 케이트 듀어는 마가렛을 쉼터로 데려다줬다고 하지 않았다. 누군가 다른 인물을 만났다면 중요한 일일 수 있다.

로리는 미간을 찌푸렸다. "아뇨. 차에서 내리지 않았어요. 은색 골프. 새 차는 아니었어요. 2000년식."

"확실합니까?" 조는 차를 주의깊게 보지 않았다. 경험상 여자들은 더했다.

"아, 맞아요, 형사님." 처음으로 로리는 씩 웃었다. "난 전문가예요. 내 전과는 전부 차량 관련이었거든."

제인은 차와 고기 파이를 먹고 가라고 했지만, 조는 창 밖을 내다보고 아직 땅에 쌓인 눈을 확인한 뒤 이제 가봐야겠다고 했다. 그가 일어서려는데 로리가 다시 말했다. "디가 마가렛이 죽었다는 걸 알고 있는지 확인해 봐요."

"디?" 조는 여기서 빠져나가고 싶은 생각뿐이었다. 이런 날씨의 시골은 별 매력이 없었다. 홀리풀에 살고 싶다는 생각이 다시 들 것 같지는 않았다.

"디 롭슨, 예전에 여기 있던 사람이에요." 제인은 다른 사람들이 듣지 못하도록 그와 함께 크리스마스 트리 옆을 지나 홀로 나가면서 설명했다. 현관에서 그들은 다시 대화를 계속했다. "디는 여기 적응하지 못했어요. 그녀 탓은 아니었죠. 학교에서 교정되지 않은 약간의 학습장애가 있었으니. 평탄치 않았던 어린 시절이었죠." 제인은 약간 웃었다. "여긴 규율이 별로 없지만, 디는 몇 가지 안 되는 규칙을 죄다 깨뜨렸어요. 술, 남자, 폭력. 전부 다. 결국 다른 입주민들이 강제로 내보냈죠. 하지만 마가렛은 그녀와 특별한 관계를 맺어서 여길 떠난 뒤에도 조언자 역할을 했어요. 디를 비판하지 않았죠. 디가 마가렛 없이 어떻게 살아갈지 모르겠네요."

"디는 지금 어디 삽니까?"

"마들, 퍼시 스트리트에 있는 아파트에요." 제인은 문을 열었다. "그녀에게도 알려주세요, 형사님. 괜찮은지 봐주시고. 디에게는 사회복지사가 필요해요. 안전하게 돌봐줄 수 있는 불쌍한 영혼을 딸려 놔야 하는 사람이랍니다."

그는 고개를 끄덕였다. 제인이 왜 직접 마가렛의 죽음에 대해 디에게 알리지 않는지 궁금했다. 바깥 날씨는 약간 누그러져 있었고, 이제 눈은 부드럽고 축축했다. 집을 돌아보니, 창백한 10대 소녀 에밀리가 위층 창문을 통해 그를 내려다보고 있었다. 탑에 갇힌 공주가 나오는 동화가 떠올랐다.

13

|

베라는 마을 중심가의 병원 길 건너에 카페 하나를 찾았다. 커피머신이 쉭쉭거리고 맛있는 빵이 있는 새 집이었다. 병원에는 이미 들른 참이었다. 불친절한 안내원이 마가렛 크루코스키는 환자가 아니었다, 암 치료를 받았는지, 어디서 받았는지는 알려줄 수 없다고 대답했다. 베라는 통밀빵을 선택했다는 사실에 뿌듯함을 느끼며 차를 마시고 샌드위치를 먹었다. 다 먹은 뒤 그녀는 홀리에게 전화했다. "마가렛의 개인 주치의가 누군지 알아봐야겠어. 해줄 수 있나, 홀?"

지역 신문을 상대하는 일을 맡은 것이 아직도 흡족한지, 홀리는 투덜거리지 않고 그러겠다고 했다.

점심시간은 끝났고, 아무도 베라가 가게에 앉아 있는 것을 신경 쓰지 않았다. 바닥은 온통 손님들의 부츠에 묻어 온 눈자국투성이였다. 그녀는 조 애쉬워스를 기다리고 있었다. 그가 여자들 쉼터에서 어떻게 이야기를 끌어내고 있을지 생각하니 웃음이 나왔다. 산 채로 잡아먹히지 않았을까?

조는 추위를 막기 위해 옷깃을 세우고 나타났다. 그는 언제나 깔끔한 매무새였다. 새벽 4시에 불러도 방금 다린 셔츠와 정장 차림이었다. 프로테스탄트 노동윤리 때문일까? 아니면 남자 뒷바라지 외에 할 일이 없는 아내 덕분? 베라는 새 찻주전자와 스콘 두 개를 주문하고, 곧장 본론으로 들어갔다.

"유용한 정보는 있었어?"

"네. 그런 것 같습니다." 조는 차를 따랐다. "마가렛은 죽기 전날 아침에 쉼터에서 일했어요. 누가 차로 데려다줬답니다. 여자 중 한 사람이 차에서 내리는 걸 봤대요."

"한데 운전사는 못 봤다." 베라는 애쉬워스를 잘 알았다. 좋은 소식이 있으면 뒤로 미룰 줄 모르는 사람이었다.

"신부가 아니었을까 궁금합니다." 조는 말했다. "교회가 쉼터 일에 관련돼 있으니까요."

"음, 그럴지도." 하지만 피터 그루스킨은 그런 말을 하지 않았고, 그도 선행을 숨길 부류 같지는 않았다.

"그런데 목격자가 차는 봐뒀습니다. 오래된 은색 골프. 2000년식." 조는 스콘을 칼로 자르고 깔끔하게 버터를 발랐다. 베라는 자기 몫을 이미 다 먹었다. "목격자는 자동차 광 전과자예요. 차량절도, 무보험 운전, 과속. 그러니 아마 정확할 겁니다."

베라는 하버 스트리트에서 그런 차를 본 적이 있던가 기억을 더듬었지만 떠오르는 차가 없었다. 출판사 영업사원 조지 엔더비는 아마 보다 새 차, 효율적인 차를 몰 것이다. 게스트하우스 밖에 세워진 르노는 당연히 케이트 듀어의 차라고 생각했다. "그루스킨이 무슨 차를 갖고 있는지 알아봐."

"만나봐야 할 여자가 하나 더 있습니다." 조는 종이냅킨으로 손가락에 묻은 빵부스러기를 닦았다. "디 롭슨. 그 여자도 조사해봤습니다. 20년 전 전과, 음주운전, 매춘, 절도. 퍼시 스트리트의 아파트에서 살지만, 주로 코블 술집에서 손님들에게 언어먹거나 실업수당을 탕진하면서 술 마시는 모습이 목격된답니다."

"본 것 같아." 베라는 망사 스타킹 차림의 여자가 술집에서 나설 때 쏟아지던 야유를 떠올렸다. "마가렛이 그 여자와 무슨 관계가 있었지?"

"쉼터에서 머무른 적이 있는데, 그때 마가렛과 친구가 됐답니다. 디가 쉼터에서 말썽을 일으키고 남자를 들이다가 쫓겨난 뒤에도 지금까지 일종의 조언자 역할을 해준 모양이에요."

"마가렛은 아팠어." 베라는 조에게 아직 알리지 않은 것이 떠올라 불쑥 말했다. 부검 뒤로, 조의 말을 들으면서도 계속 머릿속을 떠돌던 생각이었다. "말기였을 수도 있었어. 대장암. 폴 키팅은 마가렛이 살해당하지 않았더라도 오래 살지 못했을 거라고 했어. 의사를 만나봤는지는 모르겠는데. 하지만 알았다면… 마가렛은 종교적인 사람이었지, 안 그래? 주변을 정리할 생각이었을 수도 있어." 베라는 두 손으로 탁자를 짚었다. "그날 전철을 타기 전에 마가렛이 어디 갔었는지 알아내야겠어." 그녀는 갑자기 일어섰다.

"어디 가십니까?" 조는 차를 다 마시지 못했다.

"디 롭슨을 만나러. 알콜중독자 겸 매춘부." 베라는 젖은 바닥을 가로질러 계산대로 가서 가지고 갈 케이크 한 봉지를 주문했다.

거리의 눈은 회색 진구렁으로 변했고, 진눈깨비가 내리고 있었다. 아파트는 1930년대 타운하우스가 늘어선 거리 끝에 지어진 60년대 성냥갑 같은 곳이었다. 디는 꼭대기 3층에 살았다. 시내의 타워형 성냥갑만큼 충충하지는 않았지만, 계단은 온통 낙서투성이였고 오줌과 젖은 콘크리트 냄새가 풍겼다. 문은 누가 최근 발로 찬 것처럼 우그러져 있었다. 지나치게 열성적인 고객? 아니면 보다 심각한 문제였을까? 조는 노크를 했다. 아무 대답도 없었다. 베라는 문을 손바닥으로 쾅쾅 두드리며 외쳤다. "이보세요. 문 열어 봐요. 해치러 온 거 아닙니다."

안에서 인기척이 들렸지만, 그래도 문은 열리지 않았다. 베라는 가방에서 마가렛의 열쇠꾸러미를 꺼내 아직 용도를 알아내지 못한 열쇠를 구멍에 넣어보았다. 문이 열렸다. 한 가지 수수께끼는 풀렸군. 디 롭슨은 다리를 벌리고 우뚝 서서 싸울 준비를 하고 있었다. 베라를 보자, 그녀는 화난 목소리로 커다랗게 소리쳤다.

"이봐, 이런 식으로 남의 집에 들어오면 안 되지!"

베라는 개의치 않고 주위를 둘러보았다. 미리 알고 오지 않았다면, 사람이 살지 않는 집이라고 생각했을 것이다. 집 안에는 계단과 똑같은 냄새가 풍겼다. 벽과 창틀이 만나는 경계에 곰팡이가 피어 있었다. 바닥에는 양탄자가 깔려 있지 않았고 끈적끈적했다. 열린 문 안으로 침실이 보였다. 침실 안에는 얼룩진 러그가 깔려 있었고, 매트리스는 반들거리는 분홍색 퀼트로 덮여 있었다. 디를 따라올 정도로 절박하거나 인사불성으로 취한 남자를 상대하는 곳이리라.

그들은 복도에 잠시 서서 서로 마주 보았다. "대체 당신들 누구야?" 여자는 물었다. 운동복 바지와 후드에서는 며칠 동안 입고 잔 찌든 냄새가 풍겼다. 전날 밤 화장도 지우지 않은 상태였다. 마스카라가 뺨에 번져 흘러내리고 있었다. 울고 있었던 것 같았다.

"마가렛 소식을 들었군요." 베라가 말했다.

디는 고개를 끄덕였다. "간밤에 코블 술집에서 들었어요. 오늘 아침 뉴스에도 났고. 당신들 경찰이군." 질문이 아니었다.

그녀는 거실로 들어갔고, 경찰 둘도 따라 들어갔다. 여기도 맨바닥이었다. 포마이카 부엌 탁자가 한쪽 벽에 놓여 있었고, 양옆에 플라스틱 의자가 하나씩 놓여 있었다. 오렌지색 천 안으로 스프링이 보이는 안락의자도 하나 있었고, 구석 바닥에는 작은 평면 텔레비전이 보였다.

"마가렛이 준 텔레비전이군요." 베라는 턱으로 가리켰다.

"예. 요즘 자기는 별로 안 본다고 했어요. 이 집에서 혼자 살면서 텔레비전도 없었다면 난 아마 미쳤을 거예요." 아직 여자는 경계심을 풀지 않았다. "내가 훔친 거 아니에요. 혹시 그런 생각을 하는 거라면."

"우린 마가렛에 대해 물어보러 왔어요. 친구였다고 들었는데, 살인범을 찾는데 당신이 도움을 줄 수도 있을 것 같아서." 베라는 부드럽게 물었다.

조 애쉬워스는 집 안에 들어왔다가는 무슨 병에 걸릴까 봐 걱정하는지 아직 문간에 서 있었다. 경찰이 된 뒤로 지저분한 집을 수백 번은 구경했지만, 어떤 사람들이 사는 모습을 보면 아직도 질겁을 할 때가 있었다.

제시가 학생이 될 때까지 어디 기다려보라고, 베라는 그를 보며 남몰래 씩 웃었다.

"차 있나요, 디?" 베라는 밝게 물었다. "우유는? 차 한 잔 하고 싶은

데, 케이크는 우리가 가져왔어요. 난 남의 집에 빈손으로 안 간답니다."

여자는 한 마디도 이해하지 못한 듯 베라를 쳐다보았다.

"가 봐, 조. 주전자 올려. 원하는 게 안 보이거든 얼른 가게에 갔다 와. 디와 나는 이야기를 하고 있을 테니까."

"우유 있어요!" 디는 갑자기 살아난 것 같았다. "마가렛이 찾아왔을 때 갖고 왔어요. 항상 우유를 갖고 와요. 내가 잊어버린다는 걸 아니까."

"마가렛이 마지막으로 찾아온 게 언제예요?" 베라는 의자에 앉으며 물었다. 디는 안락의자에 앉았다. 부엌에서 물 트는 소리가 들렸다. 조는 아마 컵을 씻고 있을 것이다.

"어제 점심 때. 시내로 나가는 길이라고 했어요."

"어디로 가는지 이야기하던가요?" 베라는 조가 기차에서 봤다는 잘 차려입은 우아한 여인이 이 방에 앉아 지저분한 머그에 차를 담아 마시며 디와 이야기를 나누는 모습을 상상하려고 애썼다.

"아니, 그냥 정리할 일이 있다고 했어요."

여러 가지 의미가 있을 수 있다. 변호사를 만나러? 회계사?

"어땠어요? 조용했다든지 동요했다든지 화가 났다든지."

그러나 디는 타인의 감정은 모르겠다는 듯 고개만 흔들 뿐이었다.

조가 차를 들고 돌아왔다. 베라는 케이크 봉투를 탁자 위에 놓고 디가 안에 든 빵을 볼 수 있도록 종이를 찢었다. 조는 의자를 쳐다보았지만, 대신 문에 기대서 있기로 작정한 모양이었다.

"그전에." 베라는 말을 이었다. "최근 마가렛을 본 건 언제였어요?"

"지난주." 디는 입에 크림 스폰지를 가득 넣고 말했다. 조는 눈길을 피했다. 결벽증 환자 같으니, 베라는 생각했다. 조에게는 이 단어가 딱 어울렸다. "우린 시내에 쇼핑하러 갔어요." 디는 갑자기 활기를 띠었다. 그 뉴캐슬 여행이 한 달 사이 최고의 시간이었겠군, 베라는 서글프게 생각했다.

"마가렛이 쇼핑에 데려갔나요?"

"네. 내게 적당한 재킷이 필요하다고, 감기 걸리겠다고. 교회에 지원금이 있어요. 대부분 쉼터 여자들을 위해 쓰이지만… 형편이 안 되는 물품들… 마가렛은 내가 그 돈 일부를 못 쓸 이유가 없다면서."

"왜 쉼터를 떠나셨나요?" 조의 질문이었다. 자기도 모르는 사이 추궁하는 듯한 말투가 나왔다. 그러면 기회가 생기는 즉시 노역장 제도를 되살릴 것이다.

디는 뭐라고 중얼거렸고, 베라는 시골에 처박혀 살았다는 이야기, 제인이라는 암소 같은 년이 늘 시비를 걸었다는 이야기 정도만 겨우 알아들을 수 있었다.

"쇼핑 이야기를 해 봐요." 베라가 말했다.

디의 얼굴은 다시 밝아졌다. "전철을 타고 갔어요. 카페에서 점심을 먹었죠. 난 피시 앤 칩스를 먹었어요. 마가렛은 샌드위치만 먹겠다고 했고. 뉴 룩에서 재킷을 샀어요. 진짜 멋진 걸로." 그녀는 코트를 설명하기 시작했다. 조금이라도 부추겼다면 당장 들고 와서 보여줄 기세였다.

베라는 잠시 떠벌리게 내버려둔 뒤 끼어들었다. "그냥 쇼핑만? 다른 데는 안 갔어요? 사무실이라든가? 마가렛이 자기가 아는 사람을 만났다든가."

잠시 침묵. 디는 골똘히 생각했다. "누굴 만나지는 않았는데, 마가렛이 누굴 봤어요."

"무슨 일이 있었는지 말해 봐요, 디." 베라는 바닐라 케이크 조각에 손을 내밀었다. "이야기를 만들지 말고, 사실대로만 말해요."

"노섬벌랜드 스트리트를 걷고 있는데, 길 반대쪽에 남자가 있었어요. 마가렛은 나더러 잠깐 그 자리에 있으라고 하더니 그 남자를 향해 달려갔죠. 근데 그가 더 빨라서 따라잡지 못했어요."

"어떻게 생겼던가요, 그 남자?" 디의 이야기를 어디까지 신뢰해야 할지 알 수 없었다. 분명 증인석에 세우지는 못할 것이다. 바닐라 케이크 조각도 접시와 나이프 없이 먹기는 힘들었다. 그녀는 조를 돌아보았다. "부엌에 칼이 있나? 자르지 않으면 온통 크림이 다 묻겠어."

디는 어깨를 으쓱했다. "모르겠어요. 난 못 봤어요. 제대로 안 봤거든요. 남자는 마가렛이 보자마자 도망갔어요."

"젊던가요? 빨리 달렸다면?"

디는 다시 생각했다. "마가렛보다는 빨랐지만, 나이 든 사람이잖아요. 대부분의 사람들이 마가렛보다는 빠르겠죠."

"그에 대해 달리 알려줄 건 없고요?"

"말했지만, 마가렛은 나보고 그 자리에 있으라고 소리치면서 노섬벌랜드 스트리트를 가로질러 달렸어요. 금방 돌아왔어요. 누구냐고 물었지만, 대답을 안 해주더라고요. 밖에서 차 한 잔 마시지 않을까 했는데, 마가렛은 집에 갈 시간이라고 했어요." 디는 베라를 바라보았다. 팬더처럼 검게 칠한 눈길이 머그 너머에서 이쪽을 응시했다. "마가렛은 뛰고 와서 숨을 헐떡이고 있었어요. 순간 죽는 거 아닌가 하는 생각이 들 정도로요."

애쉬워스는 부엌에서 칼을 들고 왔고, 베라는 케이크를 한입 크기로 잘랐다. 아무도 말하지 않았다. 아파트 밖에서 계단을 내려가는 발소리가 들려왔다. 아래층에서 문이 쾅 하고 닫혔다.

"어제 오후에는 어디 있었죠, 디?" 베라는 별로 흥미가 없는 듯 아주 조용히 물었다. 강요하는 기색 없이. "마가렛이 떠난 뒤."

"나갔어요." 디의 입은 덫처럼 굳게 닫혔다.

"알아야 해요, 디." 베라는 몸을 앞으로 내밀었다. "당신이 오후 내내 코블에 있었다고 해도 아무도 뭐라고 하지 않아요. 우리 알 바 아니야. 하지만 알아야 해요."

"코블에 있었어요. 그리고 누굴 만났어요."

"남자?"

그녀는 고개를 끄덕였다.

"같이 어디로 갔죠? 여기로 데려왔어요?"

"그의 집으로 갔어요."

"거긴 어디였죠?" 베라는 이 여자가 미쳤다고 생각했다. 스스로에 대한 위험이라고. 그런 걱정이 말투에 비쳤다. "모르는 남자를 따라가면 안 돼. 안전하지 않아요."

"아는 남자예요. 최소한 여러 번 봤어요."

"이름은?"

"제이슨." 디는 뚱한 어린 아이처럼 행동하고 있었다. "성은 들은 적이 없어요. 집도 몰랐고."

"마들이었어요?"

"아뇨. 전철을 탔어요. 기억나지 않아요." 디는 고개를 들었다. 갑자기 아주 어려 보였다. "난 약간 화가 났어요." 그녀는 잠시 사이를 두었다. "그가 내 표를 사줬어요!" 그걸로 모든 게 괜찮다는 듯한 말투였다.

"어디로 갔죠?" 베라는 물었다. "어떤 전철역?"

"몰라요! 시내 쪽 어디였어요." 마들과 그 인근 지역을 벗어나면 이 국땅이라는 말투였다. 베라는 디가 어쩌면 글을 못 읽는지도 모른다는 사실을 깨달았다.

"그다음에는 무슨 일이 있었죠?" 조가 물었다. 그는 대화에 참여하기 위해 문간에서 이쪽으로 다가와 있었다. 디는 그제야 조를 똑바로 보았다. 그가 마음에 든 것 같았다. 대답은 조를 향했다.

"난 돌아왔어요. 그가 준 돈을 썼죠. 칩을 사고 술집에 갔어요."

"그도 같이 왔습니까?"

"아뇨!" 그녀는 분개했다. "난 그럴 거라고 생각했는데, 둘이서 같이 저녁을 보낼 거라고 생각했는데, 그냥 아파트에서 나가라고 했어요. 난 혼자 전철역을 찾아가야 했어요. 눈이 내리고 있었어요. 얼어 죽는 줄 알았다고요."

"몇 시였죠?" 조가 물었다.

"몰라요. 어두웠어요."

"전철을 타고 마들까지 곧장 왔습니까?" 조는 문제의 질문을 던졌다. 베라는 숨을 죽였다.

"아뇨. 기차는 파팅턴에서 멈췄어요. 날씨 때문에. 다들 전철에서 내려서 버스를 탔어요. 한참 기다렸어요. 몇 푼 아끼려고 시간을 얼마나 버렸는지."

"몇 번 객차에 있었죠, 디?"

그녀는 조를 미친 사람 보듯 쳐다보았다. "뭐라고요?"

"전철에서. 앞쪽에 탔습니까, 뒤쪽에 탔습니까?"

"기억 안 나요! 왜요?"

"마가렛이 칼에 찔린 게 거기였어요." 베라는 조용히 말했다. "눈 때문에 중단된 그 전철."

"난 못 봤어요!" 디는 경악하며 베라를 돌아보았다. "봤다면 내가 구했을 거예요."

14

홀리는 고스포스에서 개인 병원을 운영하는 마가렛의 주치의를 찾아냈다. 사무적인 비서는 지난달 마가렛이 두 번 병원에 왔지만 살해 당일 오후에는 오지 않았다고 알려주었다. 자세한 사항을 원한다면 예약을 하고 의사를 직접 만나봐야 했다. 홀리는 베라에게 전화로 이 사실을 전하면서 고맙다는 치사를 기대했지만, 상관은 그저 실망하는 것 같았다.

"아, 어쩔 수 없지. 하지만 난 어제 마가렛이 고스포스에서 뭘 했는지 정말 알아야겠어." 베라는 잠시 침묵을 지키다 덧붙였다. "거기 다른 일은 어떻게 돼 가지?"

"기자회견은 잘된 것 같은데, 정신이 없어요. 지금까지 들어온 정보를 모두 정리해 넣는 게 어마어마한 일인데, 그럭저럭 끝나갑니다. 6시 30분 뉴스가 나가야 다시 대량으로 신고가 들어올 것 같아요."

이미 늦은 오후였다. 정신없는 기자회견이 끝난 뒤 홀리는 경찰서 안에서 두 시간 동안 커다란 그래프 용지에 이름을 적어 넣었다. 처음에는 컴퓨터로 전철 객차 안의 승객 위치도를 만들려고 했지만, 결국 넓은 책상에 앉아 그래프 용지에 그려 넣는 게 그나마 최선이었다. 사각형 하나가 좌석 하나, 혹은 공간 하나를 의미했다. 그래도 빈자리가 있었다. 조가 기억하는 몇몇 사람들은 신고하지 않았다—시시덕거리던 아이들과 취한 직장인들. 고스포스에서 마가렛이 기차에 오르는 것을 본 승객도 있었지만, 플랫폼에서 그녀를 미행한 사람이 있었는지 눈여겨본 사람은 없었다.

수화기 너머에서 잠시 침묵이 흐르자, 홀리는 자기가 또 투덜거렸다고 야단을 맞는 게 아닌가 생각했다. 베라 스탠호프를 상대하는 것은 예측할 수 없는 거대한 개에게 접근하는 기분이었다. 죽을 때까지 혀로 핥을지, 다리를 덥석 물지 알 수가 없다.

"책상 일에서 잠시 쉬고 싶지 않아?"

"그럼요!" 홀리는 대답하자마자 후회했다. 문제는 베라가 결정권자라는 점이다. 수사와 아무 상관이 없는 헛짓거리에 시간을 낭비하게 될지도 모른다.

"마이클 크랙스 교수를 만나 봐." 베라는 말했다. "용의자로 보이지는 않지만, 수사와 관련이 있어. 마가렛이 살면서 일했던 여관에 정기적으로 머물렀는데, 그가 말콤 커의 알리바이를 갖고 있을지도 몰라."

"커는 누구죠?" 내가 또 회의에서 뭔가 놓쳤나 싶어, 홀리는 베라의 호통을 기다렸다. 베라와 이야기하면 늘 학생 같은 기분이었다.

"미안해, 홀. 내가 설명했어야 했어. 커는 선원이야. 항구 가까이에서 누추한 작업장을 운영하면서 전철 바로 뒤 퍼시 스트리트에서 살아. 마가렛 크루코스키가 젊은 시절 그의 밑에서 일했어. 커는 오늘 아침 상당히 동요한 상태로 케이트 듀어의 여관에 나타났고. 케이트는 그와 마가 렛이 연인이었을지도 모른다는 인상을 받았어. 어쨌든 그는 마가렛이 칼에 찔리던 시각에 크랙스 교수와 같이 북해에 항해 중이었다고 주장하고 있어. 그러니 알리바이를 확인하고, 크랙스가 피해자에 대해 뭔가 아는 게 있는지도 확인해. 지금으로서는 가족도, 가까운 친구도 없어. 교수는 하버 스트리트 게스트하우스에 오랜 세월 단골로 드나들었고."

홀리는 상관에게 사과를 받은 것이 어안이 벙벙해서 수화기를 놓고 대학으로 전화를 걸었다. 오늘 교수는 사무실을 비운 모양이었다. 컬러코츠의 도브 해양연구소에서 학부 학생들과 함께 작업하고 있었다. 그녀는 공용차 한 대를 끌고 해변을 향해 출발했다.

컬러코츠는 마을 남쪽 타인머스와 휘틀리 베이에 펼쳐진 넓은 모래사장 사이 아름다운 만에 자리잡고 있었다. 식당 두어 곳과 와인 바가 바다를 접하고 있었다. 여름에는 보도에 식탁을 내놓고 아이들이 모래사장에서 노는 모습을 바라보며 먹고 마시는 곳이었다. 홀리도 친구들과 주말에 즐거운 저녁을 보낸 기억이 있었다. 지금은 어둑어둑하고 바다에서 찬 비바람이 불어와서 황량하고 우울한 풍경이었다. 그녀는 좁은 옆길에 차를 세우고 해안선을 따라 난 주 도로를 건넜다. 부두 끝에 불이 켜져 있었다. 반쯤 얼어붙은 웅덩이에서 물을 튀기며 차 몇 대가 이따금 지나쳤지만, 아무도 내리지 않았다.

연구소는 해안의 빨간 벽돌집을 현대식으로 증축한 건물이었다. 건물 안에서는 학생들이 하루 일과를 마치고 외출복으로 갈아입으며 장비를 가방에 챙기고 있었다. 크랙스는 랭카스터 출신의 점잖은 60대 남자였다. 작은 배를 타고 돌아다니기에는 너무 나이들고 뚱뚱해 보였다. 일행은 연구용 작업대와 철제 의자가 놓여 있는 작은 방에 있었고, 크랙스는 연구실 앞쪽에 서서 젊은이들에게 크리스마스 잘 보내라고 작별 인사를 하고 있었다. 애석한 기분이 홀리의 가슴을 찔렀다. 그녀는 대학을 졸업한 뒤 경찰에 들어왔다. 대학에서 연구하던 시절은 즐거웠다. 어쩌면 학자로서의 인생이 그녀에게 더 잘 어울렸을지도 모른다. 문득 홀리는 현실로 돌아왔다. 아니, 넌 지루해서 죽을 지경이었을걸.

교수는 고개를 들고 그녀를 바라보았다. "안녕하십니까! 무슨 용무로 오셨는지?" 상냥하고, 진심으로 돕고 싶다는 말투였다. 그러나 홀리의 경험상 나이 든 남자들은 대체로 무뚝뚝하지 않았다. 설사 업무상 접근이더라도, 그저 젊고 매력적인 여성이 관심을 보이는 게 으쓱할 뿐이다. 학생들이 다 나간 뒤 홀리는 자신을 소개했다.

"무슨 일이죠?" 긴장하는 기색은 없었다. 그는 등 뒤에 늘어선 시험관을 힐끗 돌아보았다.

"마가렛 크루코스키 소식 못 들으셨나요?" 어쩌면 그리 놀랄 일이 아닐지도 모른다. 학생들은 어차피 늙은 여자의 죽음 따위에 별 관심이 없었을 것이다. 그저 학기말 준비에—크리스마스 휴가 전 마지막 세미나 같았다—여념이 없었을 것이고, 모두의 주 관심사는 날씨인 것 같았다. 그리고 경찰이 나타난 지금도 크랙스는 아직 연구에 정신이 팔려 있었다. 그는 얼른 다시 들여다보고 싶다는 듯 자기 앞 탁자 위의 현미경에 시선을 주었다. 그는 미간을 찌푸렸다. "케이트 듀어 여관의 마가렛? 아뇨. 무슨 일입니까?"

"살해당했습니다. 어제 오후. 집에 돌아가는 길에 전철 안에서 칼에 찔렸어요."

그녀는 충격과 비탄의 표정을 기대했다. 설사 전혀 모르는 사이라 해도, 사람들은 누가 살해당했다는 소식을 들으면 그런 반응이 당연하다고 여기는 것 같았다. 그러나 크랙스의 반응은 극적이었다. 얼굴에서 핏기가 사라졌다. 그는 옆에 놓인 의자에 털썩 주저앉았다.

"불쌍한 마가렛. 그렇게 끔찍하게 죽다니."

"잘 알고 지내셨나요?"

그는 잠시 숨을 고르고 입을 열었다. "난 학부 시절부터 마들 해안에서 연구를 해왔습니다. 하버 스트리트의 그 여관이 문을 연 뒤로 최소한 한 달에 하룻밤은 거기서 묵었지요. 케이트와 마가렛은 거의 가족 같은 사이였습니다. 케이트가 정말 충격을 받았겠군요. 물론 지금은 새 동반자가 생겼지만, 마가렛 없이 어떻게 꾸려나갈 수 있을지." 잠시 침묵. "누가 죽였는지 알고 계십니까? 내가 무슨 도움이 될지 모르겠군요." 그는 작업대에 팔꿈치를 괴고 앉았다. 파란 니트 스웨터를 깔끔하게 기워 입은 흔적이 눈에 띄었다. 앞자락에는 달걀 같은 얼룩이 튄 자국도 있었다. 늘 정신이 다른 데 팔려 있는 동화책 속의 교수 같은 모습이었다.

"우린 여관 단골 투숙객을 모두 만나보고 있습니다."

"그렇군요."

"마지막으로 마가렛를 본 게 언제였지요?" 홀리는 권유를 기다리지 않고 의자에 앉았다. 그들은 작업대를 사이에 두고 마주 보았다. 화학약품 냄새, 무슨 유기물 냄새 같은 것이 풍겼다.

"어제 아침. 그녀가 평소처럼 내 식탁을 치워줬습니다."

"어떻게 보이던가요?"

"평소와 다를 바가 없었어요." 크랙스는 손가락에 낀 결혼반지를 만지작거리며 돌렸다. "정중하고, 싹싹하고, 유쾌했어요. 난 일정이 바빠서 일찍 아침을 먹었습니다. 다른 손님들이 있었는지는 모르겠지만, 내가 여관을 나설 때까지 나타나지 않았습니다."

"그럼 마가렛이 속상하다거나 초조하다거나, 이런 인상은 못 받으셨군요."

"아뇨, 하지만 그랬다 해도 전 못 알아챘을 겁니다. 그런 데서 시중을 드는 사람들의 감정은 보통 모르고 지나치지 않습니까? 없으면 눈에 띄지만."

홀리는 특이한 사람이라고 생각했다. 요즘 교수들처럼 날카로운 면도 있을까? 그가 대학 내 정치에 가담해서 싸운다거나 학비를 많이 낼 준비가 되어 있는 해외 학생 유치전에 뛰어든다거나 하는 모습은 상상할 수 없었다. "우린 마가렛의 가족을 추적하는 데 애를 먹고 있습니다. 혹시 가족에 대한 말을 들은 적은 없나요?"

이번에도 그는 대답하기 전에 잠시 생각했다.

"하버 스트리트에서 머문 그 오랜 세월 동안, 마가렛과 진짜 대화다운 대화를 해본 적은 딱 한 번 있었습니다. 그녀는 위층에 살았고 손님 시중 말고는 거의 아래층에 내려오지 않았죠. 그런데 어느 날 저녁 우린 집에 같이 들어갔습니다. 그녀는 아마 교회에서 돌아오다가 길을 건너고 있었고, 난 바다에서 하루 일과를 마치고 몸이 얼어 있었죠. 내가 같이 술 한 잔 하자고 했고, 우리는 어둑어둑한 라운지에 같이 앉았죠." 그는 잠시 사이를 두었다. "난 아마 일 이야기, 가족 이야기를 했을 겁니다. 난 40년 동안 결혼생활을 했고, 손자들도 늘 우스꽝스러울 정도로 자랑하고 다닙니다. 행복한 사람들의 이야기는 과시처럼 들릴 수 있지요. 문득 마가렛은 전혀 행복하지 않다는 생각이 들었습니다. 그 조용한 효율성은 겉으로 내보이는 가면일 뿐, 그 아래에는 끔찍한 절망이 숨어 있는 게 아닌가 하는. 남편에 대해 물었습니다. 혹시 만난 적이 있느냐고. '아, 아뇨.' 그녀는 대답했습니다. '오래전에 사라졌어요.' 그리고 아주 이상한 말을 덧붙였죠. '내게 남은 건 비밀뿐이죠.' 무슨 뜻인지는 묻지 않았습니다. 말해주지도 않을 게 분명했고요."

홀리는 자세히 메모를 했다. 이야기 일부는 잘 알아들을 수 없는 내용이었지만, 베라는 여관에 직접 갔으니 더 잘 이해할 것이다. 그녀는 다시 교수를 돌아보았다. "어제 말콤 커와 같이 계셨나요?"

"네. 그가 코컷 섬까지 배를 대 줬지요. 내 연구는 극히 미세한 해수 온도 변화가 미생물에, 이어 생태계 먹이사슬에 미치는 영향을 다룹니다. 샘플을 채취했습니다. 아주 꼼꼼한 일입니다. 따분한 일이라고도 할 수 있겠죠. 오후 중반까지 걸렸습니다."

"현장실습을 해주는 학생이 없나요?" 홀리는 박사 과정 대학원생과 데이트를 한 적이 있었는데, 그는 교수가 따분하고 힘든 일을 시킨다고 늘 투덜거렸다.

크랙스는 픽 웃었다. "난 통제광입니다. 내 데이터는 내가 직접 다루는 게 좋습니다." 그는 손가락의 반지를 다시 돌렸다. "게다가 난 바다에 있는 게 좋습니다. 애당초 그 때문에 이 분야에 뛰어들게 됐으니까요. 환경에 대한, 광활한 공간에 대한 열정. 난 내년에 은퇴합니다. 앞으로 뭘 해야 할지 모르겠어요. 은퇴한 학자들이 다들 그렇듯, 아마 책을 쓰겠죠."

"그럼 말콤 커를 잘 아시겠군요?"

"내가 연구를 시작한 뒤로 같이 시간을 많이 보냈습니다. 석사 과정

시절부터 같이 일하기 시작했는데, 그때는 아버지가 사업을 책임지고 있었죠. 말콤은 당시 약간 망나니 같은 친구였고, 걸핏하면 성질을 부렸습니다. 코블에서 다른 청년들과 싸움이 붙어서 아침에 눈두덩에 시퍼렇게 멍이 들어서 나타나곤 했었죠." 크랙스는 미소지었다. "그러다 좋은 여자를 만나면 다들 그러듯 정착했어요. 일이 잘 안 풀리기 시작한 건 최근입니다. 아내가 떠났고, 집을 잃었고, 아이들도 자주 못 만나게 됐죠. 술도 정도 이상 마시는 것 같고. 어떤 날은 입던 옷 그대로 자고 일어난 차림으로 나타날 때도 있습니다. 선원들의 신뢰를 잃어 구명정 조타수 일도 그만두게 됐죠. 하지만 아직 탁월한 뱃사람입니다."

이 모든 정보가 무슨 의미가 있을까. "어제 당신과 커가 마을에 돌아온 건 몇 시였나요?"

"3시 정도. 더 오래 있고 싶었지만, 일기예보가 아주 안 좋았습니다. 원래는 하버 스트리트에서 하룻밤 더 묵기로 되어 있었는데, 그냥 집에 돌아가기로 했지요. 제 집은 타인 밸리에 있는데, 꽤 멀거든요." 그는 다시 시계를 보았다. "죄송합니다. 이제 정말 가봐야 합니다. 손자 학교에서 연극이 있는데, 시간 맞춰 가기로 약속했습니다."

홀리는 그와 함께 밖으로 나가서 그가 문을 잠그는 동안 기다렸다. 그의 차는 경사로에 주차한 지저분한 사륜구동이었다. 이미 어두워져 있었다. "말콤 커는 무슨 차를 모나요?" 별 중요한 사항이 아니라는 듯, 마지막 기회를 틈타 자연스럽게 던진 질문이었다. 조는 살해 전날 누군가 마가렛을 낡은 차로 쉼터에 데려다주었다고 했다. 하루 종일 건진 단 한 가지 구체적인 정보였다. 조가 운전면허청에 확인하겠지만, 그보다 먼저 정보를 알아내는 것도 나쁘지 않다.

크랙스는 차 문에 손을 얹고 잠시 생각했다. "아주 낡은 골프였습니다. 아내가 신형 토요타를 가져갔죠. 그것도 속이 쓰린 이유 중 하나일 겁니다."

홀리는 어둠 속에서 씩 웃었다. 마가렛은 골프를 타고 쉼터에 도착했다. "말콤 커는 어쩌다 이혼하면서 그렇게 다 뺏겼나요?"

어깨를 으쓱하는 것이 보였다기보다는, 느껴졌다. "새 남자가 변호사였던 게 도움이 됐겠죠?" 그는 계속 말해야 할지 갈등하는 듯 잠시 멈췄다. "아니면 말콤이 자기를 때렸다고 주장했던 것도 원인이 됐겠고."

"그가 아내를 때렸어요?"

그는 다시 어깨를 으쓱했다. "모르죠. 그랬을지도. 아주 차분한 남자는 아니니까요. 술 한 잔 들어가면, 그랬을 수도 있었겠지요."

홀리는 차로 돌아와서 조 애쉬워스와 베라에게 전화를 걸었지만, 둘 다 받지 않았다. 조와 베라가 한 팀을 이루어 자신을 의도적으로 배제하고 있는 게 아닌가 하는 익숙한 편집증이 다시 고개를 들었지만, 무시하려고 애썼다. 그녀는 살해 전날 마가렛을 쉼터에 데려다준 사람의 정체를 알아낸 것 같다는 메시지를 두 사람에게 각각 남겼다. 인근 이탈리아 음식점에서 풍기는 음식 냄새가 차 안에서도 났다. 갑자기 배가 고팠지만, 그녀는 유혹을 거부했다. 강력사건 수사 도중에는 살이 찌기 쉽다—대부분의 형사들이 배달 피자와 초콜렛으로 끼니를 때운다. 게다가 곧 크리스마스를 맞아 집에 돌아가면 어머니도 잔뜩 먹이려 들 것이다.

홀리는 키머스턴으로 돌아왔다. 경찰서에서는 동료들이 회의실 텔레비전 앞에 모여 기자회견 뉴스를 기다리고 있었다. 마침 도착했을 때

막 시작하려는 참이었다. 홀리의 얼굴이 프로그램 꼭대기에 나타나자 환호가 일었고, 이어 짓궂은 농담들이 뒤따랐다. 홀리는 자신이 잘 해냈다고 생각했다. 전문가답게 나왔고, 불필요한 정보는 전혀 흘리지 않았다. 기자회견 뉴스가 끝나자마자, 전화가 울리기 시작했다.

15
|

베라와 조는 퍼시 스트리트의 아파트 입구에 서서 소나기가 지나가기를 기다리고 있었다. 길 건너편에서 누가 크리스마스 노래 CD를 거리까지 다 들리도록 커다랗게 틀어놓고 있었다. 더 포그스가 끝나자 슬레이드가 이어졌다. 베라는 디 롭슨이 크리스마스에 뭘 할지, 그루스킨 신부가 선량한 성직자답게 자기 집으로 초대할지 궁금했다. 너무나 어울리지 않는, 그럴듯하지 않은 광경이라 입 밖으로 저절로 웃음이 튀어나왔다. 베라는 고개를 저어 생각을 떨쳐냈다. 아마 예배에 참석하는 늙은 여자들이 신부를 각자 자기 집 크리스마스 저녁 식사에 초대하려고 멱살을 잡겠지.

"어떻게 생각하십니까?" 조가 발을 구르며 코트 주머니에 손을 찔러 넣었다.

"디가 마가렛의 도움 없이 혼자 살아갈 수 있을지 모르겠어." 베라는 그의 질문이 이런 뜻이 아니라는 것을 알고 있었다. "불쌍한 여자. 쉼터에 되돌아갈 수도 있겠지. 사회복지과에 연락하자고."

조는 초조해 보였다. 어쩌면 쓸데없는 동정이라고 생각하고 있을 것이다. 디는 그에게 반감만 일으켰다. "이제 뭘 하죠?"

"저녁 회의, 그런 뒤 나는 집에 가야지." 갑자기 피곤했고, 나이가 느껴졌다. "뜨거운 물에 샤워하고 내 침대에서 일찌감치 잠을 청할 거야." 그녀는 혹시나 해서 조를 돌아보았다. "집에 가는 길에 잠시 들러서 간단히 뭘 좀 먹고 가는 게 어때? 냉동실에 뭐가 있을 거야. 지난주에 조애나가 양고기 캐서롤을 두고 갔어. 직접 잡은 고기야. 곧 데워질 텐데. 따뜻한 곳에서 잠시 수사에 대해 이야기도 좀 하고."

그는 주머니에 손을 찌른 채 잠시 그대로 서 있었다. "저희 집에 가는 길이 아니잖습니까. 게다가 반장님 집은 따뜻하지 않아요." 하지만 베라는 조의 마음이 약해지고 있다는 것을 알 수 있었다.

베라는 먼저 차를 몰았고, 조가 도착하기 전에 난로에 불을 피웠다. 캐서롤은 전자레인지에 해동한 뒤 마무리를 위해 팬에 올렸다. 조가 문으로 들어오자마자 맛있는 냄새가 날 것이다. 창가 탁자에는 와일럼 맥주병이 놓여 있었다. 베라는 산속의 이 집에서 자랐다. 어머니는 베라가 어렸을 때 이 집에서 죽었고, 아버지 헥터도—아직도 무덤 속에서까지 그녀를 조롱하는 남자—죽을 때까지 베라가 돌봤다. 실용적이지 않은 집이었고 지저분했지만, 베라는 자신이 다른 곳으로 이사하지 않을 거라는 사실을 알고 있었다. 그녀도 이 집에서 죽고 싶었다.

부엌에서 그녀는 머릿속으로 보고받은 내용을 복기했다. 홀리가 대활약을 한 하루였다. 말콤 커의 차가 낡은 골프라는 사실, 그가 3시경 마들에 돌아왔다는 정보를 확보했다. 그렇다면 커는 살인에 대해 알리바이가 없는 셈이다. 게다가 마가렛을 쉼터까지 데려다주었다면, 최근 마가렛을 본 적이 없다던 말은 거짓말인 셈이었다.

조는 노크도 하지 않고 들어왔다. 베라는 맥주를 턱으로 가리켰다. "말동무 하는 동안 한 병만 따." 이것도 의례였다. 조와 히피 이웃들이 베라의 집을 찾는 유일한 사람이었다. 그녀는 언제나 맥주를 권했다.

두 사람은 무릎에 그릇을 놓고 숟가락으로 캐서롤을 먹었다. 난로에서 떨어진 탁자에 앉아 먹기는 너무 추웠다. 두 사람 사이의 작은 커피탁자 위 나무판에 빵이 놓여 있었다. 맥주는 병에 입을 대고 마셨다. 베라는 사건 이야기를 시작하며 두 번째 병을 땄다. 조는 그릇을 부엌으로 내 갔다—베라였다면 바닥에 내버려두었을 것이다. 그는 몸을 떨면서 돌아왔다. "부엌에 냉동실도 필요 없겠습니다. 중앙난방 생각 안 해보셨어요?"

"은퇴하면 모르지, 집에 붙어 있지도 않는데 필요 없어." 헥터는 중앙난방이 사람의 기운을 뺏어간다고 생각했다.

"자." 베라는 입을 열었다. "마가렛 크루코스키. 얼마나 진전됐지?" 베라가 가장 행복한 순간이었다. 복잡한 사건과 맥주. 그리고 생각을 나눌 상대: 조 애쉬워스. 아내가 남편의 성공을 고대하고 있고, 언제든 승진해서 옮겨갈 수 있는 친구. 빼앗길지도 모른다는 위험을 알고 있어야만 진정 무언가를 즐길 수 있는 걸까?

"마가렛 크루코스키." 애쉬워스는 노래 후렴구처럼 이름을 반복했다. "사생활을 입밖에 내지 않았다. 왜? 프라이버시를 중시해서? 혹은 숨길 게 있어서?"

"조지 엔더비. 게스트하우스에 머무르는 출판사 직원은 그녀가 냉전

시대 첩자라고 상상했어."

"그럴 리가!" 조는 고개를 저었다. "이건 국내 문제예요. 개인적인 사건 혹은 어느 미치광이가 기차에서 벌인 무작위적 살인. 정치적인 문제는 아닙니다."

"그래. 나도 자네 말이 맞다고 생각해." 하지만 미치광이의 무작위적 살인일지도 모른다는 가설은 믿지 않았다. 처음 한 말은 맞다. 이건 개인적인 사건이었다.

"선원 말콤 커는 우리에게 사실대로 말하지 않았어." 베라는 커가 마음에 들었다. 술을 마시는 것도, 그의 절망도 이해할 수 있었다. 하지만 자신에게 곧이곧대로 말하지 않는 증인은 용납할 수 없었다. "그는 마가렛을 쉼터에 데려다주었다는 자동차와 동일한 골프를 몰아. 나한테 말했던 것보다 더 일찍 마을에 돌아왔어. 시간 착오는 단순한 실수일 수도 있겠지만, 그와 마가렛 사이에 무슨 일이 있었던 건 확실해. 그렇지 않다면 그날 마가렛을 태워주었다는 이야기를 왜 내게 하지 않았을까?"

"그를 체포할까요?" 조는 맥주를 다 마시고 병을 바닥에 내려놓았다. "정식 신문이라면 좀 더 솔직하게 말할지도 모릅니다."

베라는 수리소 헛간에서 만난 남자를 떠올렸다. 휑한 경찰서 접견실이라면 분명 분노하고 겁이 나서 입을 완전히 다물어버릴 것이다. 이 단계에서 변호사를 개입시키고 싶지도 않았다. "그건 잠시 미루지. 그 사람 영역에서 내가 다시 시도해봐야겠어."

그들은 침묵에 빠졌다. 베라는 더 마실까 하다가 그만두기로 했다. "자네는 신부를 찾아가서 만나 봐. 피터 그루스킨. 마가렛은 규칙적으로 교회에 다녔고, 그는 쉼터 신탁 관리인이야. 나한테는 마음을 열지 않았어. 강한 여자들을 좋아하지 않는지도 모르지. 마가렛과 커 사이에 무슨 일이 있었다면, 마들 같은 동네에 소문이 돌지 않았을 리가 없어. 분명 뭔가 들었을 거야. 차를 끓이고 은 식기를 닦으면서 늙은 여자들이 얼마나 떠들어댈 텐데. 지금 비밀을 지키는 것이 마가렛을 위해 전혀 도움이 되지 않는다는 점을 분명히 말해줘."

조는 고개를 끄덕였다.

"홀리는 케이트 듀어에게 보내야겠지?" 일이 순조롭게 되어 가는 것 같았다. "홀리라면 게스트하우스를 신선한 시각으로 다시 볼 수 있을 거야. 조지 엔더비가 언제 떠나는지 기억이 안 나는군. 아직 거기 있다면, 그 사람과도 이야기를 나눠보면 좋겠지."

조는 다시 고개를 끄덕이고 난롯불에 손을 쪼였다. 그는 벽난로 위의 시계를 흘끗 보았다. 언제나 그 자리에 있는 헥터의 시계였다.

"가 봐." 베라는 몰아내는 듯한 손짓을 했다. "난 샤워를 하고 자야겠어. 내일 아침 회의에서 보자고." 그녀는 일어섰다.

조는 떠나기 싫은 눈치였지만 일어섰다. "홀리의 기자회견이 오늘 밤 늦게 방송됐을 겁니다. 거기서 뭔가 나왔을 수도 있어요."

베라는 픽 웃었다. "노섬브리아 경찰의 얼굴 홀리. 얼마나 좋아하고 있을까." 그녀는 문을 열어주었다. 비는 그쳤고, 하늘은 맑았다. 별이 매우 총총했다.

다음 날 아침 회의에서 베라는 힘이 넘쳤고 수사팀 전체에 활력을 불어넣어줄 준비가 되어 있었다. "홀리는 뉴캐슬 대학 해양생물학자 마이클 크랙스에게서 아주 생산적인 정보를 이끌어냈어. 어제 커의 차종과 배가 마들에 돌아온 시각을 알아냈지. 한데 난 그 대화의 보다 전반적인 분위기가 궁금해."

홀리는 일어나서 화이트보드 앞에 섰다. 베라는 그녀가 이 기회를 좋아할 거라고 생각했다—수사팀 앞에 서서 지혜와 빛을 전파하는 역할이야말로 홀리의 적임이었다. 내가 생각이 있는 사람이라면 홀리를 스타로 키워서 승진시켜야겠지. 그러면 조는 여기 남을 테니까.

자신은 절대 그렇게 교활하게 굴 수 없다고 생각하고 있는데, 갑자기 홀리의 말이 주의를 끌었다. "다시 말해보겠어, 홀?"

홀리는 놀라 눈길을 들었다. "크랙스 교수는 마가렛과 진짜 대화 같은 대화를 나눈 적이 단 한 번 있었는데, 어느 날 저녁 게스트하우스 라운지였다고 했어요. 그가 마가렛에게 술을 샀어요. 단둘이었는데, 남편에 대해 물었고요. 마가렛은 남편이 오래전에 사라졌고 자신에게 남은 건 비밀뿐이라고 했어요."

"마가렛 크루코스키와 그 빌어먹을 비밀." 과연 비밀이란 게 있었을까? 어쩌면 자신을 흥미로운 인물로 만들기 위해 과거에 대해 그런 식으로 말했는지도 모른다. 외롭고 나이 든 여인의 공상이었는지도. 베라는 고개를 들었다. "미안해, 홀. 계속해."

홀리는 놀란 것 같았다. 가끔 말투를 바꿔서 수사팀을 놀라게 해주는 것도 좋겠지. "어제 저녁 기자회견이 방송된 뒤, 전철에 있던 사람들에게서 신고가 더 들어왔어요. 몇몇은 첫 칸에 탔던 걸 기억하고 있더라고요. 조가 기억했던 직장인 그룹에 있던 남자도 한 사람 있었어요. 크리스마스 점심을 먹고 돌아가던 길이었어요. 목격한 건 없었지만, 동행했던 사람들 이름을 확보했습니다. 그리고 조가 남자 친구와 같이 있었다고 했던 소녀들도 부모를 통해 연락했습니다. 세인트 앤스 학교 소속, 제스먼드의 좋은 학교죠. 고스포스에서 전철을 탔는데, 마가렛 크루코스키는 못 봤다고 했어요."

"고마워, 홀리. 잘했어. 양쪽 다 사람을 보내서 증언을 확보해."

홀리는 활짝 웃었다.

참 나, 베라는 생각했다. 수사팀을 행복하게 하는 비결은 이게 다였어? 칭찬 약간? 이웃이 키우는 지저분한 콜리 개 같다는 생각이 들었다. 하루 일과가 끝난 뒤 음식 한 접시와 주인이 한 번 머리를 쓰다듬어주면 충분했다. 베라는 조 애쉬워스에게 고개를 끄덕였고, 그는 일어나서 마가렛과 쉼터의 여자들이 맺고 있던 관계에 대해 설명했다. 베라는 내내 피해자의 머릿속에 들어가려고 애쓰고 있었다. 잘사는 집안 출신의 우아한 여인, 그러나 낙후된 해안가 마을의 여관 꼭대기 층 조그마한 공간에서 평화롭게 혼자 살던 여인. 마가렛이 그 이상을 원한 적은 없었을까? 자신의 가족은 아니더라도, 스스로 만족할 수 있는 직장이라든지. 베라는 자기 일이 없는 삶을 상상할 수가 없었다. 일이 그녀를 규정했다.

그녀는 문득 조의 말이 끝나서 수사팀이 다들 자신을 바라보고 있다는 사실을 깨달았다. 베라는 아직 마가렛의 좁은 신발을 신고 작은 굽 위에서 균형을 잡으려고 애쓰는 기분으로 일어섰다. 그녀는 그 영상을 떨쳐버리려고 고개를 흔들었다.

"디 롭슨에 대해 들은 사람? 아마도 알콜중독자, 매춘부." 찰리가 손을 들고 피곤하게 고개를 끄덕였다. 베라는 말을 이었다. "그녀는 퍼시 스트리트의 아파트에 살고 있어. 잠시 쉼터를 거쳤을 때 마가렛을 만났고, 그 뒤로 줄곧 마가렛이 돌보고 있었어. 디는 그녀가 살해당했을 때 그 전철을 타고 있었고. 살인범으로 보이지는 않고, 워낙 눈에 띄기 때문에 같은 칸에 있었다면 누군가 벌써 이야기했을 거야. 하지만 한 가닥 실마리니까, 확인해봐야 해. 디는 그날 오후 한 남자와 그의 아파트에서 같이 있었다고 했어. 찰리, 추적할 수 있는지 알아봐."

찰리는 더욱 피곤한 듯 고개를 끄덕였다.

"홀리, 자네는 마들에 다시 가. 케이트 듀어와 이야기를 해 봐. 마가렛과 그 오랜 세월을 같이 살았는데, 자기 말처럼 그렇게 아는 게 없다는 건 믿을 수가 없어. 어쩌면 마가렛을 어떤 면에서 보호하려는 생각일 수도 있어. 조, 자네는 신부를 맡아. 마찬가지로. 찰리, 고스포스 전철역 플랫폼의 CCTV는 눈에 덮여 있었지만, 혹시 그날 오후 마들에서 고스포스로 향하는 경로에서 말콤 커의 골프를 추적할 수 있는지 알아봐. 크랙스는 3시경 코컷 섬에서 나왔다고 했으니까, 그 뒤에 거기까지 차를 몰고 가서 마가렛을 뒤따라 전철을 탈 시간은 충분했어. 그랬다면 나중에 차를 가지러 돌아갔을 거야. 전철은 끊긴 뒤였으니까, 인근 택시회사에 확인해." 그녀는 숨을 돌렸다. "각자 일하는 동안, 디가 어디서 전철을 탔는지 확인하는 것도 염두에 두라고. 디는 마들 바깥 지리에 대해서는 전혀 모르거나, 혹은 모르는 척하고 있어. 오후 일찍 찍힌 CCTV를 확인하면, 디와 같이 있었던 남자도 추적할 수 있을 거야."

그들은 일어서서 밖으로 나가기 시작했다. 베라는 홀리를 다시 불렀다. 그들은 넓은 회의실에 둘만 남았다. "마들로 가기 전에, 홀, 한 가지 부탁이 있어. 사회복지과에 전화해서 디 롭슨을 확인하라고 해줘. 난 그 사람들을 잠깐만 상대해도 속이 터져서 견딜 수가 없거든." 어머니가 죽은 뒤 그들이 헥터에게 자신을 맡겼던 기억 때문이었다. "마가렛은 디를 돌보고 있었는데, 그 불쌍한 여자가 혼자 그 아파트에서 살아남을 것 같지 않아. 자기 자신과 이웃에게 위험이 될 거야."

홀리는 상관이 약간 미치지 않았나 하는 눈빛으로 쳐다보았지만, 베라는 그런 눈길에 익숙했다. "부탁이야, 홀." 인내심이 슬슬 바닥나고 있었다. "괜찮지?"

홀리는 고개를 끄덕이고 말없이 회의실을 나섰다.

1b
|

학기 마지막 날이었다. 교복을 입지 않는 날이었다. 클로이는 긴 검정 스웨터와 청바지 차림으로 집을 나섰다. 라이언은 커에게서 받은 마지막 월급으로 산 멋진 재킷 차림이었다. 케이트는 배 수리소 주인이 돈을 너무 많이 주는 게 아닌가 하는 생각이 들었지만, 아들의 맵시는 마음에 들었다. 나가는 길에 아들을 본 그녀는 학교에 그 옷을 입고 가는 게 과연 좋은 생각인지 조용히 물었다. "잃어버릴 수도 있고, 망가질 수도 있잖니."

그는 화산처럼 폭발했다. "빌어먹을, 엄마. 내 일에서 신경 꺼. 난 어린애가 아니라고. 입을 옷 정도는 내가 결정할 수 있어." 갑작스러운 폭발은 롭을 연상시켰고, 케이트는 흠칫 물러났다. 문득 라이언은 자신이 엄마를 겁먹게 했다는 것을 깨달았는지 미안하다는 듯 미소지었다. "엄마, 학교에서 내 물건을 훔치는 애들은 없어요. 내가 잘 관리할 거고요." 그는 엄마에게 키스하고 문을 나섰다. 10대란, 케이트는 생각했다. 호르몬이

넘치는 유아 같아.

집은 조용했다. 크리스마스 이전에 예약된 손님은 스코틀랜드에서 남쪽으로 가는 길에 하룻밤 묵을 조지 엔더비뿐이었다. 책임감을 벗어던진 듯 가벼운, 조금은 들뜬 마음이었다. 이런 기분이 마가렛의 죽음과 관련이 있다는 사실도 인정하지 않을 수 없었다. 물론 마가렛을 너무나 사랑했고 의지했지만, 그녀가 죽었다는 소식의 충격이 가시자 자신이 마가렛이 무슨 생각을 하는지 신경 쓰면서 살았다는 사실을 깨달을 수 있었다. 그녀는 늘 마가렛이 자신을 판단한다고 느꼈다. 숙소를 운영하는 방식, 아이들을 키우는 방식, 심지어 옷 입는 방식까지도. 스튜어트와의 관계도. 입밖으로 내서 말한 적은 없었지만, 그녀는 마가렛의 인정을 원했다. 라이언이 어디로 가는지 말도 없이 집을 빠져나갈 때도, 손님에게서 여관과 관련해서 불만이 나올 때도, 클로이가 짜증을 부릴 때도 머릿속에 가장 먼저 떠오르는 것은 마가렛의 반응이었다. 마가렛은 어떻게 생각할까?

이제 자유로운 어린 아이가 된 기분이었다. 친구 몇 사람에게 전화를 걸어서 점심이나 먹으러 가자고 할까. 뉴캐슬 여행, 이탈리아 식당, 와인도 잔뜩 마시고. 케이트는 클로이가 죽도록 공부를 하고 있든 말든 상관없이 비틀거리며 전철에 오르는 자신의 모습을 상상해보았다. 스튜어트는 오늘 밤 동료들과 기말 회식 약속이 있었다. 아침까지는 못 만날 것이다. 그런데 처음으로 전화를 건 친구는 케이트가 미친 게 아닌가 하는 반응을 보였다. "뉴캐슬? 크리스마스 전 주에? 악몽일 거야. 게다가 난 정신없이 바빠." 들떴던 기분은 쪼그라들었다. 정신을 차리는 게 좋겠지. 크리스마스 준비를 해야 해. 고기파이를 구워서 냉동실에 넣고. 케이크에 설탕을 발라야 하고. 아이들이 외출한 동안 선물도 포장해야 하고.

그래도 햇빛은 빛나고 있었고, 말콤 커의 작업장 지붕 위에 쌓인 서리 덕분에 건물에는 축제 분위기가 감돌았다. 케이트는 최소한 집을 잠깐 비우고 외출하기로 결정했다. 마들에 새로 생긴 아이스크림 및 커피 가게가 있었다. 자신이 처음 게스트하우스를 운영하기로 했던 때와 비슷한 낙관주의를 업고 개장한 곳이었다. 모처럼 가벼운 기분을 기념하는 의미에서 괜찮은 커피 한 잔, 페이스트리 하나 정도 먹을 수는 있겠지. 새 가게 영업도 도와줄 겸. 어쩌면 마들에도 드디어 행운이 찾아와 관광객들이 들이닥치려는지도 모른다.

그녀는 나가는 길이었다. 현관 문을 열자, 계단에 젊은 여자가 있었다. 분명 마들 사람은 아니었다. 세련된 옷차림이었다. 부츠는 비싸 보였고, 미용실에도 돈을 많이 들인 것 같았다. 여자에게 부딪힐 뻔한 순간 깜짝 놀라 자신의 어수선한 모습을 의식하고 물러섰다.

"미안해요." 난 왜 늘 사과를 하지? "무슨 일이세요?"

여자는 자기소개를 했다. 또 형사였다. 오늘조차 마가렛의 죽음에서 도피할 수 없을 것 같았다.

케이트는 당황했다. "나가려던 참이었어요. 살인 소식을 들은 뒤로 내내 집안에 갇혀 있었다는 생각이 들어서요. 그리고 아이들 학교 마지막 날이에요. 내 마지막 자유의 날이죠." 새로 온 형사 홀리 클락은 젊고, 세련되고, 분명 아이도 없을 것 같았지만, 케이트는 상대가 이해할지도 모른다고 생각했다.

"어디로 가실 참이었나요?" 여자는 뒤로 물러서서 두 사람 사이에 간격을 두었다. 숨 쉴 공간이 생긴 기분이었다.

"그냥 커피 한 잔 하려고요." 케이트는 어깨를 으쓱했다. "제 인생에서 흥미진진한 사건이라고 해봐야 그 이상 있나요."

"저한테 이야기나 해주시죠. 저도 라테 한 잔 끝장내고 싶어 죽겠어요." 홀리는 문득 자신의 표현이 적절하지 못했다는 것을 깨달은 것 같았다. "아, 죄송해요!" 그러나 이미 두 여자는 학생처럼 킬킬거리며 도심을 향해 걸음을 옮기고 있었다.

새 카페에는 거대한 에스프레소 기계, 직접 만든 케이크와 페이스트리 쟁반이 진열되어 있었다. 현실주의자 케이트는 마을에서 6개월 이상 못 버티겠다고 생각했지만, 어쨌든 새로 개장한 참신한 가게이다보니 사람들이 북적거리고 있었다.

"뭐 드실래요?" 홀리가 물었다. "제가 사죠." 그녀는 이미 구석의 탁자에 케이트를 데려다 앉혔다. 가게는 사람들의 이야기와 작업대 뒤의 기계 소리로 가득 차 있었다. 케이트는 정보의 대가로 케이크를 먹는다는 것을 알고 있었지만, 그래도 상관없었다. 거의 새 친구를 사귄 기분이었다.

"뭘 도와드릴까요? 마가렛 일 때문에 오셨죠?"

"아, 서두르지 마세요! 일단 커피 좀 즐기고요."

마가렛에 대해 묻는 대신, 홀리는 케이트 본인에 대해 묻기 시작했다. 그녀는 질문이 많고, 수다스럽고, 흥미진진한 이야깃거리도 많았다. 음악가였던 시절, 함께 일했던 스타, 투어의 괴로움에 대해 질문했다. 케이트가 애초에 어떤 경로로 하버 스트리트에 오게 됐는지 궁금해했다. 아이들에 대해서, 그리고 로비에 대해서. "그는 어쩌다 죽었어요?" 홀리는 케이트가 기대하지 않았던 관심과 공감을 보이며 라테에서 눈길을 들었다.

 따뜻하고 북적거리는 가게 안에서, 케이트는 결혼생활에 대해 말하기 시작했다. 마가렛과도 하지 않았던 이야기였지만, 가끔 마가렛은 이미 짐작하고 있는 게 아닐까 싶을 때가 있었다. "로비는 스코틀랜드 사람이었어요. 서부해안. 검은 머리, 반짝이는 눈, 켈트족의 열정. 나는 당시 음악계에 있었고, 우리는 공연에서 만났죠." 그녀는 홀리에게서 마가렛에 대한 질문이 나올 거라고 생각하고 잠시 입을 다물었지만, 홀리는 아무 말도 없었다. 케이트는 이야기를 계속했다. "예쁜 공연장이었죠. 스코틀랜드 경계선의 아트센터. 아늑했죠. 공연 뒤에 로비와 바에서 이야기를 시작했어요." 당시의 광경이 머릿속에서 되살아났다. 담배 연기 자욱한 바와 로비 듀어, 술집에서 가장 잘생긴 남자가 감상적인 영화의 한 장면처럼 슬로우모션으로 그녀에게 다가온다. 전에도 팬과 이야기한 적은 있었지만, 로비의 구식 예절은 매력적이었다. 그는 그녀를 웃게 해주었다.

 그들은 그녀의 호텔 방에서 그날 밤을 보냈다. 하룻밤 만남이라고 생각했지만—정착할 계획은 없었다—이틀 뒤 그는 깨끗한 셔츠 차림으로 장미 꽃다발을 들고 부모님 집 문을 두드린 뒤 같이 저녁 식사를 하러 가자고 청했다. 케이트는 이야기 중간에 잠시 홀리를 쳐다보았다. "그저 나와 저녁을 같이 보내려고 차로 60마일을 달려왔다가 데이트가 끝나고 다시 60마일을 되돌아간 거예요."

 "이야!" 홀리는 미소지었다. "정말 낭만적인데요?"

 케이트는 그랬다고 대답했다. "난 그에게 강렬한 인상을 받았어요. 대부분의 남자들은 내 음악에만 관심이 있는 것 같았거든요. 돈이나. 내 경력을 관리하는 일이나. 로비는 내 노래를 좋아했지만, 내게 의지해서 살기에는 자존심이 강했죠. 가장이 되고 싶어했어요."

"그래서 음악을 그만뒀어요?" 홀리는 눈길을 들었다. 충격을 받은 것을 알 수 있었다. 이 여자는 어떤 남자도 자신의 경력에 방해가 되는 것을 두고 보지 않을 것이다.

"곧장 그랬던 건 아니고요." 케이트는 방어적으로 말했다. 이 현대적 이고 자신만만한 젊은 여자가 어떻게 이해할 수 있을까? "처음 결혼했을 때는 일을 좀 편하게 할 수 있어서 좋았어요. 음악계는 좋았지만, 힘들거 든요. 여행. 언론의 압박. 하지만 공연은 그리웠어요. 관객의 반응도. 스튜 어트, 내 새 남자 친구가 한 달 전에 휘틀리 베이의 작은 극장에 공연을 마련해줬는데, 다시 무대에 서니 정말 환상적인 기분이더군요. 중독성이 있어요."

케이트는 공연을 떠올리며 잠시 입을 다물었다. 그녀의 히트곡을 기 억하는 중년 관객들이 일어서서 도입부에서 환호를 보냈다. 그들은 공연 이 끝난 뒤 줄을 서서 스튜어트와 몇몇 친구가 제작을 도와준 새 CD를 샀다.

그러나 홀리는 이야기의 나머지를 기다리고 있었다.

"아이가 생기니 더 이상 투어를 할 수가 없었고, 공연 예약도 끊겼 죠. 변덕스러운 업계예요. 금방 잊히죠."

"남편이 아이를 돌봐줄 수 없었나요?" 이번에도 홀리는 미친 사람 바라보듯 케이트를 처다보았다. "아니면 유모를 고용하든가."

"로비는 기술자였어요. 일과 생활의 균형에 대해 대화를 나누기 전 이었죠." 그녀는 아침에 어린 아이 둘을 돌보는 로비의 모습을 상상하고 미소지었다. 아침 식사, 학교 보내기. 로비가 학부모 모임에 참석해서 다른 부모들과 모유 먹이기나 집값에 대해 잡담을 나누는 모습.

"그래서 그냥 그만두신 거에요? 야망도, 꿈도, 전부 다?"

"의식적으로 그랬던 건 아니었어요. 그저 멀어져버렸죠. 난 로비를 사랑했어요. 가족을 먹여 살리고 싶어하는 걸 존경스럽다고 생각했죠."

그녀는 뜸을 들였다. 이제 힘든 부분이 다가오고 있었다. 물론 여기서 그만둘 수도 있다. 이건 형사의 용무가 아니었다. 케이트의 사생활이 마가렛 크루코스키의 살인과 무슨 관계가 있나? 그러나 그 오랜 세월 동안 말하고 싶었던 이야기였다. 이제 그 이야기가 쏟아져 나오고 있었다.

"그러다 로비가 정리해고 됐어요. 수습 시절부터 근무했던 회사가 다른 곳에 넘어가면서 숙련노동자를 대부분 잘라버렸죠. 퇴직금을 받았지만, 오래가지 않을 거라는 건 알고 있었어요. 매니저가 내게 영국 투어를 제의했죠. 사람들에게 내가 아직 건재하다는 걸 알려줄 수 있는 작은 공연. 로비에게 그 이야기를 하자, 그는 불같이 화를 냈어요. 아예 생각조차 하지 않으려고 했죠. 정말 미친 시기였어요. 로비는 너무나 불행했죠. 그대로 집을 나갔다가 이틀 뒤에 돌아오곤 했어요. 난 혹시 그가 또 깨끗한 셔츠 차림으로 다른 여자 집 문간에 가서 꽃다발을 들고 서 있는 게 아닌가 생각했고." 그녀는 잠시 말을 멈췄다. 숨이 가빴고, 이 젊고 말쑥한 형사 앞에서 울게 되지나 않을까 두려웠다.

"마들에는 언제 오셨어요?" 홀리가 물었다.

"그때였어요. 들어보지도 못한 아주머니가 돌아가시면서 내게 하버 스트리트의 집을 남겼죠. 최고의 행운 같았어요. 우리 집, 그리고 안정적인 수입을 얻을 기회. 집을 담보로 융자를 얻어서 개조를 했죠. 난 로비도 흥분할 거라고 생각했어요. 가능성으로 볼 거라고."

"근데 그의 마음에는 들지 않았군요?" 홀리도 케이크를 골라 담아 놓았지만, 접시에는 손도 대지 않은 채였다. 그녀는 케이트에게만 주의를 집중하고 있었다.

"해상 굴착장에 일자리를 얻었다고 했어요. 친구 몇몇도 이미 가 있다고. 난 그것도 괜찮겠다 싶었어요. 두 주일 일하고, 두 주일 휴식하고. 그가 일하러 떠나 있으면 나도 한숨 돌릴 틈이 생기고. 여기 살 때 그가 어땠는지는 말로 표현하기 힘들어요. 늘 가만히 있지 못했고 에너지가 넘쳤지만, 파괴적이었어요. 벽에 페인트칠을 하거나 집안 청소를 하는 그런 에너지가 아니었거든요. 그저 우리 속에 갇힌 사자처럼 안절부절못했어요."

"우울증이 있었을 수도 있겠다는 생각이 드네요."

"그래요? 음, 나도 우울했어요." 케이트는 잠시 사이를 두었다. 자신이 하고 싶은 말이 무엇인지는 알고 있었지만, 표현할 말을 찾을 수가 없었다. 결국 그녀는 서둘러 말을 이었다. "로비가 해상 사고로 죽었다는 소식을 들었을 때, 내가 무슨 기분을 느꼈는지 아세요? 안도감이었어요. 더 이상 그에 대해 걱정하지 않아도 된다는 생각이 들더군요. 그가 아이들에게 소리치면서 집을 쿵쿵거리고 돌아다닐 때의 그 끊임없는 긴장감은 더 이상 겪지 않을 거라는."

"그가 폭력적이었나요?" 홀리는 세상에서 가장 자연스러운 일이라는 듯 물었다. 형사에게라면 어쩌면 자연스러울지도 모른다. 업무 시간 내내 조금만 도발해도 폭발하는 부류의 사람들을 상대할 테니까.

"가끔은." 케이트는 조용히 말했다. "술을 마셨을 때. 아니, 사람을 때린 적은 없었지만, 소리를 질렀어요. 아이들한테는 아니고, 나한테." 그리고 아이들은 그 광경을 봤다. 그녀는 겁에 질려 창백한 얼굴로 거실 모퉁이에 웅크리고 선 채 바라보던 아이들의 모습을 떠올렸다. 라이언의 악몽도 그때쯤 시작되었다. 악몽과 방랑. "예측불가라는 말로도 모자랐어요. 그가 오늘은 어떤 기분일지 알 수가 없었으니까."

"죽었다는 소식을 듣고 왜 안도감을 느끼셨는지 알 것 같아요." 완벽하게 사무적인 말투였다. 홀리는 마침내 케이크 모서리를 잘랐다. 그리고 고개를 들었다. "마가렛도 그의 성격을 알고 있었나요?"

"우리가 다투는 걸 들었을 것 같지는 않아요." 처음 하버 게스트하우스에 이사 오던 시절을 생각하고 있으니, 긴장되고 추웠다. 거대한 집과 아이들이 떠올랐고, 로비가 작업장에서 돌아와 있던 날들에 대한 두려움이 되살아났다. "그리고 그때는 마가렛을 잘 몰랐어요. 하지만 분위기가 심상찮았다면 눈치는 챘을 거에요. 어느 날 이런 말을 했었죠. '당신은 로비가 집을 비우면 다른 사람이 돼.'"

"그가 죽지 않았다면 이혼했을까요?"

케이트는 홀리에게 아직 진지하게 사귀는 남자가 없을 거라고 생각했다. 그렇지 않다면 단순한 해답이 존재한다는 식으로 이런 질문을 던질 수가 없다. "모르겠어요." 케이트는 마침내 입을 열었다. "그가 화를 내고 초조해할 때도 난 그가 안쓰러웠어요. 책임감을 느꼈죠. 키우는 아이 바라보듯. 부분적으로 내게도 사실 책임이 있었고요. 나와 만나지 않았다면, 내가 그를 마을에 끌고 오지 않았다면, 어쩌면 자신이 원했던 인생을 살고 있을지도 모른다는. 완벽한 아내와 아이들, 행복한 가정."

"그가 죽은 뒤 음악계로 돌아갈 생각은 안 해보셨나요?"

케이트는 생각해보고 솔직하게 답하려고 애썼다. "자신감을 모두 잃었어요. 난 나와 아이들을 위해 노래를 불렀죠. 아이들에게 피아노도 가르쳤어요. 하지만 내가 잘하는 건 결국 게스트하우스 주인이라고 생각했던 것 같아요. 스튜어트가 나타나서 날 설득하기까지는. 강요하지 않았지만, 그는 나 자신을 다시 믿도록 해주었어요." 입밖에 내고 보니 노래 가사라 해도 가식적이라고 느껴질 정도로 진부하게 들렸지만, 그래도 그녀는 사실이라고 생각했다.

그들은 잠시 말없이 앉아 있었다. 홀리는 일어섰다. "커피 한 잔 더 해야겠어요. 당신은요?"

케이트는 고개를 끄덕였다.

이제 이야기는 마가렛에게로 흘렀고, 케이트는 그게 반가운지 서글픈지 알 수 없었다. "혹시 마가렛이 폭력적인 이성관계를 겪었다는 인상을 받은 적이 있나요?" 홀리는 물었다. 그녀는 이제 아주 심각했다.

내가 얽혀 있던 것이 그런 것이었나? 폭력적인 결혼? 인간관계를 그런 하나의 단어로 표현한다는 것은 불가능하다는 생각이 다시 들었다.

"아뇨. 남편이 평생의 사랑이었다고 생각했어요. 왜 그런 질문을 하시죠?"

"쉼터의 여자들에게 특별한 동정심을 갖고 있었던 것 같아서요." 홀리는 케이트가 이런 질문을 하는 것이 놀라운 기색이었다. 비공식적인 대화는 신문으로 흘렀다. "당신이 겪은 일도 혹시 짐작하는 것 같지 않았나요?"

"그랬을 거예요." 하지만 자신과 로비가 겪은 일을 짐작하는 데 개인적인 경험이 필요하지는 않을 것 같았다.

"말콤 커는? 그의 아내는 남편에게 맞았다고 주장했어요. 마가렛이 혹시 말콤이 자신에게도 폭력을 행사했다는 식으로 말한 적이 있나요?"

"아뇨!" 대화 전반의 분위기는 완전히 바뀌었다. 자신이 값비싼 머리 모양과 가식적인 우정 표현에 속아서 엉뚱한 방향으로 끌려왔다는 생각이 들었다. "두 사람이 사귀었는지 아닌지도 난 몰라요. 난 그저 당신 상관에게 어제 그가 여관에 나타났을 때 충격받은 것 같았다고 말한 것뿐이에요."

"최근 같이 있는 모습을 본 적도 없고요?" 홀리는 커피를 비우고 반쯤 먹은 페이스트리 접시를 밀어놓았다.

"아뇨!"

"예를 들어 차를 태워준다든지?"

"그 두 사람이 같이 있는 건 본 적이 없어요." 케이트의 음성이 높아졌다. "거리에서도. 차 안에서도." 그녀는 일어서서 문을 향해 걷기 시작했다. 어떻게 이 여자를 신뢰할 정도로 어리석었을까? 친구일지도 모른다고 생각하다니.

홀리는 뒤따랐다. 같이 하버 스트리트를 걷는 동안, 분위기는 확연히 달랐다. 시시한 농담에 낄낄대는 여학생 둘은 사라지고, 얼음장 같은 침묵만 내려앉았다. 게스트하우스 밖에서 그들은 멈췄다.

"스튜어트는? 그는 마가렛과 어떻게 지냈나요?"

"잘 지냈어요! 아주 잘 지냈어요. 공통점도 많았고, 음악을 사랑했어요. 시골 풍경도. 하지만 서로 잘 몰랐어요. 우리가 마가렛을 저녁 식사에 초대했을 때 가끔 본 것뿐이에요." 케이트는 자신이 너무 말이 많았다는 것을 깨닫고 입을 꾹 다물었다. *이 형사는 절대 집 안에 들이지 않겠어.*

"그럼 스튜어트가 당신을 만나러 이 집에 오기 전에는 마가렛과 모르는 사이였군요?" 홀리는 가방에서 자동차 열쇠를 꺼냈다. 이것이 마지막 질문이었다.

"몰랐어요! 당연하죠! 어떻게 알아요?" 그러나 말을 하는 도중에, 문득 자신이 마가렛을 스튜어트에게 처음 소개하던 순간이 떠올랐다. 여름날, 유난히 날씨가 좋았고, 그녀는 집 뒤 작은 정원에 점심을 차렸다. 서늘하게 식힌 백포도주, 치즈와 샐러드. 그녀는 마가렛을 불렀다. "내려와서 제 새 남자 친구하고 인사하세요." 마가렛은 정원으로 나왔고, 스튜어트는 자리에서 일어섰다. 그 순간 두 사람의 눈빛에는 분명 서로 알아보는 기색이 스쳤다.

17
|

조 애쉬워스는 교회 문을 밀어보았다. 놀랍게도 문은 그대로 열렸다. 평일이다. 요즘 교회는 도난과 시설물 훼손을 막기 위해 문을 잠가두지 않나? 한데 한창 예배 중인 것 같았다. 안에는 나이 지긋한 여자들이 앞줄 여기저기 앉아 있었다. 모두 돌아보더니 호기심 가득한 눈길로 응시했다. 신부는 등을 돌리고 꿇어앉아 계속 기도를 올렸다. 여자들은 다시 앞을 돌아보고 입을 모아 화답했다. 신부의 목소리는 깊고 음악적이었다. 조는 뒷자리에 앉아 기다렸다. 그들은 일어섰다. 독수리 발톱 같은 손을 가진 깡마른 여자가 오르간 연주를 시작했고, 그들은 찬송가를 불렀다. 아주 천천히. 가끔 음악이 따라오도록 노래를 잠시 쉬기도 했다. 이번에도 신부의 목소리가 신도들을 압도하며 성가를 이끌었다. 음악이 멈췄고, 그들은 무릎을 꿇고 잠시 개인 기도 시간을 가진 뒤 소지품을 챙기며 잡담을 나누기 시작했다. 예배는 끝난 것 같았다. 여자들은 건물 왼쪽 문으로 들어갔고, 피터 그루스킨은 조를 향해 복도를 걸어왔다.

"방해해서 죄송합니다." 조는 자신을 소개했다.

"어머니 모임입니다." 신부는 여자들이 사라진 문을 턱으로 가리켰다. "매달 만나는데, 늘 짧은 예배로 시작하지요. 커피와 고기 파이를 먹을 겁니다. 크리스마스 전 마지막 모임이지요." 서글픈 목소리였다. 파이를 못 먹으러 가고 있는 게 안타까운 건가 하는 생각이 들었다.

"오래 걸리지 않을 겁니다."

그루스킨은 한숨을 쉬고 조 옆자리에 앉았다. 그는 사제복 아래에 검은 코듀로이 바지와 구식 검정 신발 차림이었다. 두 사람은 비슷한 또래였지만, 공통점은 전혀 없었다. 사제의 양말에 구멍이 난 것이 눈에 띄었다. 말동무라고는 나이 든 여자들밖에 없는 마을 같은 곳에 혼자 산다는 건 어떤 기분일까. 그루스킨은 분명 독신으로 보였다.

열린 문 사이로 여자들의 높은 목소리와 차 숟가락과 잔이 부딪히는 소리가 들려왔다.

"마가렛 크루코스키 때문에 오셨겠지요. 여자 형사 두 분이 요전날 왔다 갔습니다. 아는 건 그때 다 말씀드렸어요."

"때로는." 조는 조심스럽게 말을 골랐다. "사람들이 '아는' 것이 전부가 아닐 때가 있습니다." 그는 잠시 사이를 두었다. "생각하는 것, 추측하는 것, 의심하는 것을 들어보면 도움이 되기도 하지요. 보통은 시시한 소문 같은 데 귀를 기울이지 않습니다만, 이런 사건에서는 확실하지 않은 의심 같은 것이 결정적인 차이를 만듭니다." 그는 신부를 돌아보았다. "무슨 말씀인지 이해하시겠습니까?"

찻주전자에서 김이 뿜어나오는 소리를 배경으로, 두 사람 사이에 잠시 침묵이 흘렀다.

"마가렛이 워낙 자기 이야기를 하지 않아서 교구에 불만을 가진 사람들이 있었습니다." 그루스킨은 마침내 말했다. "어떤 사람들에게는 우월감으로 비치기도 하지요. 다른 사람들과 말하는 것도 다르고, 경험도 같지 않았으니까요. 아마 그런 점 때문에 빠진 부분을 채워 이야기가 만들어지지 않았나 싶기도 합니다."

"무슨 이야기인가요?"

"화려한 과거가 있다는 식의 소문이 돌았습니다." 그루스킨은 불편하게 자세를 바꿔 앉았다. 신부도 흥미롭게 듣지 않았을까 하는 생각이 들었다. 어쩌면 자신이 부추기기도 하고, 혼자 있을 때 상상 속에서 살을 더 붙여보기도 했을 것이다. 신부에게는 어딘가 매우 오싹한 데가 있었다. "남자 친구들. 그런 거죠."

"말콤 커가 그 이야기에 등장하던가요?" 조는 자신의 말투가 그루스킨을 닮아간다는 것을 깨닫고 표현을 고쳤다. "마가렛과 커가 연인 사이였다는 소문도 있었습니까?"

그루스킨은 기겁한 표정이었다. "소문이 그렇게 구체적이었던 것 같지는 않습니다만."

"마가렛과 커가 연인 관계였다는 소문을 들어보셨습니까?" 조는 인내심을 잃기 시작했다. 베라가 왜 이 남자에게 그렇게 짜증을 냈는지 이해가 갈 것 같았다.

"연인 관계였다는 소문은 마을의 모든 남자를 상대로 있었을 겁니다." 신부는 약간 발끈했다. "신도들은 마가렛이 오만하고 자존심이 강하다고 생각했어요. 교육받은 억양이고, 책도 읽고, 그런 뒷공론에 끼어들지 않았으니까요. 사람들은 잔인해질 수 있습니다."

"하지만 구체적으로 마가렛과 커에 대해서는?"

"아, 그런 소문도 있었습니다. 마가렛의 결혼생활이 망가진 게 그 때문이었다고. 전 믿지 않아요. 마가렛은 끝까지 전남편에 대해 대단히 애정 어린 태도였습니다." 그루스킨은 살짝 미소지었다. "물론 제가 여기 부임하기 오래전이죠. 전 그때 아기였을 겁니다. 하지만 마을 사람들은 기억력이 좋아요."

"마가렛이 죽기 전날 커의 차를 타고 있는 것을 목격한 사람이 있습니다. 여성 쉼터에서 내려줬지요. 커가 혹시 마가렛에게 차를 자주 태워줬습니까?"

다시 침묵이 흘렀다. 조는 그루스킨이 이 정보에 놀랐다는 느낌을 받았다. "그렇지는 않을 겁니다." 그는 마침내 말했다. 조는 그가 말을 계속하기를 기다렸다. "제가 여러 번 홀리풀까지 태워주겠다고 했는데, 늘 거절했습니다. 공공교통을 이용하는 게 좋다고 했어요."

"마가렛이 아프다는 걸 알고 계셨습니까?" 조는 잠시 사이를 두었지만, 그루스킨이 곧장 대답하지 않아서 다시 입을 열었다. "대장암이었습니다."

어머니 모임 파티는 한창 무르익어가고 있었다. 목소리는 더 커졌고, 웃음소리가 터졌다.

"아뇨." 그루스킨은 제단을 응시했다. "제게 털어놓았다면 좋았을 텐데. 제가 도움이 될 수도 있었을 텐데." 하지만 약간 뾰로통한 목소리였다. 마가렛이 사생활을 털어놓지 않는 버릇을 신도들 못지않게 못마땅하게 생각하고 있었던 것 같았다. 신부가 그녀를 위해서 해줄 수 있는 일은 아무것도 없었을 것이다.

나이 많은 오르간 연주자가 끼어들었다. 그녀는 커피 두 잔과 고기 파이 한 접시를 쟁반에 담아 왔다. 복도를 다가오는 속도가 오르간 연주 못지않게 느렸다.

"필요 없어요, 아이다. 내가 곧 그쪽으로 갈 참이었습니다. 애쉬워스 형사는 이제 볼일이 다 끝났어요."

"아닙니다." 조는 여자가 든 접시에서 잔과 파이를 집어 들었다. "몇 가지 질문이 더 남았습니다." 그는 여자가 사라질 때까지 기다렸다가 대화를 계속했다. 그동안 그루스킨은 파이 두 개를 아주 빨리, 음울한 집중력을 보이며 먹었다. "디 롭슨에 대해 묻고 싶었습니다."

"그녀가 마가렛의 살인에 관계가 있다고 생각하십니까?" 신부는 거의 마음이 놓이는 기색으로 날카롭게 고개를 들었다.

"아니, 그런 질문은 아닙니다. 그녀는 수사 관련자일 뿐입니다. 목격자일 가능성이 있어요. 쉼터를 떠나 달라는 요청을 받았다고 들었습니다. 이유를 설명해주실 수 있겠습니까?"

"아." 그루스킨은 말했다. "디어드러 롭슨. 지능이 박약한 불행한 여인. 하지만 쉼터에 둘 수는 없었습니다. 사고 이후에는. 제인 캐머런, 쉼터 운영자가 그 점을 분명히 했고, 관리인들도 그 판단을 지지했습니다."

"정확히 무슨 일이 있었는지 궁금합니다." 조는 날카롭게 말했다. 먹을 것이 생기자 그루스킨은 앉아서 이야기할 마음이 드는 것 같았다. 조는 교회 분위기가 갑갑해서 얼른 나가고 싶었다.

"전철역에 있는 기계에서 카드를 출력해서 다녔습니다. 선전용으로." 그루스킨은 잠시 입을 다물었다. "서비스 선전 말입니다. 쉼터 주소와 전화번호를 사용했지요. 마들 시내에 온통 굴러다녔어요. 제인은 밤에

시도 때도 없이 걸려오는 불쾌한 전화 때문에 골치를 앓았습니다. 남자 둘이 차를 타고 나타나기도 했어요. 그곳을…." 그는 다시 말을 끊었다.

"사창가라고 생각했군요."

"맞습니다." 그루스킨은 빠르게 눈을 깜박였다. "디는 이미 술에 취해 쉼터에 들어간 뒤로 마지막 경고를 받은 상태였지요. 우리는 사회복지사에게 연락해서 다른 적당한 곳을 찾아줄 수 없느냐고 물었습니다."

조는 퍼시 스트리트의 누추한 아파트를 떠올렸다. 누가 살기에도 적당한 곳이라고는 할 수 없었다. "하지만 마가렛은 그녀와 계속 연락하고 지냈습니다."

그루스킨은 코웃음을 쳤다. "그녀는 우리처럼 심각하게 받아들이지 않았어요. 디가 그 카드를 출력할 능력이 있겠느냐고 하면서, 다른 여자가 디를 팔아서 천박한 장난을 쳤을 수도 있다고까지 했습니다."

"신부님은 어떻게 생각하십니까?"

그루스킨은 어깨를 으쓱했다. "제인은 디가 쉼터 내의 질서를 어지럽힌다고 본 것 같아요. 그녀는 전문가이고, 거기서 살고, 우리를 다 합한 것보다 경험이 많습니다. 그녀의 판단을 신뢰해야 한다고 생각했어요. 내가 보기엔 그 여자가 떠나는 것밖에 방법이 없었습니다."

"그게 언제 일입니까?" 조는 디 롭슨이 못마땅했지만, 신부라면 죄인에게 보다 종교인다운 태도를 보여야 하지 않나 하는 생각이 들었다. 신부의 무자비함이 그에게는 불편했다.

그루스킨은 잠시 기억을 더듬었다. "6주 전입니다."

"마가렛이 계속 디를 돌보고 있다고 당신에게 말하던가요?"

"비밀이 아니었습니다. 신탁관리인의 처분에 화를 냈지요. 쉼터에서 자원봉사 일을 그만두는 게 아닌가 생각했을 정도였어요. 제인과의 관계도 약간 서먹해졌고."

그는 쉼터에서 만난 여자들과 관리인을 떠올렸다. 그중 누가 디에게도 알려야 한다고 하지 않았다면, 제인은 디 롭슨 이야기를 아예 꺼내지도 않았을 것이다. 미소 띤 유능한 스코틀랜드 여인이 뭔가 숨기고 있는 게 아닌가 궁금했다. 막 살해당한 자원봉사자와 사이가 멀어졌다는 이야기를 하는 것이 민망했을 수도 있다. 조는 일어섰다. "고맙습니다."

신부는 문간까지 따라나왔다. "빨리 수사가 마무리됐으면 좋겠습니다." 그는 말했다. 오후 한창 때 시각이었지만, 바깥은 너무나 어둑어둑해서 가로등 불이 벌써 켜져 있었다. "모두 불편해하고 있어요." 그리고 그는 얼른 교회 안으로 사라졌다.

조 애쉬워스는 잠시 서 있었다. 게스트하우스의 지하 부엌에는 불이 켜져 있었다. 케이트 듀어는 어쿠스틱 기타를 들고 의자에 앉아 있었다. 고개를 창문 반대편으로 돌리고 있었기 때문에, 그녀는 그를 볼 수 없었다. 무슨 노래를 부르고 있는지 들을 수 있었으면. '흰 달 여름'을 개인 공연으로 즐길 수 있다면 정말 좋을 텐데.

애쉬워스는 점심시간에 고등학교에 도착했다. 학기말을 맞아 들뜬 아이들은 소리를 지르며 운동장과 복도를 뛰어다니고 있었고, 온통 튀긴 음식과 치즈 소스 냄새로 가득 차 있었다. 안내원은 단호했다. "교장선생님은 약속 없이 아무도 만나지 않으십니다."

조는 베라 스타일로 마주 쏘아줄까 생각하다가 성질을 억눌렀다. 아이들에게서 도망칠 곳이 없는 이런 곳에서 일한다는 것이 어떤 것인지 상상할 수가 없었다. 인정한 적은 없었지만, 특히 샐에게는 더욱 그랬지만, 콘월에서 2주의 여름 휴가가 끝날 때쯤 그는 얼른 일하러 가고 싶어 안달이 났다. 안내서에는 목가적으로 보이던 작은 시골집을 빌렸는데, 나흘 내내 비가 왔고 아이들이 할 일이라고는 아무것도 없었다. 조는 마가렛 크루코스키 살인사건을 수사하러 왔다고 설명한 뒤 미안하다는 듯 미소지었다. "좀 긴급한 일입니다." 여자는 아무 말없이 어딘가로 사라졌다.

교장은 키가 작고 대머리에 무슨 생각을 하고 있는지 알 수 없는 표정을 하고 있었다. "어떻게 제가 도움이 될 수 있을지 모르겠습니다만, 형사님. 하지만 물론 할 수 있는 일이라면 뭐든지 협조하겠습니다."

"살인사건 소식을 들으셨군요." 사무실은 3층이었고, 운동장을 내려다보고 있었다. 검은 구름 때문에 묘하게 황혼 같은 분위기가 감돌았다.

"그럼요. 우리 학생 두 명이 피해자와 같은 집에 삽니다. 거의 가족 같은 존재였어요. 담임교사에게 잘 지켜보라고 일러뒀습니다. 분명 충격을 받았을 겁니다." 교장은 애쉬워스를 올려다보았다. "아이들이 범행에 관계되었을 가능성은 절대 없습니다."

"그렇다면 놀라시겠군요?"

잠시 망설였지만, 교장은 분명한 어조로 입을 열었다. "경악하겠지요. 클로이는 탁월한 학생입니다. 옥스브리지를 지망하고 있고, 가능성도 충분합니다." 그는 잠시 사이를 두었다. "자기 자신을 너무 몰아붙인다는 생각이 들어요. 가끔은 야심이 조금만 덜하면 좋지 않나 싶기도 합니다. 사춘기 소녀들은 아플 수 있으니까요…." 그는 말꼬리를 흐렸다. "라이언은 덜 학구적이고, 모친도 학습 성취에 대해 걱정이 있는 걸로 알고 있습니다. 늘 여동생과 비교되곤 하지요. 통보 없이 결석을 몇 번 했는데, 대학준비과정에 들어갈 계획은 없을 테니까 크게 문제 삼고 싶지는 않습니다. 어른 남자 없는 집안에서 남자애들이 자라는 건 힘듭니다."

벨이 울렸고, 아이들은 운동장을 달려 건물로 들어갔다.

"하지만 이제 집안에 남자가 있지 않습니까. 아니, 곧 생길 것 같더군요."

"아, 스튜어트 때문에 여기 오셨군요." 교장은 미간을 찌푸렸다. "그 관계에 대해 물론 교무실에서도 이야기가 있었습니다." 그는 잠시 사이를 두었다. "최근 휘틀리 베이 극장에서 공연을 하기 전까지, 듀어 부인의 음악 경력은 전혀 떠올린 적이 없었습니다. 스튜어트가 선생 몇몇을 설득해서 지원했고, 좋은 저녁이었어요. 학생들은 물론 케이티 거스리라는 이름을 들어본 적이 없겠지만, 우리 또래한테는 상당한 유명인사였죠. 아이들 학교로 마들 고등학교를 선택하신 것이 기쁩니다." 조는 교장도 상당한 팬이었다고 생각했다.

"혹시 두 분 관계에 대해 소문도 많이 돕니까?"

교장은 슬쩍 미소지었다. "음, 스튜어트가 결혼할지도 모른다고 비친 게 이번이 처음입니다. 그간 여교사들 몇몇과 사귀긴 했지만, 늘 누군가에게 정착하는 걸 경계했거든요. 그에게 아내와 자식이 생긴다는 걸 알고, 워낙 그답지 않은 일이라 다들 놀라워했습니다. 마들 고등학교의 연속극 같은 연애담이었죠."

"우린 크루코스키 부인을 아는 모든 사람들을 만나보고 있습니다. 형식적인 거죠. 이해하실 겁니다. 부스 씨가 마들 고등학교에 오래 있었습니까?"

"학교가 생길 때부터요. 80년대에 설립되었는데, 그가 첫 직원 중 하나였습니다. 지난 15년 동안 음악 과목 책임자였죠. 케이트의 경력을 지원하기 위해 학교를 그만둔다는 이야기도 하던데, 우린 그가 그리울 겁니다. 아이들에게 헌신적인 선생님이었어요. 수업시간 외에도, 온갖 과외활동을 많이 벌였습니다. 물론 음악이지만—합창단과 관악밴드—야외활동도 열심이었어요. 듀크 오브 에든버러 활동도 이끌었습니다. 요즘은 업무에 그런 열정을 가진 선생님이 드물어요."

"케이트 듀어에게도 열정적인가 봅니다?"

교장은 미소지었다. "그렇겠지요."

"살인 당일 오후 그는 학교에 있었습니까?"

교장은 눈썹을 치켜세웠다. "알리바이를 확인하시는 겁니까, 형사님?" 갑자기 경계하는 것 같았다. 긴장했다.

"말씀드렸듯이, 형식적인 탐문 활동입니다."

교장은 책상 컴퓨터로 돌아앉아 전자 일정표를 확인했다. "그날은 크리스마스 콘서트 저녁이었습니다. 스튜어트는 하루 종일 건물 밖으로 나가지 않았습니다. 오후에 수업을 마치고, 공연 전 최종 리허설을 했어요. 눈 때문에 기억합니다. 취소를 할까 했는데, 대부분의 학생이 걸어서 통학하는 거리에 살고 있어서 그냥 강행했지요."

그는 컴퓨터에서 고개를 들었고, 애쉬워스는 교장이 자기 동료가 무고하다는 것이 밝혀져서 유난히 마음을 놓는 것 같다는 느낌을 받았다. 어쩌면 학교의 명예를 걱정하는 교장으로서의 자연스러운 반응일 것이다. 어쩌면 스튜어트 부스가 정말 살인을 저지를 수도 있을 사람이라고 생각했거나.

18
|

　말콤 커의 작업장은 닫혀 있었고, 커다란 나무 문에는 자물쇠가 잠겨 있었다. 말콤의 집 쪽으로 가볼까 하는 순간, 그가 생선가게 앞을 지나 항구 쪽으로 걸어가는 모습이 보였다. 비옷과 부츠 차림의 검은 윤곽밖에 보이지 않았지만, 구부정한 등 때문에 알아볼 수 있었다. 베라는 서둘러 그를 따라갔다.

　"이야기 좀 합시다."

　그는 멈췄다. 깊은 생각에 잠겨서 뒤따라오는 발소리도 못 들었는지 흠칫 놀라는 기색이었다. "아니, 안 돼. 할 일이 있소."

　베라는 그의 눈을 보았다. 전날 밤에는 술을 많이 마시지 않고 잠도 좀 잔 것 같았다. 공격적이었지만, 보다 인간적이었다. "어디로 가는 길이시죠?"

　"크랙스 교수가 섬 근처 해상에 장비를 남겨뒀소. 날씨 때문에 지난번 나갔을 때 거두지 않았어. 내가 시간 나는 대로 회수하겠다고 했소."

그는 계속 걸음을 옮겼다.

배는 이미 출항 준비를 마치고 방파제에 묶여 있었다. 여름에 관광객을 코컷 섬으로 실어 나르는 루시-메이 호가 아니라 뒤쪽에 엔진이 달린 작은 보트였다. 오래전 베라와 헥터를 섬으로 데려갔던 것이 바로 이런 배였다.

베라는 보트를 내려다보았다. 충분히 튼튼해 보였다. "덩치 작은 사람 하나 탈 자리 있나요?"

그는 미쳤나 싶은 눈으로 베라를 쳐다보았다. "같이 가시려고?"

"안 될 거 있나. 오래 걸리지 않죠? 말했듯이 이야기 좀 해야 해요."

그는 클클 웃었다. "모험깨나 좋아하시는군? 내가 살인용의자라면, 코컷 섬으로 가는 길에 당신을 쥐도 새도 모르게 바다에 던져버릴 텐데. 게다가 내가 무슨 말을 하든 증거가 없어. 법정에서 받아들여지지 않을 거요."

베라는 잠시 그를 응시했다. 물론 그의 말이 맞았고, 어리석은 짓이었다. "아, 모험 좀 하죠, 뭐."

그녀는 항구 벽에 붙은 철제 사다리를 조심스럽게 내려가서 배에 올랐다. 중력이 도움을 주었다. 돌아올 때는 조수가 들어와서 수면이 좀 높아지기를 바라는 마음뿐이었다. 그러면 올라가는 길은 그리 멀지 않을 것이다. 발을 디디는 순간 배가 흔들렸고, 순간 얼음장 같은 갈색 물에 빠지는 게 아닌가 더럭 겁이 났다. 커는 뒷자리 밑에서 구명조끼를 꺼내 그녀에게 던지고 배 중간에 플라스틱 쿠션으로 앉을 자리를 만들어 주었다. "움직이지 마시오. 당신 몸무게라면 배가 뒤집힐 수도 있어." 그는 시동밧줄을 당겼고, 엔진은 쿨럭거리며 살아났다.

바다에서 바라보는 마을은 상당히 다른 풍경이었다. 흑백 영화 같은 단색의 정경. 하버 스트리트에 늘어선 건물 뒤쪽이 보였다. 어판장 여자들은 가게 한쪽 끝 별채에서 손질한 감자를 흰 플라스틱 바구니에 담아 나르며 점심 손님 준비를 하고 있었다. 좌우 대칭의 좁은 창문이 늘어서 있고 요새처럼 단단한 회색 돌로 지어진 여관 건물은 여기서 보니 꽤 당당해 보였다. 집과 해안 사이에는 작은 정원이 있었다. 그 너머로 세인트 바르톨로뮤 교회 탑이 우뚝 서 있었다. 몰래 숨어서 세상을 훔쳐보는 피핑 톰처럼 관음하는 기분이 들었다. 물론 그들은 사방이 탁 트인 곳에 숨어 있다.

"왜 나한테 거짓말했어요, 말콤?" 그들은 항구 벽 밖으로 나와 있었고, 물은 조금씩 출렁거렸다. 베라는 항해에 익숙했고 멀미를 하지 않았다. "최근 마가렛을 만난 적이 없다고 했잖아요."

"만난 적 없어!" 그러나 베라가 경찰 초년 시절 잡아들이던 젊은 말썽꾸러기들처럼 허세로 가득한 말투였다.

"이봐요, 말콤. 마가렛이 죽기 전날 쉼터에 차로 데려다줬잖아."

그는 즉시 대답하지 않았다. 유일한 소리는 엔진음과 갈매기 울음뿐이었다.

"나한테 말해봐요. 북해에서 배를 타고 있다니, 이만큼 비공식적인 대화가 어디 있어." 게다가 난 선명한 오렌지색 구명조끼까지 덮어쓰고 미슐랭 마스코트 꼴을 하고 있다고.

"우린 친구 사이였소. 이 마을에서 그녀의 유일한 친구가 아마 나였을 거요."

"애인?"

그는 서글프게 고개를 저었다. "오래전. 최근은 아니고. 당시에도 그리 자주는 아니었소." 그는 잠시 뜸을 들였다. 배는 마들과 섬 사이의 바다를 절반쯤 지나치고 있었다. "내가 결혼생활을 할 때는 친구로도 자주 만나지 않았어. 마가렛은 자신에 대한 내 감정을 알고 있었고, 자기가 방해된다고 생각했지. 데보라에게 옳은 일이 아니라고 했소. 이혼했을 때는 친절하게 대해줬지만, 다시 사귈 가능성은 없다고 분명히 말했소."

"당신은 그러고 싶었고요?" 이제 풍경이 자세히 보일 정도로 섬에 가까이 와 있었다. 관리소, 새들이 둥지를 트는 흙투성이 절벽. 베라는 오래전 헥터와 새 알을 훔치러 왔을 때의 여행길을 좀 더 기억해내려고 해보았지만, 틀림없이 잡힐 거라고 확신했던 오싹하고 불길한 기분만 생생했다. "당신은 우정 이상을 원했군요, 지금도?"

"처음 만났을 때부터 좋아했소." 커는 말했다. "결혼은 하지 말아야 했어. 아내 옆에 누워 있을 때도 마가렛의 꿈을 꿨소."

베라는 그 장면을 상상해보았다. 실제 여자보다 환상 속의 주인공을 숭배하는 것이 훨씬 더 쉬울 것이다.

"그래서 최근 만난 적은 있고요?"

"마가렛은 병에 걸렸다는 걸 알았소. 누군가에게 털어놓고 싶었지. 케이트나 아이들 말고. 너무 충격을 받을 거라고 했어."

"그날 아침 쉼터에 내려주기 전에 그 말을 하던가요?" 베라는 자리에서 몸을 돌려 그를 쳐다보았다.

그는 고개를 끄덕였다. "잠시 좀 걷지 않겠느냐고 하더군. 우린 노스마들 해변으로 갔소. 날씨가 워낙 추워서 해변에는 몇 마일 저쪽에 개와 산책하는 사람 두엇 빼고는 아무도 없었소. 그러다 해가 나왔지." 그는 젊은 시절부터 좋아한 여인과 겨울 햇빛이 비치는 해변에서 같이 걷던 순간으로 되돌아간 것 같았다. 손을 잡았을까? 어깨에 팔을 둘렀을까?

"마가렛은 암이었어요." 베라는 말했다.

"내가 돌봐주겠다고 했소. 필요한 건 뭐든지." 그는 거의 눈물을 글썽이고 있었다. "몇 가지 정리할 문제가 있다고 하더군. 바로잡을 일이. '그 문제를 당신이 좀 도와줬으면 해요, 말콤.' 이렇게 말했소." 커는 미소지었다. "물론 난 그녀가 아프다는 게 싫었지만, 그녀가 날 다시 자기 인생에 끌어들여 주는 것이 좋았소. 오래가지 않았더라도, 어떤 면에서는 함께한다고 할 수 있으니까."

"무슨 문제라고 말하던가요?"

말콤은 곧장 대답하지 않았다. 그들은 섬의 바위 절벽 근처의 붉은 부표에 도착했다. 그는 엔진을 끄고 보트를 바위에 박힌 금속 고리에 묶었다. 보트는 출렁거렸다. 그는 손을 뻗어 부표와 연결된 줄을 끌어당겼다. 여기 물은 매우 맑았다. 물체가 서서히 모습을 드러냈다. 커는 물을 뚝뚝 흘리며 장비를 선체 안에 들어올렸다. 모래를 뒤집어 쓴 묵직한 철판이었다. 베라의 주의가 잠시 수사에서 그쪽으로 향했다.

"그 안에 뭐가 있다고요?"

"퇴적물 관찰판이오. 교수가 연구용으로 쓰는 거지. 휴가 도중 폭풍이 몰아칠 수도 있으니 내가 거두겠다고 했소." 그는 고리에서 매듭을 풀고 배를 바위틈에서 다시 출발시켰다. "좋은 분이오, 그 교수. 할 수 있는 일이면 이런 편의는 얼마든지 봐드리지."

"어제 나와 이야기할 때는 왜 마가렛을 만났다는 말을 안 했어요?" 베라는 답답했다. "이런 쓸데없는 짓은 안 해도 됐잖아요. 내 수사팀 절반은 당신을 살인범으로 생각하고 있다고."

"난 무서웠소."

"이혼 뒤에 마가렛과 연락하기 시작했다고 했죠. 당신이 먼저 접근했나요?"

그는 고개를 저었다. "마가렛은 내가 자기한테 빠져 있다는 걸 알고 있었소. 그녀한테 달린 문제였지. 자기가 먼저 케이트 듀어의 아들 문제로 연락했소."

배는 다시 해안 쪽으로 방향을 돌렸다. 얼굴에 물보라가 튀었다. 입술에 짭짤한 소금 맛이 느껴졌다. "그 집 아들이 왜?"

"골칫거리를 만들고 있었소. 가끔 학교에서 빠지고. 심각한 건 아니었소. 그 집은 여자뿐이니까, 내가 남자 어른으로서 말동무를 해주면 좋을 거라고 생각했소. 혹시 작업장에서 일거리를 좀 줄 수 있겠느냐고 부탁하더군."

"그래서 그렇게 했고?"

잠시 침묵. 묘하게 어두운 하늘을 가르고 밝은 햇살이 화살처럼 날카롭게 잠깐 모습을 드러냈다. "그녀가 나더러 발가벗고 헤엄쳐서 섬을 세 바퀴 돌라고 했어도 하겠다고 했을 거요. 난 그녀를 사랑했소."

"그 집 아들하고는 잘 지냈나요?" 이런 종류의 열정이 과연 건강한 것인지 알 수 없었다. 커가 대뜸 이런 식으로 털어놓는 것도 당혹스러웠다. 자기 통제력이나 자존심도 없다는 듯이. 케이트의 아들 이야기로 넘어가는 것이 훨씬 안전했다.

커는 대답하기 전에 잠시 생각에 잠겼다. "나하고는 아무 문제도 없었소. 그냥 학교가 싫은 젊은 애일 뿐이야. 잠시도 가만히 있지 못하지.

시도 때도 없이 거리를 돌아다니고. 학교에 붙어 있기에는 에너지가 너무 많아." 그는 방파제를 돌아 들어갔고, 햇빛은 처음 났을 때와 똑같이 갑작스럽게 사라졌다. 파도는 잠잠해졌다. "처음 일을 시작할 때는 좀 건방졌는데, 나한테 기어오르면 안 된다는 걸 깨닫자마자 얌전해졌소. 뭔가 성취하고 싶은 애고, 나도 같이 있는 게 즐거워." 그는 고해성사라도 되는 듯 잠시 입을 다물었다. "내가 그 또래였을 때는 일 년 내내 직장에서 일했소."

"학교 교육을 계속 받을 꿈은 꾼 적 없어요?" 베라는 커가 첫인상보다 훨씬 영리한 사람이라고 생각했다. 마가렛은 아무리 잠깐이라도 멍청한 남자와 참고 사귀지는 않았을 것이다.

"기회가 없었소." 세월이 흘렀는데도 아직 속상한 것 같았다. "아버지가 가족 사업에 값싼 노동력으로 부려먹었지."

베라는 그를 돌아보았다. "우리 아버지랑 같네요." 두 사람은 씩 웃었다.

커는 방파제 사다리 바로 앞에 배를 댔다. 워낙 많이 해본 일이라 눈을 감고도 한 치의 오차 없이 댈 수 있을 것 같았다.

"당신 친구 교수 말로는 마가렛이 죽던 날 오후 3시에 마을에 돌아와 있었다더군요." 베라는 구명조끼를 벗었지만, 그대로 앉아 있었다. "바다에서 돌아온 뒤 뭘 했어요?"

"교수가 시간은 틀렸어. 그런 학자들이 어떤지 아시오? 세상에 나오면 안 돼. 그보다 뒤였소. 거의 어두워진 뒤." 그는 베라의 손을 잡아 일으켜 세우고 배를 안정시키기 위해 몸을 기울여 난간을 잡았다. 그녀는 커가 바로 옆에 있는 것을 의식하며 사다리에 올랐다. 꼭대기에 올라간 뒤

뒤를 돌아보자, 그는 엔진을 켜고 정박지로 향하고 있었다. 커는 손을 흔들었고, 베라도 마주 흔들었다.

방파제를 따라 하버 스트리트로 향하는데, 길이 발밑에서 울렁거리는 것 같았다. 잠깐 탔을 뿐이었지만 배의 요동이 계속 느껴졌다. 가게에서 흘러나오는 생선 튀김 냄새가 들어오라고 손짓했지만, 그녀는 그냥 지나쳤다. 그리고 홀리에게 전화했다.

"사회복지사에게 디 롭슨을 확인해보라고 알렸어?"

"통화했어요. 담당자는 짐 모리스라는 남자더군요."

"그래서?" 가끔 말인데, 홀리 클락, 당신 정말 사람 말을 많이 하게 하는군.

"크리스마스 이전에 누굴 보낼 여유는 전혀 없대요. 휴가 중에는 최소 인력만 남고요. 비상대기조."

베라는 대답 없이 전화를 끊었다. 잠시 크리스마스에 디를 자기 집에 초대할까 하는 생각이 스쳤다. 이웃 조애나와 잭은 좋다 나쁘다 판단하지 않을 것이다. 그저 농장 식탁에 둘러앉아 술을 잔뜩 마시고 조애나의 맛있는 음식을 먹으며, 디가 잭에게 희롱을 건다 해도 그저 웃어넘길 것이다. 그러나 베라는 살인사건 수사 용의자를 잠깐이나마 집에 들인다는 것은 있을 수 없는 일이라는 것을 알고 있었다. 말만 꺼내도 조 애쉬워스가 얼마나 펄펄 뛸까 생각하니 씩 웃음이 났다.

그녀는 다시 홀리에게 전화를 걸었다. "그 호스텔 전화번호 갖고 있어, 쉼터?" 언제나 능률적인 홀리는 몇 초 안에 번호를 찾아냈다. 베라는 홀리가 계속 뭐라 말하는 동안 차에 올라 펜을 찾았다. "다시 말해 봐,

홀."

전화를 거니 어머니 같은 스코틀랜드 목소리가 응답했다. 베라는 자기소개를 했다.

"형사님, 무슨 일이신가요?"

베라는 디 롭슨 때문에 걱정스럽다고 털어놓았다. "중요한 증인입니다. 최근 마가렛 크루코스키와 상당한 시간을 같이 보냈어요. 아주 불안정한 생활습관을 갖고 있고, 마가렛이 돌봐주지 않으면 그냥 사라져버릴까 염려스럽습니다."

전화 반대편에서는 침묵이 흘렀다.

"혹시 크리스마스 휴가 동안만이라도 쉼터에 들여놓을 수 없을까 해서요. 다시 만나볼 필요가 있을 때 곧장 찾아올 수 있도록 말이죠." 구슬리는 자기 말투가 썩 마음에 들지 않았다. 그녀는 부탁하는 재주가 없었다.

"유감입니다만, 형사님. 긴급 입주자가 한 사람 더 들어왔어요. 남은 방이 없습니다." 전화는 끊겼다.

거리로 나온 베라는 혹시 디가 있나 싶어 코블 술집을 들여다보았다. 아직 이른 시각이라 거의 비어 있었다. 나이 지긋한 남자 둘이 바에서 도미노를 하고 있었다. 디는 없었다. 라운지는 들여다볼 필요가 없을 것이다. 거기는 디의 영역이 아니었다. 베라는 충동적으로 생선 가게에 들어가서 튀김과 칩 두 봉을 포장해서 나왔다. 종이에 싸서 봉투에 넣었는데도, 교회와 전철 사이 골목을 걷는 내내 음식 냄새가 따라왔다.

그녀는 아파트 콘크리트 계단을 빠르게 올랐다. 항구에서 사다리를 올랐던 다리가 뻐근했다. 아, 베라, 이 범인 빨리 못 잡았다가는 살 빠지겠는데. 그녀는 디의 문을 두드렸지만, 곧 응답할 거라고 생각하지는 않았다. 전에 애쉬워스와 왔을 때, 디는 누가 와 있는지 확인부터 했다. 집세를 받으러 사람이 올 수도 있고, 어떤 남자의 격분한 아내가 쳐들어왔을 수도 있다. 최소한 그런 자기보호 본능은 갖고 있었다.

그러나 두드리자 문은 열렸다. 베라는 그 자리에 그대로 서서 소리쳤다. "안에 있어요, 디? 베라 스탠호프예요. 피시 앤 칩스를 사왔어요."

대답은 없었다. 베라는 봉투를 바깥 복도 바닥에 놓고 안으로 들어갔다. 문 옆 벽의 축축한 얼룩이 다시 눈에 띄었다. 거실은 비어 있었다. 전에 평화 제물로 갖고 왔던 케이크 봉투가 탁자 위에 찢긴 채 그대로 놓여 있었다.

"디, 집에 있어요?"

침실 문은 닫혀 있었고, 베라는 들어가기 전에 귀를 기울였다. 민망해서가 아니라, 혹시 디 롭슨이 한창 일하는 중이라면 미리 상황 파악을 해두고 싶어서였다. 정적. 베라는 문을 열었다. 디는 침실 안 매트리스에 누운 채 베라를 응시하고 있었다. 짧은 치마와 흰 레이스 톱, 반짝이는 흰색 비닐 신발, 업무용 옷차림이었다. 반짝이는 파란색 아이섀도, 분홍색 립스틱은 약간 번져 있었다. 목 옆쪽에 부엌칼이 꽂혀 있었다. 전날 베라가 커스터드를 잘랐던 바로 그 칼이었다.

머리와 목 아래에 검붉은 피가 고여 있었고, 대조적으로 얼굴은 매우 창백했다. 피부는 시퍼랬지만, 매트리스와 닿은 맨다리는 거의 보라색으로 검게 변색되어 있었다. 플라스틱 같은 질감이었다. 베라는 거대한 풍선 인형을 연상했다. 전날 그녀와 조가 떠난 뒤 얼마 되지 않아 살해당한 것 같았다.

베라는 복도로 나가 전화를 걸었다. 피시 앤 칩스 냄새를 맡자 구역
질이 났다.

19
|

케이트는 조지 엔더비가 도착하기를 기다리고 있었다. 스튜어트가
곧 오기로 되어 있었기 때문에 얼른 입실 수속을 하고 싶었다. 문에서 스
튜어트의 열쇠 돌아가는 소리가 들리기를 고대하며, 케이트는 벌써 들떠
있었다. 그들은 계획이 있었다. 전철을 타고 뉴캐슬에 가서 모처럼 문화
생활을 즐기기로 했다─강변의 발틱 미술관에서 새 전시회를 보고 레잉
미술관도 돌아볼 생각이었다. 그런 다음 저녁. 스튜어트의 등산 모임 친
구가 성당 근처에 식당을 새로 열었다. "대단한 곳은 아니야. 하지만 깔끔
하지. 그 친구가 도움도 많이 줄 수 있어." 스튜어트는 친구가 많지 않았
지만, 있는 친구들에게 충실했다. 그 점도 마음에 들었다. 케이트는 그가
자신에게도 충실할 거라고 생각했다.

그런 뒤 세이지의 작은 홀에서 열리는 콘서트 표도 있었다. 덴마크
시인과 패로 출신의 음악가였다. "끔찍하겠지. 하지만 안 가면 뭔가 중요
한 걸 놓칠지도 몰라." 그는 놀라움으로 가득했다. 그렇게 실험적인 음악

을 좋아할 줄은 몰랐다. 로비와 결혼한 뒤 쪼그라들었던 세상을 다시 탐험할 수 있는 두 번째 기회를 얻은 기분이었다. 그런 뒤 마지막 전철을 타고 같이 집으로 돌아와서 하룻밤을 보낼 예정이었다. 그 부분도 기대가 컸다. 롭이 죽은 뒤, 그녀는 온통 몽상뿐이었다. 그런데 이제 진짜 살과 피부를 만지고, 맛보고 있었다. 어떤 때는 머릿속이 온통 섹스로 흠뻑 젖어서 다른 것이 들어갈 자리가 없는 것 같기도 했다. 어쩌면 그 때문에 고약한 엄마가 되었는지도, 마가렛의 살인사건에 별로 슬픔을 느끼지 못했는지도 모른다. 스튜어트에게 홀려서 모질고 차가운 사람이 된 걸까?

예전이었다면 여관을 비우는 데 아무 문제가 없었을 것이다. 마가렛에게 조지를 들이고 방으로 안내해달라고 부탁만 하면 끝이었다. 마가렛이 조지가 좋아하는 방식대로 차를 끓여서 라운지에 갖다주었다. 아이들도 돌봐주었다. 오늘 라이언은 외출 중이었다. 아마 케이트와 스튜어트보다 먼저 들어오지는 않을 것이다. 케이트는 라이언이 어디 있는지 전혀 몰랐다. 어떤 때는 영역 표시를 하듯 그저 동네를 배회하기만 했다. 아주 어릴 때부터 뭔가 속상하는 일이 생기면, 꼭대기 층 마가렛의 방에서 지하실까지 몇 번이고 그저 왔다 갔다 하기만 했다. 클로이는 부엌 식탁에서 그 어느 때보다 책을 잔뜩 쌓아 놓고 랩톱에 얼굴을 묻고 있었다. 그러나 옆에는 전화도 놓여 있었다. 시선이 틈틈이 그쪽으로 향하는 것을 보니 전화가 걸려오기를 기다리는 모양이었다. 케이트는 그런 기분이 어떤 것인지 알았다.

"방학 시작이잖니." 케이트는 가벼운 목소리를 내려고 노력했다. 스튜어트는 아무 말도 하지 않았지만, 그녀가 아이들에게 잔소리가 너무 심하다고 생각하는 것이 틀림없었다. 클로이한테는 너무 열심히 공부한다고, 라이언한테는 공부를 안 한다고. "좀 놀아라!"

그러나 곧 전국 과학잡지에서 주최하는 무슨 대회가 있었다. 상을 타면 자기소개서에 좋은 경력이 될 것이다. 그래서 이 대회가 클로이의 휴가 프로젝트였다. 프로젝트가 생기면 다른 생각은 전혀 하지 않았다. 물론 지금 기다리는 전화만 빼고. 지금도 그녀의 시선은 다시 전화로 향하고 있었다. 눈가는 어둡게 부어 있었다. 밤새도록 뒤척인 것 같았다. 프로젝트 때문에, 아니면 그 남자애 때문에? 케이트는 어느 쪽이 더 걱정스러운지 알 수 없었다.

초인종이 울렸고, 조지 엔더비가 책이 가득 찬 바퀴 여행가방을 놓고 서 있었다.

"접니다. 불청객이죠." 그는 늘 그렇듯 케이트를 포옹하고 양뺨에 키스했다. 그리고 다시 몸을 세워 그녀를 보았다. "아주 말쑥하십니다. 좋은데 가십니까?" 그녀는 얼굴을 붉혔다. 나무라는 기색은 전혀 없었지만 어쩐지 죄책감이 느껴졌다. 마가렛이 얼마 전에 죽었는데 이렇게 외출하고 즐겨도 될까?

"스튜어트와 같이 뉴캐슬에 가요."

"아, 잘됐군요! 걱정 마세요. 객실은 제가 찾아갈 수 있습니다." 그는 피곤해 보였다. 외투는 구겨져 있었고, 유쾌한 말투도 애써 노력하는 기색이 있었다. 자기가 좋아하는 소설 주문이 별로 많이 들어오지 않았나.

"라운지에 차를 갖다놓을게요. 비스킷은 마가렛이 만든 것만 못하지만요."

그들은 마주 보며 서글프게 미소지었다. "분명 맛있을 겁니다." 조지는 말했다. 그는 장갑을 벗으며 문득 생각났는지 덧붙였다. "무슨 소식 있습니까? 범인은 잡았나요?"

그녀는 부엌으로 가던 길에 돌아섰다. "아직 못 들었어요. 내가 외출할 때마다 마을에 경찰이 보이는 것 같아요. 집집마다 돌아다니면서 질문을 하고."

조지의 질문에 응답이라도 하듯 거리에서 사이렌 소리가 요란하게 울렸다. 두 사람은 소스라치며 서로 마주 보았다.

스튜어트가 늦어서 케이트는 초조해지기 시작했다. 전화를 걸어볼까. 보통 그는 강박적일 정도로 시간 약속에 철저했고, 그를 기다리게 하는 것은 케이트 쪽이었다. 마가렛이 살해된 마당에 그녀가 걱정할 것을 알고 일부러라도 제시간에 와야 하지 않을까. 그때 그가 도착했다. 열쇠로 문을 열고 들어왔고, 계단을 내려오는 발소리가 들렸다. 키가 워낙 커서 발이 먼저 보이고 한참 지난 뒤에 머리가 나타나는 것 같았다. 그는 아주 낡고 닳은 갈색 가죽 재킷과 청바지 차림이었다. 도시에 나갈 때 늘 입는 옷차림이었다. 날씨 때문에 목도리만 한 겹 더 두르고 있었다. 거의 예순이 가까웠지만, 보기 좋았다. 세련된 차림이었다.

"미안해!" 그는 사과 표시로 손을 들어 올렸다. "오늘 오후 마을에 무슨 일이 있는 거지. 교통이 엉망진창이야."

그는 아주 자연스럽고 편안하게 그녀의 몸에 팔을 둘렀고, 케이트는 손을 뻗어 그의 얼굴을 쓰다듬고 싶었다. 너무나 잘생겼다는 생각에 욕망이 끓어올랐다. 집에 둘만 있었다면, 도시에 나가지 말고 그냥 집에 틀어박히자고 했을 것이다.

"안녕, 클로이? 다 잘 돼가니?" 스튜어트는 벌써 케이트에게서 떨어져 서서 클로이의 어깨에 손을 가볍게 얹고 작업을 내려다보았다.

"아, 뭐. 그렇죠." 클로이는 기지개를 켰다. "얼마나 자세한 걸 원하는지 모르겠어요. 어떻게 생각하세요?"

스튜어트는 클로이 옆에 앉아 랩톱을 주의깊게 들여다보았다. 바늘처럼 날카로운 질투가 번득이며 케이트의 가슴을 찔렀다. 클로이는 절대 내게 저렇게 말하지 않지. 내가 너무 멍청해서 이해를 못한다고 생각하나? 곧장 다른 생각이 들었다. 혹시 스튜어트는 내 딸이 나보다 더 매력적이라고 생각하는 게 아닐까?

그녀는 두 사람이 이야기하도록 내버려두고 차를 마시고 있는 조지에게로 갔다. "괜찮으세요?" 그는 아직 외투 차림이었고 아파 보였다. 케이트는 허리를 굽혀 난로에 불을 지폈다.

조지는 출판사와 서점을 상대할 때 쓰는 연기자의 미소를 띠었다. "제게 정말 친절하십니다, 케이트. 여긴 제게 제2의 집과 같아요. 알고 계십니까?" 그는 서글프게 미소지었다. 저녁 내내 케이트가 함께 앉아 술잔을 기울이면서 멋진 아내 이야기를 들어주던, 스튜어트가 나타나기 이전의 시절을 그리워하는 게 아닌가 하는 생각이 들었다.

뉴캐슬은 사람들로 북적거렸고 친절했다. 두 사람을 팔짱을 끼고 미술관 순례를 다녔고, 블링킹 아이 다리를 통해 타인 강을 건넜다. 이어 식당으로 갔다. 스튜어트의 가죽 재킷 냄새, 달콤하고 유혹적인 도시 냄새가 케이트를 둘러싸고 있었다. 마들에는 소금과 생선, 해초 냄새밖에 없었고, 모험이 없었다. 식당은 작고 붐볐다. 그들은 창가에 앉아 가파른 돌길을 내다보았다. 스튜어트는 가게에 틀어놓은 음악에 대해 친구인 주인과 농담을 나눈 뒤 와인 한 병을 시켰다. 그리고 탁자 위로 케이트의 손을 잡았다. 촛불이 그의 얼굴에 묘한 그림자를 드리워서, 순간 낯선 사람과 앉아 있는 기분이 들었다. 그 점 역시 자극적인 흥분을 주었다.

"마가렛 일은 정말 유감이야. 가까웠다는 것 알고 있어."

케이트는 실망했다. 보다 낭만적인 말을 기대했던 것이다. 최소한 그녀가 그에게 빠져 있는 만큼 그도 마찬가지라는 이야기 정도. 마가렛 이야기는 신물이 났다. 현실을 떠올려야 할 때마다 속이 뒤집히는 것 같았다. 그저 잊고 싶었다. 넘어가고 싶었다.

"끔찍했어." 자신의 감정을 어떻게 말로 설명해야 할지 알 수 없었다. "냉정하게 들릴지 모르겠지만, 이제 선택의 여지가 더 생겼다는 기분이야. 예를 들어 집을 팔 수도 있지. 전에도 우리 한번 이야기한 적 있지만, 마가렛이 살아 있었다면 불가능했을 거야."

"새로운 출발." 그는 혼잣말처럼 중얼거렸다. 단어를 가지고 놀면서 후렴구처럼 읊조리는 말투.

"응." 그녀는 씩 웃고 있었다.

"난 일찌감치 퇴직할 수도 있어. 오래 가르쳤지." 그는 와인을 더 따랐다. 얼굴이 불그스레했다.

"뭘 할 거야?" 그가 연금을 받아 생활하면서 매주 등산을 가고, 오후에 텔레비전을 보는 모습은 상상할 수가 없었다. 그러나 집에 아이들이 없는 대낮에 그가 자유롭게 집에 있다고 상상하니 다시 흥분되는 기분이었다.

"당신 경력을 관리하는 거야. 제대로, 그냥 지금처럼 일회성 말고." 그는 갑자기 진지해졌다. "곡을 다시 쓰는 거야. 공연도 하고. 하버 스트리트의 집을 팔면, 도시에 좀 더 작은 집을 얻을 수 있겠지. 아이들에게도 새 출발이 될 거고. 더 나은 학교에 보내고. 라이언에게 대학준비과정을 설득도 해보고."

꽤 오랫동안 한 생각 같았다. "곧장 같이 살자는 거야?"

"적당한 집을 찾으면 안 될 거 없지. 내 집도 팔면 괜찮은 곳을 구할 수 있을 거야. 새로운 출발." 그는 다시 되풀이했다. 케이트가 여러 번 떠보았지만, 하버 스트리트의 집으로 들어와 살겠다는 말은 한 적이 없었다. 건물 자체가—손님들이 붐빌 때는 사적인 공간이라는 느낌이 들지 않았다—마음에 들지 않는 것 같기도 했다.

"좋지. 정말이야."

"그럼 내일 교장에게 사직서를 내지. 여유를 넉넉하게 줘야 해." 이렇게 그냥 결정이 내려진 것 같았다.

그는 친구에게 돈을 내러 계산대로 갔지만, 잠시 당황한 듯 어수선한 몸짓을 했다. 현금이나 신용카드를 잊어버린 게 아닐까 하는 생각이 들었지만, 케이트가 물어보자 그는 아무 일도 아니라고 했다. 지갑 안에 넣어둔 사진이 없어진 것 같았다. 그가 자신의 사진을 갖고 다니면 좋겠다는 생각이 들었지만, 두 사람은 같이 사진을 찍은 기억이 없었다. 하지만 그가 사진을 잃어버린 일로 너무 낙심하는 것 같아서 케이트는 그 이야기를 꺼내지 않았다. 두 사람은 가게 밖으로 나와서 세이지를 향해 걷기 시작했다.

뉴캐슬에서 돌아와보니, 조지는 잠자리에 들었는지 라운지는 비어 있었고 커튼이 쳐져 있었다. 케이트는 생기에 넘쳤다. 콘서트는 너무 형편없어서 오히려 우스웠고, 관객들은 공연을 재미있는 농담처럼 받아들였다. 결국 마지막이 되자 다들 따뜻하고 아늑한 세이지의 작은 홀에서 아주 특별한 공연을 함께한 것처럼 오랜 친구마냥 이야기하고 웃으며 밖으로 나갔다. 전철 막차는 취객들로 가득 차 있었지만, 모두 사람은 좋았다. 헤이마켓에서 경찰 한 사람이 객차에 올라 같이 타고 갔다. 누군가 살인사건 이후 매일 그렇다고 말해주었다. 두 사람은 앞쪽에 자리를 잡았기 때문에, 케이트는 역의 불빛이 다가올 때마다 열 살 난 어린 아이처럼 놀이공원의 열차를 타고 있는 기분이었다.

돌아와보니 아이들은 둘 다 들어와 있었다. 라이언은 들어온 지 얼마 되지 않은 것 같았다. 비가 내리고 있었고, 계단 아래쪽 난간에 걸쳐놓은 재킷은 젖어 있었다. 공연 중간 휴식 시간에 술을 마셨기 때문에, 케이트는 아직 완전히 깨지 않은 상태였다. 알딸딸하고 감성적인 기분이 되어서 매우 행복했다. 아이들 둘 다 집에 안전하게 돌아왔고, 멋진 새 남자가 같이 있고, 흥미진진한 미래가 기다리고 있었다.

아이들은 지하 거실에서 텔레비전 앞에 앉아 있었다.

"살인사건이 또 났어요." 라이언은 두 사람이 들어오자마자 말했다. "코블에서 그 이야기를 하고 있더라고요."

잠시 케이트는 아들이 무슨 말을 하는지 알 수 없었다. 그가 가끔 코블에 드나든다는 것은 알고 있었지만, 탐탁지 않았다. 스튜어트는 언젠가 특유의 현실적인 태도로 말한 적이 있었다. "그 나이 남자애들은 어차피 다들 마시게 돼 있어. 어른들이 있는 술집에서 마시는 게 나아." 스튜어트에게 털어놓지 않은 케이트의 걱정은 그 술값이 어디서 났느냐는 점이었다. 용돈은 주지만 그 돈으로 술값이 되나? 말콤 커에게서 월급을 받는다는 것도 알고 있었지만, 라이언은 언제나 수중에 돈이 있는 것 같았다. 속으로는 혹시 훔치는 게 아닌가 걱정스러웠다. 집 안에 낯선 사람이 사는 기분이었다. 케이트는 공원에 갈 때 손을 꼭 잡고 걷던 작고 사랑스럽던 소년을 기억했지만, 이 세련된 젊은 청년은 그 아이와 조금도 닮은 점이 없었다.

이어 다시 살인사건이 났다는 말이 망치처럼 머리를 때렸고, 라이언에 대한 걱정은 시시하게 느껴졌다.

"뭐라고 했지?"

라이언은 취하지 않았지만 흥분해 있었다. 그는 흥분을 억누르고 다시 반복했다.

스튜어트는 소년의 반응을 눈치채지 못한 것 같았다. "피해자가 누군지 알고 있니?"

"여자요. 코블에서 술을 마시고 퍼시 스트리트에 산다던데요. 디 롭슨이라는 이름이었어요."

귀에 익은 이름이었다. 마가렛이 그녀에 대해 이야기했던 기억이 났다. 돌보던 노숙자. 디는 돌봐줄 사람이 필요한데, 다들 욕만 하고 있어.

"마감뉴스를 기다리는 중이에요." 클로이는 학교에 입고 갔던 검은 니트 점퍼 차림이었다. 너무 커서 몸이 파묻힐 것 같았다. 그녀는 차를 마시고 있었다.

긴장된 정적이 흘렀다. 케이트는 이제 술이 거의 깼지만, 뭐라 할 말을 찾을 수가 없었다.

"주전자를 올려놔야겠어." 스튜어트가 마침내 입을 열었다. "차 한 잔 할 사람?"

그러나 그때 텔레비전에서 뉴스가 시작되어서 아무도 대답하지 않았다. 퍼시 스트리트의 아파트 건물이 나왔고, 파란색과 흰색의 경찰 접근금지 테이프가 가로등을 감고 있었다. 흰 작업복과 마스크 차림의 과학자들이 건물 안으로 들어가고 있었다. 스튜어트조차 부엌으로 가다 말고 텔레비전을 응시했다.

20
I

조 애쉬워스가 도착했을 때, 베라는 사건을 신고하고 그가 도착할 때까지 그 자리에서 기다렸다는 듯이 아직 퍼시 스트리트 아파트 밖에 우두커니 서 있었다. 그는 베라가 충격을 받았다는 것을 알고 있었다. 디 롭슨은 어딘가 그녀의 마음을 건드리는 데가 있었다. 얼음처럼 냉정할 수 있는 사람이었지만, 가끔 증인과 마음이 통하면 그 사람을 돕기 위해서 무슨 일이든 하곤 했다. 동정의 대상은 주로 서툴고 경멸받는 외톨이들이었다. 뚱뚱한 사람도. 상황에도 불구하고 조의 얼굴에 웃음이 떠올랐다. 베라 자신과 비슷한 사람들.

"어떻게 된 겁니까?" 추웠다. 세찬 바람이 계단으로 불어올라갔다. 그는 베라가 절대 공감을 원하지 않는다는 것도 알고 있었다.

"우리가 어제 찾아갔다 나온 지 얼마 되지 않아 살해당한 것 같아." 베라는 손을 주머니에 찌르고 서 있었다. 공간이 충분하지 않아 조의 팔꿈치가 그녀의 팔에 스쳤다.

"고객?"

"업무용 옷차림이었지만, 아직 팬티는 입고 있었어. 섹스를 했다는 증거는 없어."

베라는 이미 다 생각해본 것 같았다. "그래도 손님일 수 있어요. 위험 요소 통제에 능숙하지 않은 사람이었잖습니까. 어디서 사는지도 모르면서 그 제이슨이라는 남자를 따라갔고요."

"마가렛 크루코스키와의 관계는 그냥 우연이었고?" 베라는 날카로운 미소를 지었다. "어마어마한 우연이군."

"그럼 뭡니까?" 조는 인내심을 잃어갔다. 이미 가설을 세웠다면 왜 그냥 말해주지 않지? 왜 게임을 하나?

"디 롭슨은 마가렛의 살인범에 대해 뭔가 알고 있었어. 하지만 자기가 뭘 알고 있는지도 몰랐던 거야. 그렇지 않았다면 어제 만났을 때 우리한테 이야기했을 테니까." 잠시 침묵. "혹은 사람들이 생각했던 것보다 영리했거나."

"협박?" 때로 조는 베라의 머리 돌아가는 방식을 꿰뚫어보았다. "그정보를 비밀로 하고 돈을 갈취하려고."

베라는 천천히 손뼉을 쳤다. "잘했어, 친구."

"그런 짓을 할 수 있는 사람으로 보였습니까?" 그럴 것 같지 않았다. 살인사건과 연관성을 알아낼 정도로 영리해 보이지도 않았고, 전날 보여준 디의 모습은 연기인 것 같지 않았다.

"그 여자는 필사적이었어. 알콜중독자, 사는 건 이 모양. 어떤 방식으로든 돈을 구해야 한다는 동기는 있었을 거야. 마지막으로 만났을 때 마가렛이 디에게 무슨 말을 했는지도 모르지. 너무나 뻔해서 아인슈타인이 아니더라도 살인범을 짐작할 수 있을 정도의 단서."

계단에서 발소리가 들리더니 빌리 웨인라이트가 나타났다. 혈색이 좋지 않고 아파 보였다.

"괜찮아요, 빌리?" 조는 빌리의 생활방식을 탐탁하게 생각하지 않았지만—그 정도 지위에 있는 사람이 젊은 여자들을 줄줄이 갈아치우는 건 점잖지 못하다—그를 좋아하지 않을 수 없었다.

"숙취가 약간 있어. 하룻밤 푹 자고 나면 나을 거야." 이미 현장감식 작업복으로 갈아입고 마스크를 쓰고 있었기 때문에, 목소리가 천에 막혀서 답답하게 들렸다.

"전철 현장분석에 바빠서 파티할 시간은 없는 줄 알았는데." 베라의 말투는 날카로웠다.

"일만 하고 놀지 않으면…." 씩 웃으면서 말하는 목소리였다. "당신한테도 유흥이 좀 필요해, 베라."

"들어가서 일이나 해, 빌리. 누가 이 여자들을 죽였는지 알아내라고. 섬유, 침, 지문, 뭐든지 찾아서 두 사건 사이의 연관점을 밝혀내. 그게 좋은 시작이 될 거야."

빌리는 베라가 진지하다는 것을 깨닫고 장난스럽게 경례를 붙이더니 집 안으로 들어가버렸다. 밖에서 사이렌 소리가 울렸다. "부대가 몰려왔군."

더 이상 거기 서서 베라가 죄책감에 괴로워하면서도 속으로만 담고 있는 모습을 견딜 수가 없었다. "전 뭘 할까요?"

"탐문을 해, 조. 이 건물부터 시작해서 옆집으로 넘어가. 디는 관심의 대상이었을 거야. 집을 옮기게 하자는 움직임이 있었을 수도 있어. 모범적인 세입자는 아니었으니까. 어느 할 일 없는 참견꾼이 디의 집을 드나드는 사람들을 일일이 적어놨기를 기대하자고. 홀은 신고 들어오는 정보를 취합하기 위해 경찰서로 돌려보냈어." 조가 머뭇거리자 베라는 화난 목소리로 말을 이었다. "경사 계급장으로 할 일이 못 된다고 생각하는 게 아니라면, 오늘 중으로 해주시면 좋겠는데."

조는 항복한다는 듯 두 손을 들고 멀어졌다. 베라가 다시 뒤에서 불렀다. 지나치게 날카로웠던 말투를 사과하려는 건가. 하지만 그녀는 기름 투성이 포장봉투를 건넸다. "이것도 치워. 피시 앤 칩스. 지금쯤 다 식었을 거야."

그는 1층부터 시작해서 위층으로 올라갔다. 각 층마다 두 집이 있었고, 총 여섯 집이었다. 오후 한창 때, 크리스마스 전 주라 대부분 집을 비웠을 거라고 생각했지만, 절반 정도는 집에 있었다. 처음 노크한 문에는 손잡이가 붙어 있었고, 현관 계단까지 경사로가 설치되어 있었다. 덩치 작은 노부인이 지팡이를 짚고 문을 열었다. 반짝이는 백발은 보글거리는 파마 머리였다. 그는 신분증을 꺼내 보였다.

노부인은 옆으로 비켜서서 그를 안으로 들인 뒤 가스 난로 앞에 앉히고 차를 만드는 동안 수다를 떨었다. 산타 할아버지가 방문했어도 그렇게 기뻐하지는 않을 것 같았다. "이러고 지내다 보면 좀 외롭다우." 자기 연민은 아니었다. "목요일에는 노인 모임이 있어서 늘 웃고 오지. 내일 크리스마스 파티가 있어."

"몇 가지 질문할 게 있어서 왔습니다." 조는 차와 접시를 의자 팔걸이 위에 아슬아슬하게 놓았다. 부인이 베텐버그 케이크를 먹으라고 자꾸 권했던 것이다.

"전철에서 살해당한 그 여자 때문에?" 그녀는 귀를 쫑긋 세우며 고개를 앞으로 내밀었다. "외국 이름을 가진 여자. 젊을 때를 기억해. 언제나 약간 거만하고 남자들을 홀렸어. 리키 버트도 한때 쫓아다녔는데, 밸이 코블 술집 출입을 금지시켰다우."

"리키 버트?" 부인은 수다를 떨고 싶은 것 같았다. 어린 시절 조의 유모를 연상시켰다.

"아, 그와는 관계없겠지." 부인은 고개를 저었다. "밸은 오랫동안 술집을 운영했는데, 오래전에 떠났어. 리키는 아주 젊을 때 마을을 떠났고." 그녀는 미소지었다. "미안하우. 이런 수다에는 관심이 없겠지. 궁금한 게 뭐요?"

"사건이 또 생겼습니다."

"응?" 눈이 호기심으로 커졌다.

"디 롭슨. 이 건물 꼭대기에 삽니다. 혹시 아십니까?"

"아, 그 여자! 페기 제이미슨이 옆집에 사는데, 얼마나 괴로워하는지. 시도 때도 없이 계단을 쿵쿵거리면서 올라오고. 남자들이 문을 두드리고. 경찰과 관리소에 이야기했지만, 아무 조치도 없었어." 그녀는 잠시 뜸을 들였다. "하지만 디의 잘못은 아니지." 그녀는 관자놀이를 두드렸다. "그 애 엄마를 알았는데, 그 여자도 약간 모자랐어. 디만큼 심하지는 않았지만." 생각에 잠긴 침묵. "예전에는 그런 사람들을 수용소에 집어넣었는데 말이지."

노부인이 수용소에 찬성하는지 반대하는지는 알 수 없었다.

"디는 죽었습니다. 어제 자기 아파트에서 죽은 걸로 보입니다. 혹시 평소와 다른 점이 있었습니까?"

노부인은 안타깝게 고개를 저었다. "난 어제 하루 종일 외출했다우. 딸의 아파트에 가서 저녁을 먹었지."

그는 잠시 더 앉아서 케이크를 먹었다. 동정심을 발휘할 줄 아는 건 베라만이 아니다.

다음으로 2층 주민이 집에 있었다. 30대 초반의 여자였고, 어린 아이가 엄마의 다리를 꼭 붙잡고 있었다. 그녀는 조를 안에 들이지 않았다.

"전철에서 칼에 찔린 여자 이야기는 이미 경찰에 다 했는데요."

"마가렛 크루코스키를 아셨습니까?"

"아뇨. 하지만 사진을 봤는데, 계단에서 몇 번 마주친 사람이더군요. 윗집을 찾아가는 길이었어요. 그 말도 경찰에 다 했어요." 아기는 칭얼거리기 시작했다.

"잠깐 들어가서 이야기를 하는 게 어떨까요. 아기가 감기 걸리겠습니다."

집 안은 디의 아파트와 구조가 정확히 동일했지만, 바닥에는 양탄자가 깔려 있었고 가구도 갖춰져 있었다. 거실에는 알록달록한 플라스틱 장난감 상자가 놓여 있었다. 텔레비전이 켜진 채였다. 유아 채널 시비비즈. 여자의 이름은 조디였고, 경찰을 좋아하지 않았다.

"아이와 둘만 사십니까?"

"당신들이 남편을 잡아간 뒤로 죽."

아, 그렇다면 여기서는 차와 케이크를 얻어먹을 가능성이 없겠군. "디 롭슨이라고…."

"그 여자가 왜요?" 조디는 깡말랐고 얼굴은 지저분했으며 눈이 가늘었다.

"이웃집이죠."

"사회복지사가 위층 아파트를 마련해줬어요. 동네 노친네들은 전부 내쫓고 싶어하지만." 그녀는 바닥에 아이를 내려놓았다. 아이는 장난감 상자에서 기차를 꺼냈다.

"당신은?"

그녀는 어깨를 으쓱했다. "그냥 살게 내버려둬요."

"건물에 부적절한 남자들을 끌어들이는 게 걱정되지 않으십니까?"

여자는 불쾌한 웃음소리를 냈다. "그 여자 만나봤나요? 얼마나 많은 남자들을 끌어들일 것 같아요? 너무 취해서 계단도 못 오르는 작자들. 동네 주민들이 불쌍하게 생각해서 술을 사주니까 늘 코블에 붙어 있죠. 몇년 전이었다면 그 사업도 잘 됐겠지만, 지금은 그냥 웃음거리예요."

"혹시 같은 업종에 종사하십니까?"

그녀는 다시 웃었다. "난 교화된 사람이에요. 기록을 확인해보세요."

"디는 죽었습니다. 어제 오후에 살해당한 것 같습니다."

"불쌍한 여자." 그녀는 아이를 안아 들고 꼭 끌어안으며 머리카락에 키스했다. "뱀처럼 정신 나간 여자이긴 했지만, 그런 짓을 당할 이유는 없는데."

"마지막으로 그녀를 본 게 언제였습니까?"

"며칠 못 봤는데, 어제 소리는 들었어요. 우리 집 바로 위층인데 천장이 마분지 같거든요. 보통은 소리가 별로 안 나요. 텔레비전 소리, 하지만 나도 하루 종일 틀어놓으니까." 그녀는 아이를 안은 채 소파에 앉아 아동 방송 사회자가 사자 흉내를 내는 모습을 바라보았다.

"한데 어제는 무슨 소리를 들으셨군요. 고함 소리? 싸우는 소리?"

그녀는 고개를 저었다. "그런 소리는 아니었어요. 음악. 텔레비전에서 나는 소리였을 수도 있겠지만, 아주 컸어요. 알피가 낮잠을 자고 있어서 혹시 깰까 봐 걱정되더군요. 빗자루 손잡이로 천장을 쳤더니 조용해졌어요. 그런 뒤에 외출하는 길인지 바깥 계단에서 발소리가 들렸어요."

"직접 본 건 아니고요?"

조디는 경악했다. "세상에, 그럼 그게 살인범이 내 문 앞을 지나치는 소리였을까요?"

"그럴 수도 있습니다. 몇 시였습니까?"

그녀는 시간은 중요하지 않다는 듯 고개를 저었다. "난 못 봤어요. 창문도 내다보지 않았어요."

그는 아들과 함께 소파에 앉아 텔레비전을 쳐다보고 있는 그녀를 남겨두고 집을 나섰다.

페기 제이미슨은 그를 기다리고 있었고, 그가 누구인지도 알고 있었다. 1층 친구가 전화로 알려준 모양이었다. 어쨌든 지금쯤 옆집에는 사람들이 득실거리고 계단으로 가는 복도에도 파란색과 흰색의 출입금지 줄이 길을 막고 있을 것이다. 애쉬워스는 현장을 지키고 있는 경찰에게 고갯짓을 하고 줄 밑으로 넘어 들어가서 문을 노크했다. 베라는 보이지 않았다. 페기는 문을 열고 즉각 이야기하기 시작했다. 키는 작고 통통했다. 계단을 오르내리기가 고역일 것이다.

"그 여자를 여기 살게 해서는 안 됐어요. 자기 자신을 돌볼 줄 모르는 사람이었다고요."

그녀의 집은 티끌 한 점 없이 반들거렸다. 거실 창문에서는 코블 술집 지붕과 항구가 내려다보였다. 술집 뒤에서 한 남자가 빈 병 상자를 밖으로 내가고 있었다. 조는 잠시 그녀가 말하도록 내버려두었다.

"디 롭슨은 여기 얼마나 오래 살았습니까?"

"6주. 하지만 이게 아니라는 판단을 하기엔 충분했어요. 늘 밤늦게 취해서 드나들고. 남자들. 문을 열면 집 안은 돼지우리 꼴이고." 디의 생활습관보다 아파트 상태가 가장 신경 쓰인 것 같았다.

"남자는 얼마나 많이 드나들었습니까?"

"음, 그리 많이 보지는 못했어요. 하지만 내가 늘 집에 있는 것도 아니고, 누구처럼 남의 일에 관심이 많은 것도 아니고."

디의 악명이 퍼시 스트리트에 지나치게 퍼진 게 아닌가, 손님을 끌어들일 능력조차 없었다는 조디의 말이 정확했을 수도 있겠다는 생각이 들었다. 마가렛이 죽은 날 디를 전철로 자기 집에 데려간 제이슨이란 남자가 떠올랐다. 많이 취한 상태였을까? 절박했나? 분명 그는 술이 깨자마자 디를 내다버렸다. 조는 페기에게 미소지었다. "어제 집에 계속 계셨습니까?"

"네. 하루 종일."

"디는 손님이 있었나요?"

"당신들이 찾아갔잖아요." 페기는 날카롭게 말했다. "당신과 뚱뚱한 여자. 창문으로 당신을 봤어요."

"우리가 이 건물 안 다른 집을 찾아갔을 수도 있잖습니까." 이런 사람이 바로 베라가 원하는 종류의 목격자다.

"그럴 수도 있지만, 안 그랬잖아요."

"우리 뒤에는?"

그녀는 고개를 저었다. "카운트다운을 봤어요. 예전 사회자가 죽은 뒤로 그리 재미가 없지만, 그래도 매일 봐요."

"무슨 소리는 못 들으셨습니까?"

"아뇨." 도움이 되고 싶다는 마음은 읽을 수 있었다. "아파트 사이에는 계단 공간이 있고, 청각이 예전처럼 좋지 않아요. 그냥 그 집에서 늘 있는 일이라."

조는 일어섰다. 디가 죽어서 안됐다는 말을 한 마디라도 해준다면. 조디조차 동정심은 표시했다. 문득 그는 디가 이 노부인에게 성가신 이웃일 뿐이었다는 사실을 떠올렸다. 나 역시 베라 못지않게 마음이 약해져가고 있군.

21

I

베라는 현장이 봉쇄될 때까지 기다렸다가 계단을 내려왔다. 달리기는 힘들었다. 그녀는 첫 계단을 중간쯤 내려가다가 잠시 서서 쉬면서 출동한 경찰에게 소리쳤다. "애쉬워스 경사에게 내가 홀리풀에 갔다가 나중에 돌아온다고 말해." 숨이 너무 가빠서 경찰 귀까지 전해졌는지 알 수 없었다.

처음 가는 길에는 쉼터를 그냥 지나쳤다. 그녀는 내비게이션을 쓰지 않았다—쓸모보다 귀찮을 때가 더 많았다. 늦은 오후였고 집을 둘러싼 시골 풍경이 어둑어둑해서 입구를 놓치기 쉬웠다. 디가 왜 쉼터에 적응하지 못했는지 알 것 같았다. 마을에서 몇 정거장 떨어진 동네를 낯선 외국처럼 느꼈다면, 이곳 역시 디의 영역 한참 밖이었을 것이다. 스칸디나비아에서 불어온 바람이 휘몰아치는 광활하고 평평한 해안 마을이었고, 내륙 쪽 지평선을 막아주는 지형은 체비엇 구릉지대뿐이었다. 베라는 마당의 파란 미니버스 옆에 랜드로버를 세우고 생각을 정리하려고 애썼다. 디로 인한 정의감과 분노에 휩쓸려 무작정 여기로 달려왔지만, 이제는 어떻게 대화를 이끌어야 할지 결정해야 했다. 잠시 생각에 잠겨 있는데, 창문 두드리는 소리가 났다. 그녀는 문을 열었다.

통통하고 쾌활한 여자였다. 전에 쉼터에 전화했을 때 들었던 목소리였다. "길을 잃으셨나요? 마을로 돌아가는 길을 알려드릴까요? 몇몇 지도에 길이 있다고 나와 있는데, 사실 여긴 막다른 길이에요."

"길을 잃은 건 아닙니다." 베라는 차에서 내렸다. 무릎이 또 시큰거렸다. 이런 사람한테 운동이 좋다니. "목적지에 정확히 와 있어요. 제 동료 조 애쉬워스는 만나셨겠지요."

"당신은?" 제인 캐머런은 방어적으로 물었지만, 미소는 사라지지 않았다.

"아, 난 그 친구 상관이에요. 베라 스탠호프. 전에 전화 통화는 한 번 하셨죠."

"쉼터에는 빈 방이 없다고 말씀드렸을 텐데요." 대답은 날카로웠다. 자신의 판단에 대한 도전에 익숙하지 않은 사람이었다.

베라는 손을 내저었다. "그건 이제 걱정할 필요 없습니다."

"다른 공간을 찾았군요." 제인은 마음을 놓는 것 같았다. "잘됐어요."

"다른 공간도 필요 없습니다. 디 롭슨은 죽었어요."

그들은 제인 캐머런의 사무실에서 이야기를 나누었다. 집은 부자연스러울 정도로 고요했다. "여자들은 다 어디 갔어요?"

"대부분 시내에 나갔어요. 마지막 크리스마스 쇼핑 기회라. 우린 사람들을 가둬 두지 않습니다."

"시내에는 뭘 타고 갔어요?"

"미니버스가 있어요. 내가 마들 전철역까지 태워줬죠. 전화를 하면 다시 데리러 나가요." 그들 사이에는 적대감이 흐르고 있었다. 조라면 자신의 영역을 지키려는 강한 여자 둘이 만났다고 했을 테지만, 베라는 그보다 깊은 이유가 있다고 생각했다.

"디 롭슨은 당신이 쫓아낸 뒤 사회복지사가 찾아준 아파트에 있었어요. 목에 부엌칼이 찔린 채 누워 있었고. 온통 피투성이였죠."

"지금 그녀를 여기로 데려오지 않은 나 때문에 살해됐다는 거예요?"

"아니, 내가 당신한테 전화한 시각에는 이미 죽어 있었어요." 베라는 눈을 가늘게 뜨고 목소리를 좀 더 내리깔았다. "애당초 그녀를 쫓아낸 게 당신 잘못이었어. 이 넓고 사악한 세상에서 정말 그녀 혼자 살아갈 수 있을 거라고 생각했어요?"

"내 책임이 아니에요." 캐머런은 책상 위로 상체를 내밀었다. "내 책임은 이 쉼터이고, 여기 있는 거주자들이에요. 이 쉼터가 매끄럽게 돌아가도록 관리하는 일. 치료시설로서 여성들이 보다 자립적으로 살아갈 수 있도록 발판을 마련해주는 일. 입주자 중 하나는 10대 여학생인데, 잘못된 친구들을 만나서 괴롭힘을 당하고 자살 기도를 했어요. 그런 소녀에게 한밤중에 잔뜩 술에 취해서 고함을 지르는 디 롭슨이나, 택시를 타고 찾아와 예쁜 젊은 여자를 찾는 남자들이 좋은 영향을 끼칠까요. 디는 애당초 자립할 수 없는 사람이었어요. 그럼에도 불구하고 긴급 처방으로 여기 들인 거였다고요. 여기가 그녀에게 맞지 않는다, 그녀도 행복하지 않을 거다, 알고 있었어요. 장기적인 대책이 아니었고, 사회복지사도 알고 있었어요."

"하지만 디를 쉼터에 들인 뒤, 그는 더 적당한 곳을 찾지 않았어요."

베라는 일이 돌아가는 과정을 깨닫기 시작했다. 관계기관의 책임 미루기 장난이었군. 폭탄 돌리기. 음악이 끝난 시점에 수용자를 감독하는 사람이 모든 잘못을 뒤집어쓴다.

"물론이죠. 그 순간부터 디는 그 사람 책임이 아니라 바로 내 문제였으니까."

순간 접점을 찾은 두 사람은 마주 보며 씩 웃었다. 베라는 제인이 크리스마스 휴가 동안만이라도 디 롭슨을 다시 데려오는 것을 왜 그렇게 꺼렸는지 알 수 있었다. 게으른 사회복지사는 안도의 한숨을 쉬었을 것이고, 제인은 절대 다시 그녀를 내보내지 못했을 것이다.

"난 사회복지과에서 더 나은 해법을 제시할 거라고 생각했어요. 도와줄 사람이 없는 아파트에 혼자 덩그러니 내버려두었다는 소식을 듣고 죄책감을 느꼈고요. 하지만 여기 둘 수는 없었어요. 그리고 내가 그녀와 접촉했다면 아마 책임도 뒤집어썼겠죠. 마가렛은 내가 괴물이라고 생각했어요. 디에게서 손을 씻는다고. 몇 주 전 겨울 바자회에 특별 대접으로 데려왔더군요. 보란 듯이." 그녀는 잠시 사이를 두었다. "부엌으로 와서 차 한 잔 드세요."

정전 제안 같았다. 베라는 뒤따랐다. "어제 오후에 살해당한 걸로 보입니다. 다른 여자들이 그때 어디 있었는지 아세요?"

"유감이지만 몰라요." 제인은 차 봉지를 큰 주전자에 넣었다. "난 여기 없었어요. 하지만 오래 걷는 사람들은 아니고, 버스를 타려면 길 끝까지 가야 하니까. 아마 그리 멀리 가지는 않았을 거예요."

"당신은 어디 있었죠?" 베라는 제인이 여는 비스킷 통을 쳐다보았다. 점심을 먹지 않았다.

"피터 그루스킨과 약속이 있었어요. 마가렛이 살해당한 일이 신탁의 평판에 어떤 영향을 끼칠지 겁을 집어먹었더군요. 그는 언제나 쉼터 문을 닫을 핑계를 찾아요. 예전에는 돈 문제였는데. 여긴 예산이 아주 빠듯해요. 근데 이제 더 좋은 핑계가 생긴 거죠." 그녀는 사이를 두었다. "하지만 그렇게 내버려두진 않을 거예요. 몇몇 여자들에게 여긴 안전하게 지낼 수 있는 유일한 장소니까. 난 그 뒤에 제스몬드에서 친구들을 만났어요. 술집에 가서 먹고 마셨죠. 이런 시기에 다들 하는 일들. 마지막 전철을 타고 마들에 도착해서 택시를 타고 들어왔어요. 로리가 깨어 있었어요. 운전만 못 하게 하면 상당히 말이 통하는 사람인데, 그녀가 아무 일 없다고 하더군요."

"그루스킨에 대해서 어떻게 생각하세요?" 베라는 두 번째 비스킷을 먹고 있었다. 벌써 보다 인간다운 기분이었다. 허기가 지면 베라는 항상 괴팍해졌다.

"여자들과 같이 있으면 불편해하죠. 다들 자기 할 일이 있을 때가 아니면." 제인은 다시 미소지었다. "신도들이 교회 청소를 하거나 자기 설교를 열심히 집중해서 듣고 있으면 괜찮아요. 안 그럴 때는, 답이 없는 사람이죠. 애지중지하는 어머니와 하느님처럼 구는 사제 아버지 사이에서 외아들로 컸어요. 남학교를 졸업했는데, 아마 따돌림당했을 거예요." 그녀는 입을 다물었다. "가끔 어떤 남자들은 따돌림을 당해서 재수 없어진 건지, 애당초 재수가 없어서 따돌림을 당한 건지 모르겠다 싶을 때가 있다니까요."

베라는 클클 웃으며 제인이 자신과 크게 다르지 않다고 생각했다. 둘 다 하는 일은 같았다. 점잖은 시민들이 다행히 아무것도 모른 채 일상을 영위할 수 있도록 거리에서 불쾌한 광경을 몰아내는 일이다.

"미안해요. 이렇게 가볍게 이야기해서는 안 되는데." 제인이 말했다. "여자 둘이 죽었고, 둘 다 쉼터와 관계가 있었죠. 여자를 좋아하지 않는 남자를 쫓아야 하지 않을까요? 피터 그루스킨 말고요. 그런 사람들은 많지만, 그가 폭력성이 있다고는 생각하지 않아요. 독신 여성에 대해 보다 깊은, 심리적인 증오심을 품고 있는 남자."

베라는 곧장 대답하지 않았다. 이 방은 자기 집 부엌과 상당히 비슷했다. 물론 더 크고 더 깨끗하겠지만, 여기 있으니 편안했다. 느긋하게 죽치고 앉아 이 여자와 사건에 대해 이야기를 나누다 보면 결론이 날 것 같은 기분이었다. 상관이 사건 관리전략으로 이런 접근법을 어떻게 평가할지 궁금했다.

"글쎄요. 그런 측면도 관련이 있을 수 있겠죠."

사무실에서 전화기가 울렸다. 몹시 시끄러운 것을 보니 집 안 전체에 울려 퍼지도록 확성 장치를 단 모양이었다. 제인은 전화를 받으려고 일어섰다. 베라는 비스킷을 하나 더 먹고, 충동적으로 두 개 더 집어 들어 증거물 봉투에 담은 뒤 주머니에 넣었다.

제인이 돌아왔을 때, 베라는 외투를 입고 있었다. "여자들이에요. 돌아올 차를 보내달라는군요. 좀 더 계시다가 이야기를 나눠보시겠어요? 아무 문제 없습니다."

베라는 고개를 젓고 일어섰다. "난 직접 뛰는 일은 안 하게 되어 있어요. 전략 기획, 그게 내 역할이죠. 원래 이런 일을 하려고 뛰어든 게 아닌데."

"나와 비슷하네요." 제인은 홀을 가로질러 현관으로 향했다. "사회복지과에 계속 있었다면, 오래전 승진해서 일선에서 손을 뗐을 거예요."

베라는 차 앞에서 멈췄다. "입주민들과 이야기를 나눠보시죠? 당신은 신뢰하겠지만, 대부분 경찰을 싫어할 이유가 있는 사람들일 테니까. 어떤 소문이라도 좋습니다 내일 사람을 보내 좀 더 공식적인 탐문을 하겠습니다."

"사람 좋은 조?"

"아, 그럼요." 베라는 랜드로버 문을 열고 제인에게 돌아섰다. "여자들에게 안전에 주의하라고 하세요. 혼자 마을을 돌아다니지 말고."

제인은 고개를 끄덕이고 차를 몰고 사라졌다. 이제 캄캄했다. 미니버스의 헤드라이트가 축축한 농지를 훑고 도로로 향했다.

수사팀은 키머스턴 경찰서에서 저녁 회의를 하기 위해 모였다. 화이트보드에는 사진이 붙어 있었다. 디 롭슨의 시체. 존엄이 없는 죽음. 살아 있을 때도 그리 낫지는 않았지, 베라는 생각했다.

살아 있을 때 찍은 유일한 사진은 마가렛 크루코스키와 함께 부스 안에서 웃으며 찍은 장면이었다. 서른다섯 살 연상인 마가렛이 아직도 훨씬 매력적이었다. 불쌍한 여자. 그 기분 잘 알지. 뉴캐슬 쇼핑 여행 중에 찍은 것일지도 모른다. 잔돈으로 4파운드 30센트와 함께 디의 지갑 안에 있었다.

베라는 수사팀을 둘러보았다. 조 애쉬워스는 없었지만, 이제 시작할 시각이었다. "자, 상황을 정리하자고. 여자 둘. 둘 다 혼자 살았다. 마가렛이 자원봉사로 일하던 쉼터를 통해 알게 되었고, 지리적으로도 가깝다. 두 사람의 집은 마을에서 걸어서 2분 거리야. 마가렛이 살해당했을 때 같은 전철을 타고 있었다. 이 사실은 얼마나 중요할까? 둘 다 무엇인가를 목격했기 때문에 살해당했을까? 아니면 디가 마가렛을 죽인 사람을 알아보았을까? 무슨 생각 있는 사람?"

그녀는 좌중을 둘러보았다. 다들 피곤해 보였고 반응이 없었다. 홀리가 조심스럽게 손을 들었다.

"홀?"

"지리적으로 가깝다는 점 외에 두 사람은 공통점이 별로 없었잖아요? 마가렛은 교육받은 여성이었어요. 왜 디 같은 사람과 시간을 보내기로 작정했을까요?" 경멸이 노골적으로 드러났다. 베라는 그녀에게 소리치고 싶었다. 디 롭슨은 그렇게 살고 싶었다고 생각해? 정말 그녀에게 선택의 여지가 있었나? 그러나 홀리의 말이 옳았다. 지금은 인생을 가르칠 때가 아니다.

"좋은 지적이야, 홀. 다른 생각은?"

"크루코스키는 교인이었습니다. 죄인에게 손을 내미는." 찰리가 농담처럼 던졌지만 아무도 웃지 않았다.

"나쁠 거 없지. 그런 사람을 자주 만나지는 못해도, 세상에는 좋은 사람들이 있어." 문이 열리고 조가 뒷자리로 들어왔다. "무슨 소식 있나, 조?" 베라는 그가 늦었다는 것을 인지하고 있다는 사실을 알리기 위해 말을 걸었다.

그는 씩 웃었다. 베라의 가슴이 기대감으로 살짝 부풀었다. 아, 우리 조, 착한 학생. 뭘 알아왔을까?

"전화를 담당하는 사람들을 만나고 왔습니다. 방금 몇 가지 정보가 들어왔더군요."

"음, 혼자만 알지 말고 알려줘."

"제이슨, 마가렛이 죽던 오후 디 롭슨을 자기 아파트로 데려갔다는 남자가 방금 신고했습니다. 초저녁 뉴스에서 디의 사진을 봤다는군요. 여자 친구가 어머니 집에 가기를 기다렸다가 연락했답니다."

"그래서?" 베라는 얼른 듣고 싶어 발을 구를 지경이었다.

"디의 증언과 일치합니다. 그는 얼마 전에 마들 공업단지의 회사에서 해고당했습니다." 그는 수첩을 보았다.

"마들 푸드. 자체 브랜드 케이크를 만들어서 수퍼마켓에 납품하는 곳입니다. 1시에 근무가 끝난 뒤 술만 마시려고 코블에 갔답니다. 그 목적을 지나치게 달성했지요. 어쩌다 디를 집으로 데려갔습니다. 술이 조금 깬 뒤 좋은 생각이 아니라는 걸 깨닫고, 여자 친구가 돌아오기 전에 집 밖으로 내보냈습니다. 그날 저녁에도 친구들과 술을 마셨다니까, 알리바이는 입증해줄 거라는군요."

베라는 고개를 끄덕였다. 그녀는 계속 디를 믿었고, 그 이상 다른 사연이 있을 거라고 생각하지 않았다. 아, 조, 기대를 그렇게 부추기지 말았어야지. 하지만 조의 말은 끝나지 않았다.

"그리고 마가렛 크루코스키가 살해당한 날 오후 어디에 갔는지 알아냈습니다."

베라의 얼굴이 환해졌다. 부하에 대한 믿음을 좀 더 가졌어야 했다. "아, 부디 우릴 구원해줘!"

"고스포스 하이 스트리트에 사무실을 갖고 있는 에드윈 쇼트라는 사람을 만나러 갔습니다. 그는 며칠간 바르셀로나 여행을 떠나 있었답니다. 돈은 넉넉한 모양이지요." 조는 고개를 들며 미소지었다. "메드번, 리들, 쇼트 법률회사 변호사입니다. 마가렛 크루코스키는 유언장을 만들기 위해 그를 찾아갔습니다."

22

I

다음 날 출근 시간까지 기다릴 수 없을 정도로 조바심이 나서, 베라는 조를 데리고 에드윈 쇼트의 집으로 찾아갔다. 유일한 주차공간은 거리 끝이었고, 그들은 장대한 에드워드풍 주택가를 따라 걸으며 부유층의 일상을 훔쳐보았다. 안경 쓴 소녀는 바이올린을 연습하고 있었고, 저녁 식탁을 차리는 여자는 유리잔과 은 식기를 꼼꼼히 닦은 뒤 검은 나무 식탁 위에 놓았고, 노신사는 눈을 감고 라디오에서 흘러나오는 클래식 음악을 듣고 있었다. 마가렛도 어린 시절 이런 거리에서 살았을 것이다.

에드윈 쇼트가 직접 문을 열어주었다. 그는 희끗희끗한 머리에 점잖고 예의바른 50대 신사였고, 가죽 슬리퍼 발가락에 구멍이 난 것 외에는 말쑥한 차림이었다. 그는 벽난로가 있고 책장으로 둘러싸인 천장이 높은 거실로 안내한 뒤 셰리를 권했다. 조는 집 안 풍경에 조금 압도된 것 같았다. 계급 문제가 또 걸림돌이 되고 있었다.

"마가렛 크루코스키를 잘 아셨습니까?" 베라는 잔을 집어들었다. 커다란 손에 비해 잔은 너무나 작아 보였다. 셰리는 베라가 즐기는 술은 아니었지만, 조는 운전해야 하니까 실례를 범할 수는 없다.

"우리 회사는 그분의 가족을 대행했습니다." 쇼트는 말했다. "그분 부모님도 알았는데, 처음 만났을 때는 이미 나이가 많으셨지요. 내 아버지도 변호사였는데 이 회사를 세웠고, 제가 그 뒤를 이었습니다. 아버지가 두 분을 더 잘 아셨습니다."

"부모에 대해 말씀해주시죠." 베라는 의자에 등을 기댔다.

"제임스 내쉬는 사업가였습니다. 가족은 동북부 지역에서 정육 체인을 운영했죠. 수퍼마켓이 상권을 장악하기 전 적당한 시기에 업체를 팔고, 부동산 개발에 뛰어들었습니다. 하지만 조심성이 많았습니다. 위험한 일에는 손을 대지 않았죠. 아버지가 세상을 떠날 때는 상당한 부자였습니다. 어머니는 전통적인 가정주부였고요. 마가렛은 외동딸이었습니다." 그는 베라를 바라보았다. "원하시는 정보가 맞습니까? 쓸데없는 이야기가 길어지면 끊어주십시오."

"전혀 그렇지 않습니다."

"마가렛이 부모의 뜻에 반해 결혼을 한 뒤로 가족은 풍비박산이 났습니다. 물론 상당히 우스꽝스러웠지요." 그는 고개를 저었다. "아이들은 자기 뜻대로 결정하게 해주어야 합니다. 제 아버지는 곧 지나갈 거라고 생각했지만, 내쉬는 고집 센 사람이었고 마가렛도 자기 아버지를 닮았던 것 같군요. 가족은 화해하지 못했습니다. 아마 다시는 만나지 않았을 겁니다."

"그럼 가족의 돈은 다 어떻게 됐습니까?" 조는 물었다.

"마가렛에게 가지 않았습니다. 세상을 떠날 때쯤 부부는 나이 들어

아주 쇠약했고, 많은 유산이 양로원 비용으로 사라졌습니다. 우리가 위임을 받아 법률 일을 봐드렸죠. 남은 돈은 암 자선기금으로 들어갔습니다."

"마가렛에게 부모님의 죽음을 알렸습니까?"

쇼트는 고개를 저었다. "아직 폴란드에서 살고 있는 줄 알았습니다. 제 아버지가 아직 일하던 시절, 그 집 부모가 제 아버지에게 그렇게 말했죠. 남편과 거기서 새로운 인생을 시작하기 위해 떠났다고. 그녀는 상속자가 아니었고, 워낙 오랜 세월이 지난 터라 찾는 것도 너무 까다로워 보였습니다."

"한데 그동안 마가렛은 마틀 하버 스트리트의 한 주택에 살고 있었습니다. 그녀가 양로원으로 부모를 찾아간 적이 있는지 모르겠군요." 베라는 셰리 잔이 빈 것을 깨닫고 작은 탁자에 올려 놓았다.

"그 점은 직원에게 확인해보십시오. 저한테 연락해서 부모가 어디서 살고 있는지 물어본 적은 분명 없으니까요. 말씀드렸듯이 그분이 약속을 잡기 위해 사무실로 전화하기 전에는 아직 외국에 살고 계시는 줄 알았습니다."

베라는 당혹스러웠다. 마가렛 크루코스키는 좋은 여자였고, 교회에도 다녔지만, 마틀에서 겨우 30분 거리에 살고 있는 나이 많은 부모님에게 무슨 일이 있었는지 알아보려는 노력은 전혀 하지 않은 것 같았다. 양로원으로 옮길 때까지 같은 주소에 살았으니, 찾는 것은 쉬운 일이었을 것이다. 마가렛은 50년이나 앙금을 품고 있을 여자 같지는 않았다. 결국 남편에 대해서도 부모님의 의견이 옳았다. 그는 겨우 2년 살고 마가렛을 버렸다. 자존심 때문이었을까? 자기가 틀렸다는 것을 인정하고 싶지 않아서 폴란드에서 행복하게 정착했다고 믿게 했을까? 아니면 부모님 쪽에서 딸이 사라진 데 대한 변명으로 퍼뜨린 이야기일까?

쇼트는 말을 이었다. "마가렛은 일주일 전에 갑자기 제게 연락했습니다. 궁금했다는 점은 인정해야겠습니다. 그녀에 대한 이야기는 많이 들었거든요. 부모님과 불화한 사연. 직접 본 것은 살해당한 당일이 처음이자 마지막이었습니다. 그날 저녁 바르셀로나행 비행기를 탈 예정이어서 돌아온 뒤에 만나보자고 했지만, 그분이 고집하셨습니다. '내게 시간이 얼마나 남아 있는지 모르겠어요.' 그러시더군요. 그래서 그분을 만나러 일부러 사무실에 나갔습니다." 그는 의자에서 몸을 내밀었다. "인상적인 여성이더군요. 조리있고, 매력적이었습니다. 자기가 죽어가고 있다, 그래서 뒷정리를 해야겠다고 하셨지요. 치료가 불가능한 암이냐고 물었습니다. 의학기술이 워낙 발달했으니까요. 하지만 암과 싸울 의지가 없다고 말씀하시더군요. 생명을 연장할 뜻이 없다고 하셨습니다." 이해할 수 있을 것 같았다. 위엄을 지키려는 것보다, 병원을 싫어했을 것 같았다. 이런저런 검사, 관과 주사. 몸을 탄탄하게 유지하려고 노력했다면 그것이 유일한 이유였다.

"마가렛이 유언장을 쓰려고 여기 왔습니까?" 조 애쉬워스는 명쾌하고 간단한 정리를 원했다.

쇼트는 고개를 끄덕였다. "재산 규모에 대해 여쭤봤습니다. 없다고 하시더군요. '아버지에게서 물려받은 건 없어요, 쇼트 씨. 집을 여러 채 가질 필요를 못 느꼈습니다.' 하지만 저축한 현금이 조금 있고 가족이 없으니, 그 돈이 좋은 곳을 찾아갔으면 한다고 하셨습니다."

"그럼 당신이 유언장을 작성해주셨군요?" 베라는 갑자기 자신의 죽음을 의식하고 순간 당황했다. 내가 죽으면 어떻게 되지? 아직 헥터의 집처럼 여겨지는 그녀의 집과, 얼마 안 되는 현금은? 어쩌면 나도 이 조용하고 점잖은 남자와 따로 약속을 잡아서 미리 계획을 세워두어야 할지도 모른다. 한데 물건은 어떻게 나누어야 할까? 수사팀에게 줄 비밀 산타클로스 선물을 사는 것보다 더 복잡한 일 같았다.

쇼트는 계속 말하고 있었다. "아뇨. 한 가지 까다로운 사안만 제외하고는 모두 일목요연했고, 그분도 한 번에 일을 다 끝내고 싶어하셨습니다. 그런데 그 까다로운 사안 때문에 내가 휴가에서 돌아올 때까지 기다려달라고 말씀드렸지요."

"유언장의 세목을 좀 들을 수 있을까요?"

"이 상황에서는, 네, 말씀드리죠. 한 가지 증여만 제외하고 모든 문구에 합의를 마쳤습니다. 마가렛 크루코스키는 노스잉글랜드 건설협회에 5만 파운드 상당의 증권과 계좌를 갖고 계셨습니다. 1만 파운드는 친구 케이트 듀어에게." 그는 손으로 적은 메모를 무릎에 내려놓고 읽었다. "'음악적 재능에 대한 투자'의 의미로 남긴다. 1만 파운드는 노숙 여성을 위한 쉼터에 자선기금으로. 1만 파운드는 '오랜 세월 동안의 도움과 지원에 대한 고마움의 표현으로 내 오랜 친구 말콤 커에게.' 그리고 남은 현금 2만 파운드는." 그는 잠시 말을 끊었다. "디어드러 롭슨에게. 이분이 두 번째 살인 피해자라는 건 알고 있습니다. 그 뉴스를 보자마자 경찰에 연락했습니다."

잠시 베라는 말이 없었다. 온갖 생각과 질문이 머릿속을 핑핑 돌았다. 5만 파운드라면 변호사에게는 큰돈이 아니겠지만, 지난 20년 동안 품위 있는 독신이자 주방 조수로 살아 온 여성에게는 상당한 돈이다. 1만 달러라면 쉼터도 폐쇄될 걱정을 하지 않을 정도로 충분하다. 마가렛이 이 증여에 대해 제인 캐머런과 의논했는지 궁금했다. 디가 쉼터를 떠나 달라는 요청을 받았을 때 혹시 다시 생각하지 않았는지.

쇼트는 말을 이었다. "까다로운 사안이란, 롭슨 양과 관련한 문제였습니다. 직접 그분에게 돈을 보내지 않고, 누군가 친구로서 도움을 주고 필요한 자금도 보충해줄 수 있는 제3자가 대신 관리하도록 해달라고 하셨습니다. 유언장에 흔한 항목은 아니라서, 문구를 확인해봐야겠다고 말씀드렸습니다."

"그러면 디 롭슨을 돌봐줄 수 있는 친구로 누구를 선택하셨나요?" 마가렛이 아직 살아 있어서 같이 이 모든 문제를 의논할 수 있다면 얼마나 좋을까. 베라는 그녀의 넓은 마음과 상식에 박수를 보냈을 것이다.

"다른 상속자, 말콤 커였습니다."

무슨 이유에서였을까 궁금했다. 말콤은 마가렛이 아는 사람들 중에 대단히 신뢰할 수 있을 만한 인물은 아니었다. 어쩌면 디 롭슨에 대한 책임감 때문에 슬픔과 자기 연민에 빠져 무너지는 것을 막아줄 거라고 생각했을까.

쇼트는 말을 이었다. "혹시 커 씨가 이 역할을 받아들이겠다고 했는지 여쭤보았습니다. 부담스러운 의무 같아서요. 구체적으로는 아니었지만 대략 이야기는 해본 적이 있다고 하시더군요. 그래서 유언장을 작성하기 전에 그분에게서 구체적인 동의서와 계약서를 서면으로 받아 놓아야 한다고 말씀드렸습니다."

"그래서 결론은 어떻게 됐지요?"

"그분이 커 씨와 다시 만나서 직접 저를 만나러 오시도록 해달라고 했습니다. 약속도 잡았죠." 쇼트는 시선을 피했다. 그렇게 잠깐의 만남이었는데도, 그는 존경심을 불러일으킨 여자의 죽음을 슬퍼하고 있었다.

"그럼 이제 돈은 어떻게 됩니까?" 조는 일른 집에 돌아가고 싶은 것 같았다. 이건 비공식 추가근무라서 비용처리가 되지 않는다.

쇼트는 서글프게 미소지었다. "저희는 친척을 찾고 있습니다. 아이도 없고 가족도 없으니, 쉽지 않겠죠. 그분이 원하셨던 친구는 아무도 도움을 받지 못합니다."

그들은 베라의 랜드로버에 앉아서 대화를 정리했다. 거리는 조용했다. "그리 도움이 되진 않았지." 베라는 주머니에서 증거물 봉투를 꺼내 비스킷을 조에게 내밀었다. 그는 고개를 저었다. "용의자로 지목할 만한 사람들은 죄다 마가렛을 살려두고 싶을 이유가 충분해. 물론 그녀의 계획을 알았다는 가정하에." 젊은 연인이 팔짱을 끼고 보도를 걸어오고 있었다. 그들은 가로등 밑에 멈춰 키스했다.

"그 돈은 다 어디서 났을까요?"

베라는 생각해보았다. "절약했다면, 말콤의 아버지 밑에서 일할 때 좀 모았겠지. 오랫동안 저축해서 상당한 목돈이 되었을 수 있어."

"그런데 왜 쓰지 않았죠?" 조는 그 점을 이해할 수 없었다. "더 큰 집을 구할 수 있는데 왜 굳이 그 작은 곳에서 살았을까요?"

베라는 고개를 저었다. "살던 곳에서 케이트 듀어의 가족처럼 사는 것이 그저 좋았을 수도 있겠고." 그녀는 시계를 보았다. "자넨 집에 가봐야겠어. 자네 아내가 내 인형을 만들어서 송곳으로 찌르고 있겠는데."

조가 차 문을 여는데, 베라의 전화가 울렸다. 홀리였다. 목소리가 의기양양했다. 베라는 귀를 기울였다. "잘했어, 홀. 아주 잘했어!" 전화 너머에서 홀리의 활짝 웃는 표정이 보이는 것 같았다.

"무슨 일입니까?" 조는 짐짓 관심 없는 척 물었지만, 베라는 그도 궁금해 죽을 지경이라는 것을 알 수 있었다.

"홀리가 단서를 찾았어. 조지 엔더비, 하버 게스트하우스 단골 중 한 사람. 출판사 판매원."

조는 고개를 끄덕였다.

"그는 우리에게 뉴캐슬로 가는 중이라고 했어. 그런 뒤 스코틀랜드에 가서 거기 독립서점 몇 군데를 찾는다고." 베라는 말했다. "오늘 밤에는 집에 돌아가는 길에 다시 마들에 묵는다고."

"그런데요?" 호기심 때문에 조의 목소리에 짜증이 묻어났다.

"출판사 판매원이라는 건 맞아. 그중 가장 오래 근무한 사람 중 하나인 모양이야. 아주 평가도 좋고. 한데 이번 주에는 일하지 않았어. 지난 금요일부터 크리스마스 휴가 중이야."

"그런데 마들에서 뭘 하고 있는 거죠?"

23

아침 일찍 회의가 열렸고, 초점은 조지 엔더비였다.

"근무 중이 아닌데 왜 북쪽으로 와서 하버 스트리트에서 머물고 있을까?" 베라는 화이트보드 앞을 오가며 물었다. 홀리가 이 정보를 얻어낸 뒤로, 내내 베라는 걱정스러웠다. 그가 살인범으로 보이지는 않았지만, 거짓말을 한 이유를 짐작할 수 없었기 때문이었다. 수사팀 대부분은 눈이 퀭하고 추레했다. 활력이 없었다. 베라가 일찌감치 끌어낸 탓이었다. "우리가 그에 대해 알고 있는 사실이 뭐가 있지? 홀리?"

"없어요." 그녀는 변함없이 날카롭고 세련된 모습이었다. "전과도 없어요."

"그가 CCTV에 찍혔나?"

"마가렛이 죽은 날 다른 남자와 함께 코블 술집을 향해 하버 스트리트를 걷는 모습이 찍힌 것 같지만, 뒤쪽에서 잡힌 영상이라 확실하다고 볼 수는 없어요."

홀리는 잠을 좀 잤을까, 밤새도록 경찰서에 있었나, 베라는 알 수 없었다. "지금 그는 어디 있지?"

"어제 하버 게스트하우스에 투숙했어요. 저녁에 전화를 걸었더니 듀어의 딸, 클로이가 받던군요. 하룻밤 더 묵을 수 있나 물어봤다고 하니까, 일단 내일까지 떠날 계획은 없는 모양이에요. 혹시 그의 마음이 변할지도 모르니까, 인근에서 탐문 중인 수사팀에게 그의 차를 찾아 놓으라고 했어요."

베라는 생각해보았다. "좋아. 만약 엔더비가 살인범이라면 왜 굳이 마들에서 어슬렁거리고 있을까? 기회가 생기는 즉시 빠져나가지 않고?"

찰리가 손을 들었다. "어떤 살인범들은 범행현장에 다시 나타나기도 합니다. 수사를 지켜보면서 흥분을 느끼는 거죠."

베라는 상상할 수 있었다. 첩자 공상을 좋아하는 엔더비가 눈앞에서 펼쳐지는 실제 상황을 바라보며 자신이 경찰을 이길 수 있다고 생각하는 모습을. 그녀는 상상을 중단하고 결정을 내렸다. "홀, 자네는 여기서 일을 계속해줘. 엔더비와 마가렛, 혹은 디 사이에 관계가 있다면, 뭐든지 알아내야 해. 그는 마가렛의 자선에 돈을 보냈다고 했어. 보다 직접적으로 도왔을까? 쉼터에 직접 갔거나 디 롭슨을 만났다거나? 관계를 만들어보자고. 조, 자넨 따라와."

"어디로 갑니까?"

"코블 술집. 엔더비가 마가렛이 죽은 날 그 술집 방향으로 갔다면, 아마 그리 갔을 거야. 알아보자고."

술집은 문이 닫혀 있었다. 바깥 보도에는 담배꽁초가 널려 있었고,

그들이 서 있는 곳에서도 묵은 맥주 냄새를 맡을 수 있었다. 안에서는 작은 여자가 진공청소기를 밀고 있었다. 자기 몸집만큼 큰 기계였다. 베라는 창문을 두드렸지만, 여자는 기계를 끌 때까지 두드리는 소리를 듣지 못했다. 그녀는 고개를 흔들며 시계를 가리켰다. 베라는 지저분한 창문에 신분증을 들어 보였고, 결국 문은 열렸다.

"술집을 운영하시나요?"

"아뇨. 난 그냥 청소부예요." 긴장되어 보였다. 현금으로 돈을 벌면서 실업급여라도 타 먹는 게 아닌가 하는 생각이 들었다.

"주인은 누구죠?

"로렌스. 위층에 살아요."

"음, 좀 전해주시겠어요. 그러고 할 일 계속하세요."

"문을 열어드릴 테니 직접 위층으로 올라가세요." 열 살 소녀처럼 깡마르고 밋밋한 몸매였다. 손가락에는 니코틴이 배어 있었다. 한 대 피우고 싶은 생각이 간절해 보였다. 경찰이 사라지고 나면 곧장 보도에 나가서 담배를 물 것이다.

그녀는 라운지 바를 지나 뒤 복도로 그들을 안내한 뒤 앞치마 주머니에서 열쇠 한 묶음을 꺼냈다. 베라는 문 잠글 때가 된 교도소 간수를 떠올렸다.

로렌스는 방금 일어난 모양이었다. 운동복 바지와 조끼 차림이었고, 맨발이었다. 좁은 계단 꼭대기의 문이었고, 조가 베라 뒤에 서 있었다. 주인은 아마 청소부가 급여나 새 청소기를 부탁하러 올라왔다고 생각한 것 같았다.

"누구요?" 덩치 큰 남자였지만, 어딘지 부드러운 데가 있었다. 이런 아침에 누가 집에 찾아온다면 베라는 군인처럼 욕설을 내뱉을 것이다. 그는 뒤로 물러서서 경찰을 들였다. 하버 스트리트와 그 너머 바다가 내려다보였다.

"마가렛 크루코스키가 전철에서 살해당한 날 밤 바에 계셨나요?"

"난 일찌감치 일을 시작했지만, 뉴스가 처음 나왔을 때는 없었소. 다른 직원이 출근해서 난 여기 위에서 쉬고 있었지."

"조용했겠군요. 이른 시각에는."

"사람이 없었소. 눈 예보가 있어서 다들 집에 일찌감치 들어갔지." 그는 창틀에 기대서 몸을 돌려 거리를 내려다보았다.

"그럼 그날 저녁 바에 있던 사람을 기억하시나요?"

"이른 시각에 온 사람은. 나중에 온 손님들은 모릅니다. 전철이 폐쇄돼서 시내로 나갈 수가 없었던 사람들이 여기로 다 모였지."

"조지 엔더비." 베라는 말했다. 곧장 반응이 없어서 그녀는 말을 계속했다. "케이트 듀어의 여관 단골 중 한 사람인데요."

로렌스는 누구 이야기인지 안다는 듯 고개를 끄덕였다. "아. 그는 그날 오후 친구와 같이 왔소. 나이 많은 사람. 꾀죄죄한 남자."

"말콤 커?"

"아뇨! 그는 나중에 와서 고주망태가 됐지. 그 친구라는 사람은 모릅니다."

"혹시 그때 디 롭슨도 왔나요? 그날 오후 이 술집에 들렀어요. 제이슨이라는 남자와 같이 나갔죠. 그런 뒤 저녁 늦게 다시 돌아왔어요." 베라는 그 여자가 쏟아지는 조롱을 뒤로 하고 비틀거리며 술집에서 나오던 모습을 떠올렸다.

로렌스는 잠시 생각에 잠겼다. "같은 시각에 들어온 것 같지는 않군. 그 사람들은 라운지에 둘만 있었소."

"무슨 이야기를 하던가요?"

로렌스는 고개를 저었다. "모릅니다! 음악도 흐르고, 그 사람들은 먼 구석에 있었소. 잔을 가지러 가면 입을 다물었고."

"하지만 어떤 분위기였는지 짐작가는 데라도 없었나요? 술집에서는 직관적으로 느껴지는 게 있을 텐데요. 문제를 일으키는 사람이 없나 신경을 쓰다 보면."

로렌스는 나직하게 킬킬 웃었다. "그 두 사람은 척 봐도 아무 문제없었소. 그냥 한 잔 하러 들어온 나이 지긋한 남자 둘이었지. 근데 한 사람은 기분이 안 좋았소. 나중에는 울었지."

"어느 쪽?"

"당신이 물어본 사람. 조지 엔더비."

베라의 머릿속이 어지러워졌다. 조지 엔더비가 마가렛 크루코스키를 위해 울었을 리가 없었기 때문이었다. 그 시점에 그녀는 아직 살아 있었고, 유언장을 작성하러 고스포스의 변호사 사무실에 가는 길이었다. 어쩌면 조지에게 자기가 죽을병에 걸렸다는 이야기를 했을지도 모르겠지만, 그랬다면 그가 경찰에 거짓말을 할 필요가 없다. 게다가 술집에서 나온 뒤 고스포스로 차를 달려 마가렛을 전철까지 미행한 뒤 죽일 시간도 충분했다. 다시 차를 찾아 타고 하버 스트리트로 돌아와서 베라와 조가 나타나기 전에 여관에 들어갈 시간도 넉넉하다. 하지만 그때 그는 너무나 자신감 있고 유쾌해 보였다. 방금 살인을 저지른 사람의 태도라고 보기는 어려웠다. 혹은 그날 술집에 앉아 울었던 사람의 태도라고도.

"같이 있던 사람이 누군지 정말 모르십니까?" 베라가 창밖을 내다보며 생각에 잠겨 있는 동안, 조가 답답한 듯 물었다.

"하버 스트리트에서 얼굴은 낯이 익은 사람이었소." 로렌스는 말했다. "말콤 커와 배를 타고 섬으로 자주 나갔지. 연구 차."

마이클 크랙스, 교수도 거짓말을 했군. 그는 코컷 섬에서 돌아오자마자 차를 몰고 타인 밸리의 집으로 향했다고 했다.

베라는 엔더비와 크랙스가 멍청한 사람들이라고 생각했다. 살인범으로 보이지는 않았지만, 그랬다면 왜 사실대로 말하지 않았을까? 모든 용의자들이 합심해서 범행을 저지른 대단한 음모가 있지 않다면. 그 생각을 하고 베라는 미소지었다. 엔더비와 그의 공상, 판타지가 떠올랐다. "고맙습니다. 아주 도움이 많이 됐어요."

로렌스는 수사에 대해 아무것도 묻지 않았다. 베라는 그의 친절한 태도와 호기심 없는 자세가 마음에 들었다. 아마 피터 그루스킨보다 더 좋은 신부가 됐을 것이다. "바래다드리죠." 그는 곰처럼 거대한 맨발로 앞장서서 계단을 내려갔다.

아래층은 조용했다. 청소부는 화장실로 옮긴 모양이었다. 라운지에는 뚱뚱한 노부인 그림이 걸려 있었다. 그녀는 바에 팔꿈치를 괴고 몸을 내밀고 있었다. 대단한 회화는 아니었지만, 강하고 독특한 인물이라는 인상을 주었다.

"누구죠?" 베라는 그림 앞을 지나며 턱짓을 했다.

"밸 버트." 로렌스는 미소지었다. "오랫동안 이 술집을 운영했지. 내가 물려받았소. 대단한 인물이었지. 강한 분이었소. 아직도 저분에 대한 이야기가 사람들 입에 오르내리지."

바깥 거리에서는 아침이 깨어나고 있었다. 여자들은 이미 어판장에 나와 점심 준비를 하고 있었다. 베라는 홀리에게 전화했다. "마가렛과 엔더비 사이에 혹시 다른 관계를 발견했나?" 거리를 둘러보니, 엔더비의 차는 아직 그대로 있었다. 왜 평소와 달리 이틀 더 머물고 있는 것일까? 록스타를 쫓아다니는 그루피처럼 살인사건 수사에 흥미를 갖고 현장에서 현장으로 옮겨 다니는 식인상어 떼 부류일까?

"중요한 건 없어요. 이미 알고 있듯이, 그는 몇 주 전 쉼터에서 열린 겨울 바자회에 따라갔어요. 책을 판매용으로 기부했고, 산타클로스 역할을 했죠. 운영자 말에 따르면, 복권을 잔뜩 사서 당첨될 때마다 도로 기부했대요."

"그때 쉼터에 있던 입주자 명단을 알아봤어?"

"물론이죠." 홀리는 엔더비와 관련된 정보를 알아낸 뒤로 한껏 오만했다. "지금 있는 사람들이 그대로 있었고, 남편에게서 얻어맞은 긴급 수용자 한 사람이 더 있었어요. 그 여자는 이후 법원 명령을 받고 집으로 돌아갔어요." 그녀는 뜸을 들였다. "디 롭슨도 오후에 갔었어요. 마가렛이 특별히 데려갔죠."

베라는 제인 캐머런의 말을 기억했다. 특별 대접으로 데려왔죠. 보란 듯이.

"반장님?" 홀리는 아직 전화기 너머에서 지시를 기다리고 있었다.

"크랙스 교수를 찾아봐." 베라는 말했다. "그와 이야기를 해봐야 해."

그녀는 전화를 끊고 하버 스트리트를 걷기 시작했다. 조 애쉬워스가 뒤따라와서 나란히 걸었다. "정말 엔더비와 크랙스가 살인을 공모했다고 생각하시는 건 아니죠?" 그녀가 미쳤다고 생각하는 말투였다.

"내게 거짓말을 했어. 둘 다."

"사람들이 경찰에게 거짓말을 하는 이유는 많습니다."

"그 사람들이 그러면 안 되지." 그녀는 우뚝 멈춰 숨을 몰아쉬었다. "나한테 거짓말을 하면 안 됐어."

24

|

부엌에서 스튜어트와 커피를 마시는데 현관에서 노크 소리가 요란하게 들려서 케이트는 소스라치게 놀랐다. 비이성적인 공포가 엄습했다. 느긋한 아침이었다. 조지 엔더비는 평소처럼 아침을 먹으러 식당에 내려왔다가 사라졌다. 아이들은 나갔다. 집은 평온하고 조용했다. 드문 일이었다. 앞으로 우리 인생은 이렇게 평화롭고 안락할 수 있겠지, 케이트는 생각했다. 그때 현관에서 문 두드리는 소리가 들렸고, 스튜어트는 눈살을 찌푸리며 무릎에 펼친 신문에서 고개를 들었다. "내가 나가볼까?"

그러나 그는 그 자리에서 너무나 편안해 보였고 부엌의 환한 불빛 아래에서 약간 늙어 보이기도 했다. 케이트는 일어서서 그의 앞을 지나치며 이마에 키스했다. 입술에 와 닿은 피부는 아주 건조했다.

문을 열기 전에 현관 창문을 통해 내다보니, 뚱뚱한 형사와 그 부하가 밖에 서 있었다.

"방해해서 미안해요. 혹시 들어가도 될까요?" 베라 스탠호프는 말을 마치기도 전에 안에 들어와 있었고, 젊은 형사도 졸졸 뒤따랐다. 케이트는 늘 저 뚱뚱한 여자 뒤를 쫓아다니는 것은 어떤 기분일까 궁금했다.

잠깐이 아니라 한참 동안 밖에 기다리고 서 있었다는 듯, 베라는 홀에 서서 추위에 언 손을 비볐다.

"혹시 아침을 먹을 수 있을까 해서." 형사는 말했다. "물론 돈은 드리죠. 꼭 그래야 합니다. 요즘은 공짜 빵 한 조각도 곤란해요. 뇌물이자 부패죠."

그녀는 활짝 웃었다. 정말 오로지 그 때문에 들른 게 아닐까 싶을 정도였다. 완벽한 아침을 방해한 이유가 오로지 베이컨과 에그를 만들어 달라고 청하기 위해서였나. 아니, 그냥 고약한 장난 아닐까. 문 두드리는 소리를 들었을 때 온몸을 훑고 지나간 아드레날린을 기억하고, 케이트는 화가 났다. 뻔뻔스러운 여자! 이런 일이 일어나고 있다는 것이 믿기지 않았다. 낯선 여자가 내 집에 침입해서 아침을 내놓으라니. 그러나 이 마을에서 여자 둘이 살해당했다는 사실도 믿기지 않기는 마찬가지였다.

베라는 계속 말하고 있었다. "혼자 계시는 건 아니지요? 아직 손님이 계실 줄 알았는데요."

"조지뿐이에요. 조지 엔더비."

"아, 밖에서 그의 차를 본 것 같아서요. 하루 쉴 계획이라고 생각했다면 이렇게 쳐들어오지 않았을 겁니다." 베라는 집 안으로 계속 걸음을 옮기며 주위를 둘러보았다. "엔더비 씨는 계십니까?" 자연스러운 질문이었지만, 케이트는 중요한 사안이라는 것을 눈치챘다.

"나갔어요."

"아?" 여전히 별로 중요한 일이 아니라는 듯한 태도. "차는 밖에 있던데요."

"전철을 타고 시내로 나갔어요."

"어디로 간다고 말씀하시던가요?" 베라의 시선은 날카로웠다. 아침을 만들어달라는 부탁은 전혀 없었다. 그저 집 안으로 들어오기 위한 핑계였던 것 같았다.

"무슨 도서관? 내일 남쪽으로 내려가기 전에 책이 사랑받는 공간을 구경하고 싶다고 한 것 같아요." 조지는 아침 식사를 하며 말했지만, 케이트는 별로 주의를 기울이지 않았다.

"릿 앤 필 도서관?"

"맞아요!" 그걸 알아맞히다니 마녀가 아닐까. "어떻게 아셨어요?"

"책 좋아하는 사람들이 모이는 곳이죠." 베라는 다시 미소를 보였다. "외로운 사람들, 살짝 돈 사람들도. 잘 알죠. 나도 일원이니까." 다시 침묵. "여기 조에게 엔더비 씨의 객실을 보여주실 수 있을까요? 나는 일하러 가야 합니다."

케이트는 망설였다. 뚱뚱한 형사에게 거역한다는 것은 힘들었다. "그럴 수는 없죠. 프라이버시 침해인데요."

"당신 집이잖아요. 허락만 해주시면 영장이 필요없습니다."

그들은 그대로 선 채 잠시 서로를 뚫어지게 쳐다보았고, 마침내 케이트가 항복했다. 조지 엔더비에게 빚진 것은 전혀 없었고, 그가 만약 살인에 연루됐다면 경찰을 돕는 것은 그녀의 의무다. 스튜어트가 어떻게 생각할지 궁금했다. 분명 그도 동의할 것이다. 아니, 조지에게는 늘 어딘가 이상한 데가, 약간 불편한 데가 있었던 것도 같았다.

케이트는 열쇠를 가지러 부엌으로 들어갔고, 나와보니 베라 스탠호프는 사라지고 없었다. 그렇게 덩치 큰 여자가 그렇게 재빨리 움직일 수 있다는 것이 믿기지 않았다. 부하는 케이트를 따라 계단을 올라왔고 문을 여는 동안 조용히 기다렸다. 이제 가보라고 할 줄 알았지만, 조는 케이트에게 먼저 들어가라고 고갯짓을 했다. 어쩌면 증인으로 필요한지도 모른다. 아직 방을 정돈하지 않았지만, 언제나처럼 깨끗했다. 이불은 침대에 공기가 통하도록 걷어 놓았고, 쟁반 위에는 주전자와 컵이 나란히 있었다.

조지의 여행용 가방은 구석 바닥에 열려 있었다. 이번에는 짐을 풀 생각조차 하지 않은 것 같았다. 특이한 일이었다. 보통 그는 도착하자마자 업무용 셔츠와 재킷을 옷걸이에 걸어 놓는다. "영업 사원에게 첫인상은 중요해요, 케이트."

그 옆에는 샘플 책을 운반하는 바퀴 달린 수트케이스가 놓여 있었다. 형사는 수트케이스를 바닥에 눕히고 지퍼를 열었다. 안에는 청바지와 두꺼운 스웨터, 부츠 한 벌, 방수용 재킷이 들어 있었다.

"근데 책은 어디 있지?" 자기도 모르게 말이 튀어나왔다.

"무슨 책이요?" 형사는 올려다보았다. 그는 여전히 바닥에 무릎을 꿇고 있었고, 이마를 약간 찡그렸다.

"수트케이스 안에 책을 넣어 다녀요. 서점에 보여줄 샘플이라고."

형사는 아무 말도 하지 않았다. 그는 서랍을 열기 시작했지만, 조지의 모든 옷은 가방 안에 있었다. 조 애쉬워스는 가방을 조심스럽게 비워서 내용물을 하나씩 침대 위에 놓았지만, 별 흥미로운 점은 없는 것 같았다. 그는 욕실을 들여다보더니 케이트에게 돌아왔다. "아주 도움이 많이 됐습니다. 고맙습니다." 표정에서는 아무것도 읽을 수 없었다. 조지를 살인범이라고 생각하는지 묻고 싶었다.

"난 아이들이 있어요." 케이트는 말했다. "딸도 있고요. 엔더비 씨를 오늘 밤 여기서 묵게 해도 안전할까요?" 자신의 목소리에 공포가 묻어나는 것이 느껴졌다.

잠시 망설이다 형사는 대답했다. "엔더비 씨가 살인범이라는 증거는 없습니다. 우리는 그분이 수사에 도움이 될 거라고 생각합니다."

마음이 놓이는 대답은 아니었다.

형사는 계단을 내려와서 손을 내밀고 다시 감사 인사를 했다. 여관에 묵는 손님 같은 태도였다.

스튜어트는 아직 부엌에 있었다. 그는 케이트가 계단을 내려오는 소리를 듣고 미리 커피머신을 돌리고 있었다. "무슨 일이었어?" 케이트를 쳐다보지 않고 질문을 던졌기 때문에, 얼마나 궁금한지 알 수 없었다.

"경찰. 조지의 방을 보고 싶다고 했어."

"들여보냈어?" 그제야 그는 돌아보았다.

"응." 경찰에 맞서지 않았던 게 비겁했을까? "살인범을 잡는 데 도움이 된다면…." 케이트는 말끝을 흐렸다.

"당신은 조지가 살인범일 수도 있다고 생각해?" 스튜어트는 그녀의 대답을 기다렸다. 그저 던지는 질문이 아니었다. 선생님 같은 태도였다. 학생들 앞에서 설교할 때 같은 말투였다. 이 작품을 정말 그렇게 연주해야 한다고 생각하니? 그는 유난히 진지했다.

그녀도 질문을 진지하게 받아들였다. "아니." 그녀는 마침내 말했다. 아까 물론 불안하기는 했고 형사의 목소리도 주저하는 것 같긴 했지만,

조용하고 부드러운 조지 엔더비가 누군가를 해친다는 것은 상상할 수가 없었다. 집에 들어온 말벌을 살려 보내려고 창문을 열어주는 모습도 본 적이 있었다. "조지가 무슨 이유로 마가렛을 죽이겠어? 디 롭슨은 알지도 못하는 사람이었고. 혹시 코블에서 치근거린 적이 있다면 모를까."

"무슨 뜻이지?" 스튜어트는 미간을 찌푸렸다.

"디는 언제나 코블에서 남자를 낚으려고 했어. 마을 사람들은 다 아니까 그냥 놀려대지." 조지 엔더비가 그런 사람 앞에서 얼마나 당황할까 상상해보니 자기도 모르게 어색한 미소가 흘러나왔다. 정중하고, 어색한 태도, 게다가 겁을 먹을 것이다.

"디 롭슨이 창녀였다는 말이야?" 커피가 다 내려왔고, 그는 케이트를 위해 머그를 채웠다. 충격받은 기색이었다. 그가 성에 대해 보수적인 사람이라고 생각해본 적은 없었다.

"그렇지. 아주 솜씨 좋은 창녀는 아니었지만." 그녀는 초조한 미소를 띠었다. "전문가라기보다 아마추어." 문득 이런 일을 농담거리로 삼는다는 것은 저질이라는 생각이 들었다. 디는 살해당했다. 케이트는 스튜어트를 흘끗 보았다. 그녀의 경박한 언어를 어떻게 생각했는지는 몰라도, 그는 겉으로 드러내지 않았다.

"오늘 뭘 할까?" 그녀는 산길을 걸을까 생각 중이었다. 아이들은 저녁까지 외출한다고 했으니, 조지와 셋만 남을 위험은 없었다. 그녀와 스튜어트는 하드리아누스 방벽 이야기도 했었다. 그런 다음 퍼브에서 점심. 진짜 벽난로와 직접 만든 수프가 있는 곳. 갑자기 마들과 하버 스트리트를 탈출하고 싶은 마음이 간절했다.

"미안해. 좀 바빠질 것 같아." 그녀는 설명을 기대했지만, 그는 여전히 생각에 잠겨 있었다. 그는 갑자기 케이트에게서 탈출하고 싶은 충동이라도 인 듯 벌떡 일어섰다. 계단 밑에서 그는 다시 갑작스럽게 우뚝 멈췄다. "나중에 다시 와도 될까?"

"그럼!" 문득 스튜어트의 낯선 행동에 대해 논리적인 해답이 떠올랐다. 크리스마스 선물을 사러 시내에 나가려는 것이다. 그래서 저렇게 비밀스러운 것이다. "언제든지 와도 좋아." 그녀는 고개를 돌려 그에게 키스했다.

큰 집에 혼자 남은 케이트는 일이 자신이 통제할 수 없는 방향으로 흘러간다는 느낌에 사로잡혔다. 아이들이 집에 있다면 얼마나 좋을까. 라이언이 말콤의 작업장에서 돌아오고, 클로이는 수수께끼의 친구와 함께 시내로 사라지지 않았다면. 모두가 여기, 그녀가 지켜볼 수 있는 이 집에 있었으면 하는 마음이었다. 안전한 곳에.

25
|

조는 하버 게스트하우스 지하층에서 자신을 볼 수 없도록 길을 건너며 이제 어떻게 할까 생각했다. 베라는 조지 엔더비의 행적을 찾아 시내로 갔을 것이다. 아마 법정에 증인으로 서야 할 때를 대비해 홀리나 찰리를 불러냈을 것이다. 그는 베라에게 전화를 걸었지만, 곧장 음성사서함으로 넘어갔다. 그렇게 전화를 손에 들고 우두커니 서 있는데, 여관 문이 열리고 스튜어트 부스가 나타났다. 그는 망설이다 집을 돌아보았다. 조는 케이트 듀어가 따라 나올 거라고 생각했지만, 그는 그대로 문을 닫고 잠시 서 있었다. 그 역시 망설이고 있었다. 두 사람은 도로를 사이에 두고 마치 한 쌍의 거울처럼 서 있었다. 부스는 뭔가 결정한 듯 길을 건너 교회 밖에 서 있는 조에게 다가왔다.

"이야기를 좀 할 수 있을까요, 형사님. 정보가 있습니다. 마가렛 크루코스키의 살인사건과 관계가 있을지도 모릅니다."

조는 공용차에 부스를 태우고 키머스턴 경찰서로 향했다. 베라였다면 아마 다른 방식으로, 차나 맥주, 칩을 놓고 비공식적인 대화를 나누었을 것이다. 그러나 조는 적절한 절차를 밟고 싶었다――증언을 녹음한다는 뜻이었다. 키머스턴으로 가는 내내, 조는 짜릿한 흥분을 억누를 수가 없었다. 부스가 살인을 자백하려는 것인지도 모른다고 생각했던 것이다. 그는 너무나 조용했고, 너무나 진지했다.

차 안에서 부스는 말이 없었다. 가끔 슬쩍 돌아보았지만, 그는 내내 긴장한 상태로 창밖만 응시하고 있었다. 얼굴 근육은 굳어 있었다. 조는 노섬벌랜드 시골에서 이런 남자들을 접한 적이 있었다. 말수가 적은 산골 농부와 목동. 강인하고 깡마른 남자들. 부스를 음악인으로 상상하기는 어려웠다. 조는 그에 대해 조사를 해보았고, 구글에는 취미가 재즈라고 되어 있었다. 어쩌면 음악을 할 때만 긴장을 푸는지도 모른다. 그가 어느 지하 바에서 고개를 젖히고 눈을 반쯤 감은 채 음악에 취해 색소폰을 연주하는 모습을 상상할 수 있었다.

"무슨 악기를 연주하십니까?" 생각 없이 질문이 튀어나왔다.

부스는 창밖에서 시선을 떼지 않고 대답했다. "학교에서는 필요한 건 뭐든지 합니다. 합창 때는 피아노, 소품은 피리. 하지만 취미로는 알토 색소폰이죠."

조는 자신의 추측이 옳아서 기뻤다.

경찰서에 도착한 조는 직원실에서 늘 쓰는 종이컵 말고 머그에 커피를 따라 부스에게 가져다주었다. 홀리는 엔더비를 찾아 베라와 함께 시내로 나갔기 때문에, 조가 대화를 주도하는 동안 찰리가 말없는 관찰자 역할로 접견실에 동석했다. 광택제를 칠한 벽에 말이 반사되어 마치

우박이 천장을 두드리는 것 같았다. 조는 대화를 녹음해도 되겠느냐고 물었고, 부스는 고개를 끄덕였다.

"자, 부스 씨, 마가렛 크루코스키에 대한 정보가 있으시다고요."

부스는 잠시 입을 열지 않고 침묵을 지켰다. 어쩌면 경찰들에게 직접적인 질문을 기대하는지도 몰랐다.

기다리는 동안, 조는 그를 자세히 관찰했다. 옷차림. 청바지와 체크무늬 셔츠, 스웨터. 등산용으로도 쓸 수 있는 튼튼한 운동화. 부스는 실내에서 더워 보이는 녹색 양털 재킷을 입고 있었다. 추위를 느껴서라기보다는, 벗으려면 움직여야 하기 때문인 것 같았다. 그는 여전히 별로 움직임이 없었다. 거친 날씨에 단련된 얼굴, 청회색 눈동자.

"마가렛 크루코스키는 창녀였습니다." 부스는 말했다. "내가 아는 한최근 이야기가 아니라, 아주 오래전이에요. 디 롭슨이 성노동자였다는 것도 방금 막 케이트가 말해줘서 알았습니다. 듣고 보니 중요한 정보처럼 느껴지더군요."

조의 머릿속에 전류가 통하는 것 같았다. 그렇다면 여자를 혐오하는 남자가 아니라 창녀를 혐오하는 남자가 범인인가. 베라가 이 소식을 어떻게 받아들일지 궁금했지만, 독실한 신자 마가렛이 한때 성산업에 종사했다는 사실에는 별로 놀라지 않을 것 같았다. 상관은 처음부터 마가렛의 비밀을 알아내야 한다고 했다.

"어떻게 아셨습니까, 부스 씨?"

그는 심호흡을 했다. "내가 서비스를 사용했으니까요. 정기적으로, 여러 해 동안." 여기서 입을 다물지 않을까 싶었지만, 부스는 말을 이었다. 조는 고해를 듣는 사제가 이런 기분이 아닐까 생각했다. 당혹스러움과 혐오감이 섞인 호기심. "나는 갓 임용된 선생이었습니다. 어색하고 수줍음이 많았죠. 여자가 필요했지만, 어떻게 구해야 하는지 몰랐습니다. 다른 음악가들과 농담처럼 주고받았습니다. 그중 한 사람이 그녀의 전화번호를 주더군요." 지금도 그는 당시 기억에 얼굴을 붉히고 있었다. "어느 날 밤 취해서 전화를 걸었습니다." 잠시 말을 멈추었다. "그때는 마가렛이란 이름을 쓰지 않았고, 물론 성도 입 밖에 낸 적이 없었습니다."

"그때는 무슨 이름을 썼습니까?" 접견실은 1층이었다. 바깥에서 도로의 자동차 소리가 배경음악처럼 들려왔다.

"안나. 자기가 폴란드 사람이라고 했지만, 난 믿지 않았습니다. 억양이 영국인이었는데요. 어쩌면 보다 이국적으로 보이고 싶어서 그렇게 말했는지도 모르죠."

"그분은 폴란드 남자와 결혼했습니다." 직업에도 불구하고, 조는 변호하고 싶은 충동을 느꼈다. "그러니 사실이라고 해도 좋겠죠."

"음, 그녀는 자기가 결혼한 적이 있다는 이야기는 하지 않았습니다."

"결혼 생활은 오래가지 않았습니다. 2년 정도."

"내가 아마 남편보다 그녀와 오래 같이 지냈을 겁니다." 부스는 의자에 등을 기대고 눈을 감았다. 그 사실이 만족감을 주는 것 같았다.

"어디서 살았습니까?"

"죽을 때 살던 곳." 그는 다시 눈을 떴다. "하버 스트리트의 그 건물이요. 당시 그 집은 아주 달랐지만, 그녀의 방은 늘 아주 깨끗하고 쾌적했습니다. 아이들이 칭얼거리는 소리와 음식 냄새를 뚫고 계단을 올라가면, 그녀의 거처가 나왔지요. 모든 것이 조용하고 따뜻했어요. 다른 세상에 들어서는 것 같았습니다. 섹스도 좋았지만, 나는 그 분위기가 좋았어요. 현실에서의 도피.”

“자기 집에서 영업을 했다고요?” 조는 그 점에 놀랐다. 그가 아는 매춘부는 모두 사생활을 필사적으로 지켰다.

“아마 영업할 장소를 수소문하다가 강탈당했다고 했습니다. 성노동자를 등치는 뚜쟁이보다 차라리 고객을 믿겠다고. 고객은 많지 않았습니다. 우린 후했고, 그녀는 그럴 가치가 있었습니다.”

이 두 사람 사이에 있었던 일에 대해 갑자기 강렬한 호기심이 일었다. 수줍음 많은 젊은 교사와 섹스를 대가로 돈을 받는, 약간 더 나이 많은 여자가 하버 스트리트의 그 다락방에 같이 있는 모습을 떠올리지 않을 수 없었다. 자세히 듣고 싶었다. 부스도 그의 생각을 읽었는지 입 밖에 내지 않은 질문에 완곡하게 답했다.

“안나는 대단했습니다.” 그는 잠시 사이를 두었다. “다시 만날 때까지 날짜를 셀 정도였지요. 하지만 돌아보면 날 기쁘게 하는 데는 큰 노력이 필요하지 않았을 겁니다. 난 젊고 서툴렀고, 그녀는 연상이고 경험이 많았으니까요. 친절했어요. 떳떳하지 못한 일이라는 자극도 있었습니다. 난 아무에게도, 전화번호를 알려준 친구에게조차 그 만남에 대해 이야기하지 않았습니다. 우리의 만남이 비밀이라는 게 좋았고, 전날 밤 내가 무슨 짓을 했는지 아무도 모른 채 다음 날 책임감 있는 점잖은 교사로 학교에 나가는 게 좋았습니다.”

“왜 그만두셨습니까?” 조는 물었다. “그러다 결국 끝났겠지요?” 50대 후반의 이 남자가 케이트가 보지 않을 때 마가렛을 만나려고 계단을 올라가는 모습은 상상할 수가 없었다.

“그러다 여자 친구가 생겼습니다, 형사님. 케이트처럼 사랑한 사람은 아니었지만, 같이 잠을 자는 여자요. 하버 스트리트를 드나드는 것만큼 흥미진진하지는 않았지만, 보다 적절한 것 같았어요. 나이 들면서 대담함도 사라졌고. 내가 아는 누군가가 날 볼까 봐 무서웠습니다. 내가 창녀 집에 들락거린다는 게 알려진다는 건 견딜 수가 없었어요."

"마가렛의 다른 고객도 만난 적이 있습니까?" 갑자기 든 생각이었다. 한 줄기 희망.

부스는 고개를 저었다. "아뇨. 말했지만, 우린 특별히 선정된 고객이었습니다. 마가렛도 밖에 나가면 점잖은 시민으로 살았어요. 몇 번 내가 들어갈 때 어둠 속으로 사라지는 남자의 뒷모습을 본 적은 있습니다. 하지만 얼굴은 못 봤습니다. 경찰에게 도움이 될 만한 건 없습니다."

"마가렛이 같은 집에 계속 살고 있다는 건 언제 아셨습니까?" 스튜어트는 이제 거의 긴장을 푼 것 같았다. 비밀을 털어놓았다는 안도감 때문인 것 같았다.

"케이트가 소개했을 때요. 햇빛 좋은 날 정원이었습니다. 케이트가 하버 스트리트에 산다는 걸 알고, 전 흥미로웠죠. 같은 집이라는 걸 알게 되자 무슨 전조 같았습니다. 어쩌면 젊음의 흥분을 되찾고 싶은 마음이었겠지요. 집은 알아볼 수 없이 변했지만, 전 어떤 면에서 찾던 걸 얻었습니다. 그녀는 부엌에서 일손을 돕는다는 친구 마가렛에 대해 이야기했지만, 물론 누구라고는 생각지도 못했습니다. 내가 알던 여자는 안나라는 이름이었고, 30년 전에 마지막으로 봤으니까요."

"하지만 당신은 마가렛을 알아봤군요?"

"아, 네. 첫눈에." 그는 긁힌 탁자 위로 몸을 내밀었다. "그때까지도 정말 미인이었습니다."

"그녀도 당신을 알아봤고요?"

그는 잠시 생각하다 대답했다. "그런 것 같습니다. 그랬기를 바랍니다. 그녀가 케이트와 나를 축복하는 마음이라고 느꼈습니다. 몇 번 둘만 있었던 자리도 있었지만, 예전에 대한 이야기는 한 번도 한 적이 없었습니다."

조는 스튜어트를 마을로 다시 데려다주었다. 키머스턴 경찰서를 나설 핑계가 생겨 기뻤고, 그 역시 베라처럼 마들이 수사의 핵심이라고 생각했다. 이번에도 대화는 없었다. 부스는 농장 별채를 개조한 마을 근교의 작은 주택단지로 길을 안내했다. 부스의 아파트는 마을 서쪽이었고, 조가 볼 때 트윈 들판을 가로질러 걸어가면 쉼터까지 얼마 되지 않는 거리일 것 같았다. 차가 멈추자, 부스는 잠시 앉아 있다 확신을 얻고 싶은 듯 조를 돌아보았다. "이제 내가 용의자가 됐겠지요. 마가렛이 내 과거에 대해 케이트에게 말할지도 모르니까, 내게도 살해동기가 생기는 것 아닙니까."

조는 뭐라고 해야 할지 몰랐다. "우리는 열린 마음으로 수사하고 있습니다." 그는 마침내 말했다. "늘 그렇습니다. 마가렛 크루코스키를 아는 모든 사람이 잠재적인 용의자입니다. 하지만 정보는 감사드립니다. 매우 도움이 되었습니다."

스튜어트는 얼굴을 찡그렸다. "케이트에게 말해야 할까요? 법정에 가게 되면 알려질지도 모르는데. 지금 말하는 게 더 낫겠지요." 그는 잠시 입을 다물었다. "케이트가 혹시 내가 마가렛을 알고 있다는 걸 눈치챘나 생각해본 적은 있습니다. 지갑에 그녀의 사진을 지니고 다녔거든요. 더 이상 오지 않겠다고 했을 때 마가렛이 기념으로 준 사진입니다. 그 사진이 없어졌어요. 케이트가 발견했나 싶었지만, 다른 사람들의 물건을 뒤지는 건 그녀답지 않습니다. 그냥 어느 날 흘렸겠지요." 그는 갑작스럽게 말을 끊었다. 더 이상 마가렛을 추억할 물건이 남지 않았다는 것이 끔찍하게 슬픈 것 같았다.

이론상 조는 관계에 있어서의 솔직함을 신봉하는 사람이었다. 그러나 그에게도 분명 샐과 공유하고 싶지 않은 과거는 있었다. 하지만 이건 살인사건 수사이고, 정보는 힘이다. 이 소식을 전하는 순간 베라가 지을 표정을 상상하며, 조는 이 정보가 자신에게도 힘을 주었다고 생각했다. 마침내 몇 점 쌓은 것이다. "일단은 혼자만 알고 계시는 게 좋겠습니다."

까다로운 문제에서 풀려나는 것이 홀가분한지, 스튜어트는 문득 환한 미소를 보이고 차에서 내렸다.

26
I

베라는 뉴캐슬 중심가에 자리 잡은 조지 왕조 대의 대칭적 건축양식의 릿 앤 필 도서관 밖에 서서 홀리를 기다리며 상념에 잠겨 있었다. 중앙역에서 쏟아지는 승객들이 옆을 지나치고 신호등 앞에서 자동차들이 요란한 소리를 내며 멈췄지만, 베라는 생각에 푹 빠져 의식조차 하지 않았다. 두 여자. 똑똑하고 세련된 마가렛 크루코스키, 돈 많은 집안 출신, 병에 걸렸다는 것을 알고 주변 정리를 하고 싶었던 사람. 불운한 인간 군상 중 하나였던 디 롭슨, 태어나는 순간부터 누군가 돌볼 사람이 필요했던, 그러나 마가렛이 나타나기 전까지 아무도 신경쓰지 않았던 사람. 두 사람은 철도의 바다 쪽, 지리적으로 가까이 산다는 이유로 인연을 맺었고, 마가렛이 죽은 오후 같은 전철을 타고 있었다. 조 애쉬워스 역시 마찬가지였다. 그의 딸 제시도. 그와 제시도 혹시 위험하지 않았을까 하는 생각을 조가 해본 적이 있을까, 베라는 궁금했다. 어쩌면 그가 상상력이 부족한 인간이라는 것이 다행인지도 모른다.

여느 때처럼 완벽하게 화장을 한 홀리가 인파를 헤치고 나타났다. 그들은 도서관 안으로 들어가서 장대한 돌계단 아래에 섰다.

"릿 앤 필을 알고 있어?" 베라는 회원이었다. 헥터가 새와 벌레에 대한 강의를 들을 때 그녀를 데리고 다녔다. 건물에 대한 사랑은 그녀가 헥터에게서 물려받은 몇 가지 중 하나였다.

"그럼요. 멋지죠?"

당연히 알겠지. 홀리는 모르는 분야가 없었다. 스스로 그렇다고 생각했다.

"엔더비가 안에 있는 모양이야. 아침을 먹고 곧장 하버 스트리트를 출발하면서 케이트에게 여기로 간다고 했어. 그가 뭐라고 하는지 들어보자고."

그들은 계단을 올라 도서관 1층으로 향했다. 문을 열자 유리 돔에서 햇빛이 쏟아져 들어오는 방이 나타났다. 벽은 책으로 둘러싸여 있었다. 엔더비는 문 가까운 독서대에서도, 커피를 제공하는 카운터에서도 눈에 띄지 않았다. 몇몇이 잠시 고개를 들었지만, 별 주의를 기울이지 않았다. 책상 뒤의 도서관 사서가 베라에게 손을 흔들었다. 홀리는 상관을 알아보는 사람이 있다는 데 놀란 것 같았다—릿 앤 필은 그녀의 서식지가 아니었다.

엔더비를 찾아서 방을 뒤지던 베라는 차츰 초조감이 극에 달했다. 어쩌면 생각보다 영리해서 케이트에게 엉터리 단서를 흘렸는지도 모른다. 어쩌면 기차를 타고 남쪽으로 가고 있는지도 모른다. 베라는 모퉁이를 돌아 L자 모양의 방 반대편으로 넘어갔다. 그래도 그는 보이지 않았다. 베라는 뒤따라오는 홀리를 무시하고 책상으로 돌아갔다.

"조지 엔더비." 베라는 말했다. "덩치 큰 남자. 대머리. 남부에서 올라온 사람. 책 좋아하는 사람."

"아, 조지." 도서관 사서는 호감있는 미소를 지었다. 조지가 여기서도 매력을 발휘한 모양이었다. "네, 문을 열자마자 오셨어요. 남부 회원 중 한 분이시죠. 아마 '침묵의 방'에 있을 거예요. 거기서 독서하는 걸 좋아하시거든요."

베라는 홀리에게 그 자리에 있으라고 지시하고 방 뒤쪽 문을 지나 계단을 내려갔다. 묵직한 문이 닫히자 도서관의 소음도 차단되었다. 멀리서 물탱크 소리가 졸졸 들릴 뿐, 깊은 정적이 내려앉았다. 베라는 침묵의 방 밖에서 멈췄다. 그리고 미신처럼 기도 비슷한 것을 올렸다. *그가 여기 있게 해주세요*, 베라는 문을 열었다.

자연광이 없는 사각형 방이었다. 조용했다. 물론이었다. 대화는 허락되지 않았다. 기침 한 번만 해도 혀 차는 소리가 일었다. 처음에는 빈 것 같았지만, 서고가 벽에서 직각으로 튀어나와 오목한 공간을 형성하고 있었기 때문에 문에서는 그 너머가 곧장 보이지 않았다. 한구석에서는 중년 여성이 랩톱을 미친 듯이 두드리고 있었다. 다른 구석에 조지 엔더비가 작은 카드 테이블 위로 잠든 듯 고개를 박고 있었다.

어린 시절부터 몸에 익은 침묵의 규율 때문에, 여기서는 차마 입을 열 수가 없었다. 베라는 그에게 다가갔다. 아직 외투 차림이어서 아주 따뜻한 것 같았다. 그녀는 조지의 어깨를 두드렸다. 잠시 반응이 없었다. 죽은 게 아닌가 하는 생각이 퍼뜩 들었다. 제3의 피해자. 그때 그는 흠칫 놀라며 깼다. 당황해서 뭐라 말하려는 듯했지만, 베라는 입술에 손가락을 갖다 댔다. 그리고 뒤따라 나오라고 손짓했다.

그들은 위층의 여러 방 중에 한 곳을 이용했다. 처음 만났을 때 베라는 엔더비에게 호감이 갔지만, 그때도 그가 뭔가 수작을 부린다는 느낌은 들었다. 공상을 좋아한다는 이야기, 마가렛 크루코스키가 첩자라는 이야기. 베라는 그가 커피를 마시는 모습을 바라보며 침묵을 지켰고, 긴장감이 흘렀다. 그는 언어에 익숙한 사람이었고 정적을 어떻게 다루어야 하는지 몰랐다. 예상대로 그가 먼저 입을 열었다.

"대단히 반갑습니다만, 형사님, 솔직히 놀랐습니다." 수줍음 많은 소년 같은 미소. "제 뒤를 밟으시다니! 대체 무슨 연유로 이런 유쾌한 놀라움을 선사하십니까?"

"디 롭슨을 아십니까, 엔더비 씨?" 섬뜩할 정도로 날카로운 질문이었다. 미처 예상하지 못했던 것 같았다.

엔더비는 잠시 사이를 두었다. "코블 술집에서 죽치고 있던 그 불쌍한 여자? 물론 저도 봤고, 잔인한 말도 들었습니다." 그는 다시 망설였다. "한두 번 술도 샀어요. 난 항상 라운지에 앉지만, 바를 지나치다 보면 그 여자가 불쌍했습니다. 마가렛이 자선을 베풀던 사람들 중 하나라 친절해야 한다는 의무감이 생겼는지도 모르지요."

"그녀가 살해당했다는 소식 못 들으셨어요?" 홀리가 물었다. 엔더비는 중간에 끼어든 목소리에 놀랐다는 듯 그쪽을 돌아보았다. 마치 어른들 대화에 버릇없는 아이는 끼어들지 말라는 몸짓 같았다.

"아뇨." 그는 천천히 말했다. "간밤에는 코블에 가지 않았습니다. 하버 스트리트에 오기 전에 점심을 푸짐하게 먹어서 제 방에서 샌드위치로 때웠어요. 제가 어떻게 들었겠습니까?"

"왜 우리에게 거짓말을 하셨는지 알아야겠습니다, 엔더비 씨." 베라는 탁자 위로 몸을 내밀었다. 방은 아주 따뜻했다. 반응은 없었다. 엔더비는 일어서서 외투를 벗더니 조심스럽게 접어 의자 등받이에 걸었다.

"엔더비 씨?" 베라는 최대로 고압적인 태도를 취했다. "왜 헛소리를 하셨는지?"

"무슨 말씀인지 모르겠습니다, 형사님."

"우리한테는 책을 팔러 오셨다고 했지요. 한데 알아보니 여기 온 뒤로 서점 근처에도 가지 않았더군요. 도대체 무슨 영문인지 말씀해주시겠습니까?"

속에서 뭔가 무너지는 듯한 모습이었다. 술을 다 마셔버린 뒤 남은 와인 상자 안의 반짝이는 봉투 같았다. 그 모든 신사다운 정중함은 세상으로부터의 보호막이었고, 지금 그 갑옷이 사라지자 텅 빈 공간만 남았다. 베라는 그가 울음을 터뜨릴 거라고 생각했지만, 대신 그는 조용한 절박함을 띤 눈빛으로 올려다보았다. "난 사람을 죽이지 않았습니다."

"그런데 왜 거짓말을 했습니까?"

"이해 못 하실 겁니다. 저도 이해를 못 하겠습니다."

"한번 이해시켜 보시죠."

침묵이 흘렀다. 베라는 그가 다시 이야기를 꾸며낼 시간을 벌고 있다고 생각했지만, 결국 말은 봇물처럼 터져나왔다. 여전히 유쾌한 음성이었지만, 베라는 이 대화가 평소의 연기가 아니라 사적인 이야기라는 느낌을 받았다.

"난 대학에서 게으른 학생이었습니다. 지적으로 게으른 건 아니었고. 공부하는 시간은 항상 많았습니다. 감정적으로 게을렀지요. 감정적으로 게으른 게 어떤 건지 아십니까?" 그는 두 사람을 올려다보았지만 대답을 기대하지는 않았다. "같은 학습 모임에 여학생이 있었습니다. 그럭저럭 유쾌했지요. 시골 장미처럼 심심하게 예뻤고. 그녀도 날 좋아했고, 그래서 생각했죠. 데이트 신청을 해볼까? 좋은 집안 출신이어서 부모님도 그녀를 좋아했습니다. 나도 그녀를 싫어하지 않았죠. 모두 너무나 쉬웠고, 난 책에 에너지를 집중했습니다. 당시에는 그게 무엇보다 중요했지요." 그는 사이를 두고 숨을 골랐다. "대학을 졸업한 뒤 어쩌다보니 결혼했습니다. 내가 그녀를 사랑하지 않는다는 건 알고 있었지만, 모두가 기대하고 있었고 약혼 비슷하게 하다보니 그녀를 버린다는 것도 잔인한 일이었습니다. 그래서 그 길로 갔죠. 말씀드렸듯이, 감정적인 게으름이었습니다. 비겁함이었거나. 아마 그게 더 나은 표현 같습니다." 그는 다시 말을 멈췄다. 베라는 그에게 커피를 따라주었다. 홀리가 도대체 무슨 말을 하려는 건지 모르겠다고 생각하는 것도 알 수 있었다. 요점으로 들어가라고 말하고 싶지만, 베라 앞이기 때문에 말을 끊을 수 없는 기색이었다.

조지 엔더비는 말을 이었다. "모두 최선인 것 같았습니다. 다이아나는 일을 구할 필요가 없었죠. 우리에게 돈이 문제가 된 적은 없습니다. 그녀는 부유한 할머니에게서 재산을 상속받았습니다. 말을 좋아하죠. 승마. 아주 능숙합니다. 몇 년 전에는 올림픽 출전권을 아쉽게 놓쳤어요. 난 아내를 좋아합니다. 우리 둘 다 아이를 원했지만, 그게 아쉬웠지요. 아이가 결국 생기지 않아서." 그는 말을 끊고 창 밖 웨스트게이트 로드에 늘어선 차량의 행렬을 지켜보았다.

"그게 배경이었군요." 베라가 말했다. "아주 흥미롭습니다. 하지만 당신이 회사 일인 척 노섬벌랜드에 와 있는 이유를 설명해주지는 않는데 말이죠."

"다이아나는 날 떠났습니다." 그들은 다시 봇물처럼 말이 터져나오리라고 생각했지만, 그는 다시 사이를 두고 좀 더 천천히 말을 계속했다. "난 그저 도망치고 싶었던 것 같습니다. 여기가 가장 편안한 장소였고요." 그는 다시 머리를 손에 묻었다. "난 몇 번 아내를 떠날 생각을 했습니다. 관계는 완전히 만족스럽지 않았어요. 한데 내가 왜 두려워하나? 왜 상처 받았나."

"남성의 자존심이겠죠." 베라가 딱딱하게 말했다. 이 묘한 결혼 생활이 궁금했고, 더 알아내고 싶었다. 예를 들어 한 침대를 썼는지? 아이가 생기지 않는다는 걸 안 뒤에도 섹스를 했는지? 그러나 이런 질문은 수사와 관련이 없었고, 사생활 침해로 여겨질 수도 있었다. "일하러 가는 척하면서 실제로는 어디에 계셨는지 알고 싶습니다. 어제 어디 계셨죠, 엔더비 씨?"

"불쌍한 디 롭슨이 살해당했을 때?" 영혼을 드러내 보였는데도 아직 자신을 용의자로 생각한다는 것이 놀랍다는 말투였다.

"그리고 그전에, 마가렛 크루코스키가 칼에 찔렸을 때." 베라는 조지가 자신의 매력을 보호막으로 이용해서 인생을 요령 있게 살아온 사람이라고 생각했다. 이제 그는 그 감정적 게으름의 대가를 치르는 중이었다. 혹은 비겁함의 대가.

"그때 전 여기 있지도 않았습니다. 런던에서 차를 몰고 올라오는 중이었어요. 기억하시는지 모르겠지만, 형사님이 오기 직전에 여기 도착했습니다."

"아니!" 베라는 거의 소리치듯 말했다. "거짓말은 그만해. 당신은 그날 오후에 코블에 있었어. 주인이 당신을 기억하더군." 머릿속에서 온갖 가능성이 굴러가기 시작했다. 조지 엔더비는 디를 찾아가는 마가렛을 미행하다가 전철을 타고 고스포스로 갔다. 그는 그 부유한 동네의 점잖은 주민들에 쉽게 섞여들었을 것이다. 그런 뒤 다시 눈을 뚫고 외투 주머니에 든 칼 손잡이를 쥔 채 마가렛을 뒤쫓았다. "당신이 마가렛 크루코스키를 죽였습니까?"

"아닙니다! 말도 안 되는 소리. 내가 왜 마가렛을 죽이겠습니까?"

그게 바로 이 사건의 핵심적인 질문이지, 베라는 생각했다. 도대체 누가 마가렛 크루코스키를 죽일 이유가 있을까?

"어제 어디 있었습니까?"

그는 어깨를 으쓱했다. "그게 중요합니까? 아니면 이제 내가 디 롭슨까지 죽였다는 겁니까? 어처구니없는 이야기네요."

"아니, 엔더비 씨. 내 질문에 대답하지 않는 당신이 어처구니가 없어. 특히 내게 거짓말을 한 게 들통나고서도 말이야." 그녀는 엔더비에게 거의 닿을 정도로 탁자 위로 다시 몸을 내밀었다. "아니면 같이 경찰서에 가시든가. 거기 구금실이라면 당신 가정 문제에서 아주 적당한 도피처가 될 거요."

엔더비는 즉시 대답했다. "그 전날 밤 타인 밸리에 사는 친구와 같이 있었습니다. 계획된 만남은 아니었어요. 아무것도 미리 계획하지 않았습니다. 하지만 처음 도착했을 때, 마가렛이 살해당한 날, 케이트는 내가 일하러 왔다, 평소 일정대로 움직일 거라고 생각하더군요. 이틀 밤 묵고, 하루 비웠다가, 다시 하룻밤. 굳이 설명하고 싶지 않았습니다." 그는 서글프게 창밖을 내다보았다. "계속 눈이 왔으면, 마을에 발이 묶였으면, 그런 기분이었어요."

"친구 이름은?" 그러나 베라는 이미 알 것 같았다. 이 수사의 핵심은 하버 스트리트, 퍼즐의 모든 등장인물은 그곳과 연결되어 있다.

"마이클 크랙스." 엔더비는 고개를 들고 미소지었다. 그 미소는 신경성 경련과 다를 게 없는 버릇, 조건반사라는 생각까지 들었다. "뉴캐슬 대학의 해양생물학자입니다. 마들의 여관에서 만났어요. 그도 연구차 바다에 올 때 단골입니다. 난 늘 그가 부러웠습니다. 모든 걸 가진 것 같았거든요. 완벽한 결혼 생활, 완벽한 가정, 만족스러운 일. 너무나 부러워서 차라리 그를 싫어하고 싶었습니다. 하지만 그 교수를 싫어할 수 있는 사람이 누가 있겠습니까."

"어떻게 진행된 거죠?" 베라는 물었다. "초대 말입니다. 당신이 그냥 전화를 걸었어요? 난 세상 사람들 앞에서 아직도 행복한 결혼 생활을 하는 척하고 있다. 하룻밤 숨을 수 있는 곳을 제공해달라."

"전화 걸 필요는 없었습니다." 엔더비는 시선을 들었다. "그도 하버 스트리트에 있었으니까요. 내가 도착한 오후에. 눈 내리던 날 오후."

마가렛이 살해당한 날 오후. 잠시 침묵이 흘렀다. 베라는 엔더비가 방금 자신이 한 말의 함의를 이해하고 있는지 궁금했다. 어쩌면 크랙스를 의도적으로 용의 선상에 올려놓고 있는지도 모른다. 서서히 짜증이 나기 시작했다. 그는 교묘하고 이기적이었다.

엔더비는 말을 이었다. "내가 차를 몰고 도착했을 때 크랙스는 자기 차 쪽으로 걸어가고 있었습니다. 내게 인사를 건네더군요. 난 말했습니다. '형편없어요.' 아마 내가 자포자기 상태라는 걸 눈치챘을 겁니다. 날 코블로 데려가서 술을 사면서 언제든지 자기 집에 묵으라고 하더군요." 그는 연약한 미소를 살짝 지었다. "그럴 생각은 별로 없었습니다. 행복한 가정을 구경하고 싶은 기분이 아니었어요. 하지만 케이트에게 다이아나가 날 떠났다고 길게 설명하고 싶지도 않았습니다." 그는 말을 멈추었다. 다시 일장 고백을 시작할 태세였다. "사실 전 케이트를 늘 연모했습니다. 스튜어트가 나타나기 전에 고백할 생각이었어요. 전 타이밍이 늘 엉망입니다. 그래서 스코틀랜드로 가는 걸로 되어 있는 하룻밤만 재워 달라고 교수에게 부탁했습니다."

엔더비는 다른 질문이나, 최소한 감상이라도 기대하는 듯 올려다보았지만, 베라는 마이크 크랙스 교수에 대해 생각하고 있었다. 그는 마가렛을 알았고, 코블에서 이따금 술을 마셨으니 디 롭슨도 알았을 것이다. 지금까지 교수는 첫 살인사건이 발생한 날 말콤 커와 헤어진 뒤 곧장 집으로 차를 몰고 갔다고 알고 있었다. 분명 컬러코츠의 도브 연구소에서 홀리에게 한 이야기로는 그런 인상이었다. 한데 그날 오후 그는 하버 스트리트에서 뭘 하고 있었을까? 그 사이 빈 시간을 어떻게 보냈을까?

"즐거운 저녁이었군요." 베라는 말했다. "스코틀랜드에서 책을 판매한다고 말해 놓고 타인 밸리에서 하룻밤을 보냈다. 교수와 그 부인, 당신." 그녀는 행복한 가정을 믿지 않았다. 조는 그녀가 냉소적이라고 생각했다. 아직도 그는 그런 믿음을 고수하고 있었다.

"메리 크랙스는 없었습니다." 엔더비는 대화에 흥미를 잃은 것 같았다. 어쩌면 아내가 자신을 떠났다는 극적인 사건에서 화제가 다른 곳으로 넘어갔기 때문이었을 것이다. "손자들을 돌봐주러 자식 집에 갔다가 자고 온다고 했어요. 하지만, 네, 즐거운 저녁이었습니다. 다음 날에는 핵삼을 돌아다녔습니다. 아름다운 도시더군요. 그런 뒤 하버 스트리트로 돌아왔습니다. 그리고 오늘 아침에는 전철을 타고 시내로 나왔고요. 예전부터 릿 앤 필을 좋아했습니다. 시간을 보내면서 평화롭게 생각을 정리하는 데 도움이 됐어요. 하룻밤 더 지내고 나면 집으로 돌아가서 세상과 마주할 준비가 될 거라고 생각했습니다."

"그게 당신 계획이었군요?" 세상을 마주한다는 표현이 구체적으로 무엇을 의미하는지 궁금했다. 어쩌면 더 이상 아내의 돈에 손을 댈 수 없고, 시골에도 대저택이 없다는 사실을 받아들여야 할지도 모른다. 어쩌면 그가 이렇게 괴로워하는 이유는 그것일지도 모른다. 결혼한 이후, 그는 은근한 우월감으로 아내를 경멸해왔다. 아내라는 사람이 엔더비와 헤어지는데 왜 그리 오래 걸렸는지 알 수가 없었다.

"네. 그럴 계획이었습니다. 다이아나는 크리스마스까지 머물러도 좋다고 했지만, 이제부터 내가 지낼 집을 찾아봐야 합니다."

어떤 집을 찾으려고? 지붕 밑 단칸 셋방? 마가렛 크루코스키처럼?

"물론 우린 당신 아내 이야기도 들어봐야 합니다." 하지만 베라는 이번에는 그가 사실을 말하고 있다고 생각했다. 혹은, 스스로 받아들일 수 있는 최대한의 진실을.

27

이른 오후 베라는 키머스턴에 돌아갔다. 핵심 수사팀이 새로운 정보를 의논하는 긴급 회의였다. 릿 앤 필 도서관을 나서자마자 조에게서 메시지가 들어와 있었다. 자세한 내용은 알리지 않았지만, 흥분한 기색이 역력했다. 그들은 좁은 베라의 사무실에 꾸역꾸역 모여 앉았다. 쓰레기통에 구겨 넣은 빈 피자 상자에서 양파와 마늘 냄새가 풍겼다. 홀리는 토할 것 같은 얼굴이었다.

베라는 책상에 걸터앉았다. 그녀는 수사팀을 내려다보는 것을 좋아했다.

"조, 다시 설명해 봐."

"스튜어트 부스는 마가렛이 하버 스트리트의 자기 아파트에서 고급 창녀로 일했다고 증언했습니다. 탐욕스럽지는 않았답니다. 돈을 잘 내는 고객 몇 사람만 상대했습니다. 하지만 창녀였습니다." 그는 미간을 찌푸렸다.

베라는 조가 실망했다고 생각했다. 여성적인 덕목을 한몸에 구현한 성녀 마가렛을 믿었을 텐데. "부스가 고객 중 한 사람이었다고? 이 정보를 좀 더 일찍 말할 수는 없었다던가?"

조는 어깨를 으쓱했다. "새로운 연인이 생겼잖습니까. 이런 사실을 사람들에게 알리고 싶지는 않았을 겁니다. 두 번째 피해자가 같은 업계에 종사했다는 것을 알고 나서야 경찰에게 알려야 한다는 생각이 들었답니다."

"아주 공공정신이 강한 분이군." 베라는 말했다. "아니면 아주 영리하든가."

"거짓말을 하고 있다고 생각하십니까?"

"사람들은 거짓말을 해, 조. 그에게는 동기가 있어, 안 그래? 그 나이에 인생의 사랑을 찾았다면, 마가렛 크루코스키가 그 사랑을 망치는 일만은 절대 막고 싶겠지." 베라는 스웨터에 묻은 치즈 자국을 발견하고 긁어서 떼어냈다. "부스 씨의 과거를 파헤쳐서 뭐가 나오는지 보자고. 찰리, 오늘 남은 시간 동안 자네 업무는 그거야."

새로 태어나 마냥 행복해 보이는 찰리는 얼굴조차 찡그리지 않았다.

"오래전 마가렛을 알던 사람들을 추적하는 것도 도움이 되겠지." 베라는 크루코스키에 대한 새로운 정보를 어떻게 해석해야 할지 알 수 없었다. 수사와 관계가 있는지, 곁가지인지 마음을 정할 수가 없었다. "누구 제안 있나?"

"퍼시 스트리트에서 디의 이웃이었던 노부인이 마가렛을 좋아했던 남자 이야기를 했습니다." 조는 수첩을 보았다. "리키 버트라는 남자. 지금은 중년 이후일텐데, 마가렛을 기억할지도 모릅니다. 그의 어머니가 코블의 주인이었습니다."

베라는 바 위에 걸려 있던 초상화를 떠올렸다. "그것도 알아봐, 찰리. 혹시 주소를 얻을 수 있는지."

"조지 엔더비 일은 어떻게 됐습니까?" 조는 조급했다. 먹는 일을 다 끝내고 나니 앉아서 잡담이나 하지 말고 얼른 일을 해야 한다고 생각했던 것이다. 프로테스탄트 노동 윤리다.

"홀, 자넨 어떻게 생각했어?" 홀리는 자신이 조명을 받지 못해 뚱해 있었다. 의견을 표명할 기회를 주는 게 합당했다. 엔더비가 거짓말을 했다는 사실을 알아낸 것이 다름아닌 그녀였으니까.

"사실 약간 한심하다는 생각이 들었어요. 아내를 좋아하지도 않으면서, 왜 떠난다니까 난리를 피우는지?" 홀리는 몸을 죽 폈다. 베라는 그녀가 진정한 고독의 아픔을 알기에는 아직 너무 어리다고 생각했다. 젊음과 건강이 넘치는 그녀라면 자신이 혼자 죽을 수도 있다는 생각은 해본 적이 없을 것이다.

"엔더비도 살인 용의자일까요?"

"기회는 있었어. 안 그래? 시간대를 추적해보면, 마가렛과 같이 전철을 탈 수 있을 정도로 일찌감치 마을에 도착했고, 크랙스 교수와의 알리바이를 확인하기 전에는 디 롭슨이 죽었을 때 마을을 비웠다는 이야기도 그저 본인 말뿐이야."

"동기는?"

침묵. "이상한 사람이니까, 그렇잖아요?" 홀리가 말했다. "그리고 여자를 싫어해요."

하지만 베라는 그것으로 충분하지 않다는 것을 알고 있었다. "자넨 전철에서 그를 본 기억이 없지, 조?"

"아뇨. 하지만 만원이었으니까요. 꼭 그가 없었다는 뜻도 아닙니다." 조는 잠시 뜸을 들였다가 다시 말을 이었다. "바퀴 달린 수트케이스, 늘 책을 운반하던 가방 안에는 갈아입을 옷뿐이었습니다. 방수 재킷, 청바지, 부츠. 검사를 해보는 것도 좋지 않을까요? 혈흔이 있는지. 요청할 때 그의 반응을 보는 것도 흥미로울 겁니다."

"그렇게 하지." 방은 따뜻했고, 베라는 갑자기 졸음이 몰려왔다. 밖에 나가서 신선한 공기를 마시지 않으면 고개를 책상에 박고 졸 것 같았다. 침묵의 방에 있던 조지 엔더비처럼. 이제 움직일 시간이다.

"홀, 자넨 오늘 오후 쉼터에 가 봐. 캐머런에게 조를 보내겠다고 했지만, 자네가 해줬으면 좋겠어. 여자들 중에 마가렛의 과거에 대해 알고 있는 사람이 있는지 물어봐. 그녀가 디 롭슨에게 그렇게 마음을 쓴 이유를 이번 정보 덕분에 알게 됐어, 안 그래? 게다가 물어보지 않으면 여자들이 먼저 말을 꺼내지는 않을 거야. 죽은 사람에게 안 좋은 이야기를 할 수는 없으니까. 마가렛이 자원봉사를 시작하기 전에 대해 알고 있는 사람이 있는지 알아봐. 모두 그 동네 사람들이야. 그리고 제인 캐머런과 여자들에 대해 자네가 어떤 인상을 받을지도 흥미로워." 베라는 잠시 숨을 골랐다. "조, 자네는 마이클 크랙스 교수를 만나 봐. 그도 우리한테 거짓 증언을 했어. 그날 오후 마들에 있었으면서, 왜 홀리에게는 곧장 핵삼으로 돌아갔다고 했을까? 오늘은 일단 뒷조사를 좀 하고, 내일 집에서 만나 봐. 찰리를 데려가. 며칠이나 책상 앞에 처박혀 있었으니까 신선한 시골 공기를 좀 마실 때도 됐어."

찰리는 고맙다는 미소를 지었다.

"크랙스도 용의자로 보십니까?" 조는 회의적인 말투였다. 그는 교육받은 계층에 현혹되는 경향이 있었다.

"왜 안 돼. 우리에게 거짓말을 했어. 게다가 마가렛의 고객이었을 만한 나이이기도 해. 행복한 가정의 가장이라면, 그녀가 자신의 과거에 대해 공개하기로 작정했을 때 잃을 게 많아. 죽어간다는 사실을 안 뒤에 주변 정리를 하고 싶었을 테니까." 그러면 마가렛은 마음이 편해졌겠지만 주변 사람들에게는 잔인한 일이었겠지, 베라는 생각했다.

"보스는요? 무슨 계획이세요?" 홀리였다. 자기가 상관할 일이라도 되는 것처럼.

"난 마들로 돌아가." 베라는 자세히 설명하지 않았다. 다들 물어보지 않는 것이 현명하다는 것을 알고 있었다.

남은 오후 내내 베라는 가만히 앉아 있을 수가 없어 마들을 돌아다니며 생각을 정리했다. 교회에 다니던 자선사업 자원봉사자가 한때 돈에 몸을 팔았다는 사실은 수사팀이 사건을 바라보는 방식을 이미 바꿔 놓았다. 마가렛에 대한 시각도. 갑자기 수사가 단순해질 위험이 있었다. 창녀 살인범을 찾게 될 수도 있다. 관점이 좁아질 것이다.

그러나 베라는 이 정보로 인해 살인사건이 보다 복잡하고 미묘해졌다고 생각했다. 예를 들어, 말콤 커와의 관계가 있었다. 그도 마가렛이 어떻게 생계를 유지했는지 알고 있었을까? 분명 그랬을 것이다. 분명 마가렛을 사랑했던 그에게 그 사실은 어떻게 작용했을까? 그는 지금조차 그녀의 명예를 보호하려 하고 있다, 비록 두 사람의 관계를 규정할 수는 없었지만, 베라는 그렇게 생각했다. 이어서, 다른 누가 알고 있었을까?

한동안 주위 풍경을 의식하지 않고 걷던 베라는 자신이 고등학교 밖에 와 있는 것을 깨달았다. 흉한 벽돌과 콘크리트 건물, 교도소 같은 울타리가 둘러져 있었다. 창문 몇 군데에는 창살도 쳐져 있었다. 아마 시설을 손상하러 들어오는 사람들을 막기 위한 것이겠지만, 창살을 보니 오히려 벽돌을 던지고 싶은 마음이 일었다. 여기는 이번 사건의 바깥 경계였다. 프로파일러라면 지도를 만들어 핀을 꽂을 것이다. 이곳에 모든 주요 등장인물들이 살고 있다. 쉼터만 제외하고. 베라는 문득 생각했다. 목사관으로 사용되던 건물은 마을 바깥에 있었지만, 그곳 역시 사건의 핵심이었다. 이번 사건에 관련된 많은 사람들이 그날 오후 겨울 바자회에 참석했다. 마가렛은 제인 캐머런과 문제를 상의하고 싶었다. 자신의 병에 대해서, 혹은 다른 문제? 오래 산 입주자 중에 같은 업계에 종사하던 사람이 혹시 마가렛을 알아보았을까? 베라는 직접 쉼터에 가보고 싶었다. 여자들과 끈기 있게 대화를 하면서 기억을 이끌어내고 싶었다. 하지만 혼자 활약할 기회를 주지 않는다면 홀리는 어떻게 형사로 성장할 수 있을까?

베라는 돌아서서 하버 스트리트로 향했다. 밑창이 납작한 신발이 보도에 부딪히며 규칙적인 소리를 냈다. 전철역에서 멈춰선 그녀는 퍼시 스트리트로 통하는 골목으로 접어들었다. 감식반이 아직도 디의 집에 있었다. 회색 건물을 배경으로 둘러쳐진 현장감식 테이프가 묘하게 축제 분위기를 자아내고 있었다. 베라는 말콤 커의 문을 두드렸다. 답이 없었다. 거의 멈추지도 않은 채, 그녀는 돌아서서 같은 생각에 잠겨 같은 박자로 걸음을 옮겼다.

여관을 지났다. 낮이었지만 너무 어두워서 지하 부엌에는 불이 켜져 있었고, 지나치는 사람들을 위한 연속극처럼 집 안 풍경이 환히 펼쳐졌다. 케이트 듀어는 식탁에 앉아 그릇에서 수프를 퍼담고 있었다. 아, 배고파, 베라는 생각했다. 케이트 옆에는 스튜어트가 있었다. 그녀의 연인. 조가 만류했지만, 혹시 젊은 시절의 방종을 고백했을까? 내가 저렇게 좋은 남자를 만난다면, 30년 전에 있었던 일 따위는 개의치 않을 텐데. 그는 진지해 보였지만, 원래 늘 그렇게 보이는 사람이었다. 무슨 대화인지 알 길은 없었다. 아이들은 보이지 않았다. 어쩌면 말을 꺼내기 전에 아이들을 내보냈는지도 모른다.

마가렛이 이 집에서 영업하던 시절, 헥터도 하버 스트리트에 드나들었다는 사실이 갑자기 떠올랐다. 그는 말콤 커를 알고 지냈고, 그의 배를 타고 새알을 수집하러 다녔다. 아마 코블에서 초상화에 그려진 뚱뚱한 여주인의 접대를 받았을 것이다. 헥터도 마가렛의 고객이었을까? 선착장 그늘을 빠져나와 구석의 큰 집으로 슬쩍 들어갔을까? 마가렛의 문을 두드렸을까?

그녀는 갑작스럽게 방향을 꺾었다. 길 건너 교회를 향했다. 오르간 소리가 들려왔던 것이다. 느리고 활기가 없었다. 어렴풋이 기억하는 크리스마스 캐롤이 오르간 연주자에게 난도질당하고 있었다. 노랫소리가 들리지 않는 것으로 보아 예배는 아니었다. 연습 같았다. 연주자에게는 정말 필요했다!

베라는 문을 밀어 열었다. 오르간 위쪽의 불빛을 제외하면 안은 컴컴했다. 소리가 끽 하고 멈추더니, 아주 늙은 노인의 목소리가 놀라 외쳤다. "여보세요, 신부님이세요?" 두 여자가 얼마 전에 살해당했으니 놀라는 것도 당연했다.

베라는 외쳤다. "아뇨. 신부님을 만나러 잠깐 들렀습니다."

"그루스킨 신부님은 나가셨어요." 여자는 아직 미심쩍은 듯했지만, 두려움 대신 호기심이 떠올랐다. "무슨 일이세요?"

"어디 계시는지 아세요?"

"타락한 여자들을 위한 곳에 가셨어요." 내뱉는 듯한 말투. 경멸.

마가렛이 이 고결한 악의에 둘러싸여 어떻게 계속 여기서 예배를 볼 수 있었는지 궁금했다. 유혹이 없다면 고결하게 사는 것은 쉬운 일이다. 베라가 잘 알고 있었다. 그녀는 문을 등 뒤에서 쿵 닫고 교회를 나섰다. 그리고 메아리치는 소리를 뒤로 한 채 길을 건너 커의 작업장으로 향했다.

문은 잠겨 있지 않았다. 케이트 듀어의 아들 라이언이 작은 배의 동체를 문지르고 있었다. 기계 돌아가는 날카로운 소리가 신경을 건드렸다. 인기척도 들리지 않는 모양이었다. 그녀는 다가가서 라이언의 얼굴 앞에 손을 흔들어 보였고, 그는 기계를 껐다.

"말콤을 찾고 있어."

"여기 없어요." 그는 미소지었다. "유감이네요." 그는 매끄러운 동체를 애무하듯 쓸었다.

"바깥은 정말 춥군. 잠시 헛간에 들어가지. 이야기 좀 하게."

그는 배를 남겨 두기 싫은 기색이었지만, 순순히 베라를 따랐다.

"일을 좋아하는군?" 베라는 말했다.

"네." 그는 쑥스러운 듯 인정했다.

"학교를 졸업하면 말콤 밑에서 정식으로 일하게 될까?" 그녀는 그을린 검은 주전자를 난로 위에 올렸다.

"어쩌면." 그는 잠시 뜸을 들였다. "하지만 어떻게 될지 모르겠어요. 난 계획이 있거든요. 대장이 되고 싶어요. 밖에 나가면 진짜 돈을 벌 수 있다고요."

베라는 눈썹을 치켜세웠다. 돈은 그녀의 성취동기였던 적이 없었다. "차?" 베라는 주전자를 턱으로 가리켰다.

"음. 이거 도둑질 아닌가요?"

"이 녀석." 베라는 씩 웃지 않을 수 없었다. "우유는 없는 것 같은데. 블랙으로 마시자고." 그녀는 라이언을 올려다보았다. "말콤은 어딨지?"

"배를 끌고 나갔어요. 섬으로 가겠다는 사람이 있어서요."

"크랙스 교수?" 조가 굳이 여기까지 올 것 없도록 기다렸다가 교수를 만나보는 게 좋을지도 모르겠다.

"아뇨. 관리인력이요. 관리소 시설에 손 볼 게 있어서요."

"날씨가 좀 좋아지면 나가지 않고." 베라는 차를 마셨다. 따뜻하다는 말이 최선의 표현이었다. "지금은 거기 사는 사람도 없을 텐데."

"저한테 묻지 마세요! 제게는 다들 아무 말도 안 해줘요."

"하지만 너도 돌아가는 건 알잖아, 안 그래?" 베라가 보기에 소년은 스폰지 같았다. 사람들이 그에게 말을 걸 것이다. 소년은 정보와 기밀, 이 런저런 소문을 빨아들인다. "넌 평생 대부분을 이 거리에서 살았지. 본 게 있을 것 아니야."

"난 악몽을 꿔요. 잠을 못 자죠. 그러면 걸어다녀요. 엄마는 싫어하지만요. 내가 거리에서 쓸데없는 일에 휘말린다고. 그리고, 네. 보는 것도 있어요."

"뭘 보지? 한밤중에 하버 스트리트를 걸어다니면서 보는 게 뭐야?"

그녀는 사이를 두었다. "내게 말해줄 비밀 이야기 없어, 라이언?"

그는 베라의 직관에 놀란 듯 시선을 들었다. 뭐라 대답하려는데, 그의 휴대전화가 울렸다. 발신자 번호를 확인하더니 표정이 변했다. 무표정하고 딱딱한 얼굴이었다. "미안해요. 이건 받아야 해요." 그는 일어서서 밖으로 나갔다.

잠시 후 따라나가보니 소년은 다시 사포 기계를 돌리고 있었다. 그는 허물없이 손을 흔들었지만, 베라는 이제 소년에게서 아무것도 들을 수 없다는 것을 알 수 있었다.

작업장을 떠나며, 베라는 모든 가능성을 감안할 때 남은 것은 단 한 가지뿐이라고 판단했다. 마들 어판장 식당에 앉아 대구와 칩으로 식사를 해야겠다.

28
|

홀리는 이른 오후에 쉼터에 도착했다. 평탄한 풍경이 바다로 이어졌고, 나무는 온통 바람 방향으로 굽어 있었다. 거대한 회색 하늘. 사각의 돌집도 회색이었지만, 관리 소홀로 허물어지고 있었다. 페인트가 벗겨진 창틀, 잡초가 자라나는 하수구, 떨어져 나간 지붕 널. 하지만 돈만 조금 있으면 멋진 곳으로 탈바꿈할 것이다. 이 집을 멋진 시골풍 저택 호텔이나 고급 아파트로 개조한 모습을 상상할 수 있었다. 홀리는 텔레비전 집 안 개조 프로그램 광이었고, 미용실에서 인테리어 디자인 잡지도 읽었다. 왜 자선기금이 이 집을 팔고 시내에 보다 편리한 집을 구하지 않는지 의아했다. 그래도 이윤이 남을 것이다.

홀리는 검은 볼보 옆에 차를 세웠다. 내리자마자 바람이 재킷 자락 안으로 스며드는 것 같았다. 어딘가에서 개가 짖고 있었다. 그녀는 노크했고, 곧장 어린 아이 같은 깡마른 여자가 문을 열었다.

"사회복지사예요?" 반갑다는 음성이었다. 눈은 커다랗게 뜨고 있었다. 빨강머리는 뒤로 모아 리본으로 묶었다. 학생 같은 옷차림, 취향과 돈이 있는 학생의 맵시였다. 직원이라고 해도 이상할 것이 없었겠지만, 너무 마르고 신경질적이었으며 손톱을 물어뜯고 있었다.

"아니."

"아." 소녀는 실망해서 물러섰다. "사회복지사가 와서 크리스마스에 날 집에 데려다주기로 되어 있어요. 날 담당하는 사람이 휴가 중이거든요. 엄마가 다시 연락해보겠다고 했는데."

"책임자와 이야기할 수 있을까?"

그때 복도에서 통통한 여자가 나타났다. "5시까지는 안 온다고 했잖아, 에밀리." 그녀는 소녀에게 말했다. 여덟 살짜리를 상대하는 말투였다. "따뜻한 부엌에 가서 기다려." 그런 다음 그녀는 홀리에게 손을 내밀었다. "난 제인 캐머런, 이곳 운영자예요. 베라 스탠호프의 부하인가보군요. 디롭슨에 대해 입주민들에게 물어보려고 오셨겠지요."

제인은 홀리의 예전 프랑스어 선생을 연상시켰다. 전혀 소란을 피우지 않고 관리하는 사람들에게서 원하는 행동을 이끌어낼 수 있을 것 같은, 사람 좋은 권위와 자신감의 소유자였다. 스코틀랜드 억양도 마찬가지였다. 집 안에서 무슨 소리가 들리더니 그루스킨 신부가 등장했다. 홀리를 알아보았는지는 몰라도, 그는 아는 척을 하지 않았다. 얼굴은 찌푸리고 있었다. "그럼 가보겠습니다. 이 단계에서 우리가 할 수 있는 일은 더이상 없는 것 같군요." 그는 두 여자에게 인사하고 밖으로 나갔다. 바람이 망토와 머리카락을 휘날렸다. 두 사람은 멀어지는 그루스킨 신부의 차를 바라보았다.

홀리는 제인을 따라 부엌으로 향했다. 여자 둘이 장갑과 부츠를 신고 있었다. "산책 준비 중이었어요." 제인이 말했다. "모두 다 안에 갇혀 있었는데, 일기 예보를 보니 남은 한 주도 만만찮을 것 같아서요. 신선한 공기가 필요해요. 자, 에밀리. 코트 입어. 사회복지사는 틀림없이 만날 수 있을 거다." 제인은 홀리를 돌아보았다. "괜찮으세요? 걸으면서 이야기하죠." 홀리는 선택의 여지가 없었다. 입주민은 세 명뿐이었다―나머지는 크리스마스를 맞아 더 안락하거나 신나는 곳에 초대받은 것 같았다. 깡마른 아이 에밀리, 개에게 장난감을 던져주며 앞장선 건장한 젊은 여자 로리, 같이 있을 때 거의 말수가 없는 나이 많은 여자 수전.

제인은 여자들을 먼저 걷게 하고 홀리와 이야기를 나누며 뒤따랐다. "피터 그루스킨을 만난 적이 있으세요?"

홀리는 고개를 끄덕였다. 자신이 먼저 질문을 할 생각이었다. 이 적극적인 여자에게 끌려가고 있다, 상황 통제력을 잃고 있다는 기분이 들었다.

"어떻게 생각하셨어요?"

홀리는 망설였다. 다른 증인에 대해 잡담을 늘어놓을 수는 없다.

제인은 기다리지 않고 스스로 질문에 답했다. "정말 한심한 사람이에요. 저번 신부는 좋았어요. 자상했고, 여자들도 좋아했죠. 피터는 우리를 이해할 수 없다는군요. 마가렛과 디가 쉼터에서 만났다는 걸 언론이 알게 될까 봐 노심초사하고 있어요. 그럴 수도 있겠죠? 그냥 우리가 사라졌으면 하는 것 같아요."

"모르겠군요. 경찰은 언론에 아무 말도 하지 않았습니다." 그들은 황무지 가장자리를 따라 난 산책로를 걷고 있었다. 알록달록한 되새 무리가 마른 엉겅퀴 열매를 쪼아 먹고 있었다.

"베라 스탠호프 밑에서 일하는 건 어떤가요?" 제인은 재미있다는 듯 물었다.

홀리는 충성심과 속마음을 털어놓고 싶은 욕구 사이에서 갈등했다. 결국 그녀는 자제했다. "흥미로워요. 스탠호프 경감은 좋은 형사님이죠."

제인은 클클 웃었고, 홀리는 앞으로 걸어나가 다른 여자들과 나란히 섰다. 이 행진 시간이 유일하게 주어진 기회일지도 모른다. 베라에게 들려줄 뭔가를 얻어내야 했다.

에밀리는 도움이 될 만한 이야기를 하지 않았다. 크리스마스에 집에 갈 생각에 사로잡혀 있는 듯했다. "엄마는 이번에는 잘될 거라고 해요. 학교에 돌아가서 대학준비과정을 밟자고 이야기했어요." 서글프게 들리는, 그리 낙관적이지 않은 목소리였다.

"학교는 어디 다니니?"

"시내의 세인트 앤 학교. 근데 엄마는 지방 종합학교가 나을지도 모르겠다고 해요. 스트레스도 덜하고. 난 잘 모르겠어요. 좀 무서울 것 같아요. 남자애들과 같은 학교에 다닌 적이 없거든요." 그녀는 눈을 깜빡이더니 입을 다물었다. 홀리는 이 연약한 젊은 소녀라면 큰 고등학교에서 일주일도 못 버틸 거라고 생각했다. 부모는 아이를 사립학교에 보내려고 돈을 열심히 모았을 것이다. "마가렛은 내가 어떻게 지내는지 보려고 이따금 찾아온다고 했는데." 에밀리는 말했다. 그녀는 홀리를 돌아보았고, 목소리는 애원하는 듯했다. 어쩌면 대신 나타난 구원자라고 생각하고 있는지도 모른다.

"디 롭슨은 알았니?"

"아뇨." 잠시 침묵. "음, 겨울 바자회에서 한 번 만난 적이 있어요. 마가렛과 같이 왔죠. 하지만 난 약간 겁에 질려 있었어요. 낯선 사람들이 너무 많아서요. 아무하고도 이야기하지 않았어요." 에밀리는 홀리를 뒤에 남기고 앞으로 걸어 나갔다. 홀리가 자신을 도와줄 사람이 아니라는 것을 깨달았을 것이다. 그녀가 따라잡자, 에밀리는 살인사건에 대해 이야기를 계속했다. 지방 정신과 병원 청소년 병동에서 여기로 옮긴 지 몇 주밖에 안 되었기 때문에 쉼터에서는 디 롭슨과 같이 지낸 적이 없는 것 같았다. "여자들이 디 이야기를 많이 해줬어요. 어처구니 없는 사람이라는 식으로. 하지만 어떤 사람이라도 그런 식으로 죽을 이유는 없지 않아요?" 그들은 한동안 침묵을 지키며 걸었다. 들려오는 것이라고는 근처 숲에서 들려온 까마귀 울음소리, 저 멀리 트랙터 엔진 소리뿐이었다.

"마가렛이 혹시 걱정거리를 말한 적이 있니?" 하지만 홀리는 마가렛이 이중 누군가에게 비밀을 털어놓았다 해도 분명 에밀리는 아니었을 것이라고 생각했다.

에밀리는 고개를 저었다. "마가렛은 워낙 많은 일을 겪어서 걱정거리가 없는 사람 같았어요."

로리는 디를 알고 있었다. "언제나 마들에 돌아다니는 그런 여자들 중 한 사람이었어요. 워낙 구경거리가 되다 못해 사람들이 신경조차 쓰지 않는. 〈빅 이슈〉 잡지 비슷한 거죠. 놓여 있긴 한데 눈에 띄지는 않는 거예요." 로리는 길가에 말라 죽은 검은딸기 열매를 지팡이로 쓸었다. "마가렛은 쉼터에서 좀 지내면 디도 나아질 거라고 생각했어요."

"안 그랬나요?"

"네. 디는 올 때부터 여길 싫어했어요. 나는 시골이 좋은데, 디는 마들 밖에는 뭐가 있는지도 몰랐거든요."

"쉼터에 오기 전에는 어디 있었죠?" 경찰서에 돌아간 뒤 이 모든 정보가 기억이 나야 할 텐데. 아이패드가 없으니 홀리는 어떻게 해야 좋을지 몰랐다.

"교도소. 코블에서 어떤 남자랑 시비가 붙어서 폭행으로 들어갔어요. 이미 절도로 집행유예 상태였거든요. 형기 말에 할머니 집에 돌아가서 살고 싶다고 신청했는데, 당국에서 쉼터로 결정했어요. 그래서 보호관찰 기간 동안 여기 오게 된 거죠. 제인은 그녀를 받고 싶지 않았는데, 마가렛이 디에게 기회를 주자고 설득했어요." 로리는 어깨를 으쓱했다. "절대 안 풀린다고 말렸어야 했는데."

"마가렛이 전부터 디를 알고 있었어요?" 이것이야말로 베라가 알고 싶어한 정보였다.

"몰라요. 디의 엄마를 알고 있었나. 아마 그랬을 거예요." 로리는 지팡이를 다시 던졌고, 개는 얼른 쫓아갔다. 일행 중에 그녀가 가장 쉼터에서 마음이 편한 것 같았다. "디의 가족은 계속 마들에서 살았어요."

그들은 다른 숲길을 통해 다시 집으로 향했고, 홀리는 수전과 이야기를 나누었다. 나이 많은 여자는 걷는 속도를 쫓아오려고 힘들어 했고, 홀리가 기다려주어야 했다. 머리 위 앙상한 나뭇가지 사이로 바람이 불고 있었고 수전은 귀가 좋지 않은 것 같아서, 알아듣지 못하면 가끔 소리를 쳐야 했다. 다른 사람들은 한참 앞장서서 걸어가고 있었다.

"쉼터에는 얼마나 계셨어요?"

안전하게 대화를 시작할 수 있는 질문 같았지만, 수전은 이 질문에 위협을 느끼는 것 같았다.

"옮겨야 하나요? 마가렛은 원하는 만큼 있어도 된다고 했는데. 일시적인 장소라고 알고는 있지만, 나는 특별한 경우라고 했어요." 홀리는 그녀의 목소리에 놀랐다. 초조한 말투였지만, 부드럽고 조리있었다.

"마가렛을 오래 알고 지냈나요?"

"아, 네. 오랫동안 친구였어요." 그녀는 사이를 두었다. "하지만 마가렛은 언제나 나보다 강했어요." 다시 침묵. "난 신경이 그렇게 튼튼하지 못해요. 이제 기억력도 슬슬 퇴화하고." 그녀는 묘하게 클클 웃었다. "몸이 망가지는 거지."

앞서가는 여자들이 시야에서 사라졌다. 숲은 온통 어두운 그림자로 덮였다.

"마가렛의 남편도 아셨나요?"

"아뇨. 우리가 만났을 때 그는 떠난 뒤였어요. 다른 남자는 알았죠. 마가렛이 그 밑에서 일하던 사람."

"말콤 커?" 홀리는 베라가 이 정보도 좋아할 거라고 생각했다. 그녀는 예기치 않은 관련성이 튀어나오는 것을 무엇보다 좋아했다.

"그런 이름인가요?" 수전은 여기가 어디인지 기억이 나지 않는 듯 주변을 멍하니 둘러보았다. "이름은 기억이 안 나네요."

"그때 당신은 마들에서 살았나요?" 이 여자의 기억력을 좀 더 믿을 수 있다면 얼마나 좋을까. 어쩌면 기억이 아니라 기묘한 상상에서 나온 이야기인지도 모른다.

"마들? 아, 네. 난 하버 스트리트의 건물 1층에서 살았어요. 마가렛은 지붕 밑에 살았고. 난 아이가 있었는데, 당국에서 빼앗아갔어요. 가끔 어디 있는지 궁금하지. 다 자랐을 텐데. 하지만 그게 최선이었을 거예요. 그래, 그게 최선이었어요."

"마가렛이 생계를 유지하기 위해 무슨 일을 했는지 알아요?"

대답이 없었다. 홀리는 상대가 질문을 못 들은 줄 알고 다시 되풀이했다.

그러나 수전은 여전히 묵묵부답이었다. 대신 그녀는 콧노래를 흥얼거리기 시작했다. 처음에는 모르는 가락인 줄 알았는데, 그러다 문득 떠올랐다. 홀리는 90년대 음악을 좋아하는 남자 친구를 사귄 적이 있었다. 케이티 거스리의 '흰 달 여름'이었다.

두 사람이 쉼터에 도착해보니, 에밀리는 현관을 맴돌며 사회복지사를 기다리고 있었다. 로리는 보이지 않았고, 수전은 계속 콧노래를 부르며 복도 끝 방으로 느릿느릿 향했다. 텔레비전 게임 쇼 소리가 아주 요란하게 울렸다. 제인은 부엌에서 차를 끓이고 있었다.

"원하던 이야기는 들으셨나요?" 제인은 돌아보았다. 손에는 케이크를 자르던 칼을 쥐고 있었다.

"모르겠어요." 그게 당신하고 무슨 상관이지? 학교 선생 같은 분위기 때문인지, 홀리는 이 여자에 대한 신뢰감이 생기지 않았다. 어쨌든 마음에 들지 않았다. "수전에 대해 말해주세요."

"아, 불쌍한 수전. 우울증과 정신이상 병력이 있어요. 정신병원을 들락거렸죠. 대화요법, 전기충격, 할 수 있는 건 다 했는데, 애당초 믿을 만한 진단이었는지 의심스러워요. 지금은 안정된 편이죠."

"여기 오래 있었나요?" 홀리는 탁자에 앉아 아이패드를 꺼내 조심스럽게 메모를 시작했다. 산책에서 나누었던 대화를 기억나는 대로 모두 입력했다. 베라는 단어 하나 빠뜨리지 않고 생생하게 기술하는 것을 좋아했다.

"2년 이상. 긴급 상황에는 일시적으로 수용하는 게 원칙이고 사실 지금쯤 퇴소해야 하는데, 여기가 잘 맞는 것 같아요. 나가 달라는 말도 차마 할 수가 없네요." 제인은 머그 두 잔에 차를 따랐다. "그 여자가 어디로 가겠어요?"

"마들의 하버 스트리트에 살았다고 하더군요."

"그래요? 가까운 가족은 없을 텐데. 사회복지국에서 확인했을 거예요." 제인은 식탁에 앉았다.

"마가렛 크루코스키를 아주 오래전부터 알았다고 했어요."

"아, 수전이 하는 말은 그렇게 믿지 마세요." 다시 학교 선생처럼 가르치려는 말투였다. "정신이 혼란스럽고, 사람들이 하는 말을 듣고 그대로 되풀이하거나, 이야기로 끼워 맞추는 거예요. 증인으로서는 정말 믿을 수 없을 겁니다." 경고처럼 들렸다.

그때 문간에서 소란이 일었다. 에밀리를 위한 사회복지사가 일찌감치 도착한 모양이었다. 에밀리는 가방을 들고 부엌으로 달려들어와 작별 인사를 했고, 제인은 자동차까지 따라 나가 배웅했다.

"잘됐으면 좋겠네요." 제인이 돌아오자 홀리는 말했다.

"아, 전 크게 기대 안 해요. 지난번에 어머니는 단 하룻밤 같이 지내고 다음 날 아침에 사회복지과에 다시 데려왔어요. 자기 문제가 있는 사람이에요. 돈 많은 새 남자를 만났는데, 에밀리를 위해 쓸 시간이 없어요. 이번에는 사회복지과가 크리스마스 휴가 기간에 문을 닫으니까, 아마 내가 뒤처리를 해야겠죠." 제인은 자신의 말투가 가혹하다는 것을 느낀 모양이었다. "미안해요. 동정 피로증이죠. 난 그냥 피곤해요."

쉼터에서 겨우 한 나절 보냈을 뿐인데도, 홀리는 자신도 피곤하다고 느꼈다.

29

크랙스 교수는 헥삼과 로마 시대 장벽에서 멀지 않은 마을의 나지막한 돌집에 살고 있었다. 가는 도중 조 애쉬워스는 시간낭비라고 생각했다. 전화 한 통이면 끝날 일을. 그러나 베라는 얼굴을 대면하는 것을 선호했다. "전화로는 거짓말을 하기가 훨씬 쉬워." 조가 출발하기 전에, 그녀는 말했다. "그리고 크랙스는 오랫동안 관련인물들을 알고 지냈어. 하버 스트리트에서 있었던 일에 대해 사연을 들어보고, 커와 엔더비에 대한 정보도 더 캐내. 홀리가 그와 이야기했지만, 그 친구는 참을성이 없어. 사람들에게 말을 끌어낼 시간을 주지 않아."

그래도 조는 운전을 즐겼다. 찰리는 키머스턴을 출발하자마자 잠들었으니, 좋아하는 음악도 얼마든지 틀 수 있었다. 그는 크랙스의 집으로 향하면서 차 안에 있던 제시의 합창단 CD를 틀었다. 길은 로마 시대에 건설된 군사 도로를 택했다. 하드리아누스 방벽을 따라 지평선까지 직진하는 곧은 길이었고, 자동차도 별로 없었다. 옆에서 찰리의 코 고는 소리가 가끔 방해할 뿐, 아이들의 청량한 목소리는 광활하고 황량한 들판에 잘 어울렸다. 조는 새로 회칠을 해야 할 것 같은 나지막한 집으로 이어지는 좁은 길을 내려가면서 찰리를 흔들어 깨웠다. 교수는 정원의 지저분한 잔디밭에서 낙엽을 긁어내고 있었다. 그는 문 소리를 듣고 돌아서더니 갈퀴에 기대서며 약간 적대적인 분위기를 풍겼다. 외판원이나 여호와의 증인이라고 생각하는 것 같았다.

"조 애쉬워스 경사, 노섬브리아 경찰에서 나왔습니다. 이쪽은 동료 찰스 레이들러."

크랙스는 짧게 친 희끗희끗한 머리에 키가 크고 덩치가 좋았다. 오늘은 면도를 하지 않았고, 바지와 스웨터에는 구멍이 나 있었다. 회색 비옷은 허리춤에서 질끈 묶고 있었다. 노섬벌랜드 길거리에 지저분한 개와 같이 세워 놓으면 잘 먹은 부랑자로 보일 행색이었다. 조는 옷이 중요하다고 생각하는 사람이었고, 정원에서도 저런 차림은 하지 않았다. 교수와 베라는 닮은꼴이었다. 어쩌면 상사가 직접 차를 몰고 와서 면담을 하는 것이 좋았을지도 모른다.

"무슨 일로 오셨습니까, 경사님?" 크랙스는 갈퀴를 내려놓았다.

"디 롭슨과 마가렛 크루코스키 살인사건 문제로 왔습니다."

"텔레비전에서 두 번째 살인사건 소식을 봤습니다. 끔찍한 일이에요. 안으로 들어오시죠. 저도 곧 들어갈 생각이었습니다. 메리가 커피를 만들어줄 겁니다. 유용한 정보를 드릴 수 있을지는 모르겠습니다만."

교수는 집 뒤쪽에 붙은 삐걱거리는 포치에 부츠를 벗어 놓았다. 창틀에는 모종이 놓여 있었고, 낚시 그물과 유아용 양동이, 삽이 놓여 있었다. 조는 그를 따라 길고 좁은 부엌으로 들어가서 거실로 나갔다. 프렌치 창문 가까이 탁자가 놓여 있었고, 무늬가 있는 방수 탁자보 위에 신문이 쌓여 있었다. 창문으로 들어온 빛이 탁자 앞에 앉은 여자를 비추고 있었지만, 거실 나머지는 어두컴컴했다. 선반, 의자, 바닥, 온통 종이였고—책, 파일, 공책—먼지였다. 여자는 고개를 들고 미소지었다.

"내 아내, 메리입니다." 크랙스는 말했다. 간단한 소개였지만, 조는 그가 아내를 아낀다는 것을 알 수 있었다. 그녀는 몸집이 작았고, 머리카락은 잘 빗질해서 뒤로 묶고 있었다. "형사님들이야, 여보. 마을에서 있었던 끔찍한 사건에 대해 이야기하러 오셨어."

"내가 커피를 끓이죠." 그녀는 일어났다. 바랜 청바지와 샌들, 환한 색채의 인디언 면 튜닉 차림이었다. 학생 때 입었을 것 같은 옷차림 그대로였다.

탁자 밑에는 사과 상자가 있었고, 과일은 일일이 신문지에 싸여 있었다. 방에서 사과 냄새가 풍겼다.

"집에 있을 때 오셔서 다행입니다, 형사님. 학교 휴일에는 보통 보육 돕기를 하러 외출하거든요." 미리 연락하지 않고 불쑥 찾아왔다는 것을 상기시키는, 점잖은 책망이었다.

"조지 엔더비에 대해 이야기를 하고 싶습니다." 창문은 집 옆면으로 나 있었다. 작은 과수원이 보였고, 그 너머에는 담쟁이로 뒤덮인 낡은 붉은 벽돌 벽이 높이 서 있었다.

"아, 불쌍한 조지. 그는 상황이 좋지 않습니다. 메리한테 말하니 그 사람 잘못이라고 하더군요. 오랫동안 아내를 한심하게 취급한 것 같다고. 하지만 나는 그 사람이 안됐습니다."

"오래 알고 지내셨습니까?" 멀리서 주전자에 물 끓는 소리, 접시에

컵 놓는 소리가 들렸다. 구석에서 찰리가 메모를 하고 있었다.

"하버 스트리트의 그 집은 우리 두 사람에게 제2의 집과 같았습니다. 거기 모이는 사람들은 어딘가 아주 정다운 데가 있었어요. 케이트와 아이들. 품위 있고 따뜻하던 마가렛 크루코스키. 단골 손님들. 물론 이제 그때와 같지는 않겠지만, 어차피 변하게 되어 있었겠지요. 케이트는 다른 관심사를 찾았고. 스튜어트가 그녀를 매우 행복하게 해주는 것 같고, 음악에 대한 열정도 새로 찾은 것 같습니다. 내 관점에서는 다들 그렇게 변해가는 게 반가운 일이에요. 은퇴할 결심도 덕분에 훨씬 쉬워졌습니다. 그리울 일이 적어졌으니까."

"마가렛도 변해가고 있었을까요?" 그녀는 죽어가고 있었지, 조는 생각했다. 그것도 변화는 변화다.

"음, 변화를 느꼈습니다." 교수는 말했다. "지난번 찾았을 때 정신이 다른 곳에 팔려 있었어요. 멍한 것 같고."

"마가렛이 살해당하던 날 오후, 동선을 다시 한 번 말씀해주시겠습니까?" 이 남자가 살인범으로 보이지는 않았지만, 베라는 그의 증언에 앞뒤가 맞지 않는 부분을 찾아냈다. 다시 확인하지 않으면 아마 펄펄 뛸 것이다. "말콤 커와 같이 배를 타셨지요?"

"맞습니다. 코컷 섬에 정기적으로 현장답사를 하고 있었죠."

"몇 시에 마들에 돌아오셨습니까?"

"연구소로 찾아온 젊은 여자분에게 말씀드렸습니다." 불쾌한 기색이라기보다, 체념이었다. "3시였습니다."

"그리고 뭘 하셨습니까?" 이것은 중요한 질문이었다. 크랙스는 홀리에게 곧장 집으로 갔다고 했지만, 엔더비는 그날 오후 하버 스트리트에서 그를 만났다고 했다.

"컬러코츠의 도브 연구소에 갔습니다. 거기 놓아둘 장비가 있었죠."

"그런 뒤에는?" 조는 몸을 탁자 위로 내밀었다.

"그런 다음 마을에 돌아갔습니다. 귀찮았어요. 눈이 많이 내리고 있었고, 집에 돌아가고 싶었습니다. 한데 말콤의 작업장에 서류가방을 깜빡하고 놓아두었는데—나이를 먹다보니 요즘 점점 이런 일이 자주 생기는 것 같습니다—다음 날 아침 중요한 전화를 걸어야 했습니다. 그 서류가 꼭 필요했어요. 작업장 열쇠와 헛간 열쇠를 갖고 있었기 때문에, 말콤을 귀찮게 할 필요가 없었습니다. 그렇게 하버 스트리트에 왔다가 조지와 마주쳤어요. 너무나 불행해 보여서 혼자 놓아둘 수가 없더군요. 술집에서 한 잔 했습니다. 눈이 정말 심하게 내리면 언제든지 케이트의 집에서 하룻밤 더 묵을 수 있겠다 생각했지요. 나중에 도로가 좀 정리된 것 같아서 집에 갔습니다."

말은 쉽게 흘러나왔다. 지나치게 쉬웠나? 혹시 연습한 게 아닌가 하는 생각이 들었다. "엔더비 씨도 이 집에 초대했고요?"

"그날 밤 말고, 이틀 뒤요. 네. 상태가 안 좋았지요. 아내가 떠났다는 말을 들으신 모양이군요. 그는 일하는 척하면서 하버 스트리트로 도망쳐온 겁니다. 케이트에게 그런 일이 있었다고 설명하기가 힘들다고 해서, 그가 스코틀랜드에 갔다고 했던 날 사실은 내가 이 집에 초대했습니다."

메리가 커피를 가져왔다가 소리 없이 사라졌다.

"여기 왔을 때 엔더비 씨는 어떻던가요?"

"괴로워했습니다. 내 위스키를 너무 많이 마셔서 인사불성이었지요. 물론 그때는 마가렛이 죽었다는 것도 알고 있었습니다. 아내가 떠난 것보다 그녀가 죽은 것이 거의 더 괴로운 것 같았어요. 그녀 이야기를 많이 나눴습니다." 교수는 의자에 등을 기대고 커피를 마셨다.

머릿속에서 그날 저녁을 다시 떠올리는 것 같았다. "정확히 마가렛에 대해 무슨 이야기를 하셨습니까?"

"훌륭한 여자였다고. 왜 오래전에 남편이 그녀를 버리고 떠났는지 알 수가 없었습니다. 그녀에게는 어딘가 수수께끼 같은 데가 있었다는 이야기도 했고요." 크랙스는 미소지었다. "조지는 낭만적인 사람이죠. 아마 소설을 너무 많이 읽어서 그럴 겁니다."

"마가렛의 남편은 만나보신 적이 있습니까? 말콤 커와 그렇게 오래 같이 일하셨다면, 언젠가 마주친 적이 있을 법도 한데요." 조는 시간대를 재구성하려고 애쓰고 있었다. 사무실에 돌아가면 날짜가 적힌 차트를 만들어야 한다.

"아뇨. 그때는 마들에 머물지 않았습니다. 여관도 없었고, 하버 스트리트는 평판이 안 좋았어요. 코블에서 밤마다 싸움이 벌어지는 것 같았습니다. 섬에 갈 일이 있으면 뉴캐슬에서 출발했어요." 그는 잠시 사이를 두었다. "물론 1980년까지는 전철이 없었으니까, 그전에는 차를 몰고 다녔습니다. 늘 고장나는 미니밴을 끌고 다녔지요." 그는 추억에 미소지었다. "좋은 시절이었어요."

"하버 스트리트의 그 집이 여관이 되기 전에도 마가렛 크루코스키를 아셨습니까?" 30년 전 하버 스트리트 근처는 긴밀한 소규모 공동체였던 것 같았다. 셋방에 사는 사람들, 어판장에서 일하는 사람들. 전철역이 생기기 전에도 일대는 철도선을 경계로 마들 다른 지역과는 동떨어져 있었을 것이다. 당시 마을의 모습을 좀 더 잘 그려볼 수 있으면 얼마나 좋을까.

　"아, 네. 잠시 빌리 커, 말콤의 아버지 밑에서 경리 겸 비서로 일했습니다. 그러다가 커가 여직원이 필요없다고 판단했지요. 예산이 빠듯했던 것 같습니다. 그 뒤에도 가끔 코블이나 거리에서 마주쳤습니다." 크랙스 교수는 미소지었다. "늘 품위가 있었죠. 늘 흠잡을 데 없이 차리고 다녔습니다. 케이트 듀어는 10년 전쯤 그 집을 물려받았지만, 나는 박사 학위 취득 후 연구원 시절부터 연구 때문에 정기적으로 오갔습니다. 하지만 마가렛의 남편은 분명 그보다 더 전에 떠났을 겁니다. 난 그녀를 항상 독신여성으로 알았습니다."

　갑자기 무슨 생각이 들었다. "혹시 사진이 있습니까? 당시 하버 스트리트가 어떻게 생겼는지 궁금하군요."

　"아마도. 중요하다고 생각하신다면." 교수는 놀란 것 같았고 약간 반신반의하는 것 같았다. 사진 몇 장을 보려고 형사가 여기까지 달려왔나? "섬에서 자료를 기록하기 위해 카메라를 갖고 다녔습니다만, 거리의 사람들도 가끔 찍었습니다." 그는 일어서서 오래된 옷장 서랍을 뒤졌다. 상관없다, 중요한 건 아니라고 말하려는 참에, 교수는 책등이 거의 분리되기 직전의 앨범을 꺼냈다. 그는 앨범을 탁자 위에 놓았고, 조는 잘 보기 위해 일어섰다. 찰리는 그 자리에 그대로 앉아 있었다.

　약간 바랜 사진 속에는 눈에 익지만 미묘하게 다른 하버스트리트가 있었다. 젊은 말콤 커가 나이든 남자와 나란히 방파제 옆에 서 있었고, 배경에는 새로 지은 어판장 건물이 밝은 햇빛에 반짝이고 있었다. 나이 든 남자는 웃고 있었고, 젊은 남자는 인상을 쓰고 있었다. 반대쪽에는 한 여자가 커다란 구식 유모차를 끌고 교회 앞을 지나고 있었다. 한 손에는 담배를 들고 있었고, 다른 손으로 유모차를 다루고 있었다.

"이건 왜 찍었지?" 크랙스는 미간을 찡그렸다. "시간이 오래 흐르다 보니, 정말 기억이 안 납니다."

그는 앨범 페이지를 넘겼다. 코블 술집 바깥에 한 무리의 사람들이 서 있었다. 여름이었다. 소매 없는 드레스와 샌들 차림의 여자들, 햇빛에 눈을 가늘게 뜬 남자들. 한가운데 빌리 커가 술에 취해 씩 웃으며 꽃무늬 옷차림의 덩치 큰 여자 옆에 서 있었다.

"이날이 기억나요." 크랙스는 말했다. "빌리의 50번째 생일이었습니다." 그는 뚱뚱한 여자를 가리켰다. "벨 버트입니다. 술집 주인이었지요. 이쪽이 그녀의 아들, 리키. 이 근방 수완가. 언제나 현금이 수중에 있었지만, 아무도 출처를 몰랐습니다. 번드르르했지요. 아주 빨리 외지로 나갔습니다. 마들은 그에게 너무 얌전했을 겁니다."

조는 청바지 차림의 검은 머리 젊은이 리키 버트의 이미지를 바라보았지만, 그의 주의는 곧장 그 앞에 서 있는 여자에게로 향했다. 마가렛 크루코스키, 30대 가량, 더 이상 결혼사진 속의 젊은 여자는 아니었지만 아직 사랑스러웠다. 사진이 찍히기 싫었는지, 얼굴에 부자연스럽고 긴장한 미소를 띠고 있었다.

다시 페이지를 넘기자, 이번에는 하버 스트리트를 멀리서 찍은 사진이었다. 길 끝에 큰 저택이 서 있었다. 이렇게 멀리서 봐도 보수가 필요한 상태라는 것을 알 수 있었다. 같은 페이지에 커의 작업장이 있었다. 함석 헛간이 있던 자리에 상당히 깔끔한 이동식 간이 사무실이 서 있었고, 문에는 '커 보트 임대'라고 적혀 있었다. 마가렛이 해고되기 전에 전화를 받고 예약을 처리하던 사무실인 모양이었다.

"처음 만났을 때 마가렛이 여기서 일했습니까?"

크랙스는 고개를 저었다. "아뇨. 그건 내가 오기 전입니다. 이 사진을 찍은 직후, 사무실로 사용되던 건물이 불에 탔어요. 보험사기라는 소문이 돌았습니다. 커가 마을 도처에 빚을 졌다는 건 공공연한 사실이었어요. 새 배를 사겠다고 무리를 했지요. 말콤이 곧 헛간을 지었습니다."

다음 페이지는 비어 있었다. "이게 전부입니다. 혹시 해초에 관심이 있으시다면⋯."

조는 고개를 젓고 미소지었다. 사건의 배경을 보다 잘 이해하게 된 것 같았지만, 여기 온 근본적인 이유는 최근 있었던 움직임을 확인하기 위해서였다.

"조지 엔더비는 디 롭슨이 살해되던 날 당신과 같이 있었군요."

"네. 분명 그날이었을 겁니다."

"몇 시에 도착했습니까?"

"늦은 시각이었습니다. 8시. 메리가 캐서롤을 만들어 놓고 외출했는데, 나는 배가 아주 고팠어요. 원래 저녁 식사 시간은 좀 더 이른데, 먼저 먹을까 하던 참이었습니다."

그렇다면 엔더비도 디의 살인에 대한 알리바이는 없는 셈이다. 조는 여기서 더 이상 아무것도 얻을 것이 없다고 생각하고 문으로 향했다.

메리 크랙스가 그들을 바라보고 있었는지 부엌에서 나타났다. "필요한 건 다 얻으셨나요, 형사님?"

"네. 남편께서 아주 도움을 많이 주셨습니다. 고맙습니다." 그러다 그는 생각을 바꿨다. "혹시 사진 앨범을 빌릴 수 있을까요, 교수님? 제 상관에게 보여주고 곧 돌려드리겠습니다."

크랙스는 고개를 끄덕이고 집 안으로 돌아가서 앨범을 가지고 나왔다. 그는 조와 찰리를 정원까지 바래다준 뒤 그 자리에 서서 아내의 어깨에 팔을 두르고 대문 너머로 형사의 차가 멀어지는 모습을 지켜보았다.

30
|

저녁 회의. 밖은 어두웠고, 도로는 북적거렸다. 긴 크리스마스 주말의 시작이었고, 사람들은 가족과 친구를 만나기 위해 남쪽으로 향하고 있었다. 베라는 사무실에서 두문불출하다가 회의가 시작되기 직전에 나왔다. 손가락으로 머리를 빗었는지 뒤통수에서 불쑥 튀어나와 있었지만, 아무도 감히 지적하지 않았다.

그녀는 눈을 반짝이며 회의실 앞에 다리를 벌리고 섰다. "크리스마스까지는 해결하자고, 알겠지? 그러면 다들 양말을 열어볼 시간에 맞춰 자식들에게 돌아갈 수 있어."

안 믿는다는 식의 환호가 몇 군데 일었다. 가족 친화적인 수사방침은 베라의 방식이 아니었다.

"내가 먼저 할까?" 반박해보라는 듯한 말투. 그녀는 화이트보드에 붙은 젊은 마가렛 크루코스키의 사진을 가리켰다. "첫 피해자. 70세, 세인트 바르톨로뮤 교회 신도, 집 없는 여성들을 위한 쉼터에서 자원봉사. 처음부터 우리는 그곳에 단서가 있지 않을까 생각했지. 폭력적인 남자 관계가 있었을까? 그래서 두 번째 피해자 디 롭슨과 친해지게 되었을까?"

회의실 뒤쪽에 앉은 조 애쉬워스는 베라가 이렇게 활기찬 모습은 처음 보는 것 같다고 생각했다. 그녀는 열 살이나 젊어 보였다. 혹시 사무실 서랍에 몰래 숨겨 놓은 위스키를 한 잔 한 게 아닌가 싶을 정도였다. 아니면 수사팀에게 알려줄 정보가 있던가.

베라는 말을 이었다. "한데 어제 증인 한 사람이 나타나서 디와 마가렛의 관계를 전혀 다른 관점에서 바라보게 해줬다. 이제 다들 알겠지만, 두 여자 사이에는 또 다른 공통점이 있었어."

베라는 잠시 쉬었다. 회의실은 조용했다. 그녀는 수사팀을 둘러보았다. 주목받는 것이 만족스러운 것 같았다. "30년 전 마가렛 크루코스키는 창녀였고, 살해당했을 때 살고 있던 하버 스트리트의 그 집에서 영업을 했다. 허름한 동네지만, 비밀스럽고 품위가 있었지. 아마 영업도 잘 됐을 거야. 계좌에 남긴 돈은 아마 그때 모은 것일 테니까. 이 점이 우리가 마가렛에 대해 가졌던 많은 의문을 설명해주는 것으로 보여. 그녀는 이따금 비밀 이야기를 했고, 자신에게 숨기고 있는 과거가 있다는 뜻을 내비쳤지. 말콤 커가 우리에게 모든 걸 다 털어놓으려고 하지 않았던 이유도 부분적으로는 설명이 돼. 마가렛을 그렇게 연모했으니, 창녀였다는 소문으로 추억이 더럽혀지는 걸 원하지 않았겠지. 그녀가 디 롭슨에게 애착을 가졌던 것도 설명이 돼. 아마 남편이 떠난 뒤 그 일을 시작했겠지. 커의 사무실에서 일자리가 없어진 뒤에. 자신이 실수했다는 걸 인정하고 부모에게 돌아가는 것보다 차라리 몸을 팔겠다고 결심한 건 슬픈 일이지만, 마가렛은 자존심이 강한 여자였어. 자기 일도 직접 통제했던 것 같고.

부스는 남자가 개입했다는 이야기를 하지 않았지. 마가렛은 자신의 독립을 중요하게 생각했어."

그녀는 잠시 입을 다물고 주위를 둘러보았다. 조는 상관이 자신의 탁월한 요약정리에 대해 박수라도 기대하는 게 아닌가 생각했다. 홀리가 손을 들었다.

"이 정보가 수사를 어떤 방향으로 움직일까요? 오래전 일이에요. 그녀가 그 일을 했다는 걸 아는 사람이 몇이나 될까요?"

아, 홀리! 조는 생각했다. 언제 좀 배울래? 베라 스탠호프가 자기 생각에 골몰하고 있을 때는 절대 끼어들지 마.

그러나 베라는 오늘 너그러운 기분인 것 같았다. 신랄한 독설은 쏟아지지 않았다. "그래도 관계가 있어, 홀. 자넨 아직 어린 아이니까 까마득한 과거가 되돌아와 사람을 괴롭힐 수 있다는 걸 이해하지 못하겠지. 마가렛은 죽기 전에 자신의 과거에 대해 털어놓고 싶었을 수도 있어. 기억을 바로잡기 위해서. 사회적으로 존경받는 이전 고객들은 그런 사태를 막고 싶겠지." 잠시 사이를 두었다. "쉼터에 간 일은 어떻게 됐지?"

"입주자 한 사람이 자기가 마가렛과 같은 시기에 하버 스트리트의 그 집에 살았다고 했어요." 홀리는 메모를 확인했다. "수전 콜슨. 약간 정신이 오락가락했고, 아이가 있었는데 뺏겼다는 소리도 하더군요. 그런데 마가렛을 고용한 사람을 알았다고 했어요."

"아, 말콤 커겠군. 아니면 그의 아버지 빌리. 내일 말콤을 만나보자고. 당시 마가렛이 어떻게 생계를 유지했는지 그가 모르고 있었다는 건 믿을 수 없어. 비밀을 털어놓는 친구를 자처했는데 말이야. 하지만 뚜쟁이였던 걸로 보이지는 않아. 다른 건?"

홀리는 다시 수첩을 보았다. "쉼터는 아니지만, 엔더비의 아내와 통화했어요."

"그래서?"

"남편과 헤어진다고 하더군요. 돈 많은 다이아나는 자기 말을 관리하는 마굿간 주인과 사랑에 빠졌어요." 홀리는 씩 웃었다. "몸이 아주 좋나봐요. 자세히 설명하더라고요…. 그리고 엔더비에게 바퀴 달린 수트케이스에 넣고 다녔던 야외용 옷가지를 검사해도 되겠느냐고 물어봤어요."

"그러니까 어떤 반응이었지?"

"상처받은 것 같았어요. '어떻게 내가 그런 짓을 할 거라고 생각할 수 있습니까?' 하지만 별로 난리는 치지 않았어요."

베라는 회의실을 둘러보았다. "다른 생각 있는 사람 없어? 이건 여자들만 수사하는 사건이야?"

조는 천천히 손을 들었다.

"그래, 조. 자네와 찰리는 교수를 만나는 핑계로 시골에서 좋은 시간을 보냈지." 그녀는 보드에 적힌 마이크 크랙스의 이름을 가리켰다. "뭘 알아냈지? 그는 당시 마을을 드나들었어. 젊은 연구과학자로. 그도 마가렛의 고객 중 한 사람이었을까?"

"크랙스는 마가렛에게 호감을 갖고 있었다고 했습니다." 조는 말했다. "하지만 아니, 그건 아닌 것 같습니다. 그때 이미 결혼한 뒤였고, 아내를 정말 사랑하는 게 눈에 보이더군요." 그는 베라가 냉소하려는 것을 보고—낭만적인 사랑 이야기가 나올 때마다 그녀는 토하는 시늉을 하곤 했다—얼른 화제를 돌렸다. "그런데 크랙스가 흥미로운 사실 한 가지를 알려줬습니다."

"빨리 말해, 조."

"커 일가는 80년대에 경제적인 어려움을 겪었더군요. 마을 각지에서 돈을 빌렸고, 사무실에 불이 났을 때는 지나치게 편리하다는 소문이 돌았답니다. 보험 사기가 아니냐고."

조는 베라가 이 사실을 재빨리 검토하고 중요하지 않다고 판단했다는 것을 알 수 있었다. 이미 뭔가 시나리오가 만들어진 게 아닌가 하는 생각이 들었다. 흥분 상태인 것도 설명된다. 공개하기에 적절한 순간만 기다리고 있는 것이다. 하지만 그는 말을 이었다. "마가렛은 커의 경제적인 입장을 알고 있었을 겁니다. 장부를 관리했으니까요. 과거를 깨끗이 털고 싶었다면, 아마 그 일에 대해서도 말하려고 했을 겁니다."

"그건 사소한 문제야. 그렇게 오래전 일에 대해 대체 누가 관심을 갖겠어."

아, 조는 생각했다, 주제 파악을 하라는 거군. 그래도 한 순간이나마 생각해봤을 테니까.

베라는 조명 아래로 나설 준비를 하는 스타처럼 한 걸음 앞으로 나왔다. "교수가 파벨 크루코스키, 그 남편도 알고 있던가?"

"아뇨. 크랙스가 마가렛을 알게 될 즈음에는 이미 떠난 뒤였습니다." 조는 베라에게 사진 앨범을 건네려다가 그녀가 자기 시나리오에 푹 빠져서 흥분해 있는 지금은 그게 무슨 의미가 있느냐는 조롱이나 받을 뿐이라고 생각했다.

정적이 흘렀다. 베라는 그들을 둘러보았다. 드디어 대단한 이론을 설파할 때가 된 모양이었다. "나는 파벨이 갑자기 지구상에서 사라져버렸다고 생각하지 않아. 마가렛은 생계로 성을 팔았다는 사실 이상을 숨기고 있었을 거야." 그녀는 다시 갈채라도 기대하는 것처럼 수사팀을 둘러보았다.

"그녀가 남편을 죽였다고 생각하십니까?" 조는 베라가 드디어 공상의 영역에 들어섰다고 생각했다. 마가렛 크루코스키는 살인자가 아니라 피해자다.

"정확히 '어떤' 생각을 해야 하는지는 모르지." 베라는 그를 쏘아보았다. "그냥 이야기를 하는 거야. 시나리오를 만들어보고. 하지만 내일은 사실관계를 확인해봐야지." 그녀는 다시 화이트보드로 돌아가서 한쪽을 지우고 적기 시작했다. "파벨 크루코스키. 그에게 무슨 일이 있었을까? 난 그가 죽었다고 확신해. 아직 살아 있다면, 바르샤바에서 행복하게 살고 있다면, 앞으로 5년 동안 자네들 점심은 내가 사지. 찰리, 자네가 그의 행적을 추적해. 아침 일찍. 유럽 동료들에게 협조 요청을 해. 홀, 자네는 말콤의 작업장 화재 사건 기록을 찾아보되, 너무 시간을 많이 낭비하지는 마."

그녀는 마커 펜을 들고 손을 올린 채 잠시 멈췄다. "수전 콜슨, 쉼터를 찾았을 때 자네도 그녀를 만났나, 조?"

조는 기억을 더듬었다. 눈물을 흘리며 수프를 젓고 있던 희끗희끗한 머리의 여자가 떠올랐다. 남이나 다름없는 사람의 죽음에 과잉 반응하는 이상한 사람이라고 생각했지만, 마가렛과 30년 이상 친구 사이였다면 그것도 말이 된다. "네, 만나봤습니다."

"이야기를 해 봐. 가능하면 쉼터에서 데리고 나와서. 제인 캐머런은 통제광이야. 나와 비슷한 부류이기 때문에 알아. 그녀가 들을 수 있는 곳에서 이야기하지 마." 베라는 다시 사이를 두었다. "그녀를 하버 스트리트로 데려가. 피시 앤 칩스 저녁을 사든가, 코블에서 레몬을 곁들인 와인 한 잔을 사든가. 기억을 이끌어내 봐."

"그 사람이 증인으로 받아들여질 것 같지는 않은데요, 보스. 변호사가 대번에 난도질을 할 거예요." 홀리가 다시 끼어들었다. 자기 증인을 빼앗겼다는 사실에 골이 난 게 아닌가 싶었지만, 조는 그녀가 나이 많고 정신이 오락가락하는 수전에게 대단한 인내심을 보일 것 같지 않았다.

베라는 목소리를 따뜻하게 유지했다. "이 시점에서는 재판 걱정은 하지 않아, 홀. 난 누가 이 두 여자를 죽였는지 알고 싶을 뿐이야."

집에 도착해보니 아이들은 그를 찾고 있었다. 샐의 부모가 아이들을 데리고 휘틀리 베이 극장에 팬터마임 공연을 보러 갔다 온 참이라, 나이 많은 둘은 그 이야기로 재잘거렸다. 마이클은 무대에 불려 올라갔고, 광대가 그의 귀에서 살아 있는 토끼를 꺼냈다. 이제 마술 구경을 하기에는 나이를 먹었다고 말하는 제시조차 신기했던 모양이었다. 10대가 되어 짜증을 내고 방어적으로 굴면 이 녀석을 어떻게 다뤄야 하나. 문득 마가렛 크루코스키가 죽던 오후 전철에서 본 여학생들이 떠올랐다. 히죽거리며 소년들의 비위를 맞추던 모습. 그 아이들에게 팬터마임에 흥분하던 시절이 있었을 거라고 상상하기는 어려웠다.

침대에 들었지만 잠이 오지 않았다. 조는 수전 콜슨을 쉼터에서 불러내라는 베라의 지시를 어떻게 수행해야 하는지 계획하는 중이었다. 제인 캐머런은 위압적이었고, 그렇다고 여자를 납치할 수도 없는 노릇이었다. 조용히 눈물을 줄줄 흘리던 나이든 여자의 모습에는 어딘가 매우 감동적인 데가 있었다. 지금 생각해보면 그 눈물이 마가렛 크루코스키 때문이었는지, 오래전에 빼앗겼다는 아이 때문이었는지는 알 수 없었다. 마이클 크랙스와 나눈 대화도 떠올려 보았지만, 뭔가 중요한 것을 놓쳤다는 기분을 떨칠 수가 없었다. 잠들기 전 마지막으로 떠오른 장면은 정원 대문에 몸을 기대고 서로의 몸에 팔을 두른 채 손을 흔들던 노부부의 모습이었다.

아침에 잠에서 깨는 순간, 베라에게 사진 앨범을 전달하지 않았다는 생각이 마치 꿈의 일부처럼 떠올랐다.

31
|

다음 날은 맑고 추웠다. 베라는 동 트기 전에 마들에 도착했다. 무단 결근처럼 느껴졌다. 지금쯤 사무실에서 수사를 조율하며 관리 업무를 하고 있어야 한다. 경감의 역할은 전략 수립이었다. 하지만 세세한 사실관계는 언제나 그녀를 유혹했다. 점심시간 이전에 경찰서로 돌아가야지, 그녀는 다짐했다. 말콤 커를 낚을 시간이었다. 내게 헛소리를 늘어놨지. 그녀는 바보 취급 받는 것을 싫어했다.

첫 목적지는 퍼시 스트리트였다. 커튼이 쳐져 있는 것을 보고 커가 안에 있을 거라고 생각했지만, 문을 노크해도 대답이 없었다. 집 뒤쪽으로 골목이 나 있었고, 정원 가장자리에 나무 울타리가 둘러져 있었다. 웃자란 풀잎에 내린 서리에 가로등 불빛이 반짝였고, 안으로 들어가보니 콘크리트 길은 얼어 있었다. 베라는 부엌 문을 쾅쾅 두드렸지만, 이번에도 대답이 없었다. 손잡이를 돌려보니 잠겨 있었다.

옆집에서 남자가 나왔다. 그는 파카 차림에 뉴캐슬 유나이티드 니트 모자를 쓰고 있었고, 어울리는 흑백 줄무늬 장갑을 끼고 있었다. 일하러 가는 중이었다. 그는 베라를 수상하다는 눈으로 쳐다보았다.

"무슨 일입니까?"

"말콤이 어디 있는지 모르시죠? 대답이 없네요." 구름 같은 입김이 묘하게 흰 빛을 반사했다.

그는 급한 모양이었고, 베라가 공적인 용무로 온 사람이라는 것을 깨달았다. "어제 아침부터 못 봤습니다." 그는 그녀가 질문을 더 하기 전에 서둘러 멀어졌다. 집 안으로 들어가고 싶은 충동이 일었다. 화분 밑이나 뒷문 깔개 아래에 예비 열쇠가 분명 있을 것이다. 그러나 말콤 커가 안에서 숙취로 자고 있다면, 꼼짝없이 가택침입으로 잡힌다. 어쨌든 집의 고요함이 비어 있다는 느낌을 주었다. 그렇다면 말콤은 작업장에 있을 것이다. 베라는 헛간 안에서 낡은 외투를 뒤집어쓰고 인생의 사랑을 꿈꾸는 그의 모습을 상상했다. 그는 마가렛 크루코스키를 위해서라면 뭐든지 했을 것이다. 베라는 그가 마가렛의 남편을 죽였거나, 최소한 시체 유기를 도왔을 수도 있겠다고 생각했다. 그녀가 만든 시나리오 중 하나가 밤새도록 머릿속에서 펑펑 돌았다. 그녀는 커를 안전하게, 겁먹지 않게 구금하고 싶었다. 이번 살인은 두려움의 결과일 수 있다. 구석에 몰려 자신을 지키기 위해 싸우는 남자의 두려움.

작업장에 도착해보니 문은 잠겨 있었고 자물쇠도 채워져 있었다. 등 뒤의 거리는 살아나기 시작하고 있었지만, 커의 비밀 구역 안에는 사람의 흔적이 없었다. 보도에 내린 서리에는 발자국이 없었다. 초조함이 엄습했다. 말콤 커는 길을 잃고 친구도 없는, 잃어버릴 것이 없는 남자였다. 자살한다면 그것도 큰일이다. 한데 필사적으로 맞서 싸우려고 할지도 모른다는 생각이 들었다. 베라는 더 이상의 폭력을 원하지 않았다. 그녀는 취할 수 있는 조치를 따져보았다. 집과 작업장에 대한 수색영장을 받아 올 수도 있다. 모든 증거는 정황적이고 그가 경찰에게 거짓말을 했다는 사실에 기반하고 있을 뿐이지만, 여자 두 명이 살해당했으니 어렵지 않을 것이다. 홀리에게 전화 한 통만 걸면 순조롭게 진행될 것이다. 하지만 베라는 망설였다. 비논리적이라는 것은 알고 있었지만, 그녀는 커에게 동료의식을 느꼈다. 어린 시절부터 안 사람이었다. 살인범이라는 딱지를 붙이기 전에 이야기를 나누고 싶었다.

그녀는 충동적으로 하버 게스트하우스로 돌아갔다. 조지 엔더비가 식당에서 아침을 먹고 있었다. 늘 앉는 창가 쪽 탁자였다. 그가 하룻밤 더 머무를 예정이라고 말했던 것을 까맣게 잊고 있었다. 그는 밖으로 눈길을 주다 베라를 보더니 갑자기 초조한 것 같았다. 난 어딜 가나 사람들에게 저런 효과를 불러일으키지. 그녀는 손을 흔들며 미소지은 뒤 계단을 올라 문을 두드렸다. 케이트 듀어가 나왔다. 무슨 이야기 중에 한참 웃던 중인 것 같았다. 베라를 마주 볼 때까지도 미소짓는 얼굴이었다.

"형사님?" 약간 조심스러운, 그러나 걱정하는 태도는 아니었다. 그녀가 이렇게 행복한 모습은 처음 보는 것 같았다. 그러다 베라는 스튜어트 부스가 케이트 바로 뒤 그늘에 서 있는 것을 보았다. 베라가 도착했을 때 그와 이야기하고 있었던 모양이었다. 마가렛 크루코스키와의 지난 관계에 대한 이야기는 하지 않았군. 잘했어. 그녀는 정직을 과대평가된 덕목이라고 생각하는 사람이었다. 경찰 수사 중일 때만 빼고.

"아드님 있나요, 듀어 부인?"

케이트는 더럭 걱정스러운 것 같았다. "라이언은 왜 찾으세요? 무슨 짓을 했죠?"

"아뇨!" 베라는 안심하라는 뜻으로 최대한 미소지었다. "말콤 커를 찾는 중입니다. 아무 데도 보이지 않네요. 혹시 라이언이 짐작가는 데가 있나 해서요."

"아이들은 둘 다 아래층에서 아침을 먹는 중이에요. 우린 방금 끝냈고요."

"내가 내려가봐도 될까요? 같이 오시죠."

부엌은 집 안에서 가장 따뜻한 장소였고, 밖에 있다 온 참이라 마치 온실에 들어서는 것 같았다. 클로이와 라이언은 식탁에 있었다. 네 사람 분의 정찬 차림이었다. 우유는 물병에, 마멀레이드는 종지에 담겨 있었다. 오랜 세월 여관을 운영하다보니, 종이팩에 든 주스와 포장에 싸인 버터까지 식기에 낼 정성은 없었던 것 같았다. 혹시 연인을 감탄시키고 싶었는지도. 베라는 아이들이 일어나 있어서 놀랐다. 방학 중인 10대, 점심까지는 침대에 있어야 하는 거 아닌가? 라이언은 오늘도 말콤과 같이 일할 계획인지도 모른다.

"형사님이 너한테 묻고 싶은 게 있으시대." 케이트의 목소리는 경고 같았다.

라이언은 음악 잡지를 읽으며 손에 토스트를 들고 있었다. 그는 고개를 들었다. "무슨 일이세요?"

"말콤 커." 베라는 앉았다. 토스트는 냄새가 좋았다. 헥터의 집에 살던 어린 시절로 돌아간 기분이었다. 토스트는 그가 잘 만들던 몇 안 되는 음식 중 하나였다. "집과 작업장에 가봤지만 없었어. 어디 있을지 혹시 알고 있니?"

"몰라요."

"오늘 같이 일할 계획은 없고?" 버터와 과일향 진한 마멀레이드를 잔뜩 바른 토스트에서 눈을 뗄 수가 없었다.

"있는데, 좀 더 나중에요."

"어디 있을지 감 잡히는 곳은 없니?" 이번에는 딸에게도 같이 물었다. 클로이는 탁자에 팔꿈치를 괴고 앉아 있었다. 너무나 어려 보였지만, 그 나이의 여자애 치고는 너무 진지했다. 문제가 있는, 비밀을 지닌 사람 같았다. 미인이었다. 나이 들면 결혼 사진을 찍던 시절의 마가렛 크루코 스키로 혼동할 것 같았다.

소년은 다시 어깨를 으쓱했고, 다시 시선을 잡지로 돌렸다. 헥터라면 등짝을 때렸을 것이다. 예의 좀 지켜라.

케이트 듀어는 날카롭게 말했다. "형사님 말씀에 대답해야지, 라이언." 그녀는 베라를 보며 눈을 굴렸다. 요즘 아이들이란. 당신이라면 어떻게 하겠어요?

"말콤이 어디 있는지는 몰라요. 정말." 그는 눈을 커다랗게 뜨고 순진무구하게 답했다. 베라는 그가 자기 보스를 위해 뭔가 숨기고 있을 수 있다고 생각했다. 이 나이의 남자애들은 무슨 생각을 하고 있는지 알 수가 없었다.

"말콤은 해안에 있을지도 몰라요." 클로이가 말했다.

처음으로 입을 연 것이었다. 그녀는 냅킨을 손가락으로 둘둘 말아서 두툼한 크리스마스 과자처럼 들고 있었다.

크리스마스. 이때가 되면 머릿속에서 연상되는 것조차 모두 크리스마스.

그들은 모두 클로이를 쳐다보았고, 그녀는 방어적으로 말을 이었다. "전에 거기서 봤어요. 그냥 산책하는 거."

"어느 해변?" 베라는 친근한 말투로 물었다.

"노스 마들." 클로이는 뻔하지 않느냐는 듯 대답했다. "모래사장 옆에 주차를 하고 걸어다녀요."

"라이언?" 베라의 목소리가 날카로워졌다. 왜 넌 말해주지 않았지? 왜 여동생에게 미뤘지?

"뭘 주우러 다녀요." 라이언이 말했다. "가끔 노르웨이 화물선에서 흘러온 나무가 떠밀려 올 때도 있어요. 작업장에서 쓸 만한 긴 판자요. 좋은 물건을 찾기 위해 일찌감치 나가요."

베라는 두 사람을 보고 고개를 끄덕였다. 이 가족에게는 뭔가 있다. 남매 사이에 긴장 같은 것이었다. 이해할 수 없었다. 그녀는 형제자매가 없었다. 그녀가 아는 한. 그러니 남매가 서로 다른 점을 맞춰 나가는 경험도 없었다. 그냥 어머니의 관심과 인정을 얻기 위한 경쟁심일 수도 있을 것이다. 그러나 저 나이에는 그것도 지나가지 않나? 그러다 베라는 조와 홀리를 생각했다. 아무리 커도 거기서 벗어나지 못하는 사람도 있는 모양이지. 베라는 자신의 수사팀도 커다란, 삐걱거리는 가족 같다는 생각이 들어 피식 미소지었다.

그녀는 라이언을 돌아보았다. "작업장 열쇠 있니?" 커가 밤새도록 술을 마시며 거기 틀어박혀 있었을 가능성도 있다. 막무가내로 해변에 나가기 전에 일단 시도를 해보는 것이 좋았다.

그는 고개를 끄덕이고 주머니에서 열쇠를 꺼냈다. "저도 같이 갈까요?" 갑자기 그는 집에서 얼른 나가고 싶은 것 같았다. 또 걸어다니려고?

비밀을 빨아들이면서?

"아니, 넌 됐어." 베라는 열쇠를 받아들고 계단을 올라 홀로 향했다. 손님도 아니고 가족도 아닌 스튜어트 부스는 아직 거기 어색하게 서 있었다. 그녀는 말없이 그의 앞을 지나쳤다.

거리는 이제 꽤 밝았다. 베라는 자물쇠를 따고 작업장으로 들어갔다. 아직 얼어붙은 쇠가 장갑에 달라붙었다. 그동안에도 그녀는 하버 스트리트 1번지의 가족을 생각하고 있었다. 어쩌면 아직 마가렛의 죽음을 슬퍼하고 있는지도 모른다. 그녀가 상상했던 어색한 분위기에는 그 이상의 심각한 이유가 없을 것이다.

커의 헛간은 비어 있었고, 그녀는 얼른 작업장 문을 잠그고 다시 나갔다. 그리고 차를 타고 해변으로 향했다. 커의 낡은 차는 사구 뒤의 모래땅에 세워져 있었고, 그녀는 그 옆에 랜드로버를 세웠다. 주위에는 아무도 보이지 않았다. 그녀는 드문드문 난 물대 줄기를 붙들고 사구를 올라갔다. 움푹 팬 곳에는 서리가 내려 있었다. 헥터의 기억이 또 떠올랐다. 이번에는 갈매기가 새끼를 치는 노스 웨일스의 한 해변 여행이었다. 끔찍한 여관에 묵었다. 지저분한 나일론 이불, 선반에는 유리 장식물이 잔뜩 놓여 있었다. 고양이와 토끼, 눈이 튀어나온 파란 올빼미. 헥터는 숙박비를 깎을 생각으로 여관 여주인과 시시덕거렸다. 그런 뒤 사구를 올라갔다. 헥터의 긴 바버 코트 주머니에는 달걀 상자가 들어 있었다. 사구 꼭대기에 올라가보니 바로 아래에 해변 감시인이 앉아 있었다. 밤새 싸구려 파카 차림으로 진을 치고 있느라 꽁꽁 언 젊은 남자였다. 헥터는 베라를 옆에 앉혔다. "기다려. 밤새도록 몸을 녹이고 졸음을 쫓으려고 커피를 마셨을 거야. 곧 오줌을 누러 갈 거다." 속삭임. 얼굴을 너무 가까이 들이 대서 까슬까슬한 수염이 뺨에 와 닿았다.

마침내 감시인은 일어섰다. 이제 해변 저 끝에 개를 산책시키는 사람들이 보였고, 그는 민망해서인지 공중도덕 때문인지 감시 지점을 비우고 헥터와 베라가 숨은 곳 옆을 지나쳐 주차장의 화장실로 향했다. 헥터는 곧바로 일어서서 조약돌 해변의 갈매기 둥지를 습격했다. 자동차로 돌아가는 길에 그들은 감시인을 지나쳤고, 감시인은 미소지으며 인사했다. 중년 남자와 뚱뚱한 소녀를 누가 의심하겠는가.

현재로 돌아온 베라는 마지막 사구 언덕을 올라 긴 해변을 내려다보았다. 커다란 오렌지색 태양이 수평선 위로 떠오르고 있었고, 광대한 공간이 숨막힐 듯 펼쳐졌다. 밀려오는 파도와 바다 냄새. 쳐다만 봐도 현기증이 날 정도로 광활한 공간. 저 멀리 구부정하게 허리를 굽힌 사람이 등 뒤로 판자를 끌며 걷고 있었다. 그는 자동차로 돌아가는 길이었다. 베라는 경치를 감상하며 기다렸다. 클로이의 말이 어쩌면 맞겠다는 생각이 들었다. 여기 자주 오는구나. 마가렛 크루코스키와 병에 대해 이야기하며 걸었던 곳이 여기겠지.

말콤은 사구 아래쪽에 올 때까지 베라를 보지 못했다. 그는 늘 발을 내려다보며 걸었다. 어쩌면 낯선 사람과 눈이 마주치는 것을 피하고 싶어서일 것이다. 잠시 멈췄다가 주위를 둘러보던 그는 그제야 베라를 보았다. 그녀는 손을 흔들었다. 위협적으로 보이고 싶지 않았다.

"이야기 좀 합시다." 그녀는 말했다. 토스트 냄새가 떠오르면서 다시 허기가 밀려왔다. "아침 먹을 데가 있을까요?" 아직은 경찰서에 데려가서 공식적으로 체포 절차를 밟고 싶지는 않았다.

그들은 마을 밖 도로변의 싸구려 식당에서 소시지 샌드위치를 먹었다. 찻주전자에서는 김이 올랐고, 계산대 옆에는 독일인 트럭 운전사들이 앉아 있었다. 베라는 말콤과 함께 창가에 앉았다.

"마가렛 크루코스키는 창녀였어요." 그녀는 말했다. "중요한 일이라고 생각하지 않아서 말을 안 했나요?"

"그렇소." 베라는 그가 다 자라지 못한 소년 같다는 생각이 들었다. "그런 이야기로 그녀의 기억이 더럽혀지는 게 싫었어."

"그래도 사실이잖아요." 베라는 그와 눈을 마주치려고 했지만, 그는 창밖의 지나치는 자동차만 바라보고 있었다.

"디 롭슨과는 다르지." 그는 즉각 답했다. 얼굴은 분노로 붉게 달아올랐다. "술집에서 벌거벗고 돌아다니는 싸구려를 어디다가. 마가렛은 남자 친구들이 있었고, 그 사람들이 돈을 지불한 거요. 살아야 했으니까, 그렇게 말했소. 파벨이 떠난 뒤, 내 아버지가 해고한 뒤. 그녀는 늘 남자들과 같이 있는 걸 좋아했어."

섹스를 좋아했지만, 그 말은 차마 할 수 없겠지. 베라는 생각했다.

"하지만 당신은 좋아할 수 없었을 텐데." 베라는 남은 음식이 놓인 식탁 위로 몸을 내밀었다. "그녀가 다른 남자와 같이 있다는 걸. 당신은 그녀를 사랑했으니까."

"그녀는 날 사랑하지 않았어." 너무나 조용한 목소리였기 때문에, 몸을 잔뜩 내밀고 있지 않았다면 못 들었을 것이다. "난 오래전 그 사실을 받아들였소."

잠시 침묵이 흘렀다. 독일인 운전사들이 떠들어대며 문을 나섰고, 얼음장 같은 바람이 들어왔다.

"마가렛은 당신에게 돈을 남길 생각이었어요. 좋은 차 정도는 구할 수 있을 정도로. 하지만 유언장에 서명하기 전에 살해당했어요."

"난 그런 건 몰랐소! 그녀의 돈을 원한 적도 없고!"

"자기가 죽고 나면 디를 돌봐달라는 부탁을 하던가요?"

말콤의 시선이 그녀에게서 비껴났다. "그렇소."

"그러겠다고 했고요?" 그는 대답하지 않았다. 베라는 말을 이었다. "당연히 그랬겠죠. 그녀의 부탁이라면 거절할 수 없었을 테니까. 하지만 그 약속을 지켰을까요? 쫓아다니기 쉽지 않은 여자일 텐데, 디 롭슨은?"

그는 어깨를 으쓱했다. "최선을 다했을 거요."

"한데 그 여자도 죽었으니, 그럴 필요는 없겠군요." 베라는 입에 묻은 기름기를 닦았다. "다행이겠군."

"귀찮다고 사람을 죽일 리가 있나!" 그는 목소리를 높였다. 계산대 뒤의 여자가 이쪽을 응시했다.

베라는 말콤의 폭발을 무시하고 말을 계속했다. "법적으로 유효한 유언장이 없으니 우리는 마가렛의 친척을 찾아야 해요. 남편. 파벨이 그 남편이겠지만, 내가 찾아봤는데, 공식적으로 이혼한 기록이 없더군." 그녀는 고개를 들었다. 이번에는 두 사람의 시선이 마주쳤다. "어디 있을지 혹시 짐작가는 곳이라도?"

그는 천천히 고개를 저었다.

"당시 마을에 살던 다른 사람들도 추적하고 있어요. 코블을 운영하던 그 어머니와 아들도. 당신이 이야기하지 않더라도, 이야기할 사람은 많아."

그는 어깨를 으쓱하고 입을 열지 않았다. 하지만 그의 반응에는 어단가 예상하지 못했던 부분이 있었다. 반가움? 냉소적인 유머? "파벨은 폴란드로 돌아갔소. 자기한테 더 잘 어울리는 여자를 찾아서 고향으로 돌아간 거요."

"그의 실종에 대해 뭔가 아는 게 있는데 말을 안 한다면, 당신은 위험한 짓을 하고 있는 겁니다." 듀어의 아침 식탁에서 라이언과 나누던 대화 같았다. 정신을 차리게 해주고 싶다는 충동이 일었다. 대답하라고 윽박지르고 싶었다. 두 사람 다 그녀에게 털어놓는 이상을 알고 있었다. "살인 혐의로 체포될 수도 있어요. 그간 숨겨온 비밀, 거짓말. 이제 진실은 마가렛을 해치지 않습니다."

그는 다시 어깨만 으쓱했다. 영원한 10대 소년.

"경찰서로 가서 진술을 하시죠." 그녀는 말했다. 그에게서 정보를 더 얻을 수 있을 거라고 생각해서가 아니라—말콤은 너무나 고집스러웠다—그녀가 그에게 복수할 방법이 그것뿐이었기 때문이었다.

그는 한 번 더 어깨를 으쓱한 뒤 자기 차를 몰고 그녀를 따라 키머스턴으로 향했다. 가는 길에 베라는 수색 영장을 받아야겠다고 생각했다. 오랜 세월이 흘렀지만, 커의 작업장에 파벨 크루코스키의 흔적이 남아 있을지도 모른다.

32

|

조 애쉬워스가 쉼터에 도착했을 때, 수전 콜슨은 보이지 않았다. 집은 조용하고 텅 빈 것 같았다. 홀리풀을 가로지르는 도로에는 모래가 뿌려져 있지 않아서 차가 미끄러졌다. 모든 것이 흰색이었다. 잔디에도, 나뭇가지에도 서리가 내려 있었다. 낮은 초지에서 흰 안개가 피어올랐다. 서리 내린 차도에 타이어 자국은 없었다. 현관으로 다가가면서, 조는 사무실에 사람이 없는 것을 확인했다. 문득 부엌에 불이 켜진 것이 눈에 띄었다. 제인과 로리가 탁자에 앉아 고개를 맞대고 있었다. 무슨 공모자 같았다. 연인이든가. 그들은 조를 보지 못했다. 잠시 쳐다보며 서 있는데 제인이 고개를 들고 그를 보았다. 훔쳐본 것처럼 어색한 기분이 들었다.

그녀는 부엌문을 열고 그를 들였다. "아, 애쉬워스 형사님. 슬슬 단골이 되어 가시네요." 그녀는 커피를 따라 식탁에 놓아주었다. "목록을 만드는 중이에요. 크리스마스 전 마지막 쇼핑."

"몇 명이나 여기 계실 예정입니까?" 크리스마스를 이 골치 아픈 고객들과 같이 어떻게 견뎌 내는지 알 수 없었다. 자기 가족은 없나? 언제 도피하지?

"로리, 수전, 저. 시내에서 친구도 몇 명 초대했어요. 공간은 많으니까 같이 지낼 수 있어요. 기대하고 있답니다." 제인은 편안하게 미소지었다. "걸리적거리거나 요구사항 많은 남자도 없고."

"그루스킨 신부는 안 오십니까?"

"세상에, 아니죠." 그녀는 생각만 해도 끔찍하다는 듯 몸서리쳤다. "세인트 바트의 노부인들이 서로 신부님 점심을 해드리겠다고 싸울 거예요. 우린 정식 파티를 계획 중이랍니다."

"원하는 게 뭐예요?" 로리가 그를 보았다. "내게 할 말이 있으면 빨리 하세요. 시내에 나가기 전에 개 산책을 시켜야 해요."

"아닙니다." 그는 놀랐다. 명령조인 것이 은근히 재미있기도 했다. 범죄자가 그에게 이런 식으로 말한 적은 없었다. "당신하고는 할 말이 없습니다."

로리는 일어나서 나갔다. 복도에서 누구와 이야기를 나누는 소리, 개 짖는 소리가 들리더니, 수전 콜슨이 부엌으로 들어왔다. 베라가 상태 안 좋은 날 입을 만한 펑퍼짐한 바지를 입고 있었고, 튀어나온 배를 스웨터로 덮고 있었다. 희끗거리는 머리는 뒤로 한데 묶었다. 막 침대에서 일어났는지 하품을 하고 있었다. 조를 알아보는지 알 수 없었지만, 어쨌거나 고개를 끄덕이더니 차 주전자를 불에 얹었다. 저번에 만났을 때보다 한결 안정된 모습이었다.

"새로이 밝혀진 사실이 있습니다. 마가렛의 살인이 그녀가 오래전 살던 방식과 연루되었을 가능성이 있어요. 수전이 혹시 도움이 되지 않을까 해서 왔습니다." 그는 수전을 바라보았다. "당시 마가렛을 아셨지요? 둘 다 하버 스트리트의 셋방에서 사셨다고."

수전은 대답해도 좋은지 허락을 구하는 것처럼 제인을 먼저 돌아본 뒤 고개를 끄덕였다. 대답은 없었다. 그녀는 차봉지를 머그에 짜넣고 쓰레기통에 던져 넣은 뒤 식탁에 앉았다.

"하버 스트리트로 돌아가보시면 어떨까요? 지금 그 집 상태도 구경하고."

여전히 침묵. 창밖으로 부츠와 재킷 차림의 로리가 개와 함께 풀밭을 가로지르는 것이 보였다. 발자국이 서리 위에 자국을 남겼다. 태양이 안개를 걷어내고 있었다.

"저도 같이 갈까요?" 제인이 나이 든 여인에게 직접 물었다. "로리와 난 나중에 쇼핑해도 돼요."

이번에는 수전이 고개를 저으며 말했다. "마가렛이 살던 곳을 보고 싶네요. 날 데려간 적이 없거든. 내가 심란해할 거라고 생각했는지." 그녀는 잠시 사이를 두었다. "이 청년이 날 돌봐줄 거야." 처음으로 미소 비슷한 것이 스쳤다. "내 나이에는 보호자가 필요 없어."

쉼터에서 차를 몰고 출발하면서, 조는 수전에게 말을 걸지 않았다. 무슨 말을 꺼내야 할지 알 수 없어서 도착할 때까지 기다리고 싶었다. 수전은 앞자리에 앉아 관광객처럼 주위를 둘러보았다. 바깥 여행을 즐기는 것 같았고, 나지막한 햇빛이 얼굴을 비추고 있었다. 잠들었는지, 옛날 생각이 나는지, 가끔 몸을 의자에 기대고 눈을 감기도 했다. 마을이 가까워지자, 그녀는 일어나 앉아 정신을 똑바로 차렸다.

"당시 마가렛에 대해 말씀해주십시오." 차는 하버 게스트하우스 바깥에 멈췄다. 수전은 주위를 둘러보았지만, 내릴 생각은 하지 않았다. 최소한 차 안은 따뜻했고, 그들의 말을 엿들을 사람도 없었다. "어떻게 생계를 꾸렸습니까?"

수전은 날카롭게 얼굴을 돌리고 그를 보았다. "알고 묻는 거죠? 안 그러면 굳이 물어보지 않을 텐데."

자신이 왜 그녀를 어리석다, 멍청하다고 생각했는지 알 수 없었다. "성노동자였습니까?"

"에스코트. 고급이었지. 선택도 까다로웠고. 돈을 많이 벌 수 있었을 텐데, 탐욕이 없었어요. 돈은 저축했고. 나라면 한 푼도 못 모았을 거야."

"당신도 같은 업종이었습니까?"

그녀는 고개를 저었다. "아니. 난 그럴 배짱도 없었어요." 그녀는 미소지었다. "몸도 그렇고. 난 보조금으로 연명했지. 남자가 있었어. 결국 떠났지만."

"유감입니다." 달리 뭐라 해야 할지 알 수 없었다.

"괜찮아요. 나쁜 놈이었으니까. 그때 난 약을 시작했어요. 의사에게 처방받은 안정제, 그다음에는 손에 넣는 건 뭐든지. 끊을 수가 없었어. 그들이 내 아기를 데려갔지."

그는 대답하지 않았다. 다시 유감이라고 말하는 것도 진부했다.

"하지만 지금은 끊으셨지요? 쉼터에서."

"그럼. 그래도 아직 안 좋은 날이 있어요." 언뜻 미소. "그런 날에는 최대한 이익을 뽑아내지. 저기서 나가고 싶지 않아요. 내가 괜찮다고 생각하면, 이제 나가라고 할 거고 디처럼 혼자 살 곳을 찾아줄 거 아니야.

난 그렇게 살 수는 없어요."

"쉼터가 좋으십니까?"

"아, 그럼. 좋아요. 늘 이야기할 사람도 있고. 하버 스트리트에서 지내던 옛 시절하고 조금 비슷해."

그들은 잠시 조용히 앉아 있었다. "안을 봐도 될까요? 마가렛이 살던 곳."

"안 될 거 없겠지요." 조는 차에서 내린 뒤 옆으로 돌아가서 차 문을 열어 주었다. 아직 아주 추웠다.

그녀는 조의 손을 잡고 내린 뒤 잠시 서서 거리를 둘러보았다. 맞은편 보도에서 피터 그루스킨이 교회 안으로 들어가고 있었다.

"저기 먼저 가봐도 될까요?" 그녀는 세인트 바르톨로뮤 교회를 턱으로 가리켰다. "옛 기억이 나네."

그냥 어슬렁거리고 들어가면 신부가 어떻게 생각할지 알 수 없었지만, 어차피 예배를 위한 곳이니 한 사람의 소유가 아니라 공동체를 위한 공간이다. 그는 팔을 내밀었고, 수전은 그의 팔을 붙잡고 중심을 잡으며 얼어붙은 도로를 같이 건넜다.

"예배도 참석하십니까?" 조는 물었다.

"저기서 세례를 받았어요. 아기를 뺏겼을 때도 저기서 마음껏 슬퍼했지."

"남자아이였나요, 여자아이였나요?"

"작은 여자아이. 어머니 이름으로 엘렌이라고 불렀지. 새 부모가 무슨 이름을 붙였는지는 모르겠네."

"아이가 어떻게 됐는지 알아보려고 해보지는 않았습니까?" 조는 그

것이 어떤 기분인지 상상하려고 애썼다. 산고를 겪고 품에 안고 기른 아이를 누군가에게 넘겨주어야 한다는 것이. 몸과 마음을 관통하는 온갖 호르몬의 작용.

"아니. 옳은 일이 아니야. 게다가 그 사람들이 옳았어. 내가 그 아이에게 어떤 인생을 줬겠나."

그녀는 교회 문을 열었고, 조는 그녀가 먼저 들어가도록 했다. 여자를 먼저 들여보낸다는 신사적인 예절 교육 때문이기도 했고, 피터 그루스킨이 섬뜩했기 때문이기도 했다. 그는 목에 흰 깃만 두를 뿐 나머지는 일반인과 같은 옷을 입는 감리교 목사들에 익숙했다.

그루스킨은 없었다. 뒷방에 있는 모양이었다. 그들은 예배석에 잠시 앉아 있었다. 조는 마가렛이 죽었다는 소식을 들었을 때처럼 이번에도 다시 고요히 눈물을 뚝뚝 흘리고 있으리라고 생각하고 돌아보았지만, 수전은 그저 제단만 응시하고 있었다. 몇 분 뒤 그녀는 일어섰고, 조는 뒤따라 나왔다.

"기억이 죄다 되살아나네. 자세한 건 말고, 대체로 정신을 놓고 살아서 그리 많이 기억나지는 않아요. 그냥 당시 기분들."

"마가렛의 직장 상사를 아셨다고 했지요." 바깥 햇빛이 갑자기 아주 밝게 느껴졌다. 두 사람은 눈을 가늘게 떴다.

"내가?" 그녀는 아직 교회 생각으로 가득 차 있는지 뒤를 돌아보며 물었다.

"말콤 커의 아버지, 빌리 아닙니까?"

"아. 당신 말이 맞을 거예요."

"빌리도 마가렛의 고객이었습니까?" 그런 가능성이 막 떠올랐다.

"아니, 그런 이야기는 들은 적이 없어요."

하지만 그녀는 뭔가 다른 생각에 사로잡혀서 곰곰이 기억을 더듬을 정신이 없는 것 같았다.

여관 문을 두드리면서, 조는 무슨 이유로 찾아왔다고 해야 할지 고민스러웠다. 케이트의 딸 클로이가 문을 열어주었다. 그녀는 추운 공기 속에서 깡마른 몸을 두 팔로 감고 두 사람을 응시했다. 제시와 마찬가지로 커다랗고 보송보송한 슬리퍼를 신고 있었다.

"엄마는 스튜어트와 외출하셨어요. 집에는 나밖에 없어요."

"수전은 아주 오래전에 여기 하버 스트리트에 살았단다." 조는 환자 대하듯 부드럽게 말하고 있었다. 이 아이는 어딘가 매우 연약해 보여서 조심스럽게 다뤄야 할 것 같았다. "마가렛의 방을 보러 왔어. 내가 열쇠를 갖고 있단다. 올라가봐도 되겠니?"

"네, 그러세요." 클로이는 문간에 나타난 낯선 여자에 대해 전혀 궁금하지 않은 듯했다. 쉼터와 마찬가지로 늘 낯선 사람들이 드나드는 곳이기 때문인 것 같았다. 생각해보면 기묘한 생활일 것이다. 조는 자신의 집을 타인에게서 안전한 공간이라고 생각했다. 베라조차 예고 없이 드나드는 경우는 없었다.

수전은 힘들게 계단을 올라 꼭대기 층으로 향했다. 마가렛보다 젊었지만, 몸 상태가 좋지 않고 체중이 많이 나갔다. 꼭대기에 올라가자 추위에도 불구하고 땀이 번들거렸다.

"집이 많이 달라보일 겁니다. 하지만 마가렛은 항상 이 위층에서 살았습니다. 안 그렇습니까?"

"맞아요. 바다를 내다보는 걸 좋아했지요." 잠시 침묵. 다시 유머감각이 살아났다. "계단을 올라올 수 없는 남자라면 자기한테 소용이 없다고 했어요."

"그러면 자기 일을 좋아했군요?" 이해할 수 없었다. 마가렛 크루코스키처럼 영리하고 잘 교육받은 여자가 성노동자 생활을 즐길 수 있다니. 베라는 언제나 그가 19세기에 태어났어야 한다고 말하곤 했고, 그에게는 어딘가 빅토리아 시대적인 면이 있었다. 그러나 마음 깊숙이 그는 자신이 그 당시 여기 있었다면 계단을 뛰어올라가 마가렛의 방문을 두드릴 거라는 사실을 알고 있었다. 아마 그녀와 시간을 보내기 위해, 만지기 위해 돈도 냈을 것이다. 자물쇠에 열쇠를 넣는데, 문득 마가렛이 자신을 기다리며 안에 있다는 착각이 스쳤다.

이번에도 조는 그대로 서서 수전을 들여보냈다. 감정을 다스릴 시간이 필요했다. "그 시절에도 이런 모습이었습니까?" 그는 창녀를 체포해본 적이 있었지만, 모두 지저분한 마사지실이나 퇴락한 해변 마을의 누추한 아파트에서 영업했다. 뚜쟁이들은 여자들에게 입을 열지 말라는 무언의 협박으로 보도에서 멀리 떨어져 지켜보고 있었다. 그 여자들은 약이 필요한 중독자였고, 긴 머리, 날카로운 골격의 소유자였다. 몸에도, 침대에도 푹신하거나 솔깃한 면이 전혀 없었다.

수전은 들어가서 소파에 앉았다. "부엌을 새로 들였네요. 하지만 그녀는 이 방을 항상 잘 가꿨어요. 난 침실을 본 적은 없어요. 항상 문을 닫아뒀으니까."

"그녀가 즐겼습니까?" 조는 질문을 되풀이했다. 다시 생각해보니 그에게 충격이었던 것은 섹스라기보다 여기서, 자기 집에서 영업했다는 사실인 것 같았다. 끔찍한 프라이버시 침해가 아닌가. 마가렛이 은퇴한 뒤 자기 집에 왜 사람을 잘 초대하지 않았는지 알 것 같았다.

"생계를 위해 일하는 것보다는 낫다고 했어요. 고객을 정리한 뒤에는, 단골들, 정말 좋아했던 것 같아요. 추천받은 사람만 새로 들였죠. 광고할 필요도 없었어요."

"디 롭슨 같지는 않고요?"

수전은 서글프게 클클 웃었다. "불쌍한 디. 그녀는 알콜 중독자였고, 술을 너무 좋아했지. 동전 몇 푼이 중요했어. 주목받는 것도 좋아했고. 하지만 진짜 프로는 아니었어요. 마가렛처럼."

조는 수전 옆에 앉았다. "마가렛이 손님에 대해 당신에게 이야기한 적이 있습니까?"

"고객. 마가렛은 늘 고객이라고 불렀어요. 아니, 이야기한 적은 없어요. 자신을 의사나 신부 같은 존재라고 했죠. 침대에서 일어나는 일은 비밀이었어요."

조는 방향을 바꿨다. "당신 방은 어디였습니까?"

"1층. 현관 옆. 바람이 많이 들었어요. 이곳처럼 꾸미지도 않았지." 그녀는 서글프게 마가렛의 방을 둘러보았다. "미적 감각도 없고."

"하지만 거기서는 사람들이 드나드는 게 보였을 텐데요." 조는 수전이 궁금했을 거라고 생각했다. 심지어 질투했을지도 모른다. 그는 그녀가 얼룩진 망사 커튼 너머로 마가렛의 신사들이 바깥 보도를 오가는 모습을 훔쳐보는 모습을 상상했다.

"가끔." 수전은 이 유쾌한 젊은이가 경찰이라는 것을 기억해냈는지 입을 다물었다.

"누가 그녀를 죽였는지 찾아내는 데 도움이 될지도 모릅니다. 오래전 그 시절에 시작된 어떤 일이 원인일 수 있어요."

"아니! 그건 정말 말도 안 되는 소리예요. 그때 일을 누가 상관이나 한다고."

"마가렛은 죽어가고 있었습니다. 대장암이었어요. 아마 당시 일을 털어놓고 싶었던 것 같습니다. 어쩌면 누군가 그녀의 입을 막으려 했을 수도 있어요."

정적이 흘렀다. 바깥 지붕에는 재갈매기가 까악거리고 있었다. "이름은 몰랐어요. 몇 사람 안 됐고."

"보셨잖습니까."

"점잖은 사람들이었어요. 수트 차림. 반짝거리는 신발." 그녀는 몸을 앞으로 내밀고 목소리를 낮췄다. "한 번은 사제도 봤어요. 목도리를 두르고 있었지만, 떠날 때 약간 벗겨졌는데 안에 흰 목깃이 있더군요."

하지만 피터 그루스킨은 아니다, 조는 생각했다. 태어나지도 않았을 때니까. 그는 전날 회의에서 보았던 베라의 들뜬 행동, 파벨 크루코스키가 죽었다는 확신을 떠올렸다. "마가렛의 남편에 대해 말씀해주세요."

"그가 왜?"

"어떤 사람이었습니까?"

다시 못 들은 것 같았다. 추억에 빠져 있는 건지, 이 멍한 눈길이 쉼터에서 자신을 쫓아낼지도 모르는 사회복지사를 속여 넘기기 위해 개발한 기술인지 알 수 없었다.

"수전."

그녀는 천천히 고개를 돌렸다. 눈은 흐리멍텅했고, 조를 알아보지도 못하는 것 같았다.

"마가렛의 남편에 대해 말해주세요. 파벨. 폴란드 남자."

"만난 적 없어요." 먼 곳에서 들려오는 소리에 귀를 기울이는 듯, 고개가 한쪽으로 기울어졌다. "내가 하버 스트리트에 이사 왔을 때, 이미 사라진 뒤였어요."

33

|

그들은 마들 어판장에서 피시 앤 칩스로 점심을 먹었다. 크리스마스가 며칠 남지 않아서 직원들은 산타 모자를 쓰고 있었고, '크리스마스에 내가 원하는 건 오직 당신뿐'이라는 노래가 배경에서 지직거리며 끊임없이 흘러나오고 있었다. 조는 수전에게서 더 알아낼 것이 없다고 생각했지만, 베라가 점심을 사라고 했고, 뭐, 어쨌든 대접은 해야 했다. 수전은 약간 오락가락하는 친척 아주머니처럼 느껴지기 시작했다.

"이 거리에 살 때 어판장은 어땠나요?" 조는 수전이 주파수를 고약하게 맞춘 라디오 같다고 생각했다. 어떨 때는 듣고 이해했지만, 어떨 때는 자신만의 세상에 있는 것 같았다.

그녀는 입에 칩을 가득 문 채 고개를 끄덕였다. "그때는 생선만 팔았고, 음식은 포장해서 싸 갔지. 앉아서 먹는 식당은 없었어요."

"술집은 저기 있었고요?"

"네." 그녀는 마치 깊이 생각이라도 하는 양 이마를 긁었다. "주인은 뻴이었지. 오랫동안 술집을 운영했어요. 어떻게 됐는지 모르겠네. 아들이 있었지." 이름을 기억해내는 것이 무슨 시험이라도 되는 양, 수전은 잔뜩 집중해서 미간을 찡그렸다. "릭? 릭이었을 거야. 그 남자는 마음에 들지 않았어요. 내게 잔인했지. 놀리고. 사람을 놀리는 건 영리한 짓이 아니야." 그녀는 너무 많이 말한 게 후회된다는 듯 입에 손을 갖다대더니 다시 식사를 계속했다.

이제 조의 상념이 다른 방향으로 흘러갔다. 이 모든 이야기가 21세기에 살해당한 두 여자의 죽음과 무슨 관계가 있을지는 알 수 없었지만, 그는 1970년대의 코블을 상상했다. 철광과 조선소가 폐쇄되기 전일 것이다. 올이 풀린 청바지 차림의 청년들, 히피 스커트 차림의 아가씨들. 담배 연기로 가득 차고 천장은 니코틴에 갈색으로 찌든 작은 바 두 군데. 당시에는 보다 상업적인 어업이 성행했을 것이고, 배에서 내린 남자들이 맥주를 기울이며 수확과 날씨 이야기를 나누었을 것이다.

그들은 마가렛 크루코스키를 어떻게 생각했을까? 어쩌면 남자들은 그녀가 어떻게 생계를 유지하는지 관심도 없었을 테지만, 분명 몇몇은 추측했을 것이다. 비록 몇 안 되었지만, 어울리지 않는 장소에서 업무용 정장을 차려 입고 사제의 목깃을 찬 채 하버 스트리트 1번지의 문을 두드리는 마가렛의 고객을 보았을 것이다. 궁금했을 것이다. 자기도 끼고 싶었을까?

"들어가서 한 잔 할까요?" 그는 물었다. "옛 기억을 위해서."

수전은 곧장 고개를 저었다. 어쩌면 술집 주인의 아들 릭이 아직도 거기 있어서 자신을 조롱할 거라고 생각했는지도 몰랐다.

조는 안주머니에서 사진 앨범을 꺼냈다. "이중에 알아볼 수 있는 사람이 있습니까?"

그녀는 천천히 페이지를 넘겼지만, 빌리 커의 생일 파티 사진에서야 반응을 보였다. "이게 마가렛이에요! 그리고 빌리와 말콤."

"다른 사람은요?"

"밸, 술집 주인." 그녀는 덩치 큰 여자를 가리켰다.

조는 그녀가 주인의 아들 릭을 가리키기를 기다렸지만, 그녀는 릭을 언급하지 않고 앨범을 덮었다. 도대체 그 청년이 수전에게 무슨 짓을 했을까.

"쉼터로 돌아갈까요?" 별 소용이 없는 짓 같았다. 경찰차 한 대가 커의 작업장 옆에 멈추는 것이 보였다. 무슨 일일까.

"그러죠. 하지만 돌아오니 좋았다우."

"유령은 별로 없던가요?"

그녀는 다시 이해할 수 없는 듯 멍한 표정을 지으며 아무런 대답도 하지 않았다.

그들은 로리와 제인과 동시에 쉼터에 도착했다. 조는 음식이 가득 든 짐가방을 들이는 일을 도와주었다.

"어떻게 됐어요?" 차에 다시 오르려는 순간, 제인이 그를 붙잡았다. 두 전문가가 공통으로 관리하는 업무를 놓고 의견을 교환하는 듯한, 공모자 같은 말투였다.

하지만 그런 사이는 아니잖아, 조는 대꾸하고 싶었다. 당신도 수전과 마찬가지로 용의자야. "잘됐습니다." 조는 단조로운 미소를 지었다. "좋은 시간을 보냈을 거예요." 그는 제인이 더 캐묻기 전에 차에 올라 출발했다.

경찰서에 돌아와서 베라를 찾아보니, 그녀는 구내식당에서 차 한 잔을 놓고 멍하니 허공을 응시하고 있었다. 조는 맞은편에 앉았다. "커에게서는 뭘 좀 알아냈습니까?"

베라는 눈길을 들었다. "별로. 뭔가 숨기고 있는데, 말을 안 해." 잠시 쉬었다가 말을 이었다. "작업장 수색 영장을 받았어. 아직도 파벨 크루코스키는 허공으로 증발해버린 느낌이야. 난 마술을 믿지 않지."

"제가 출발할 때 수색팀이 도착하더군요."

그녀는 탁자 너머로 그를 바라보았다. "수전 콜슨은 더 잘 풀렸다고 말해줘."

"모르겠습니다. 그 집 1층에 살았는데, 마가렛의 고객이 드나드는 걸 봤답니다. 많지는 않았다고. 모두 점잖은 사람들이었다고 했습니다. 전문가들. 심지어 사제도. 이름은 아무도 모른다고 했습니다."

"그럼 거기도 더 이상 진전이 없군." 베라는 그를 올려다보았다. 몹시 피곤해 보였다. 전날의 흥분 때문에 완전히 소진된 것 같았다. 어쩌면 마가렛이 자기 남편을 죽였다는 시나리오를 더 이상 확신할 수 없는지도 모른다.

"수전은 코블 여주인을 언급했습니다. 벨이라는 여자. 그녀의 아들릭. 벨은 지금쯤 죽었겠지만, 남자는 아직 살아 있을 겁니다. 혹시 찰리가 추적했습니까?"

"못 들었어." 베라는 다른 생각에 빠져 있었다.

조는 고집했다. "동네에 분명 마가렛에 대한 소문이 돌았을 겁니다.

하버 스트리트 같은 곳에서 비밀로 할 수 있는 사안이 아니죠. 낯선 사람들이 들락거린다면." 조는 베라를 북돋우기 위해 마구 던지고 있었다. "현재 사건에 관계가 없어도 당시 인근에 살던 사람들과 이야기해보면 유용한 정보가 있을지도 모릅니다."

"그래. 자네 말이 맞을 거야. 찰리에게 이 릭이란 남자에 대해 정보를 알아보라고 해. 퍼시 스트리트의 집에서 커를 지키고 있는 중이야." 하지만 베라의 목소리에는 열의가 없었다. 그녀는 갑자기 일어서더니 쿵쿵거리며 자기 사무실로 돌아갔다. 그녀는 오후 중간까지 문을 닫고 거기 있다가 아무 말없이 나갔다. 조는 그녀가 하버 스트리트로 돌아갔다는 것을 알고 있었다. 수색 결과를 기다리는 긴장감을 견딜 수가 없어서 참견하러 가지 않을 수 없을 것이다.

찰리는 신호음이 울리자마자 전화를 받았다. 그는 아무도 안 듣는 곳에서 통화할 테니 잠깐만 기다리라고 했다.

"어떻게 돼 가?" 첫 벨 소리에 응답하는 것으로 보아 찰리가 우울하다는 것을 알 수 있었다.

"크리스마스 전 주를 이보다 더 즐겁게 보내는 방법은 얼마든지 있을 텐데."

"하버 스트리트에서 술집을 운영하던 그 모자는 추적해봤나?"

망설이지 않고 곧장 대답이 흘러나왔다. "버트 가족? 남자는 못 찾았는데, 어머니는 아직 마을에 살아. 내 책상 위에 주소가 있어." 전화가 끊겼다.

조는 아이들이 침대에 들기 전에 집에 도착했다. 아이들은 하루 종일 집에 갇혀서 단 음식을 너무 많이 섭취하고 크리스마스가 가까워졌다는 기대감이 너무 커서 에너지가 넘쳐흘렀다. 제시는 친구와 뉴캐슬에 가는 것을 샐이 금지했기 때문에 뚱해 있었다. "어른 없이 가기에는 너무 어리다고 했어. 게다가 이 시기는 정신없잖아." 샐은 하루 종일 이 문제로 싸운 뒤라 짜증이 잔뜩 나 있었다. 조가 볼 때 제시가 한 번만 더 밀어붙이면 아내는 조용히 살기 위해서라도 허락할 것 같았다. 부모 노릇 하기가 세상에서 가장 힘든 일일 때가 있다. 며느리 노릇도 마찬가지였다. 정신이 나갔는지 조의 부모님에게 직접 크리스마스 점심을 만들어서 대접하겠다고 약속했는데, 그 때문에 벌써부터 스트레스를 받고 있었다. 냉장고는 음식으로 가득 차서 닫히지도 않았다.

아이들을 위층으로 보내고 샐을 위해 큰 잔에 와인을 가득 따르는데, 전화가 왔다. 베라였다. 그냥 이야기만 하자고 했다.

"어떻게 됐습니까?" 조는 샐을 방해하지 않으려고 부엌으로 들어갔다. 텔레비전에서 좋아하는 프로그램이 나오고 있었다. 샐은 상대가 베라라는 걸 알고 눈동자를 굴렸다.

"밤이라 수색은 중단했어. 물건을 모두 살펴보려면 며칠 걸릴 것 같아. 게다가 그 쓰레기 더미 안에 뭔가 중요한 게 있다 해도, 알아볼 것 같지 않아." 피곤하고 답답한 목소리였다. 사건을 끝까지 관리하는 자신의 능력에 대한 신뢰를 잃고 있었다. 잠깐 만나자고 하고 싶었다. 베라의 지저분한 집에 앉아서 수사의 실마리를 하나하나 이야기하는 것도 나쁘지 않을 것 같았다.

그러나 그 생각이 든 순간에도, 불가능하다는 것은 알고 있었다. 샐이 폭발할 것이다. 마가렛이 하버 스트리트에 작은 문명의 오아시스를 꾸려 놓고 신사 고객들을 받았다는 환상이 조를 흥분시킨 것 같았다. 대신 아내와 와인 한 병을 나눠 마시고 일찌감치 자야겠다. 베라 스탠호프는 그가 없어도 잘 해나갈 것이다.

34
|

케이트 듀어는 방향을 돌리기 위해 하버 스트리트 끝까지 달릴 생각이었다. 집 앞에 주차할 때 차가 진행방향으로 세워져 있는 게 좋았다. 하지만 정복경찰이 도로가 막혔다고 손짓하는 바람에 왔던 길로 후진해야 했다. 말콤의 작업장 밖에는 미니버스와 밴, 진청색 파카 차림의 경찰 수십 명이 서 있었다. 차단막을 세워 놓아서 길에서는 아무것도 보이지 않았다. 텔레비전 형사물에서 보던 청색과 흰색 테이프였지만, 위아래, 앞뒤가 뒤집혀 있어서 뭐라고 적혀 있는지 읽을 수 없었다. 그녀는 짐작했다. '경찰. 출입금지'. 말콤이 체포됐을까? 그녀는 자기 아들이 살인범과 그렇게 가까이 일했다는 사실에 몸을 떨었다. 어쩌면 수사가 거의 마무리돼서 곧 일상으로 돌아갈 수 있을지도 모른다. 그녀와 스튜어트는 이사하고 새 인생을 출발할 계획을 세울 수 있을 것이다.

집에는 클로이가 있었지만—그녀는 케이트를 도와 쇼핑백을 계단 아래 부엌으로 옮겼다—라이언은 보이지 않았다. 잠시 뭘 하고 있을까,

또 배회하고 있을까 하는 생각이 스쳤다. 여자 친구가 필요해, 그녀는 생각했다. 정서적으로 안정된, 상상력이 지나치게 풍부하지 않은 여자아이. 라이언이 없어서 아쉬웠다. 그 아이라면 지금 하버 스트리트에 무슨 일이 벌어지고 있는지 알 텐데.

조지 엔더비가 라운지에 앉아 있었다. 그는 위스키를 꺼내 마시고 있었다.

"서랍장에 돈을 뒀습니다. 괜찮으시죠. 형사와 이야기했어요. 내일은 가도 좋다고 하니 이제 저를 안 봐도 됩니다, 케이트." 그는 삐딱한 미소를 지었다. 속으로는 더 있고 싶은가보다, 케이트는 생각했다. 아니면 섭섭할 거라는 인사치레를 기대하든가.

"섭섭하겠네요." 가끔 친절함과 타인을 기쁘게 하려는 강박 사이에 무슨 차이가 있나 싶을 때가 있었다. "그래도 집에 돌아가면 다이아나가 기뻐하겠어요."

"아. 다이아나는 떠났습니다. 새 남자를 만났어요. 당신처럼." 오후 내내 여기서 위스키를 마시고 있었나? 술집 라운지 바에서 낯선 사람들에게 술을 사며 말벗을 삼고 있었나? 취한 것 같지는 않았지만, 그답지도 않았다.

"말콤의 작업장에서 무슨 일이 있는지 아세요?" 술집에 있었다면 소문을 들었을 것이다.

"아뇨." 관심도 없는 것 같았다.

케이트는 부엌으로 돌아가서 크리스마스를 위해 산 음식을 모두 정리했다.

클로이는 거실 소파에 앉아 있었고, 옆에는 책이 엎어져 있었다. 하지만 외출할 때 입는 예쁜 상의를 입고 있었고, 아이라이너와 마스카라도 하고 있었다. 친구가 왔다 갔나. 클로이는 엄마에게 말했다. "아, 스튜어트가 전화했어요." 엄마에게 오는 전화는 전혀 중요하지 않고 그저 방금 기억났다는 말투였다. "엄마가 휴대전화를 안 받는다고 하던데요."

케이트는 두 방 문간에 섰다. 그녀는 커다란 세제 봉투를 아기처럼 배 앞에 끌어안고 있었다. "그가 뭐라고 했어?"

"별로." 명랑한 목소리. "그냥 전화했다고 전해달래요."

케이트는 스튜어트에게 전화했지만, 응답이 없었다. 그녀는 들어왔다고 메시지를 남겼다. "바쁘지 않으면 놀러 와요. 당신을 보면 좋을 것 같아요." 그녀는 두 사람 사이의 권력 균형이 옮겨갔다고 생각했다. 처음에는 스튜어트가 적극적이었고, 들떠서 그녀의 집을 찾았다. 지금은 그녀가 상대의 애정을 확신하지 못하고 좀 더 간절한 쪽이었다.

그녀는 가만히 앉아 있을 수가 없어서 마가렛의 방 가까운 층계참으로 올라갔다. 둥근 창문으로 말콤의 작업장이 내려다보였다. 경찰들은 뭔가 구체적인 것을 찾고 있는 것 같았다. 나름대로 방법이 있었다. 아주 꼼꼼하게, 말콤의 장비를 작업장 한쪽으로 옮기고 있었다. 날이 거의 저물었고, 갑자기 가로등이 켜졌다. 구경꾼들과 함께 차단막 너머에 무슨 일이 있는지 궁금해서 난간 사이를 유심히 들여다보고 있는 라이언의 모습이 또렷이 보였다. 틀림없이 스마트폰으로 사진도 찍어서 친구들 모두에게 보냈을 것이다. 문득 그는 언제나처럼 차분하지 못한 태도로 보도를 걷기 시작했다.

부엌으로 돌아온 케이트는 스튜어트에게 다시 전화를 걸었지만, 그는 여전히 받지 않았다.

35

베라는 말콤의 작업장 수색을 밤새도록 계속하고 싶었다. 우스꽝스럽게 보인다는 걸 몰랐다면, 횃불과 가로등 불빛만으로 혼자 진행했을 것이다. 이미 구경꾼이 모여 있었다. 10대 아이들, 집으로 가기 전에 한잔 하려고 전철에서 코블로 가던 노동자들. 담배를 피러 나온 어판장 직원들. 말콤은 없었다. 그는 퍼시 스트리트의 황량한 집 거실에서 찰리의 감시를 받고 있었다. 잠시 말콤에 대한 죄책감, 회의가 일었다. 그를 기소하기에는 아직 증거가 충분하지 않았지만, 마을 사람들은 작업장 수색에서 아무 증거가 나오지 않아도 그를 살인범으로 점찍을 것이다. 밤이 되어 수색을 중단하기 전에 언론도 나타나서 대대적인 취재를 벌였으니, 내일 아침 신문에는 생생한 사진이 실릴 것이다. 말콤의 전처는 이미 그에게서 맞은 적이 있다고 타블로이드 신문과 인터뷰를 했다.

수색팀은 철수하면서 작업장과 말콤 커의 집 밖에 순경을 한 사람씩 배치했다. 베라는 찰리를 집에 데려다주었고, 그들은 잠시 그의 집 밖에 앉았다. 집 안에는 불이 켜져 있었고, 커튼은 닫혀 있었다. 찰리가 다른 여자를 찾은 모양이군. 베라는 어쩌면 자신이 그렇게 나쁜 형사가 아닐지도 모른다고 생각했다.

"누구야?" 그녀는 집 쪽으로 턱짓을 했다. 그가 곧장 대답하지 않아서 말을 이었다. "새 여자가 나타났는데 입을 다물고 있다니, 자넨 알 수 없는 사람이야."

"새 여자는 아닙니다. 최소한, 보스가 뜻하는 그런 의미로는."

"그럼 뭐야?"

"제 딸이에요. 여름에 대학을 졸업했는데 직장을 구하지 못했습니다. 제 어머니하고 잘 지내지도 못하고요. 그래서 저한테 돌아왔어요." 그는 씩 웃었다.

"지내기 괜찮아?" 찰리에게 딸이 있다는 사실은 알고 있는 척해야 했지만, 딸에 대해서는 아무것도 기억이 나지 않았다.

"아주 좋아요!" 그는 다시 웃었다. "블라이드의 엔지니어링 회사에서 경험을 쌓고 있습니다. 수습이 끝나면 정직으로 발령날지도 몰라요."

"잘됐군." 진심이었다. 하지만 찰리는 아내가 떠난 뒤 베라와 마찬가지로 외톨이 신세였기 때문에, 이제 수사팀에서는 그녀 혼자 남은 셈이었다. 버려졌다, 배신당했다는 기분이 드는 것은 어쩔 수가 없었다.

찰리가 뒤돌아보지 않고 집으로 들어가자, 베라는 조에게 전화했다. 그와 시간을 보내는 것도 괜찮겠지만, 나올 리가 만무했다. 아내가 보내지 않을 것이다. 멀드 와인, 캐롤, 저질 텔레비전 프로그램. 베라는 집으로 향했다. 그리고 혼자 싸늘한 집에 앉아서 의사의 경고를 듣기 전처럼 술을 마셨다. 사건 걱정을 하면서. 말콤 커의 작업장에서 중요한 것이 전혀 나오지 않고 비용만 낭비해서 웃음거리가 되면 어쩌나 하는 생각은 하지 않으려고 노력하면서.

다음 날 그녀는 가장 먼저 회의실에 도착했다. 타박상이나 어깨 통증처럼 둔한 숙취가 남아 있었다. 수사팀은 시간에 맞춰 나타났다. 전날 베라가 워낙 긍정적이었기 때문에 결과를 기대하는 들뜬 분위기였다.

베라는 그들 앞에 서서 에너지를 끌어내리지 않으려고 노력했다. "홀. 찰리. 오리무중인 우리 친구 파벨 소식은 아직 없나?"

"아직요." 홀리는 인상을 찌푸렸다. "어제 오후 찰리가 마을에 가면서 제가 맡았는데, 공무원들은 휴일보다 일주일 먼저 업무를 중단하는 것 같아요. 오늘 몇 군데 연락해 볼 곳이 더 있어요."

"그게 우선순위야. 수색팀은 날이 밝으면 업무를 계속할 텐데, 그쪽에서 뭔가 찾아내면 대조할 자료를 갖고 있어야 해. 그가 살아 있었다는 사실을 입증할 수 있는 마지막 날짜가 필요해." 베라는 눈길로 회의실을 훑었다. "찰리, 말콤은 어제 어땠지? 우리가 작업장을 뒤지고 있다는 걸 신경쓰는 것 같던가?"

"아뇨. 그냥 얼어붙은 것 같았습니다. 뒤지든 말든 별 상관없어 보였어요."

"조?"

"전 코블을 오랫동안 운영했던 여자를 만나러 갑니다. 커 부자, 마가렛, 술집 주인, 그녀의 아들, 모두 친구였다는 걸 입증하는 사진을 크랙스 교수가 갖고 있습니다. 쉼터의 콜슨은 다른 사람들을 모두 알고 있지만, 마가렛의 남편에 대한 기억은 없다고 하고요. 술집 여주인의 이름은 발레리 버트, 찰리가 마들의 주소를 알아냈습니다." 그는 별로 도움이 안 돼서 미안하다는 듯 베라를 쳐다보았다. 그녀가 지금 원하는 것은 크루코스키가 죽었다는 증거라는 것을 알고 있었다. 뼈. 치아. 혹은 그가 살해당하는 것을 목격한 증인. "여주인은 파벨이 갑자기 사라졌다는 소문을 기억할지도 모른다고 생각해서요. 그가 정확히 마을에서 언제 떠났는지, 시간대도 아직 약간 혼란스럽습니다. 다른 사람들과 이야기하면 도움이 될지 모릅니다."

베라는 크게 기대할 건 아니라고 생각했지만, 다른 사람들 앞에서 다시 무안을 주고 싶지 않았다. 단점이 무엇이든, 그는 늘 베라가 가장 아끼는 부하였다. "그래. 나쁠 거 없지. 해볼 만해."

이제 날은 밝았고, 수사팀은 하버 스트리트로 출발할 차례였다. 베라는 계속해서 그쪽으로 이끌렸다. 끔찍한 집착. 아무것도 발견되지 않으면 자신의 이론도 전혀 근거가 없다는 것을 알고 있었기 때문이었다. 파벨이 커에게, 혹은 그의 도움을 받아 살해당하지 않았다면, 마가렛이 죽기 전에 털어놓을 사실도 없고 커가 그녀를 죽일 이유도 없다. 베라는 마가렛이 단지 자신의 직업 이상의 심각한 비밀을 갖고 있었다고 확신했다. 시체가 없다면 수사를 원점에서 다시 생각해야 한다. 회의가 끝나자마자, 베라는 조에게만 행선지를 알리고 마들로 향했다.

베라가 도착했을 때 작업장 수색은 대부분 끝난 상태였다. 남은 것은 녹슨 동체, 그리고 말콤의 헛간뿐이었다. 그녀는 긴장이 발부터 추위처럼 스물스물 올라오는 것을 느끼며 울타리 옆에 서 있었다. 가만히 있을 수가 없었지만, 방해하는 것은 금물이었다. 수색팀이 자기 할 일을 하도록 내버려두지 않고 여기 와서 모습을 보이는 것 자체가 사실 좋지 않왔다. 상관이 감시하고 있다고 느끼면 베라 자신도 싫을 것이다. 수색팀이 무슨 생각을 하는지 알고 있었다. 저 여자는 자기 할 일도 없나? 결국 그녀는 더 이상 버티지 못하고 물러났다. 커피를 마셔야겠다고 스스로에게 말했지만, 사실은 온몸의 신경이 찌릿거리고 얼굴 근육이 굳어와서 움직여야 했다.

도로 반대편에서 피터 그루스킨이 작업장 밖의 움직임을 바라보며 머뭇거리고 있었다. 시선이 마주치자 그는 얼른 걸음을 재촉했다. 썩은 고기 토막 위를 맴도는 까마귀 같군. 타인의 고통을 먹고 사는 포식자. 그녀는 헥터에게서 사제에 대한 반감을 물려받았다.

베라는 병원 맞은편의 새 카페에서 블랙 커피를 마시고 크루아상을 먹었다. 가운데에 아주 단 아몬드 페이스트가 들어 있었다. 카페인과 설탕에서 에너지가 몸에 흘러들어오는 기분이었다. 이제 키머스턴의 경찰서로 돌아가야 한다는 것은 알고 있었다. 그곳이 그녀가 있을 곳이다. 사무실. 그러나 그녀는 수색 현장에 다시 들러보는 것도 나쁘지 않다고 되뇌었다. 지난 30분 사이에 뭔가 찾아냈을지도 모른다. 확인하지 않고 다시 차를 몰고 떠나는 것은 미친 짓이다.

말콤의 작업장에 도착해보니 다급한 기색은 보이지 않았다. 대부분의 경찰은 울타리 옆에 서서 플라스크에 든 차를 마시고 있었다. 경찰 두어 명만 헛간에서 쓰레기를 꺼내고 있었다. 처음에는 버럭 화가 났지만, 베라는 이내 실망감으로 가득 찼다. 포기했구나. 그녀는 테이프 밑으로 들어가서 수색팀과 합류했다. 이제 헛간은 비었고, 남은 것은 콘크리트 바닥에 세워진 작은 난로뿐이었다. 베라는 헛간으로 들어가서 수색 팀장을 만났다.

그는 그녀를 바라보았다. 동정과 조롱이 섞인 표정. "없습니다." 그는 리버풀 사람이었다. 침이라도 뱉는 듯한 말투였다. "문제의 시간대에 해당하는 옷가지도 없습니다. 그 남자의 물건도 전혀 없어요. 누가 묻힌 흔적도, 작업장의 콘크리트를 건드린 흔적도 없습니다."

"여기만 빼고." 커피, 설탕, 번개처럼 떠오른 새로운 생각에 현기증이 날 지경이었다. 숙취는 완전히 가셨다. "헛간을 세우기 전에 나무로 된 임시 사무실이 있었어. 말쑥한 건물이었지. 수도, 전기도 연결되어 있고. 불에 탔지. 보험 사기가 아니냐는 의심도 돌았어. 한데 어쩌면 커는 시체를, 살인의 증거를 숨기려고 했을 수도 있어. 화재가 났다면 바닥을 교체할 명분이 돼. 곧 똑같은 자리에 헛간이 들어섰어. 아무도 눈치채지 못했을 거야. 안 그래? 작업장에 들어오는 고객들도 모두 화재 때문에 바뀐 거라고 생각할 테니까."

"여기 바닥을 뜯어보라는 말씀입니까?" 그는 미친 게 아닌가 하는 눈으로 베라를 보았다.

"맞아." 베라는 미소지었다. 제정신을 놓은 것으로 보일 거라는 사실을 잘 알고 있었다. "정신 나간 늙은 여자 하나 비위 맞춰준다 치고. 응? 해 봐. 덩치 좋은 남자들이 있으니 몇 분 안 걸리겠네."

그녀는 코트 자락을 뒤로 휘날리며 작업장 건너편으로 향했다. 차단 막을 넘어 보도로 나가자, 카메라 찰칵거리는 소리가 일었다. 언론이 이미 와 있었다. 포식자들. 그녀는 차를 세워 놓은 곳으로 가서 키머스턴으로 돌아갔다. 지켜보는 스트레스를 더 이상 견딜 수가 없었기 때문이기도 했다. 곡괭이와 삽, 잡동사니를 실은 수레를 끄는 남자들은 아마도 자기들끼리 그녀에게 욕을 퍼붓고 있을 것이다. 기다리다보면 혈압이 치솟을 것이다. 그러나 다른 이유도 있었다. 자신이 옳다는 것을 알고 있었기 때문에 옆에 있고 싶지 않았다. 베라는 확신했다. 마가렛의 죄를 직감했을 때와 마찬가지로, 직감으로 느꼈다. 그렇지 않다면 모두 다 말이 안 되기 때문이었다. 나머지 수사팀에게 알릴 준비를 마치고 사무실에서 소식을 듣는 게 낫다.

예상보다 전화는 빨리 걸려왔다. 베라는 차를 만들고, 홀리의 책상으로 다가가서 진행 상황을 확인하고, 사무실로 돌아왔다. 문은 열어두었다. 때로 사무실이 독방처럼 느껴져서 공기를 들여야겠다는 기분이 들 때가 있었다. 그러니 수사팀도 그녀가 승리감에 가득 차 주먹을 불끈 쥐는 모습을 보았다. 활짝 웃는 얼굴을 보았다. 밖으로 나오자, 다들 그녀를 향해 돌아앉았다.

"수색팀이 방금 말콤 커의 헛간 아래에서 시체를 발견했어." 흥분으로 가득 차 있었지만, 목소리는 최대한 침착하고 사무적으로 유지하려고 노력했다. "거기 바닥은 콘크리트가 달걀 껍질처럼 얇았던 모양이야. 원래 건물이 불에 탄 뒤에 교체했어. 아직 자세한 사항은 없어. 폴 키팅과 빌리 웨인라이트가 현장으로 가는 중이야. 하지만 수색 팀장은 남성의 유골로 보인다고 하는군." 이제 그녀는 수사팀을 의기양양하게 바라보았다. "젊은 남성."

박수와 환호가 일었다.

"말콤 커를 잡아들일 때가 됐지? 찰리, 자네가 해." 잠시 사이를 두었다. 연기는 타이밍이 전부다. "내가 크리스마스까지 끝난다고 말하지 않았던가?"

36
|

밸 버트는 조가 예상했던 것만큼 늙지도, 허약하지도 않았다. 코블 밖에서 크랙스가 사진을 찍은 연도는 1975년이었다. 날짜가 뒷면에 연필로 희미하게 적혀 있었다. 마가렛은 서른두 살이었을 것이다. 덩치 크고 뚱뚱한 밸 버트는 막 40대에 들어섰는데도 피곤한 중년의 모습이었고, 아들 릭은 20대 중반이었다. 아주 어릴 때 아들을 낳았을 것이고, 당시 10대에 어머니가 된다는 것은 힘들었을 것이다. 조는 릭이 태어나기 전 해 하버 스트리트의 모습을 상상해보려고 했지만, 그에게는 벅찬 일이었다. 밸을 찾아서 이야기를 나눠보는 게 낫다.

밸은 마을 외곽의 작은 광부 복지 단지 안에 있는 1층 집에서 혼자 살고 있었다. 이 사건에 관계된 인물 중 많은 사람들이 아직 이 마을에 살고 있거나 관계를 맺고 있다는 사실이 놀라웠다. 야심이 아예 없거나, 생활기반을 옮겨서 다른 곳에서 인생을 시작해보겠다는 자신감이 없는 것 같았다. 케이트 듀어가 이사갈 수 있을지, 그와 스튜어트, 아이들이 새

도시에서 가정을 꾸리고 새로운 출발을 할 수 있을지 궁금했다. 그러기를 바랐다. 근거없는 생각에 사로잡히는 유형은 아니었지만, 갑자기 마들이라는 마을은 유독하다는 기분이 엄습했다. 어딘가 건강하지 못한 공기가 감돌았다.

약속을 미리 하지 않았고 주인이 대문까지 나오는 시간이 너무 오래 걸려 그냥 돌아서려던 참이었다. 그때 고통스러운 숨소리가 들리더니 문이 천천히 열렸다. 밸 버트는 거대했다. 아직 잠옷 차림이었고, 분홍색 캔들위크 가운은 허리춤에서 여며지지도 않았다. 그녀는 보행기에 의존해서 걷고 있었고, 입을 열기 전에 한 손을 뻗어 담뱃재를 조 옆의 길가에 털었다. "누구요?" 눈이 가늘어졌다. 저 시선이겠지. 조는 생각했다. 코블에 출입하는 미성년 손님을 저런 눈으로 쳐다보다가 어차피 술을 팔았겠지.

그는 자기소개를 하고 신분증을 내밀었다.

"매기 크루코스키 일로 오셨군." 목구멍에서 뭔가 걸리는 음성이었다. 그녀는 숨을 다시 몰아쉬었다.

"디 롭슨도."

"아, 난 그 여자는 몰라." 그녀는 조심스럽게 복도로 물러났다. "들어오시오. 디는 내 시절 이후였어. 난 그 여자가 거기 단골이 되기 전에 코블을 떠났지."

그는 밸의 지시에 따라 차를 끓였다. "난 아침에는 그리 상태가 좋지 않아." 그녀는 작은 거실 공간 대부분을 차지하는 소파에 주저앉아 앞에 놓인 푹신한 의자에 다리를 얹었다. "도우미가 와서 옷을 입혀주는 시각이 8시인데, 늘 늦어. 대부분 영어도 못하지만."

"70년대, 80년대에 마가렛을 알고 지내셨지요?"

밸은 조가 옆에 놓아준 차와 비스킷을 무시하고 담배에 다시 불을 붙였다. 방은 담배연기로 찌들어 있었고, 천장에는 니코틴이 갈색으로 배어 있었다.

조는 밸이 움직이지 않고 볼 수 있도록 소파 팔걸이에 사진을 놓았다. 그녀는 사진을 집어들어 응시했다.

"1975년이군." 그녀는 사진 뒷면을 돌려보지도 않고 알아보았다. "빌리 커의 생일."

"그럼 기억력에는 아무 문제가 없으시겠군요." 조는 진심으로 감탄했다.

"내가 면허를 땄던 해야." 그녀는 잠시 입을 다물었다. "그전에는 뉴캐슬 웨스트엔드에 가게가 있었는데, 쉽지 않았어. 늘 문제가 생겼지. 힘든 사업이야. 특히 여자에게는. 코블은 한 단계 좋아진 셈이었지. 좀 더 점잖았어."

"아드님과 둘이 사셨습니까?"

그녀는 피식 미소지으며 윙크 비슷한 것을 날렸다. "이따금. 그 녀석은 가끔만 도왔지." 그녀는 접시에 담배를 눌러 끄고 차를 들이켰다. "하지만 문에는 언제나 내 이름이 적혀 있었어. 은퇴할 때까지 내가 거기 있었지."

"마가렛 크루코스키." 이제 요점으로 들어갈 시간이었다.

"아. 미인 마가렛. 그녀가 문간으로 들어오면 바의 대화가 끊길 정도였어." 은근한 불만이 묻어나는 목소리였다. 아마 질투였을 것이다. 대부분의 여자가 전성기의 마가렛 크루코스키를 질투했을 것이다.

"좋아하지 않았습니까?"

"신뢰하지 않았어."

"말씀해주세요." 어느 날 밤 자기 집에서 베라가 전수한 조언이 떠올랐다. 이야기를 끌어내. 문제는 이야기야. 물론 처음부터 끝까지 거짓말일 수도 있지. 하지만 그것조차 유용한 정보가 돼.

밸은 소파에 등을 기대고 눈을 절반쯤 감았다. "매기는 자기가 다른 사람들보다 잘났다고 생각했어. 매기라고 불리는 걸 싫어해서, 난 일부러 그렇게 불렀지. 고급 억양을 썼고, 고급 옷을 입었어. 한번은 내가 이렇게 말한 적이 있어. '당신과 난 같은 신세야. 둘 다 먹여 살려줄 남자가 떠났으니.' 그때 날 보던 그 눈빛이라니! 내가 자기 부츠짝 하나 닦을 자격이 없다는 식으로."

"최근 본 적도 있습니까?" 이 이야기가 어디로 흘러갈지 궁금했다. 그는 40년 전에 있었던 일이 현재 사건 수사에 무슨 도움이 될지 아직 확신할 수 없었다. 헛간 밑에 묻힌 시체도 믿을 수가 없었다.

"아니! 이 사진을 찍은 뒤에는 별로 못 봤어. 사이가 틀어져서." 그녀는 차를 더 마셨다. "그 뒤로는 예전 같지 않았지."

"무슨 뜻입니까?" 밖에서 우체부가 거리를 걸어가고 있었다. 크리스마스 전 마지막 배달이었다. 가방은 꽉 차 있고 묵직했다. 밸도 그를 바라보았다. 잠깐의 희망과 기대. 그러나 그는 밸의 문 앞을 그대로 지나쳤다.

밸은 어깨를 으쓱하려는 듯이 추켜세웠다. "아무것도 아니야. 그냥 다시는 술집에 안 왔어."

"어떤 종류의 갈등이었나요?"

"이렇게 오랜 세월이 흘렀는데 내가 기억하겠어?" 밸은 반박해보라는 듯 그를 노려보았다.

조는 그녀가 완벽하게 기억하고 있을 거라고 생각했다. "빌리 커의 생일파티 날 밤에 무슨 일이 있었습니까?"

"이야기하고 싶지 않아." 그녀는 채소를 거부하는 어린 아이처럼 입을 다물었다. 두 사람은 잠시 말없이 앉아 있었다.

"마가렛의 남편 파벨을 만나보신 적도 있습니까?"

그녀는 고개를 저었다. 머리카락은 아주 가늘었고, 듬성듬성 다 빠져 있었다. "우리가 하버 스트리트로 오기 오래전에 떠났어."

그렇다면 베라의 생각이 맞을 수 없다. 파벨이 말콤 커의 작업장 밑에 묻혔다면, 화재가 발생했던 날 밤 하버 스트리트에 있었을 것이다. "확실합니까? 우리는 그가 당시 이 동네에 있었다는 정보를 갖고 있는데요."

그녀는 어깨를 으쓱했다. "그럴 수도 있겠지. 하지만 매기 크루코스키와 같이 살지는 않았어."

"이 사진을 찍을 때 마가렛이 빌리와 말콤 커 밑에서 일하고 있었습니까?" 이 여자에게서 정보를 끌어내는 것은 어려운 일이었고, 별다른 내용도 없었다. 왜 여기까지 왔나 하는 생각이 들었다. 커의 작업장에 가서 수색팀을 구경하는 게 훨씬 나았을 것이다. 그는 수색팀 몇 사람과 같이 훈련을 받았다. 그간 안부나 주고받으면 좋을 텐데.

밸은 기침 같기도 하고 웃음 같기도 한 괴상한 소리를 냈다. "내가 매기를 알게 됐을 때, 그 여자는 프리랜서였어. 전문직 여성이었지." 단어 하나하나 냉소가 실려 나왔다.

"무슨 뜻입니까?" 조는 모르는 척했다.

"고급 창녀였다고. 불장난이었지. 지켜주는 남자 하나 없이. 보호가 없었어. 그 여자가 그때 살해당했더라도 난 놀라지 않았을 거야."

조는 밸의 격한 단어 선택에 놀랐다. "당신도 지켜주는 남자가 없었잖습니까."

"난 릭이 있었지. 좋은 아들이었어."

한데 아들은 당신을 떠났군. 조는 생각했다. 번개 같은 깨달음. 크리스마스 카드 한 장 보내지 않아.

"빌리 커의 생일파티 전후로 그의 작업장에 화재가 있었습니다. 사무실이 전소됐지요."

그녀는 창틀에 놓인 시계를 바라보았다. "젠장할 도우미들. 매일같이 더 늦는 것 같아."

"화재를 기억하실 겁니다. 당시 여기서는 큰 사건이었을 테니까요. 그게 전부 보험 사기라는 소문이 있었습니다."

"그랬던가?" 그녀는 진심으로 놀라는 것 같았다. "난 못 들었는데." 다시 입을 다물고 담배곽을 주섬거렸다. "생일파티 날 밤이었어. 아니면 다음 날 새벽이었던가. 바에서 방화라는 이야기는 들은 것 같군. 난 믿지 않았어. 사람들은 언제나 드라마를 좋아하잖아?"

"그럼 달리 수사에 도움을 주실 만한 정보는 없으신가요?" 조는 인내심을 잃고 있었다. 그녀가 담배를 다시 피워 물기 전에 얼른 나가고 싶었다. 담배 냄새가 머리카락과 옷에 배는 것이 싫었다. 구역질이 났다.

"난 원래 경찰을 돕는 사람이 아니야. 신뢰한 적도 없어. 경찰은 나같은 사람을 위해서 아무 짓도 안 해."

복지센터 로고가 붙은 차가 밖에 멈췄고, 분홍색 작업복 차림의 여자 둘이 내렸다. "가 봐." 밸은 말했다. "같이 내가 목욕하는 걸 도와줄 생각은 아니겠지.”

조는 도우미들이 열쇠 구멍에 열쇠를 넣기도 전에 집을 나섰다.

차 안에서 휴대전화가 울렸다. 베라 스탠호프의 경쾌한 목소리였다. “어떻게 됐어, 친구?” 특별히 좋은 기분일 때, 혹은 냉소적일 때 사용하는 호칭이었다.

“코블 전 주인에게서는 별 정보를 얻지 못했습니다.” 하지만 그는 베라가 듣고 있지 않다는 것을 알고 있었다. 정보를 얻으려고 전화한 게 아니라 전하려고 전화한 것이다.

“시체를 찾았어.” 목소리는 흥분으로 높았다. “말콤의 헛간 밑에 있었어. 보험금 때문이 아니라 파벨을 살해한 증거를 숨기기 위해서 사무실에 불을 지른 것 같아.”

조는 아무 말도 하지 않았다. 밸 버트가 자신에게 거짓말을 했다는 생각이 들었다. 말콤의 사무실이 불에 탄 1975년에 파벨은 아직 하버 스트리트에 있었고, 밸도 당연히 알고 있었을 것이다. 조는 그녀가 자기 영역에서 일어나는 모든 일을 알고 있었다고 생각했다. 그런 종류의 술집 주인이었다. 그렇다면 빌리 커의 생일파티 날 실제 무슨 일이 벌어졌기에 살인까지 벌어졌을까? 싸움이 격해졌을까? 뼈다귀를 놓고 싸우는 개처럼, 젊은 남자 둘이 마가렛을 사이에 두고 다퉜나?

“듣고 있나?” 베라는 분개한 기색이었다. 축하 인사를 기대하고 있었던 것이다. “이제 모든 걸 다 찾았어. 살해동기, 기회, 벽장 안의 해골. 아니지, 이 경우에는 콘크리트 속이지. 말콤 커를 체포하라고 지시했어. 입을 열 거야. 이전의 살해를 실토하지 않을 수 없는 상황이라면, 그러지 않을 이유가 없어. 점심시간까지 깨끗이 끝내고, 술은 내가 사지."

"전 그럼 이제 뭘 할까요?" 조는 밸의 집으로 돌아가서 다시 이야기를 해볼까 생각하며 창밖을 내다보았다. 뭔가 앞뒤가 맞지 않는 사실들이 꺼림칙했다. 왜 밸 버트는 마가렛의 남편에 대해 거짓말을 했을까? 그 시절에 대해 뭘 숨겨야 했을까? 하지만 도우미들은 이미 그녀를 일으켜서 욕실로 데려가고 있었다. 잠옷과 가운이 팬티 허리끈에 걸려서 육중한 다리가 드러났다. 나이 든 사람들은 가끔 기억이 헷갈리기도 하는 거겠지. 다시 이야기를 해봤자 얻을 것은 없다, 조는 생각했다.

"돌아와." 베라는 말했다. "자네도 신문할 때 참관해."

조는 전화를 끊고 노인 주거단지 바깥 거리에 잠시 서 있었다. 다시 양심의 가책이 밀려왔다. 어쩌면 문을 두드리고 밸 버트와 다시 이야기해야 할지도 모른다. 말콤 커의 작업장에 묻힌 시체에 대해 아는 것이 있는지 물어봐야 할지도 모른다.

그러나 그 순간은 지나갔고, 조는 미소지었다. 베라의 행복한 기분은 전염성이 있었다. 같이 축하에 동참해서 나쁠 건 없지. 그는 시동을 걸고 키머스턴으로 출발했다. 한데 파티와 웃음, 긴장이 해소된 가벼운 분위기를 기대하고 경찰서에 도착해보니, 베라는 격분해 있었다. 계단 아래에서부터 욕설이 들려왔다. 무능한 쓰레기 같은 요즘 경찰들을 성토하는 열변에 몰두한 나머지, 베라는 조가 들어오는 것도 알아채지 못했다. 그는 찰리 옆으로 슬쩍 다가갔다.

"무슨 일이야?" 그는 속삭였다. 베라는 무슨 소리도 귀에 들어오지 않는 것 같았다.

"말콤 커가 사라졌어. 현관에 경찰을 딱 한 명 세워 놨는데, 커는 아침 일찍 뒷문을 통해 빠져나갔어. 베라는 내 탓을 하고 있어. 커는 더 이상 싸울 의욕이 없는 것 같다고 보고했거든."

"아니." 조는 말했다. "자기 자신을 탓하시는 거야."

방은 갑자기 조용해졌다. 적막은 천둥 같은 노성보다 더욱 으스스했다. 베라는 방 한가운데 서서 주위를 둘러보았다.

"자, 말콤이 어디 숨을까? 누구라도 말해 봐."

조는 손을 들었다. "그가 과연 숨으려는 걸까요? 언젠가 경찰에게 잡힐 거라는 건 그도 알고 있을 겁니다. 그는 마르베야 섬에 빌라를 가진 마피아 보스가 아니잖습니까. 그냥 절망하고 우울했을 것 같은데요. 퍼시 스트리트의 그 집은 교도소와 크게 다를 게 없었습니다."

"무슨 뜻이지, 조?" 베라의 목소리는 방 안에 단둘만 있는 것처럼 조용했다.

"혹시 마무리하지 못한 일이 있는 게 아닌가 싶습니다."

"설명해 봐."

조는 어떻게 설명해야 할지 알 수 없었다. 베라를 따로 불러내서 해야 할 이야기라는 것을 알고 있었다. 사람들 앞에서 그녀의 생각에 의문을 제기하는 것은 현명한 판단이 아니다.

"전 아직도 커가 마가렛을 죽였다고 생각되지 않습니다. 사랑했잖습니까? 혹시 자기만의 목적이 있는 게 아닌가 싶습니다. 진범을 알고 있어서 복수하러 나갔다든지."

"맙소사. 이봐, 아내를 두드려 팬 남자들도 대부분 아내를 사랑한다고 해."

"네." 생각의 가닥이, 베라에게 도전할 수 있을 것 같았던 희미한 아이디어가 흐트러져버렸다. "그럴 겁니다."

다시 잠깐 침묵이 흘렀다. 베라는 수사팀에게 임무를 지시했다. "한 시간 안에 잡아서 데려와. 안 그러면 무능하다고 언론에 두드려 맞을 거야. 다시. 오늘 중으로 잡지 못하면, 내가 아예 기사를 써서 신문에 보내지 뭐. 그가 모는 낡아빠진 차종은 알잖아. 어딘가 CCTV에 잡혔을 거야." 그녀는 입을 다물고 수사팀을 노려보았다. "자, 나가. 다들!" 사람들은 의자를 삐걱이며 황급히 움직이기 시작했다. 곧 조만 남았다.

베라는 그의 책상에 기댔다. "노스 마들 해변. 자넨 거기로 가 봐. 말콤이 생각하러 가는 곳이야. 내가 직접 가고 싶지만, 난 난리가 나지 않도록 여길 지켜야 해."

조는 고개를 끄덕였다.

한낮이었다. 고요했다. 긴 해변에는 개를 산책시키는 사람도 없었다. 모래언덕 뒤에 커의 낡은 차는 보이지 않았지만, 조는 그래도 해안으로 걸어갔다. 베라는 말콤이 여기 있을 거라고 했고, 그녀의 말은 대체로 옳았다. 그러나 시야에는 멀리서 공놀이하는 아이들밖에 보이지 않았다.

샐이 문득 보고 싶어진 그는 모래언덕 꼭대기에서 전화를 걸었다. 크리스마스 휴가 동안 아이들을 데리고 여기로 오면 좋겠다는 생각이 들어서였다. 신선한 공기를 마시고 해변에 밀려 올라오는 긴 파도를 바라보면 모두에게 좋을 것이다.

"어떻게 돼 가?" 그는 샐이 크리스마스 때문에 초조하다는 것을 알고 있었다. 그녀는 가족이 어떤 보습이어야 한다는 꿈 같은 것을 가지고 있었다. 모든 것이 완벽해야 했다. 그리고 현실은 늘 기대에 미치지 못했다. 올해는 조의 부모님도 자신을 판단할 거라고 생각할 것이다. "아이들은 뭐해?"

"제시는 시내에 나갔어." 탐탁지 않게 생각할 거라는 것을 알고 있었기 때문에, 도전적인 음성이었다. 그는 딸이 어른을 대동하지 않고 뉴캐슬에 가기에는 아직 어리다고 생각했다. 그녀는 말을 이었다. "괜찮아. 여럿이서 가는데, 나이 든 애들도 있어. 새라의 어머니도 시내에 볼일이 있어서 전철로 같이 갈 거고. 마지막 쇼핑을 해야 한대. 만약의 경우에 대비해서 전화도 언제든지 받겠다고 했어."

"좋아." 다른 무슨 말을 하겠는가? 이미 그 없이 결정된 사항이었다. 그는 파도 위에 낮게 뜬 해를 바라보다 키머스턴으로 돌아갔다.

37

|

말콤 커는 시끄러운 아기를 무릎에 안은 덩치 큰 여자 옆 전철 안쪽 좌석에 앉아 있었다. 기차는 만원이었다. 크리스마스 전 마지막 쇼핑 날이었다. 아무도 그에게 주의를 기울이지 않았다. 그는 무기력한, 희끗희끗한 노인일 뿐이었다. 아무 힘도 없는 사람. 하지만 보여주겠어.

처음에는 여기서 무엇을 하고 있는지 자신도 알지 못했다. 퍼시 스트리트의 집을 나선 것은 도망칠 생각이 아니라 바람을 쐬기 위해서였다. 해 뜰 무렵 노스 마들 해변에 나간 그는 모래언덕 꼭대기에서 밝아오는 회색 새벽을 바라본 뒤, 다시 차를 몰고 돌아오면서 마가렛의 마지막 행적을 밟아보면 어떨까 생각했다. 전철 안에 그녀가 앉아 있는 기분이 들 수도 있을 것이다. 미친 생각이라는 건 알고 있었지만, 심장이 깎여나가는 듯한 기분은 어쩔 수가 없었다. 쥐가 썩은 양탄자 조각을 갉아먹듯이, 사고가 황폐해지고 날카로워지고 있었다.

기차에 오르자마자 아는 얼굴이 보였지만, 그는 얼른 구석에 숨었다. 상대는 못 본 것 같았다. 이건 징조 같았다. 마가렛이 무덤 속에서 그에게 말하고 있는 걸까? 도망쳐서 그녀 없는 새로운 인생을 찾으라는 건가? 아니면 그에게서 달리 원하는 게 있나? 문 옆의 공간에 소녀 몇 명이 서 있었다. 그들은 웃고 있었고, 말콤은 끔찍한 분노를 느꼈다. 감히 어떻게? 그러다 그는 소녀들이 살인사건에 대해 이야기하고 있다는 것을 깨달았다. 처음 말을 꺼낸 소녀는 첫눈에 마음에 들지 않았다. 화장을 하기에는 아직 너무 어렸지만, 어른처럼 짙게 바르고 있었다.

"네 아버지는 경찰이잖아, 제스." 목소리가 너무 커서 객차 안의 사람들이 다 들을 수 있을 정도였다. "범인은 잡았어?" 다른 승객들이 쳐다보았다. 어쩌면 그녀가 원한 것이 그것이었을 것이다.

제스라는 소녀는 다른 아이들보다 더 어려 보였다. 깡마르고 어색해 보였지만, 친구들의 호감을 사고 싶은 것 같았다. 말콤은 그 기분을 잘 알았다.

"난 거기 있었어." 그녀는 뿌듯한 기색이었다. "내가 시체를 처음 발견했어."

말콤은 복도 저쪽에서 빤히 쳐다보는 호기심 어린 시선들을 바라보았다. 그는 머릿속에서 소녀를 향해 고함치고 있었다. *그 소리는 하지 말았어야지. 우린 알 필요가 없는데.*

시내로 들어가면서 그는 객차 안을 다시 둘러보았다. 민첩한 시선. 인파 속에서 원하는 인물을 어떻게 구별해낼까 생각하면서 모든 승객들을 놓치지 않는 사냥개 같은 눈빛.

자신이 분명 미쳐간다는 생각이 들었다. 수면 부족. 혹은 40년 간의 스트레스. 더 이상 어떻게 되든 상관없다, 컬러코츠의 연구실에 교수가 수집한 표본처럼, 나는 죽었다. 겉으로 보기에는 생생하고 반질거리지만, 속은 단단하게 얼어붙어서. 어쨌든 죽은 것이나 다름없다. 감정이 없다. 영혼도 없다. 그러나 지금 그는 탈출할 수 있는 가능성을 보고 있었다. 다시 살아갈 기회, 다시 느낄 기회. 한순간 희망이 솟았다. 그 희망은 그 무리를 갈라서 원하는 인물을 떼어내는 데 달려 있었다. 갑자기 흥분이 몰려왔다. 40년 전에 느꼈던 순간적인, 파괴적인 흥분과 같았다.

그는 파팅턴 역에서 집어든 무가지를 읽으며 신문 위쪽으로 앞을 훔쳐보았다. 표적이 날 봤을까? 확신할 수는 없었지만, 모험을 할 수는 없었다. 그는 다시 구석으로 몸을 웅크렸다. 상념이 과거로 흘렀다. 시간이 거꾸로 흐르고, 신문은 과거와 현재를 가르는 차단막이 되었다.

아버지의 생일 파티. 50세. 그와 빌리의 배가 항구에 들어왔을 때부터 거리 사람들은 모두 코블에 모여 있었다. 문을 들어서자 커다란 환호가 일었다. 빌리 커는 언제나 하버 스트리트의 영웅이었다. 밸러리는 어딘가에서 케이크를 주문해놓았지만, 자를 때쯤에는 이미 대부분 취해 있었다. 사람들은 보도로 몰려나와 사진을 찍었다. 물론 모든 사람은 아니었다. 몇몇은 안에 남았다. 하버 스트리트에는 사진을 찍기 싫어하는 사람들이 언제나 있었다.

마가렛이 그날 무슨 옷을 입었는지 자세히 기억했다. 인디언 면으로 된 페전트 스커트와 무명 블라우스였다. 샌들. 나비 모양으로 발목에 맨 가느다란 가죽 끈. 일할 때 입는 옷은 아니었다. 일할 때는 사무실에 올 때처럼 입었다. 검은 속옷과 검은 서스펜더 벨트. 속이 비치는 스타킹, 코가 뾰족하고 어떻게 균형을 잡는지 신기할 정도로 굽이 높은 힐. 가죽과 실크. 그는 그녀가 일할 때 옷 입는 모습을 한 번 보았다. 만에 담가놓은 낚시 바구니를 끌어올리려고 배를 타고 바다에 나가서 교수의 망원경으로 그녀의 창문을 바라본 적이 있었다. 바깥 풍경은 온통 바다였기 때문에, 그녀는 보는 사람이 없다고, 아무도 자기 침실을 들여다볼 수는 없다고 생각했을 것이다. 몸의 윤곽이 방 안 조명을 받고 검게 드러났다. 그녀는 발레리나처럼 중심을 잡고 한 발로 서서 반대쪽 다리에 신은 얇은 스타킹을 말아 내리고 있었다. 완벽한 균형, 완벽한 이완. 누구를 위해서 그렇게 입었을지, 마가렛? 그는 그녀가 돌아서는 것을 보았다. 고객을 들이기 위해 침실 문을 열고 있을 거라고 상상했다. 하지만 각도가 너무 비스듬해서 누가 방에 들어왔는지, 그다음 무슨 일이 일어나는지는 볼 수가 없었다. 그저 추측만 했다. 그 장면을 머릿속에서 끝까지 재생했다.

아버지의 생일파티 날 밤 마가렛은 비번이었다. 그녀는 그 점을 분명히 했다. 그래서 페전트 스커트와 흰 블라우스, 납작한 샌들 차림이었다. 술도 마셨다. 말콤은 그녀가 일할 때는 술을 마시지 않는다는 것을 알고 있었다. 그는 그녀를 코킷 섬에 데려가서 소풍을 즐겼다. 그날 그녀는 청바지와 줄무늬 면 티셔츠, 캔버스 신발 차림이었다. 두 사람은 화이트 와인 한 병을 마시고, 그녀는 샌드위치와 집에서 만든 케이크를 가져왔다. 아버지가 알면 격노할 거라는 것을 알고 있었지만—빌리는 마가렛을 절대 용납하지 않았다—그래도 상관없었다. 햇빛 속에서 그녀 옆에 누워 이야기하는 것으로 충분했다. 오늘 밤에는 일이 없어. 난 일할 때는 절대 술을 마시지 않아. 배를 향해 내려가며, 그녀는 그의 손을 잡았다.

전철이 역에 들어섰다. 말콤은 신문을 들여다보았다. 아직 뉴캐슬에 도착하지 않았다. 아이들은 뉴캐슬에 들어가기 전에는 내리지 않을 것이다. 뭐 하러? 시내로 나가서 크리스마스 마지막 쇼핑을 하고 마지막 즐거움을 누리려는 게 아니라면 왜 전철을 타고 있겠나? 아이들은 아직도 웃고 객차 한가운데 기둥을 빙빙 돌며 세 살짜리 아이처럼 굴고 있었다. 승객들이 더 밀려들어왔지만, 그의 표적은 그대로였다.

그는 창 밖의 평평한 해안 평야를 내다보았지만, 머릿속에는 아버지의 생일파티 저녁이 펼쳐지고 있었다. 화창하고 따뜻한 저녁, 긴 하루의 열기가 하버 스트리트에 갇혀 있었다. 70년대 중반의 여름은 건조했고, 가뭄이 심했고, 강은 메말랐다. 해초가 강렬한 태양빛을 받아 바위 위에서 썩어가고 있었다. 그날 밤 마가렛은 그에게 한 가지 부탁을 했다.

"그를 정리해줘, 말콤. 부탁해. 그에게 말해줘. 해줄 수 있지?"

물론 말콤은 그녀가 원하는 대로 했다. 뚱뚱한 여형사에게 말했듯이, 그는 그녀의 부탁이라면 벌거벗고 헤엄쳐서 코컷 섬을 세 번 돌 수도 있었다.

그 저녁 나머지 기억은 흐릿했다. 술을 너무 많이 마신 탓이었다. 정전기 같은 긴장감이 감돌았다. 크랙스 교수가 강연을 할 때 사용하는 구식 프로젝터 슬라이드처럼, 일련의 영상이 기억을 훑고 지나갔다. 쇼는 뜨거운 화염이 선명한 오렌지색 뱀헛바닥처럼 아버지의 사무실 바닥을 훑고 번지는 장면으로 끝났다. 그들은 난간에 등을 대고 나무 벽의 니스가 열기 속에서 불에 타는 고기처럼 액체를 흘리며 검게 타 부글거리는 광경을 바라보았다. 그러다 불길이 너무 높이 치솟는 바람에 뒤로 물러서서 경이로운 눈으로 바라보아야 했다. 불꽃이 맑은 하늘을 향해 올라갔다.

그것이 잠 못 이루는 밤의 시작이었던가? 다음 날 아침 경찰과 소방대원들이 출동했을 때, 분명 그와 그의 아버지는 전날 입고 있던 옷차림이었다. 그날도 뜨거운 하루였다.

"방화." 경찰은 말했다. "확실해." 그는 두 사람을 쳐다보았다. "누군가 불을 지를 이유가 있습니까?" 힐난하는 듯한 눈빛이었지만, 그 이상 캐묻지는 않았다. 별 소용없는 일에 괜한 고역이었고, 그도 결국 노동자였다. 사업이 잘 안 되면, 보험금을 타고 싶을 수도 있다는 것을 이해할 수 있었다.

"아닙니다." 빌리가 말했다. "파티에 왔던 친구들 중 누가 그러지 않았다면. 장난처럼 말입니다." 그들은 그 이야기를 퍼뜨렸다. 파티에 온 청년들 몇몇이 약간 너무 나간 나머지 불을 지르는 것도 재미있겠다고 생각한 거라고. 커 부자는 소란을 피우고 싶지 않았다. 보험금이 들어올 테고, 하버 스트리트 주민들은 다 친구 아닌가? 빌리는 점심 때 문을 열자마자 코블에 가서 소문을 퍼뜨렸다. 빌리는 마을에서 존경받는 사람이었기 때문에, 단골들은 다 귀를 기울이고 젊은이들의 어리석음에 고개를 저었다. 밸 버트도 푸짐한 엉덩이에 손을 얹고 고개를 끄덕였다. 그녀는 이런 사정을 이해하고 있었다. "가끔 애들은 통제가 안 돼."

그날 아침 아직 콧구멍 안에 연기 냄새가 밴 상태로, 말콤은 늘 그랬듯 아버지가 수습하는 동안 멀리서 쳐다보고 있었다. 그는 비밀을 지키는데 재주가 없었다. 그 화재가 발목을 닻처럼 휘감고 평생 물 밑으로 끌어내리리라는 것을 그때 그가 알고 있었던가?

기차는 헤이마켓 역에 도착했다. 말콤은 다른 승객들을 조심스럽게 관찰했다. 아무도 그를 보지 않았다. 중년이나 나이 많은 사람들은 눈에 보이지 않는 것이리라. 혹시 소녀들이 여기 노섬벌랜드 스트리트 끝에서 내리지 않을까 하는 생각이 들었다. 문간에 무리지은 어린 소녀들은 여전히 부산하고 장난이 심했지만, 내리지 않고 그 자리에 서 있었다. 그들이 내린 역은 모뉴먼트 역이었다. 말콤은 신문을 주머니에 접어 넣고 뒤따라 에스컬레이터를 타고 인파로 가득한 거리로 나섰다.

38

베라는 말콤의 실종을 자기 탓으로 돌렸다. 작업장을 수색하는 동안 증거가 있건 없건 구금했어야 했다. 지금 그는 필사적이고 위험한 인물이었다. 그녀는 키머스턴 경찰서 사무실 안에 갇힌 기분이 들었다. 커의 작업장 현장에 나가서 폴 키팅과 빌리 웨인라이트에게서 일찌감치 정보를 얻고 싶었다. 아니면 범인 수색에 나서거나.

조 애쉬워스에게서 전화가 걸려왔다.

"뭔가 알아냈다고 말해줘." 구부정한 자세로 해변을 따라 걷는 말콤의 모습이 떠올랐다. 조가 그를 찾아 차에 태우고 경찰서로 돌아올 준비를 하고 있을 것 같았다.

"없습니다."

그녀는 손바닥이 따끔할 정도로 책상을 세게 쳤다. 수화기를 놓자마자 다른 전화가 걸려왔다. 커의 자동차가 파팅턴 역 주차장에서 발견됐다는 소식이었다. 그렇다면 전철을 탔을 테고, 뉴캐슬 중앙역으로 갔다면 지금쯤 국내 어디든 갔겠군. 혹은 공항까지 전철을 타고 세계 어디로든 향했든가. 그러나 말콤은 해외 여행을 할 사람으로 보이지 않았다. 여권이나 있을까? 다시 전화를 걸어 확인하려는데, 홀리가 문을 두드렸다. 조심스럽게, 하지만 의기양양하게. 베라는 홀리가 의기양양할 때가 싫었다.

"보스?"

베라는 들어오라고 손짓했다.

"파벨 크루코스키를 추적했습니다." 홀리는 책상 반대쪽 의자에 앉았다.

"그를 추적했다니 무슨 소리야? 그는 마들의 땅속 구덩이 안에 있어. 폴 키팅이 유골을 아직 영안실로 옮기지 않았다면."

"아니, 보스. 그렇지 않아요." 홀리는 사이를 두었다. "그는 크라코프에서 학생과 노동자에게 영국 여행을 주선하는 회사를 운영하고 있어요. 폴란드 여자와 결혼해서 세 아이를 낳고 다섯 손자가 있더군요."

베라의 머릿속은 공황 상태로 텅 비었다. "다른 크루코스키일 수도 있어." 지푸라기를 잡고 있다는 것은 알고 있었다. 그녀의 시나리오 전체가 무너지고 있었다.

홀리는 고개를 저었다. "이야기를 해봤어요. 영어를 잘 하더군요. 그는 1970년에 폴란드를 떠났어요. 마가렛이 부자인 줄 알고 결혼했고요. 그녀에게 자기 재산이 없다는 걸 알고 혹시 부모가 누그러들어서 딸 부부를 가족의 품 안으로 맞아줄까 싶어 2년 기다렸는데, 그렇게 되지 않으니까 고향으로 도망갔어요."

"커의 작업장 사무실 화재 일자가 어떻게 되지?" 베라는 사실관계를 확인하면서 공황 상태를 억눌렀다.

"1975년 7월 15일." 사실관계라면 홀리가 수사팀 중 최고였다.

"빌리 커의 생일날이죠." 아직 코트 차림의 조가 열린 문간에서 들여다보고 있었다.

"그게 무슨 관계가 있지?" 베라는 거의 고함치고 있었다. 자신이 실수했다는 것을 알고 있었기 때문에 울화를 발산해야 했다.

"코블에 축하하러 다 모여 있었으니까요." 조는 주머니에서 너덜너덜한 사진을 꺼내 모두 다 볼 수 있도록 책상 위에 놓았다. 그는 몸을 내밀어 사진 속의 인물들을 차례로 짚었다. "이건 밸 버트, 술집 주인. 그해면허를 땄고, 웨스트엔드에서 폭력배들과 시비가 붙은 뒤 마을로 옮겼습니다. 그 사람 주장은 그랬어요."

"만나봤나?"

"말씀드렸잖습니까. 오늘 아침 갔다왔습니다."

조의 목소리에 조바심이 묻어났다. 그녀가 자제력을 잃고 있다고 생각하는 건가? 맞을지도 모른다. "그렇지, 맞아. 계속해."

"이건 빌리 커." 말콤과 닮은 데가 있었다. 빌리는 보다 옆으로 벌어지고 땅딸막했지만, 얼굴에 한 가족이라는 티가 났다. "마이크 크랙스, 지금은 교수, 당시 박사 학위 취득 후 연구원. 이건 말콤 커. 이건 마가렛. 그리고 밸의 아들 릭."

베라는 올려다보았다. "전에 그 사람에 대해 나한테 말한 적 있지?"

조는 고개를 끄덕였다. "수전 콜슨이 언급했지요. 그가 자신을 놀렸다고." 잠시 뜸을 들였다. "그녀가 릭에 대해 겁을 먹고 있다는 인상을 받았습니다. 방금 기록을 찾아봤어요. 청년 시절 웨스트엔드의 폭력배들과 어울리며 문제를 많이 일으켰더군요. 1974년 이후 전과는 없습니다."

"그가 지금 몇 살일까?"

"66세."

"어디 살지?" 베라는 그를 바라보았다.

"아무 데도 살고 있다는 기록이 없습니다. 70년대 중반 이후 어느 곳에 거주한 기록도 없고요."

정적. 바깥의 탁 트인 사무실에서 목소리가 두런거리며 들려왔다.

"그러면 말콤 커의 헛간 밑에서 발견된 유골은 어쩌면 그 사람이다." 베라는 책상에 등을 기대고 앉아 이 가정이 다른 사실과 어떻게 부합할지 생각해보았다. 말콤 커는 왜 술집 주인의 아들을 죽였을까? 아버지의 생일 파티에 술에 취해서 싸우다가? 그게 40년 뒤 마가렛 크루코스키와 무슨 관계가 있을까?

조 애쉬워스는 어깨를 으쓱했다. "음, 어쨌든 파벨 크루코스키는 확실히 아닙니다."

갑자기 더 이상 경찰서 건물 안에 머무를 수가 없을 것 같은 충동이 일었다. 이대로 있다가는 벽을 기어 올라가거나 정신병자처럼 고함을 지를 것만 같았다. "그 어머니를 만나봐야겠어." 그녀는 힘들게 재킷을 껴입고 문으로 향했다. "자네는 여길 지켜. 말콤을 추적하면 알려줘." 베라는 계단을 뛰어 내려가며 어깨 너머로 마지막 문장을 외쳤다.

베라는 창문을 통해 여자를 보았다. 그녀는 소파에 등을 기대고 다리를 낮은 의자에 올려놓은 채 텔레비전을 보고 있었다. 벽난로를 따라 걸린 금술이 유일하게 명절 분위기를 내고 있었다. 수영을 다시 시작해서 체중을 줄여야겠다, 베라는 생각했다. 늙은 뒤에 발레리 버트처럼 무시무시한 몸에 갇혀서 어쩔 수 없이 쓰레기 텔레비전이나 봐야 하는 일상은 상상할 수가 없었다. 그녀는 창문을 두드려 주의를 끌었다. 밸은 들어오라고 손짓했다. 문은 이미 열려 있었다. 누군가를 기다리고 있었던 것 같았다.

"또 경찰이신가?" 밸은 버튼을 눌러 텔레비전의 소리를 껐다. 멋진 시골 저택 사진들이 화면에서 계속 흘러갔다.

"시체를 한 구 더 찾았어요." 베라는 소파 옆에 비집고 앉았다. 달리 앉을 자리가 없었다.

밸이 대답하지 않자, 그녀는 덧붙였다. "당신 아들 릭에 대해 말씀해 주시죠."

눈빛에 관심의 기색이 일었다.

"마지막으로 본 게 언제죠?" 방은 아주 더웠고, 베라는 굳이 코트를 벗지 않았다. 현기증이 나서 기절할 것 같았다.

"오래됐어." 여자는 사이를 두었다. "문제가 많았지. 도망쳐야 했어."

"무슨 문제요?" 베라는 재킷에서 팔을 빼냈다. 일어서지는 않았다.

"안 좋은 사람들과 어울렸어. 웨스트엔드에서 살 때. 흥분을 좋아했지. 남자의 자존심 같은 거였어. 정착할 성격이 아니었지. 그래서 여기로 옮겨 온 거요. 친구들이 이 해안에서는 그 애를 찾지 않을 것 같아서." 그녀는 텔레비전 세트 안에서 이 집 크기만 한 부엌을 선전하는 여자를 응시했다.

"그렇게 됐나요?"

"모르겠어. 무슨 일은 계속 돌아가고 있었지. 몸이 근질거려서 덩치 노릇을 하고 싶었는지. 제 이름으로 조금이나마 존경받고 싶었는지." 밸은 잠시 말을 쉬었다가 다시 이었다. "청년들에게 더 힘든 세상이라는 생각이 들 때가 있어. 강해야 한다는 주위의 기대감이 있잖아. 릭은 언제나 강해 보이고 싶어했어."

"사람들이 릭을 좋아하지 않았군요." 베라는 자신이 문제의 뿌리로 다가가고 있다고 생각했다. 아이디어 하나가 머릿속에 떠오르더니 사실 관계를 조합하고 관점을 움직이고 있었다. "잔인했겠지. 사람들은 두려워 했을 거고. 언제나 대장 노릇을 하려고 하고."

"허세를 부렸어. 처음 사고를 쳤을 때는 그냥 사내애였지."

"무슨 일이 있었나요? 빌리 커의 생일파티 날 밤. 불이 났던 밤."

밸은 갑자기 피곤한 듯 의자에 등을 기댔다. "모르겠어. 릭은 그날 밤 난리였어. 약을 했을 거야. 사방에 다 손을 댔어." 그녀는 베라를 바라보았다. "누구도 제 자식은 나쁜 사람이라고 믿고 싶지 않잖아. 그러면 내 잘못이니까. 안 그래? 다른 누구를 탓하겠어."

베라는 밸의 퉁퉁한 팔에 손을 얹었다. "말해 봐요." 당신 이야기를 해줘.

"우리는 빌리 커의 생일날 작은 파티를 하기로 했어. 선원들이 계획 했지. 식비를 내고, 아내들을 동원해서 케이크를 만들고. 더웠어. 그해 여름은 매일 더웠어. 저녁 무렵부터 문제가 생길 거라는 조짐이 보였지. 긴장감이 돌았어. 말 한 마디만 잘못 해도 폭발할 것 같은 그런 느낌." 그녀는 베라를 돌아보았다. "그 마가렛 크루코스키가 문제였어. 남자들을 곤두서게 했다고. 전부 다. 살해당했다는 소식을 신문에서 읽었는데, 알아 볼 수가 없었어. 무슨 성녀 같더군. 종교적이고. 문제가 있는 여자를 위한 쉼터에서 일하고. 뭐, 그 사정은 자기가 가장 잘 알 테니까."

"릭이 마가렛에게 반했군요?"

"아니야!" 총알처럼 단어가 튀어나왔다. 밸은 속삭임처럼 목소리를 낮춰 말을 이었다. "릭이 누군가에 반했다면, 그건 자기 자신이었어. 한동안 혹시 남자한테 빠졌나 싶었을 때도 있었는데, 그런 기미도 없더라고. 외톨이였어. 마가렛에게 관심이 있었던 건⋯." 그녀는 적당한 표현을 찾았다. "직업적인 관심사였어."

순간 베라는 이해했다. "뚜쟁이 노릇을 하려고 했군."

"일을 봐주는 남자가 있으면 더 좋을 거라고 생각한 거지." 밸은 창밖을 내다보며 방어적으로 말했다. "도시의 폭력배와 어울린 적이 있으니까. 어떻게 그 사업을 운영하는지 아니까, 이 해안에서 같은 일을 한번 벌여보자고 했던 거야."

"그가 수전 콜슨에게 마약을 팔았나요?" 베라는 사진에서 본 남자를 떠올렸다. 귀를 덮는 검은 머리. 냉혹한 회색 눈동자. 보다 최근의 다른 기억이 떠올랐다.

"자기 어미도 팔 놈이었어." 밸은 말했다. "가격만 맞으면." 목소리는 갑자기 씁쓸해졌다. 베라는 눈을 깜빡였다. 머릿속에 모습을 드러내던 그림이 다시 형태를 바꾸며 보다 견고해졌다.

"당신이 아들을 보호했군요. 술집에서 영업하게 했군."

"내 아들이었어!" 울부짖음이었다.

"그럼 그날 밤, 빌리 커의 생일 파티 날." 이야기 계속해줘.

"그날 밤 무슨 일이 일어나고 있었어. 난 릭에게 문제를 일으키면 안 된다고 말했지. 하지만 냄새가 났어. 폭력의 냄새. 릭은 초조했고, 화가 나 있었어. 예전 어울리던 사람들에게 협박당했나, 찾아와서 빚이라도 받아가겠다고 했나 싶었지." 덩치 큰 여자는 잠시 눈을 감았다. 베라는 그녀가 바 뒤에 서서 술을 따르며 농담을 던지면서도 아들이 자신이 성취한 모든 것을 망치지는 않을까 계속 주의 깊게 지켜보는 모습을 상상했다. "다들 술을 너무 많이 마셨어. 사람들이 거리로 나가서 거칠어지고 시끄러워졌지. 릭은 보이지 않았는데, 무슨 일이 있는지 나가서 알아볼 수가 없었어. 날이 완전히 저물었지만, 열대지방처럼 정말 무더웠지. 천둥 번개라도 쳐서 공기를 씻어냈으면 좋겠다 싶은 날씨였어. 산들바람이라도 불든가."

잠시 그녀의 주의는 다시 텔레비전으로 향했다. 발치에 개를 거느린 중년 부부가 꿈꾸던 집 앞에서 팔짱을 끼고 있었다. 우주 저편의 이야기였다.

"그러다 헛간에 불이 난 걸 봤어. 불길이 너무 치솟아서 코블 안에서도 보일 정도였지. 그때는 이미 한밤중이었고 난 마감시간 넘어서까지 주문을 받고 있었어. 생일날에는 다들 늦게까지 마시고 싶어하니까. 경찰이 출동하면 면허를 잃을 위험이 있었어. 난 얼른 영업을 정리해야겠다는 생각밖에 안 나더군."

밸은 이 장면을 몇 번이나 곱씹었을까. 그러나 다른 사람에게 털어놓은 적은 없는 것 같았다. 말이 나오는 투로 미루어, 생각을 후련히 입밖에 내는 것은 처음이라는 것을 알 수 있었다.

"그날 밤 릭은 못 봤어. 일부러 눈에 안 띄려는 줄 알았지. 원하면 언제든지 유령처럼 사라질 줄 알았거든. 경찰, 사회보장국, 보호관찰사. 이런 사람들은 언제 오는지 환히 알고 감쪽같이 사라졌어."

그녀는 눈을 커다랗게 뜨고 베라를 바라보았다. 고백을 준비하는 것 같았다. "난 기뻤어. 그리고 생각했지. 폭력배 친구 따라서 도시로 돌아가 버려. 난 여기서 내 힘으로 살게 내버려두고."

"그렇게 된 거라고 생각하셨군요?" 베라는 물었다. "릭이 불을 내는 데 가담해서 뉴캐슬로 도망쳤다고 생각하셨군요."

"빌리 커가 그렇게 말했어. 다음 날 찾아왔지. 그때는 모든 게 잠잠해지고 연기 냄새만 났어. 사무실 폐허가 검게 남았고, 작업장은 폭격 맞은 것 같더군. 그는 내가 릭을 한동안 못 볼 거라고 했어. '당신 아들이 사고 쳤어, 밸. 내 사무실을 태웠다고. 이건 두고 볼 수 없어. 하버 스트리트에서 나가라고 했어. 당신한테는 아무 감정 없지만, 알잖아.' 나는 고개를 끄덕였어. 그게 내 아들에 대한 배신이었을까? 한편으로는 한동안 골칫거리가 사라져서 노래를 부르는 기분이었지. 어린 아이였을 때부터 그 아이가 또 무슨 짓을 저지를지 걱정이 끊일 날이 없었으니까."

"지금 릭은 어디 있죠, 밸?" 베라는 여자의 팔에 계속 손을 얹고 있었다. 방은 따뜻했지만, 피부는 차고 끈적끈적했다.

"모르겠어." 다시 고백. "그날 이후 못 봤어. 처음에는 찾으려고 그리 애쓰지 않았어. 몇 군데 물어봤지. 아무도 말을 안 하더군. 그냥 그만뒀어. 아들이 날 보고 싶지 않으면, 나도 애쓸 기분은 아니었어. 골칫거리가 사라져서 혼자 지내는 것도 훨씬 편했고. 진짜 큰 사고를 치면 소식이 들려올 거라고 생각했지."

"지금은?"

"지금은 늙었겠지. 손자도 봤을 거고. 지금은 정착했겠지? 아들을 다시 보고 싶어. 내 나이에는 말동무가 필요하다우. 당신이 좀 도와주시오."

"이번에 찾은 시체는 오래된 겁니다." 베라는 말했다. "피해자는 커의 작업장에서 발생한 화재 당일 밤에 죽은 것 같아요."

밸은 작게 흐느끼는 소리를 냈다. "릭이라고 생각하시오?"

"젊은이의 시체였어요."

"한데 그 세월 동안 아들이 잘 지낸다는 소식 한 번 없을 만큼 어미 생각을 안 한다고 믿었다니." 뺨을 타고 눈물이 흘러내렸다. "생일마다 카드가 안 오나 찾았어. 그래서 생각했지. 됐어, 이 나쁜 놈. 한데 내내 하버 스트리트에 있었군."

"아직 확실한 건 아닙니다. 검사를 해봐야 해요."

"알아." 밸은 베라가 보지 못하도록 고개를 돌렸다.

베라는 하버 스트리트로 차를 몰았다. 곧장 사무실로 돌아가기 싫다는 것 외에 달리 이유는 없었다. 말콤 커에게서 소식이 있다면 누가 전화를 했을 것이다. 뭔가 직관이 떠오르려는 감도 있었다. 생각을 정리할 시간이 필요했다. 여기가 그 모든 일이 시작된 곳이었고, 해답을 찾을 곳이었다. 거리는 고요했다. 코블은 점심 영업을 하고 있었지만, 어판장은 이미 크리스마스 휴가를 맞아 문을 닫았다. 말콤의 작업장에는 아직 감식 요원들이 활동하고 있었지만, 유령처럼 응시하는 구경꾼들을 막기 위해 쳐놓은 차단막 때문에 안이 잘 보이지는 않았다. 여관 창문으로 케이트 듀어와 스튜어트 부스가 손님 라운지에 있는 것이 보였다. 케이트는 피아노 앞에 앉아 있었고, 스튜어트는 그녀의 어깨 너머로 몸을 숙이고 무슨 악보를 가리키고 있었다. 그는 연필로 그 위에 뭘 적었고, 그녀는 돌아보더니 손가락으로 그의 뺨을 쓰다듬었다. 베라가 바로 바깥에 차를 세웠지만, 그들은 돌아보지 않았다.

차 안에 앉은 채, 그녀는 홀리에게 전화했다. "크루코스키 사건 증인 기록 하나를 확인해줘." 그런 다음 조에게도 질문이 있어서 전화했다. 하지만 그는 무슨 일이 있는지 들으려고도 하지 않고 기다리는 전화가 있으니 당장 끊으라고 거의 외치듯이 말했다. 제시가 시내에서 친구들과 떨어졌는데, 휴대전화를 집에 두고 나가서 아무도 어디 있는지 모른다는 것이었다.

39

|

말콤 커는 아직 임무 수행 중이었지만, 그는 도시가 싫었고 거의 포기 직전이었다. 이게 무슨 소용이 있나? 그냥 전철을 타고 파팅턴으로 돌아가서 차를 다시 타고 키머스턴의 경찰서로 돌아갈까 하는 생각이 들었다. 뚱뚱한 형사가 기다리고 있을 거라고 생각하니 어쩐지 유쾌했다. 그를 보면 반가워할 것이다. 그는 그녀가 미소짓는 모습을 상상해보았다. 차를 끓여주고, 어쩌면 스카치 한 방울 떨어뜨려줄지도 모른다. 그리고 무슨 일이 있었는지 털어놓는다. 그녀에게 책임을 넘긴다. 그는 추위를 막기 위해 옷깃을 세우고 우뚝 서 있었다. 돌을 휘감고 흘러가는 물결처럼, 인파가 양옆으로 나뉘어 지나쳤다. 주변은 온통 소음이었다. 거리의 밴드가 앰프를 틀고 아이들에게 고래고래 소리 질렀고, 행상인들은 크리스마스 장식물과 싸구려 플라스틱 장난감을 사라고 달라붙었다.

조용한 접견실, 그와 뚱뚱한 여자 단둘. 무늬 없이 칠한 벽. 감각을 거스르는 데가 전혀 없는 곳. 갑자기 세상에서 가장 매력적인 곳처럼 느껴졌다.

그때 앞서가던 소녀들이 맞은편에서 사람들을 밀어젖히며 다가오는 젊은이 여섯 명 때문에 양옆으로 나뉘었다. 이른 오후였지만, 싸구려 사과주를 마시며 욕설을 하고 있었다. 분노가 솟았다. 청년들에게 공중도덕을 가르쳐주고 싶었다. 그러나 그도 한창때는 건달이었다. 아니, 건달보다 더했다. 혼란의 와중에 건달들은 지나갔고, 소녀 하나만 어리둥절한 채 혼자 남았다. 하늘이 어두워졌다. 진눈깨비가 날카로운 화살처럼 불어오며 쇼핑객들을 상가 안으로 몰아넣었다. 결단을 내릴 순간이었다. 포기할 수도 있고, 일을 바로잡을 기회를 잡을 수도 있었다.

망설이고 있는데, 갑자기 그루스킨 신부가 떠올랐다. 데보라가 떠난 다음 날, 신부는 그의 집에 찾아와서 유감의 말과 조언을 건넸다. 그가 뭔가 어리석은 짓을 할까 봐 마가렛이 보낸 것 같았다. 자살을 하거나, 데보라의 새 남자를 죽이거나. 그루스킨은 말콤의 거실에 앉아 무슨 말을 해야 할지 어색한 기색이었다. 마가렛이 부탁해서 찾아온 데 불과했으니까. 그녀가 원하는 일이라면 뭐든지 하는 또 하나의 남자. 그는 몇 마디 말을 중얼거리고 다시 사라졌다. 신부는 좋은 사람이어야 하는 것 아닌가? 올바른 결정을 내려야 한다. 그루스킨이 지금 내 입장이라면 어떻게 할까?

그때 그루스킨이 교회에서 나와 하버 스트리트를 걸어가는 마가렛을 바라보던, 동경하는 듯한 눈길이 떠올랐다. 어머니뻘 되는 나이였다. 어쩌면 그보다 더 늙었을지도 모른다. 한데 사제는 아직도 굶주린, 외로운 눈빛으로 그녀를 응시했다. 그렇다면 마들에는 좋은 남자라고는 없지 않나? 거짓말쟁이와 깡패들만 키워내는 곳인가?

난 미쳐가고 있다. 내 아버지는 늘 나를 가둬놔야 한다고 했었지.

진눈깨비는 한층 심해져서 하늘을 얼음조각으로 가득 채웠다. 노섬 벌랜드 스트리트는 거의 텅 비었다.

마가렛이라면 내가 어떻게 하기를 원할까?

도로 저쪽을 바라보니, 반대편 도로에 두 사람이 서 있었다. 그들은 하나씩 그에게서 멀어지고 있었다. 말콤은 망설이다 뒤따랐다.

40

조 애쉬워스는 집으로 향했다. 샐은 거의 히스테리 상태였고, 전화로는 제정신을 차리게 할 수가 없었다. 가는 내내 누군가에게 소리치고 싶은 심정이었다. 딸을 그가 알지도 못하는 아이들과 함께 도시에 보낸 정신 나간 아내 샐에게. 지켜보겠다고 약속한 아이 어머니에게. 그 누구보다도, 몇 달 동안 휴대전화를 사달라고 졸랐으면서 정작 필요할 때는 집에 두고 나간 제시에게.

무엇보다 자기 자신에게 화가 났다. 조는 빈 시골길을 달리며 온갖 시나리오를 상상했다. 베라라면 이야기를 만든다고 표현했을 것이다. 마가렛 크루코스키는 전철에서 살해당했다. 디 롭슨은 같은 전철을 탔고, 아마도 살인을 목격했거나 무슨 일이 있었는지 짐작했기 때문에 살해당했다. 이제 미처 생각지 못했던 사실이 떠올랐다. 제시도 마가렛의 살인에 대한 목격자가 될 수 있었다. 칼처럼 날카롭고, 코끼리 같은 기억력을 지닌 제시. 그런 제시가 사라졌고, 제1 용의자도 자동차를 파팅턴 전철역에 두고 사라졌다. 우연일 수도 있겠지만, 조는 걱정에 사로잡힌 나머지 더 이상 우연을 믿을 수가 없었다. 크리스마스가 다가오고 처음 맛보는 자유, 제시가 친구와 함께 기차를 타고 재잘거리며 웃고 있는 모습이 떠올랐다. 제시가 전철 저쪽을 흘긋 보다가 어디서 눈에 익은 사람을 보는 광경이 떠올랐다. 마가렛이 칼에 찔렸을 때 같은 전철을 탔던 남자. 두 사람의 시선이 마주치는 광경이 떠올랐다. 위협을 느낀 범인은 그의 딸을 따라간다. 도망쳐야 한다는 절박감으로 아이까지 죽여야겠다고 생각한다.

조의 집은 예전 광산촌 근교에 있었다. 길을 걸어 올라가는 동안 연못에서 거위 떼가 머리 위로 날아올랐다. 조는 문을 열기 전에 고개를 들고 새를 올려다보았다. 어린 아이들은 거실에서 DVD를 보고 있었고, 그와 샐은 작은 부엌에 앉아 목소리를 잔뜩 낮췄다.

"어떻게 된 거야?" 샐의 잘못이 아니다, 그보다 더 고통스러워하고 있을 것이라고 스스로에게 다짐하려 했지만, 힐난하는 기색을 감출 수는 없었다.

"새라의 엄마가 점심을 먹으러 블레이크에서 아이들을 만난 뒤에야 제시가 없는 걸 알아차렸어." 샐은 울고 있었다. 어린 아이들 때문에 억지로 참고 있었지만, 이제 흐느끼기 시작했다.

그는 아내를 감싸고 단단히 끌어안았다. "괜찮을 거야. 제시를 알잖아. 방향 감각이 좋다고. 모페스의 부츠에서 길 잃어버렸던 거 기억나지. 어떻게 된 건지 말해 봐. 친구들이 제시가 따로 떨어지는 걸 못 봤나?" 가볍고 침착한 음성이었다. 그대로 무대에 서도 좋을 연기였다.

"둘로 나뉘었는데, 서로 다른 팀에 있다고 생각했던 것 같아. 점심을 먹으러 만나서야 없다는 걸 알았대. 나이 든 애들 둘이 돌아가서 찾았는데, 안 보였어." 샐은 등 뒤에서 냅킨을 집어들어 눈물을 닦았다. "새라의 어머니는 제시가 그냥 집으로 간 줄 알았어. 여기 있는 줄 알고 전화했더라고."

그는 제시를 돌보겠다고 한 여자의 무책임과 친구들의 부주의에 대해 아무 말 없이 분을 삭였다.

"당신 상관이 전화했어." 샐이 말했다. 무슨 이유에서인지 그녀는 절대 베라를 지칭할 때 이름을 사용하지 않았다. "제시의 사진을 이메일로 보내달라고 하더라고. 수사팀이 어차피 시내 CCTV를 확인하는 중인데, 제시도 같이 찾아보라고 지시하겠다고 했어."

조는 베라가 자신과 같은 생각을 하고 있다는 것을 알 수 있었다. 경찰은 이미 시내 CCTV에서 말콤의 사진을 찾고 있었다. 이제 수색팀에게 말콤과 제시를 같이 찾도록 한 것이다.

"그럼 됐군. 최선을 다하고 있을 거야. 곧 집으로 돌아오겠지." 말하면서도 이것이 정말 사려 깊은 행동인가 하는 생각이 들었다. 딸이 유괴당했을 가능성에 대해서 마음의 준비를 시켜야 하는 게 아닌가. 그녀도 곧 언론에서 살인 용의자가 도주했다는 소식을 들을 것이고, 자신에게 알리지 않았다고 조에게 불같이 화를 낼 것이다. 하지만 지금은 아내에게 진실을 알릴 용기가 없었다. "자, 난 일하러 돌아가야 해. 거기 가면 나도 할 수 있는 일이 더 많아. 무슨 소식 들리면 전화할게." 그는 자신이 겁쟁이라는 것을 알고 있었다.

그는 거실로 나가는 문을 열고 아이들에게 인사를 한 뒤 곧장 작별 인사를 했다. 아이들은 미소짓고 손을 흔든 뒤 다시 텔레비전으로 눈길을 돌렸다. 그는 차를 몰다 샐의 눈에 띄지 않도록 모퉁이를 돌아 다시 세운 뒤 베라의 휴대전화로 연락했다.

"어디 있어? 샐한테 가 봐. 정신을 못 차리고 있어."

"방금 집에서 나서는 길입니다." 더 이상 아내에게 거짓말을 할 수가 없었다는 말도 할 수가 없었다. 진실도 차마 말할 수 없었다. "말콤 커의 소식은 없습니까?"

"경찰이 파팅턴에서 그의 차를 감시하고 있어." 베라가 어디 있는지 궁금했다. 배경에서 갈매기 소리가 들린 것 같았다. "그 차로 돌아올 정도로 정신이 나갔을 것 같지는 않지만, 어차피 지금 제정신은 아닐 테니까."

"경찰서로 돌아갈까요?" 즉각 대답이 없자 조는 말을 이었다. "저도 시내로 가서 제시를 찾고 싶습니다." 한심하게 들릴 거라는 것은 알고 있었지만, 경찰서 안에서 집중하지도 못하고 칼과 피로 머릿속이 가득 차서 전화가 울릴 때마다 심장이 내려앉는 상태는 견딜 수 없을 것 같았다.

"그래, 그렇게 하지." 베라는 말했다. 그냥 걸리적거리지 않도록 하려는 것 같았다. 딸 생각이 머릿속에 가득한데 일을 제대로 할 수 있을 리가 없다.

"걱정 안 되십니까?" 그는 고함을 질렀다. "살인사건 증인이자 유력한 용의자가 활보하고 있는데?" 입을 열자마자 조는 용서할 수 없는 실수라는 것을 깨달았다. 수사팀 모두가 베라 스탠호프에 대해 알고 있는 사실이 있다면, 그녀가 걱정하고 있다는 사실이었다. 어쩌면 그녀 역시 그와 똑같은 영상을 머릿속에 떠올렸는지도 모른다.

그는 베라가 격분해서 신랄하게 꾸짖을 거라고 생각했지만, 전화 반대편에는 긴 정적만 흘렀다. 화가 나서 전화를 끊어버렸나 싶은 생각이 들었다.

"자네가 최선이라고 생각하는 대로 해. 소식 들리면 나도 연락하지." 베라의 음성은 유감으로 고요했다. 죄책감.

조는 자석에 이끌리는 것처럼 마들로 돌아갔다. 전철 종점에서 전철을 탈 막연한 계획이었다. 커가 수사팀을 모두 속이고 그냥 기차를 타고 나갔을 수도 있기 때문이었다. 승객들 틈이라면 숨기도 좋다. 게다가 전철은 시내로 데려다준다. 제시가 마지막으로 목격된 장소다.

전화가 울렸다. 샐이었다. 심장박동이 급해졌다. 안전하게 집에 돌아온 건가. 그러나 샐은 똑같은 질문만 던졌다. "소식 없어?" 목소리는 절박했고 쉬어 있었다.

"난 시내로 가는 중이야. 꼭 찾을게. 걱정하지 마." 그녀가 뭐라 말하기 전에, 그는 전화를 끊었다. 안 그래도 괴로운데 그녀의 괴로움까지 더하고 싶지는 않았고, 더 이상 모든 일이 잘될 거라고 안심시키는 척할 수도 없었다.

전철역 주차장은 가득 차 있었다. 그는 하버 스트리트 교회 맞은편에 차를 세웠다.

세인트 바르톨로뮤 교회 앞을 지나다, 무심코 문을 확인해보았더니 열려 있었다. 그는 감리교의 사회 정의와 떳떳한 노동에 대한 신앙을 토대로 자라난 사람이었다. 평신도 전도사였던 아버지는 착취와 빈곤, 남부 사람들의 방탕한 생활을 악이라고 생각했다. 하지만 지금 조는 악을 퇴락한 주거와 가족 파탄의 거의 필연적인 결과로 간주할 수가 없었다. 그의 딸에게 해를 끼치려는 사람에게는 아무 변명의 여지가 없다. 그는 예배석 뒷줄에 앉아 기도하려고 정신을 집중했다.

제시를 안전하게 보내주시면 당신이 제게서 뜻하신 모든 일에 헌신하겠습니다. 신과 무슨 계약을 맺을 수 있나 생각해보았지만, 제시의 인생과 견줄 만한 조건은 떠오르지 않았다. 교회에는 깊은 정적이 감돌았다. 몸을 숙여 이마를 팔에 묻고 있다가 다시 고개를 드는 순간, 조는 자신이 혼자가 아니라는 사실을 깨달았다. 피터 그루스킨이 제단 앞에 서서 그를 바라보고 있었다. 조는 신부에게 자신이 여기 온 이유를 설명할 수가 없었다. 그는 서둘러 일어나서 자리를 떴다.

바다에서 소나기가 불어왔다. 얼음이 섞인 비가 따갑게 내렸다. 내륙에는 눈이 내릴 것이다. 이른 오후의 거리는 거의 어두웠지만, 하버 게스트하우스에는 불이 켜져 있지 않았다. 그와 베라가 처음 이곳을 찾은 것이 몇 달 전의 일 같았다. 지하 계단을 내려가서 샐과 연애할 때 즐겨 들었던 음악을 만든 여자를 만나던 때가 떠올랐다. '흰 달 여름'의 가락이 머릿속에서 다시 흘러갔다. 조는 문득 살인에 대한 책임이 자신의 무지에 있다는 것을 깨달았다. 평생의 죄책감이라면 딸의 안전한 귀환과 거래할 만하지 않을까.

41

조가 전화를 걸었을 때—말콤 커가 어떻게 됐느냐는 핑계였지만, 사실은 딸이 안전하게 돌아왔다는 말을 듣고 싶어서였다—베라는 쉼터 밖에 서 있었다. 검은머리 갈매기 무리가 산사나무 울타리 너머 갓 갈아엎은 밭을 쪼아 먹고 있었다. 베라는 수사가 어디로 진행될 것인지 자신의 시나리오를 갖고 있었다.

그녀는 큰 집의 현관문을 두드린 뒤 누가 열어주기를 기다리지 않고 안으로 들어갔다. 로리와 수전은 평소대로 부엌에 있었고, 개가 바닥쪽 오븐에 기대 누워 있었다.

"제인은 어디 있죠?" 얼른 끝내고 싶었고, 예의를 차리기에는 너무 다급했다. 더 이상 살인은 안 된다, 그녀는 생각했다. 이번에 발생한 살인은 어처구니없을 정도로 헛된 행위였다. 범행을 저지를 진짜 이유가 없었다. 타당한 설명이 없었다. 그러나 이제 베라는 마가렛과 디를 죽인 사람이 누구인지, 40년 전 커의 작업장에 묻힌 젊은이를 죽인 사람이 누구인지 알고 있었다. 조가 확인해줄 수 있겠지만, 그는 자기 고민에 빠져 있어서 논리적으로 생각할 상태가 아니었다. 더 이상 살인은 안 된다.

"친구들을 만나러 시내로 갔어요." 로리가 '나는 돼지들한테 협조 안해.'라는 특유의 말투로 대꾸했다.

베라는 생각해보았다. 어쩌면 이제 제인과 이야기할 필요는 없을지도 모른다. "겨울 바자회, 그때 이야기를 해줘요."

"모금 파티였고, 사교 모임이기도 했어요. 제인은 전에 살던 사람들도 많이 초대했죠. 아이들. 마가렛의 친구들 중 한 사람이 산타 복장으로 왔고." 시간낭비라는 말투였다.

"조지 엔더비?"

"맞아요. 분명 그 사람이 돈을 많이 썼을 거예요. 책도 공짜로 주고. 모두 크리스마스 포장지에 썼고, 산타처럼 복장을 갖추기 위해서 마대자루도 우리가 찾아줬어요." 그녀의 목소리가 부드러워졌다.

베라는 고개를 끄덕였다. 엔더비가 유쾌하고 자애로운 산타 노릇을 하는 모습은 충분히 상상할 수 있었다.

로리는 말을 이었다. "화창한 날씨였고, 집과 헛간에 물건을 진열했어요. 홀리풀에서 초대한 사람들도 오고요. 그 사람들은 와서 그냥 빤히 쳐다보기만 했죠. 바비큐도 만들고, 멀드 와인도 만들었어요. 수전이 몇 달 동안 짠 아이들 옷도 내다 팔았어요. 멋있었어요. 에밀리가 또 공황발작을 일으키기 전까지는."

"무슨 일이었죠?" 이럴 시간이 있는지는 알 수 없었지만, 도움이 될 수도 있다.

"그냥 이상하게 행동하기 시작했어요. 더 이상 견딜 수 없다, 병원에 돌아가야겠다고. 제인이 달랬지만."

"에밀리의 주소를 갖고 있나요?" 이것이 베라가 여기 온 용건이었다. "크리스마스 휴가 동안 어머니 집으로 돌아갔지요?"

로리는 갑자기 적의를 곤두세우며 그녀를 응시했다. "에밀리한테 원하는 게 뭐예요? 그 애는 상태가 좋지 않아요."

"다른 살인을 막으려는 거라고!" 베라는 목구멍이 아플 정도로 커다랗게 소리쳤다. "그러니까, 아가씨, 몇 가지 질문을 할게요. 조용히, 친절하게, 대답만 해주면 돼."

로리는 베라를 가만히 바라보았다. 이번에는 약간의 존경심이 생긴 음성이었다. "타인머스 어디에 살아요. 주소는 사무실에 있어요. 제인의 컴퓨터에. 근데 비밀번호가 걸려 있어요."

"젠장!" 그들은 일심동체로 마주 보았다. 대화를 듣고 있었는지 몰라도, 수전은 그런 기색이 없었다. 그녀는 오븐 가까이 낮은 의자에 앉아 뭔가 분홍색 작은 옷을 뜨고 있었다. 바구니에 울 실이 담겨 있었다.

"내가 찾아보죠." 로리는 말했다. "시스템에 침입하는 게 합법적인 일인지 모르겠지만. 사회복지국을 해킹하는 건데."

"법 집어치워요!" 베라는 로리가 이 말을 재미있게 생각하는 것을 보았다. "이봐요, 내가 책임지지. 주소만 찾아줘요."

로리는 씩 웃고 사라졌다. 구석 의자에서 수전이 보일락말락 미소를 지으며 뜨개질을 계속했다. 그녀는 베라에게 아는 체를 하지 않았다. 덜 오락가락하는 날일까? 아니면 쉼터를 나가달라는 요청을 받기 싫어서 멍하니 이해력이 떨어지는 척하는 걸까?

"리키 버트에 대해 말해줘요, 수전." 베라가 말했다. "그를 알았죠?

밸의 아들, 코블에서 같이 살았잖아요."

수전은 뜨개질에서 고개를 들었다. 눈이 멍했다. 아직 약기운이 있는 것 같았다. 진정제 중독자들에 대한 이야기를 읽은 적이 있었는데, 수전은 수십 년째 약을 복용하고 있었다.

"리키 버트." 베라는 다시 말했다.

"마가렛의 보스." 수전은 말했다.

"그랬어요? 뚱쟁이? 그러고 싶어했죠."

"그녀는 그를 싫어했어요. 나도 그랬고."

갑자기 무슨 생각이 들었다. "빌리 커의 생일파티 날 당신도 코블에 있었나요? 작업장에서 불이 났던 날 밤."

수전은 기억해내려고 애쓰는 듯 잠시 눈을 감았다. 그러나 그녀가 뭐라 말하기 전에 로리가 종이 쪽지 한 장을 들고 방 안으로 들어왔다. "여기 주소가 있어요. 식은죽 먹기던데. 보안 좀 더 잘 하라고 전해줘요."

바깥은 더 추웠다. 동쪽에서 불어오는 바람에서 얼음 같은 금속 냄새가 났다. 베라의 전화가 울렸다. 조였다.

"조." 기대감으로 현기증이 날 지경이었다. 아이에게 무슨 일이 생긴다면, 그는 경찰을 떠날 것이고 다시는 베라와 말을 섞지 않을 것이다. 이건 내가 세상에서 가장 이기적인 년이라는 증거가 아닌가? 아이가 위험에 처했는데, 친구 비슷한 유일한 사람을 잃을지도 모른다는 생각만 하고 있다니. "무슨 소식 있나?"

"아직요."

베라는 아무 말도 하지 않았다. 무슨 말을 해도 그의 분노만 자극할 것이다.

"하지만 우리가 누굴 찾아야 할지는 알아낸 것 같습니다."

조는 이름 하나를 대고 그자를 찾아야 한다고 믿는 이유를 말했다. 확증이었다. "아, 조, 역시 위대한 사람들은 같은 생각을 하는군."

"벌써 그 결론을 내리셨습니까?" 괴로움 속에서도 잠시 실망하는 기색이었다.

"누가 말해준 이야기 덕분에. 자네는?"

"마찬가집니다. 기억 하나가 되살아나서 확신하게 됐어요. 바보 같은 기분입니다."

진눈깨비가 다시 윈드스크린을 두드렸다. 너무 시끄러워서 조에게 방금 뭐라고 했는지 물어야 했다.

"이제 어떻게 하죠?"

"조용히 진행해야지. 이번에는 증거가 필요해. 언론 귀에 들어가지 않게, 소란 피우지 않고. 자네는 제시만 찾아."

에밀리는 타인머스 외곽의 큰 집에서 살고 있었다. 새로 지은 장대한 빨간 벽돌 건물이었고, 정면에 주랑현관이 있었다. 큰 거실 창문 안으로 흰 가죽 소파와 평면 텔레비전이 보였다. 거의 진짜처럼 보이는 인조 크리스마스 트리 아래 포장한 선물이 쌓여 있었다. 문득 마가렛 크루코스키한테 이런 공간은 지옥이었을 거라는 생각이 들었다. 마들의 허름한 집에서 영업하는 콜걸의 인생이 훨씬 나았을 것이다. 아직 홀리에게 줄 비밀 산타 선물을 사지 못했다는 기억도 떠올랐다. 베라는 초인종을 울렸다.

폴로 셔츠와 치노 바지 차림의 남자가 문을 열었다. 홀에서 온기가 쏟아져 나왔다. 집 안에서는 따뜻한 옷을 입을 필요가 없었다. "네?" 상류층 타인사이드 억양이었다. 사복 차림의 사업가, 베라는 생각했다.

"에밀리를 만날 수 있을까요?" 평소보다 자신이 더 꾀죄죄하다는 자각이 문득 들었다. 잠도 자지 못했고 숙취에다 수사 내내 다림질할 시간은커녕, 빨래할 시간도 없었다. 그녀는 최대한 호감 가는 미소를 지었다.

남자는 베라를 떠돌이 땜장이 쳐다보듯이 바라보며 굳이 말을 섞지 않았다. 대신 집 안을 쳐다보며 소리쳤다. "재키, 여기 누가 당신 딸을 만나러 왔어."

당신 딸. 그렇다면 의붓아버지로군. 어린애가 방해가 되겠고.

그는 베라를 안으로 초대하지 않았다. 베라는 문간에 서서 기다렸다. 계절에 맞지 않게 피부를 태우고 금 장신구를 잔뜩 두른 덩치 큰 여자가 나타났다. 금발은 가짜였지만, 그을린 피부는 진짜 같았다. 어른들이 어딘가 더운 곳에서 크리스마스 휴가를 즐기는 동안 에밀리를 쉼터에 보낸 게 아닌가 하는 생각이 들었다.

"네?" 에밀리의 어머니는 첫인상만큼 딱딱하지는 않았다. 신경성 안면경련이 있고 초조한 미소를 지닌 걱정 많은 여자였다. 인생의 중요한 두 사람 사이에서 중재 역할을 맡아야 하는 의무감을 지닌 여자.

그냥 남자를 버려, 베라는 말하고 싶었다. 혼자 사는 것보다 나쁜 일이 많아. 매춘도 여러 가지 형태가 있다. 어쩌면 가장 모멸적인 형태는 마가렛의 직업이 아닌지도 모른다.

"에밀리가 도움이 될까 해서 찾아왔습니다. 문제를 일으킨 건 전혀 아니지만, 잠깐 이야기를 했으면 좋겠는데요."

"사회복지사인가요?"

세상에, 내가 사회복지사처럼 보여?

"아뇨. 난 경찰입니다. 말씀드렸듯이, 에밀리한테 무슨 일이 생긴 건 아니에요. 도움이 되는 정보를 갖고 있을지도 모른다고 생각하고 있습니다." 베라는 숨을 돌렸다. 조급하게 밀어붙여서 겁을 주면 안 된다. 상식적인 예절이 필요할 때다. "집에서는 잘 지내나요?"

"아, 그렇죠. 한 번에 하루씩." 누군가 관심을 보인다는 것이 고마운 것 같았다.

"저하고 이야기할 상태는 됩니까?"

재키는 대답하지 않고 옆으로 비켜서서 베라를 안으로 들였다. "어떻게 이렇게까지 됐는지 모르겠어요. 학교에서 정말 착한 아이였답니다. 쉬웠어요. 온순했지요. 문제가 있다는 건 전혀 모르고 있었어요." 그녀는 잠시 사이를 두었다가 보다 솔직한 어조로 말했다. "아이에게 시간을 좀 더 주었어야 했어요. 한데 전 이혼 진행 중이었고, 제정신을 유지하려면 일이 유일한 도피처였죠. 아이는 조용했고, 언제나 조용했어요. 조용한 건 좋은 거 아닌가요? 행실도 바르고."

베라는 시간이 흐르고 있다는 것을 의식했다. 그녀는 죄를 사하는 사제가 아니다. "에밀리와 이야기할 수 있으면, 제임스 부인…."

"물론이죠." 경련이 되돌아왔다. 베라가 딸의 상태로 자신을 판단할 거라고 생각하는 걸까? 어쩌면 에밀리가 자해를 했다는 이유로 자신을 끔찍한 부모로 본다고 생각할 수도 있었다. 어쩌면 조와 샐은 지금쯤 제시에게 약간의 자유를 허락했다는 이유로 세상이 자신들을 미워할 거라고 생각할지도 모른다.

에밀리는 마지막으로 봤을 때보다 조바심도 덜하고 괜찮은 것 같았다. 예쁜 아이였다. 긴 고수머리는 베라가 학창 시절 레잉 미술관에서 감상했던 라파엘 전파의 그림을 연상시켰다.

"내가 같이 있어야 하나요?" 재키는 물었다. 그녀는 올바른 행동을 해야 한다는 강박에 아까보다 더 초조해 보였다. 딸보다 오히려 더 긴장해 있었다. 어쩌면 두 사람 일이 잘 풀릴지도 모르겠다는 생각이 들었다.

"그러시죠." 베라는 흔쾌히 말했다. "그냥 잠시 대화만 하는 건데요."

어둑어둑한 바깥에 나온 베라는 전화를 확인했다. 집에 들어가기 전에 무음으로 맞춰 놓았던 것이다. 홀리에게서 전화가 와 있었다. 전철 시스템의 CCTV에 말콤이 오늘 일찍 잡혔지만, 다시 놓친 모양이었다. 기차는 이제 너무 붐벼서 누군가를 지목한다는 것은 불가능했고, 제시의 흔적은 없었다. "연락주시겠어요? 이제 어떻게 해야 할지 모르겠어요."

베라는 하버 스트리트에 랜드로버를 세워두고 노스마들 비치까지 경찰차를 타고 갔다. 여기는 말콤이 마가렛 크루코스키에게 약속한 곳이었고, 그가 생각하러 오는 곳이다. 그가 어리석은 짓을 하기 전에 이야기를 해야 했다. 햇빛은 거의 사그라들었지만, 하늘은 맑았다. 구름이 걷히면서 기온은 뚝 떨어졌고, 모래언덕 꼭대기의 오목한 부분에는 묘한 흰 연못이 생겨 있었다. 우박이 모여 얼어붙는 지점이었다. 크고 흰 달이 떠 있었다. 어쩌면 케이트 듀어가 이 계절을 위해 또 다른 노래를 만들 수 있을 것 같았다. 베라는 모래언덕 위에서 정찰하기 좋은 장소를 찾았다. 뒤로는 주차장, 앞으로는 해변이었다. 남쪽에는 마들 중심가 불빛과 항구의 방파제가 보였다. 만 저편에 배 한 척이 닻을 내리고 있었고, 수평선에는 거대한 화물선이 타인을 향해 달리고 있었다. 소리는 없었다. 바람이 없고 조수가 기름처럼 밀려들어와 있었기 때문에, 해변에 부서지는 파도 소리도 없었다. 내일은 크리스마스 이브였다. 만물이 숨을 죽이며 기다리고 있는 것 같았다.

베라의 전화에서 삑 소리가 났다. 홀리였다. 커는 파팅턴에서 자기 차로 돌아왔음. 동반 1인. 이름이 있었다. 수사망을 피할 수 있을 거라고 생각했다면, 그건 말콤이 제정신이 아니라는 뜻이다. 아마도 자신에게 무슨 일이 일어날지는 더 이상 상관하지 않고 있을 것이다. 베라는 답신을 보냈다. 위치에 대기 중. 거리를 유지하라.

자신이 모험을 하고 있다는 것은 알고 있었다. 어쩌면 경찰이 출동해서 즉각 체포하는 것이 옳을지도 모른다. 언론과 상관은 그쪽을 좋아할 것이다. 그러나 베라는 말콤이 사방으로 포위되어 자포자기한 상태에서 자신의 안전에는 전혀 신경을 쓰지 않는다고 느끼고 있었다. 주문이나 대중음악처럼, 후렴구가 머릿속에 떠올랐다. 더 이상 살인은 안 돼.

그녀는 기다렸다. 아무 일도 없었다. 멀리서 달려오는 자동차 소리도 들리지 않았다. 파팅턴에서 곧장 온다면 말콤은 지금쯤 여기 도착해야 한다. 가끔 무슨 소리가 들리는 것 같았지만—얼어붙은 모래 위에 발소리, 혹은 엔진 우르릉거리는 소리—모두 그녀의 착각이었다. 두꺼운 코트와 장갑, 부츠 차림이었지만 몸이 얼어붙었다. 말콤이 지금 나타난다 해도 움직일 수 있을 것 같지 않았다.

헤드라이트가 먼저 나타나더니 모래사구 뒤의 평평한 해안평야와 탄광이 있던 위치의 지반이 내려앉아 형성된 웅덩이를 탐조등처럼 쓸었다. 보름달이라 달빛을 배경으로 자신의 윤곽이 지평선 저쪽에서도 보일 수 있기 때문에, 베라는 몸을 움츠렸다. 자동차는 바로 밑에 와서 섰다.

문이 열렸다가 닫히는 소리가 들렸다. 양쪽 문 소리가 다 나는 것으로 보아 홀리가 말한 대로 두 사람이었다. 그러나 달빛 아래서도 사람의 형태는 식별할 수 없었다. 그저 검은 형체일 뿐이었다. 둘 다 자발적으로 왔는지, 한 사람이 다른 한 사람을 끌고 왔는지도 알 수 없었다. 해변으로 이어지는 좁은 길에는 다른 움직임은 없었다. 베라는 미행하는 경찰들에게 주 도로에 차를 세우고 도보로 조심스럽게 따라오라고 지시해두었다. 이 사람들에게 겁을 주고 싶지 않았기 때문이었다. 더 이상 살인은 안 돼. 가능하면 경찰이 도착하기 전에 모든 일이 끝나기를 바랐다.

이제 형체는 보이지 않았다. 그들은 해안으로 이어지는 사구를 올라오기 시작했고, 모든 그림자가 어스름했다. 그녀는 귀를 쫑긋 세웠다. 만 저쪽에 코컷 섬을 알리는 등부표가 보였다. 그녀의 상념은 다시 헥터와 새알 갈취 모험으로 향했다. 그는 딸을 잘 훈련시켰다. 이런 일에 그보다 더 좋은 훈련이 어디 있겠는가?

그때 모래가 움직이고 미끄러지는 소리가 팔을 뻗으면 잡힐 것처럼 가까운 곳에서 들렸다. 끙끙거리는 소리, 무거운 숨소리. 말콤은 상태가 좋지 않고 숨이 찬 것 같았고, 얼음장 같은 공기 때문에 쌕쌕거리고 있었다. 같이 오는 사람은 몸이 한결 좋은 것 같았다. 베라는 기다렸다. 때로 어린 시절 내내 가슴을 두근거리며 기다림으로 보내지 않았나 싶을 때도 있었다. 헥터나 경찰을 기다리며, 갑작스러운 날갯짓이나 무거운 발소리에 화들짝 놀라던 시절.

이제 예상했던 소리가 들렸다. 목표물은 마지막 몇 발 더 와서 평평한 해안에 발을 디뎠다. 마침내 두 사람의 모습이 보였다. 검은 형체 두 개가 달빛에 긴 그림자를 드리우고 바닷물 쪽으로 걸어가고 있었다. 베라는 뻣뻣하게 얼은 팔다리를 옮겨 움직이기 시작했다. 덩치 큰 여자 치고는 놀랄 만큼 조용한 걸음이었다. 그녀는 어릴 때도 뚱뚱한 아이였고, 헥터의 놀림 때문에 발을 내디딜 때마다 자신의 걸음을 의식하는 버릇이 생겼다. 맙소사, 얘야, 그러다 우리 둘 다 교도소 들어가겠다.

모래사구 밑에서 그녀는 멈췄다. 이제 목소리가 들렸다. 한 사람. 말콤이었다. 멈추지도, 숨을 돌리지도 않는 것 같았다. 신랄한 비난이, 가쁜 속삭임으로 마치 배신당한 연인의 목소리처럼 느리고 끈질기게 이어졌다. 증오의 대상이 죽어야 말이 멈출 것 같은 비난.

그때 베라는 손전등을 그쪽으로 비추며 목소리를 높여 단어 하나하나 천천히, 똑같이 힘을 주어 천둥처럼 고함을 질렀다. "더 이상 살인은 안 돼!"

42
I

조는 샐과 통화를 마치고 얼어붙은 도로를 지나치게 빨리 달려 마들로 향했다. 크리스마스 이브 전날이라 제설차는 요금을 두 배로 청구했기 때문에, 시에서는 차를 부르지 않았다. 그는 베라에게 책임감을 느꼈다. 그녀는 자신이 무적이라고, 어떤 상황도 자신의 존재감으로 해결할 수 있다고 생각했다. 위험에 대한 감이라고는 없는 오만한 인간인지도 모른다. 그는 상관에게 끔찍한 일이 일어나도록 내버려둘 수가 없었다.

그는 '휴일'이라는 간판을 달고 있는 주유소 맞은편 갓길에 차를 세웠다. 도로는 이제 거의 비어 있었다. 차에서 내리자 갑작스러운 추위가 덮쳐서 순간 숨이 막혔다. 달빛 때문에 세상은 흑백이었고 꿈결 같았으며 그림자는 매우 날카로웠다. 그는 도로에서 멀어져 해변으로 향했다. 몇 분 뒤 주차장을 향해 도로를 내려가는 엔진 소리가 들렸다. 덜덜거리는 엔진 소리와 차체 윤곽으로 미루어 볼 때 말콤의 차라는 것을 알아볼 수 있었다. 검은딸기나무 덤불이 있었고, 그는 그 뒤에 숨어 두 사람이 해변으로 내려가는 모습을 바라보았다. 그리고 이쪽 발자국 소리가 들리지 않을 정도로 사구에 가까이 갈 때까지 기다렸다가 따라갔다. 낯선 해변 풍경 때문에 방향 감각을 잃었는지, 문득 정신을 차리고보니 그는 주 도로 쪽을 향해 엉뚱한 방향으로 가고 있었다. 멀리 마을의 불빛이 보였다. 어쩌면 제시가 내 방향 감각을 물려받았는지도 모르겠다. 베라가 이 상황을 혼자 통제하는 모습을 상상하니, 다시 버럭 공포가 일었다. 그녀가 어디 있는지 알고 싶었다.

마침내 그는 사구 꼭대기에 올라 해변 전체를 바라보았다. 둥글게 호를 그리며 부드럽게 부서지는 파도가 달빛 아래 희게 반짝이고 있었다. 아까 두 사람이 아주 가까이서 바다를 향해 걷고 있었다. 스칸디나비아 방향으로 계속 걸어서 이대로 물에 빠지거나 추위로 동사할 작정인가? 묘한 자살 계약이다.

마치 흑백 무성영화의 한 장면 같았다. 이따금 멀리 주 도로에서 트럭이 우르릉거리며 지나가는 것 말고는 아무 소리도 들리지 않았다. 너무나 고요해서 목소리가 들리는 순간, 조는 깜짝 놀랐다.

"더 이상 살인은 안 돼!" 숫코끼리 같은 외침이었다.

그때 베라가 보였다. 덩치 덕분에 알아볼 수 있었다. 그녀는 그 덩치로 불가능하다고 생각될 정도의 속도로 모래사장 위를 움직이고 있었다. 땅에 닿지도 않는 거대한 공기부양선 같았다. 앞서 가던 두 사람도 놀랐는지, 그 자리에 서서 그녀가 달려오는 것을 바라보고 있었다.

조도 모래를 미끄러져 내려가기 시작했다. 얼어붙어서 사포처럼 까끌까끌한 알갱이가 손목과 발목 피부에 쓸렸다. 혹시 베라를 구출해야 할 때를 대비해서 그는 지평선 아래로 몸을 낮추고 지나치게 소리를 내지 않으려고 애썼다. 아무리 그녀지만 두 살인범은 한꺼번에 상대하기 힘들 수도 있다.

평평하고 단단한 모래 위에서 그는 멈춰서 바라보았다. 달이 물 위에, 파도로 물결처럼 팬 젖은 해변에 길을 내고 있었다. 세 사람은 대화 중이었다. 구부정하게 절망한 말콤 커. 의기양양한 베라 스탠호프. 그리고 두 여자를 살해하고 조의 딸을 협박한 10대 소년 라이언 듀어. 커는 팔로 소년의 목을 감고 있었다. 그러다 커는 소년을 베라 쪽으로 밀어젖히고 항복할 수 있게 된 것이 감사한 듯 두 손을 들었다.

크리스마스 이브 오전, 그들은 키머스턴 경찰서에 모였다. 베라와 조는 말콤 커의 신문을 준비하고 있었다. 라이언은 나중에 어머니와 변호사가 도착하면 하기로 했다. 케이트 듀어가 무슨 생각을 하고 있을지 상상하니, 조는 마음이 아프고 슬펐다. 말콤 커는 조의 딸을 안전하게 데려왔다. 케이트 역시 비통한 부모였지만, 그녀에게 이 사건은 결국 행복한 가정으로 돌아가는 행복한 결말이 아닐 것이다.

베라는 이제 완전히 본모습으로 돌아와 수도원장처럼, 점성술사처럼 사람의 마음을 읽듯이 과거를 읽고 있었다. 그들 사이의 탁자에는 베이컨 샌드위치 접시가 놓여 있었다. 도대체 크리스마스 이브 아침에 어디서 이걸 찾았는지 모를 노릇이었다. 조는 베이컨과 커피 냄새를 맡을 수 있었고, 베라 특유의 기적이었다고 나중에 그 장면을 동료들에게 설명해주었다. 그들은 말콤에게 변호사를 제안했지만, 그는 그저 고개만 저었다. "필요없소." 조는 일이 이렇게 끝나서 그가 기뻐한다고 생각했다. 퍼시 스트리트의 그 영혼 없는 집에 비하면 교도소도 그리 나쁘다고 생각되지 않을 것이다.

"리키 버트." 베라가 말했다. "끔찍한 젊은 깡패."

"리키는 사이코패스였소." 말콤은 말했다. 조는 옆에 없어도 괜찮을 것 같았다. 모든 대답은 베라를 향했다. 조는 관찰자 역할로, 베라의 두 번째 눈으로 뒤에 물러나 있었다. "그는 사람들을 해치는 걸 좋아했어. 헤로인 거래를 했지. 여자도 거래하고. 하버 스트리트도 천사는 아니었지만, 그런 것에는 익숙하지 않았소. 그의 어머니 탓도 아니야. 밸은 약간 거칠었지만, 정신은 똑바로 박혀 있었소."

"그가 마가렛을 힘들게 했지요?"

"마들에 온 지 몇 달밖에 안 됐는데, 온통 휘젓고 다녔어. 특유의 태도가 있었지. 건방졌어. 게다가 잔인했지. 자기가 진짜라는 걸 보여주려고 언제나 칼을 들고 다녔소. 자기 영역에서 마가렛이 프리랜서로 영업할 수 없다고 했어. 자기 밑에서 일하든지 떠나라고. 아니면 다시 일을 못 하도록 얼굴을 그어 놓겠다고. 상상해보시오. 그 칼로 그녀의 얼굴을. 그는 핑계만 있었으면 했을 거요." 말콤의 목소리는 단조롭고 딱딱했다. 조는 그의 말을 모두 믿었다.

"그래서 그를 제거하기로 했군." 베라는 질문이 아니라 이야기를 전개해나가는 진행자 역할을 하고 있었다.

"이야기를 하기로 한 거요." 말콤은 말했다.

"당신 아버지의 50번째 생일 파티. 사진을 찍은 그날 밤." 베라는 눈을 반짝이며 탁자 위로 몸을 내밀었다. 48시간 동안 한숨도 자지 않은 사람이라고는 믿을 수 없을 정도였다.

"작업장에서 만나자고 했소." 말콤은 말했다. "같이 할 사업이 있다고. 그가 이해하는 언어는 그런 것뿐이었으니까. 사업." 그는 욕설처럼 마지막 단어를 뱉었다. 잠시 사이를 두었다가 말을 이었다. "더운 날이었소. 한낮에는 너무 더워서 도로의 타르가 녹을 지경이었지. 열기 때문에 다들 미쳐나갔어. 나도 마찬가지였고. 버트는 아직 청년이었지만, 존중하는 마음이라고는 전혀 없었지. 하버 스트리트에서 일을 어떻게 풀어나가는지 전혀 몰랐어."

"당신 아버지는 사회적 지위를 갖고 있었죠. 구명선 선장. 당신 집안에서 대대로 물려받던 일거리였어요. 당신도 지위를 갖고 있었고."

말콤은 그 사실이 맞다는 것을 확인해주는 의미에서 짧게 고개를 끄덕였다. "리키 버트가 내게 지분을 약속했소. 작업장 사무실 의자에 앉아서 앞뒤로 까딱까딱하면서. 히죽거리면서. 마가렛을 물건처럼 이야기하더군. '그 여자는 품위가 있어. 큰돈이 될 거야. 그 여자를 데려오면 당신한테 지분을 주지.' 하지만 마가렛은 그런 여자가 아니었어."

아직 밖은 캄캄했지만, 말콤은 창밖을 내다보고 있었다.

"그래서 제정신을 잃었군." 베라는 거의 속삭이듯 말했다.

다시 침묵. 말콤은 고개를 끄덕였다. 의기양양한 미소가 스쳤다. "나는 그를 때렸어. 그는 전혀 예상하지 못하고 있었지. 칼을 꺼낼 시간도 없었어. 의자에서 뒤로 넘어져서 머리를 바닥에 부딪혔어. 아마 그때 죽었을 거요. 아주 세게 부딪혀서 온통 피가 튀고 뇌수가 튀고…."

상대를 확실히 죽이기 위해, 혹은 열기와 분노 때문에 제정신이 아니어서 계속 때렸다고 말을 이으려던 것 같았지만, 베라가 끼어들었다. 그녀는 중간에서 손을 들었다.

"그럼 살인은 아니군. 과실치사야. 죽일 의사가 없었다면."

말콤은 더 이상 상관 없다는 듯 어깨를 으쓱했다.

"그런 다음 당신은 아버지를 데려왔고, 그가 뒤처리를 했어. 현장을 수습했지. 부모란 원래 그런 거니까."

"아버지가 시체를 방수포에 싸서 작업장에 있던 낡고 녹슨 트롤선 안에 넣었소." 말콤은 아직도 자기 아버지를 자랑스러워하고 있었고, 여전히 조금은 그의 그림자 밑에서 살고 있었다. "그리고 사무실에 불을 질렀지. 다음 날 출동한 경찰과 소방관들은 사무실에만 관심이 있었소. 부수어서 부품으로 사용할 예정이었던 낡은 배는 그 누구도 들여다보지 않았어."

베라는 고개를 끄덕였다. "나중에 시체를 묻고 콘크리트를 덮은 뒤그 위에 헛간을 지었군. 매일 같이 그 위에 앉아 리키 버트를 생각했고."

말콤은 잠시 생각에 잠기더니 고개를 저었다. "아니. 그날 밤은 꿈같았어. 그런 일이 있었다는 걸 믿을 수 없었소."

"마가렛에게 리키를 죽였다고 이야기했어요?"

이번에는 즉각 부정했다. "아니. 그냥 겁을 줘서 쫓아냈다고만 이야기했어."

"그래도 추측했겠죠?" 베라는 질문을 반복했다.

말콤은 고개를 끄덕였다. "마가렛에게는 아무것도 숨길 수가 없었소. 그녀의 잘못이 아니라고 이야기했지만, 책임감을 느끼고 자기 탓이라고 생각했어."

당연히 그랬겠지, 조는 생각했다. 그 죄책감 때문에 마가렛 크루코스키는 그런 사람이 되었을 것이다. 그녀를 교회로 인도하고 어려운 여자들을 돕게 한 것은 매춘 경험이 아니었다. 그녀는 자신의 직업에 대해,

자신이 제공한 서비스에 대해 부끄러워하지 않았다. 그것은 자신이 한 사람을 죽게 했다는 자책이었다.

베라는 40년을 건너뛰어 말을 이었다. "라이언 듀어는 리키 버트를 연상시켰겠군요."

말콤 커는 잠시 못 들은 것 같았다. 현재로 옮겨오는 데 시간이 더 걸리는 것 같았다. 그는 아직 그 더운 여름밤을 생각하고 있었다. 그는 고개를 들고 베라를 보았고, 그녀는 문장을 반복했다.

"그런 식으로 생각하고 싶지는 않았소." 말콤은 말했다. "난 그에 대해 최선의 믿음을 갖고 싶었어. 하지만, 맞아. 그 녀석도 사이코패스야. 버트보다 영리하고, 버트보다 더 그럴듯하지. 양심도 없고, 부끄러움도 없어."

"언제 그가 마가렛을 죽였다는 걸 알았나요?"

"몰랐소. 추측만 했지. 짜맞춰서. 어제 전철에서 봤을 때, 그 학생들이 살인사건에 대해 이야기하는 모습을 보면서 확신할 수 있었소. 그 녀석은 우월감에 가득 차 있더군. 팝 스타라도 되는 양. 유명인사처럼. 마지막으로 해변을 같이 걸었을 때, 마가렛은 라이언이…." 그는 단어를 기억해내려고 애썼다. "구제불능이라고 했소. 경찰에 신고해야 할지도 모르겠다고. 마가렛의 과거에 대해 어떻게 알아내고 돈을 뜯어내려고 한 모양이었소." 말콤은 눈길을 들었다. "그전에는 마가렛도 그를 구할 수 있을 거라고 믿었지. 바로잡을 수 있을 거라고. 우리가 같이 힘을 합치면 구할 수 있을 거라고."

"그가 문제라는 걸 알고 있었는데도, 당신 작업장에서 일을 시켰어요." 베라는 의자에 등을 기댔다. 신문 내내 처음으로 조는 그녀가 피곤해

보인다고 생각했다.

말콤은 어깨를 으쓱했다. "마가렛이 부탁했으니까."

"알아요." 베라는 아주 다정한 미소를 지었다. "그녀가 부탁하면 코컷 섬을 헤엄쳐서 세 바퀴 돈다고."

그는 고개를 끄덕이고 미소로 답했다. "벌거벗고."

"아, 세상에. 부디 그녀가 그럴 가치가 있었길."

접견실에서 나오는 길에, 조는 발길을 멈추고 돌아섰다. "당신은 내 딸을 구했습니다. 고마워요. 어떻게 된 일인지 말씀해주시겠습니까? 제 엄마와 집에 돌아왔을 때는 약간 어리둥절해 보이던데요."

말콤은 고개를 들었다. "당신 딸이었소? 예의 바른 녀석이더군. 전철 안에서 친구들과 마가렛의 시체를 찾은 이야기를 하고 있었소. 한데 라이언 듀어도 거기 있었지. 난 기차에 오르자마자 그놈을 봤어. 운명이다, 난 생각했지. 아니면 마가렛이 내게 메시지를 보내는 거다. 전철에서 내리자 당신 딸은 친구들과 떨어졌고, 라이언이 그 뒤를 따랐어. 자신을 알아볼지도 모른다고 생각했던 것 같아." 그는 잠시 말을 멈췄다. 창밖을 바라보며 머릿속에서 그 장면을 되새기고 있었다. "내가 발견했을 때 라이언은 그 애와 이야기하고 있었소. 홀리고 있었지. 집에 안전하게 데려다준다고 했소. 하지만 당신 딸은 그를 알아보고 겁을 먹기 시작했소. 그때 마침 옆에 민간경찰이 지나가서 내가 그녀에게 당신 딸을 집으로 보내달라고 했소. 나는 라이언을 붙잡고—경찰이 뻔히 보고 있는데 길거리에서 소란을 벌일 녀석은 아니었지—데려왔소. 딴에는 제가 대단한 건달인 줄 알지만, 어린애잖아. 나한테는 상대가 안 되지."

"경감님이 나타나지 않았으면 해변에서 그 아이를 죽일 생각이었습니까?"

말콤은 날카롭게 시선을 들었지만, 대답하지 않았다.

43

I

개인 설정 전화벨처럼 독특한 노크 소리가 현관에서 들렸을 때, 케이트 듀어는 집에 혼자 있었다. 클로이는 친구와 나간다고 했다. 케이트는 남자애일 거라고 생각했지만, 묻지 않았다. 라이언은 오늘도 어디 나갔는지 세상을 배회하고 있었다. 친구들과 시내로 나간다고 했고, 하루 종일 보이지 않았다. 스튜어트는 나중에 올 예정이었다. 케이트는 노크 소리를 듣고 베라 스탠호프일 거라고 생각하며 문을 열었다.

베라는 녹초가 된 모습이었고, 부하를 대동하지 않았다.

"들어오세요!" 케이트는 그녀를 라운지로 안내했다. "마실 걸 드릴까요? 위스키?" 비공식적인 방문 같았기 때문이었다. 경찰의 표정 어딘가에서 그런 기색을 읽을 수 있었다. 보다 부드럽고 인간적인 얼굴이었다.

"됐어요. 아직 업무 중입니다. 당신은 한 잔 하셔야 할 것 같은데요?"

그때 케이트는 뭔가 끔찍한 일이 기다리고 있다는 것을, 자신의 세상이 결코 예전으로 돌아갈 수 없다는 것을 직감했다. "무슨 일인가요?

누가 죽었어요?" 로비의 사고 소식을 전하러 왔던 경찰도 똑같은 눈빛으로 그녀를 바라보았다.

베라는 고개를 저었다. "당신 아들 라이언을 체포했습니다. 살인혐의를 받고 있어요."

"안 돼!" 케이트는 외쳤다. "그럴 리가. 마가렛은 아니에요…. 그녀를 사랑했는데." 하지만 말하는 순간에도 과연 그것이 사실이었나 하는 의문이 들었다. 내 아들이 누군가를 사랑할 줄 알았던가.

베라는 한동안 아무 말도 하지 않았다. 그저 바라보았다. 그러다 다시 고개를 저었다. "마가렛에게서 돈을 갈취하려고 했어요. 라이언은 돈을 아주 좋아했지. 돈과 여자, 자기 사업을 하는 것." 비판의 기색이 없는 건조한 말투였다. 사건 관련 사실을 나열하는 것 같았다. 케이트는 베라가 사실을 말하고 있다는 것을 알고 있었다. 어쩌면 마가렛이 살해당한 뒤로 이 노크 소리를 들을까 봐 내심 두려워하고 있었는지도 모른다. 동네를 배회하는 자신의 낯선, 분노한 아들이 살인자라는 소식을 듣게 되는 것을.

"어떻게 된 건가요?" 케이트는 베라의 얼굴을 뚫어지게 쳐다보고 있었다. 베라는 그녀에게 술 한 잔을 따라주었고, 케이트는 잔을 양손으로 들었다.

형사는 그녀의 맞은편에 앉았다. "라이언은 돈을 훔치고 있었어요. 밤에 밖에 나가 배회할 때도 훔치고, 마가렛의 자선모금함에서도 훔치고. 내가 길 건너 사제에게도 확인해봤어요. 지난 6개월 동안 마가렛의 모금액이 줄어들었다는군요. 마가렛은 다른 일이라고 변명을 했지만, 분명 짐작했을 겁니다. 라이언이 당신한테서 돈을 훔친 적은 없나요? 스튜어트와 클로이는?"

"가끔 내 지갑에서 돈을 가져갔다는 생각은 했어요. 하지만 영리했어요. 절대 한 번에 많은 액수가 아니라서 확신할 수가 없었죠." 케이트는 세상 다른 어느 누구에게도 털어놓을 수 없으리라고 생각했다.

"스튜어트에게서도 훔쳤어요." 베라는 말했다. "돈은 아니었을지 몰라도, 사진을 가져갔어요. 낯 뜨거운 사진. 그 사진으로 마가렛을 협박해서 돈을 뜯어내려고 했지."

"이해할 수 없어요." 케이트는 위스키를 마셨다. 뜨거운 열기가 목구멍 뒤로 넘어갔다. "스튜어트가 마가렛과 무슨 관계가 있었나요?" 한 모금 더 마셨다. 취한 것 같았다. 방이 빙글빙글 돌았다.

"지금 자세한 내용을 다 알 건 없어요." 베라는 사무적으로 말했다. "나중에 이야기합시다. 라이언은 쉼터에서도 훔쳤어요. 아이들을 위해 조직한 겨울 바자회. 조지 엔더비가 거기 가서 돈을 물 쓰듯이 썼는데, 파티가 끝난 뒤 제인은 왜 이렇게 모인 돈이 적은가 의아했다죠. 당신의 라이언이 돈을 들고 달아난 거예요. 디 롭슨도 거기 있었어요. 학습장애가 있었을지는 몰라도, 돈에 관한 한 날카로웠지."

"그래서 두 사람을 죽였다는 건가요? 돈 때문에?" 케이트에게는 너무나 저열하고 한심한 동기였다.

"돈이 가져다줄 수 있는 것들 때문에. 권력, 통제력, 영향력. 우리는 라이언이 마약도 거래했다고 생각하고 있어. 당신 아들은 깡패였어요. 자기 방식을 좋아했지." 잠시 쉬었다 다시 말을 이었다. "마가렛은 자신이 라이언을 구할 수 있다고 생각했어요. 오래전 있었던 어떤 일 때문에 죄책감을 가지고 있었는데, 당신 아들을 설득해서 바로잡을 수 있다면 마음의 평화를 찾을 수 있을 거라고 생각한 거예요. 하지만 바보짓이었어요. 결국 그녀도 깨달았을 테지만."

케이트는 베라를 응시했다. 들리는 것은 그저 말뿐이었다. 마치 노래 중간에 들어가는 콧노래 같았다. 의미를 이해할 수 없었다.

현관에서 열쇠 돌리는 소리가 들렸다. 두 사람은 동시에 돌아보았다. 열린 문밖에 스튜어트가 서 있었다.

"방금 라디오에서 지역뉴스를 들었어." 그는 말했다. "경찰이 누굴 체포했어. 미성년자." 그는 케이트에게 다가와서 그녀를 안았다. 케이트는 스튜어트도 라이언에 대해 짐작하고 있었다고 생각했다. 아무도 놀라지 않았지만, 아무도 나서서 대책을 강구한 적은 없었다.

베라 스탠호프는 일어서서 문으로 향했다. "자책하지 말아요. 당신이 그 사람들을 죽인 건 아닙니다."

그러나 케이트는 어떤 의미에서 자신에게 책임이 있다는 것을 알고 있었다. 형사 역시 알고 있을 것이다.

44
|

라이언 듀어의 신문은 오후로 미뤘다. "애들은 푹 자야 해." 베라는
말했다. "아직 미성년이잖아. 원칙을 철저히 지켜. 어느 대단한 변호사가
나타나서 규정대로 안 했다고 트집잡으면 곤란해." 조는 케이트 듀어에
게 소식을 알리는 길에 굳이 동행할까 묻지 않았고, 베라도 따라오라고
하지 않았다.

베라는 하버 스트리트에서 돌아와 30분 동안 깊이 숙면을 취하고
샤워를 했다. 사무실에는 갑자기 법정에 출석해야 하는 때를 대비해 보
관해놓은 옷이 있었다. 조와 함께 접견실에 나타난 베라는 유난히 말쑥
했다. 조가 그녀의 변신에 감탄했다는 것을 알 수 있었다. 춥고 화창한 날
이었다. 경찰서 창문 밖 지붕에 서리가 내려 있었다.

케이트는 너무나 주름이 깊고 쪼그라들어 처음에는 알아볼 수가 없
었다. 밤새 늙은 것 같았다. 라이언은 주변의 관심을 한껏 즐기며 탁자 맞
은편에 앉아 잘난 체하고 있었다. 재판은 아마 그에게 꿈 같은 경험일 것

이다. 평생 여동생의 그늘에 묻혀 지내다가 드디어 관심을 온통 독점하게 됐으니. 넌 무엇 때문에 달라졌을까? 어렸을 때 아버지를 잃어서? 아버지가 네 어머니를 때리는 걸 봐서? 아니면 그냥 악하게 태어난 걸까? 정신과 의사들이 신나서 설칠 것이다.

베라는 소년에게 직접 말을 걸지 않고 변호사를 통해서 대화했다. 라이언에게 그가 자신이 생각하는 것만큼 대단한 존재가 아니라는 것을 일깨워주기 위해서였다. "당신 고객이 기꺼이 협조했으면 좋겠습니다, 왓슨 씨."

남자는 고개를 끄덕였다. 베라는 그에게도 10대 아들이 있다는 것을 알고 있었다. 자기가 집에 없을 때 아들들은 무슨 짓을 하고 다닐까 궁금하겠지?

이제 그녀는 라이언을 돌아보았다. "그날, 네가 마가렛 크루코스키를 살해한 날 전철에서 무슨 일이 있었는지 내가 말해보지. 넌 점심시간에 다시 학교에서 도망쳐서 시내로 나가 상류층 학교의 친구와 여자애들 둘을 만났어. 딴에는 이제 어른이라 너처럼 위험한 바보 녀석이랑 돌아다녀도 된다고 생각하는 녀석들이었겠지. 도둑에 마약 밀매 잡범, 직업 한량. 세인트 앤에 다녔던 에밀리 로버트슨과 이야기해봤는데, 그 애도 너에 대해 잘 알더군. 그 애가 쉼터 같은 곳에 가게 된 이유의 일부가 애당초 너였어. 겨울 바자회에서 널 보고 너무 놀라 다시 널 마주 보고 그 조롱을 겪느니 차라리 병원에 가겠다고 호소했다지."

베라는 잠시 사이를 두었다가 이야기를 계속했다. "자, 너는 마을을 돌아다니며 한량 노릇을 하고 있었고, 마가렛 크루코스키가 그걸 알아챘어." 베라는 길 건너 건물 지붕에 비치는 햇빛을 바라보며 다시 숨을 들이쉬었다. 상념이 엉뚱한 곳으로 향했다. 집으로 돌아가고 싶었다. 이웃을 불러 술을 한 잔 하고 싶었다. 아주 잔뜩. 진탕 마시다가 크리스마스 날 해 뜨는 모습을 바라보면 좋겠지. 오늘 밤은 나약한 여성과 폭력적인 남성들의 꿈을 꾸면서 혼자 있고 싶지 않았다. 어쩌면 조 애쉬워스를 한 시간만 불러내서 같이 집에서 한 잔 할 수도 있겠지.

베라는 리키 버트의 환생으로 느껴지는 소년에게 다시 주의를 돌렸다. "그녀는 네가 수업에 빠지고 어머니에게 다시 거짓말을 하는 걸 봤어. 아마 그때 더 이상 방치할 수 없다, 자신이 널 구할 수 없다고 생각했겠지. 넌 그녀가 구원을 얻을 길이 애당초 아니었어."

베라는 사람들이 자신을 묘한 눈으로 바라보는 것을 느끼고, 보다 사무적이고 냉정한 어조로 말을 이었다. "마가렛은 물론 전에도 시내에서 널 본 적이 있었지. 그녀가 디 롭슨에게 겨울 코트를 사주기 위해 뉴캐슬에 데려갔던 날이었어. 그녀는 디에게 쉼터의 바자회에서 비용이 충당될 거라고 했지만, 그건 사실이 아니었어. 마가렛이 자기 돈을 썼지. 친절한 여자였어. 좋은 여자였어. 그녀는 네가 무단결석을 하고 시내를 돌아다니며 돈이 되는 짓이라면 뭐든지 하는 걸 봤어. 네 엄마가 걱정할 거라는 걸 알고, 정신 차리게 하고 싶어서 널 따라갔어. 넌 어떻게 했지? 도망쳤어."

이야기하기 시작한 이후 처음으로 베라는 케이트 듀어를 돌아보았다. 그녀도 좋은 여자였다. 아들을 좋게 생각하고 싶었던 여자. 중년으로 접어들면서 즐거움과 흥분을 찾고 싶었던 여자.

"디 롭슨은 널 봤어." 베라는 말을 이었다. "네가 인파 속으로 도망치는 걸 봤지. 그녀는 네가 마가렛을 죽인 날 전철 안에 있었어. 취해서 아무엇도 못 봤지만, 넌 그녀를 알았지? 하버 스트리트의 모든 사람이 뚱뚱한 창녀 디 롭슨을 알던데."

소년은 도발을 당했다는 듯 고개를 들었다. 잠시 침묵이 흘렀다. 베라는 갑자기 말투를 바꿨다.

"사진 이야기 한번 해보지, 라이언. 네가 부스 씨의 지갑에서 훔친 사진." 베라는 이 사실이 케이트에게 고통스러울 거라는 사실을 알고 있었지만, 이 시점에서는 그녀 애인의 과거보다 소년에게 말을 끌어내는 것이 더 중요했다.

"역겨웠어." 라이언의 얼굴은 정의로운 분노에 가득 차 붉게 달아올랐다. "마가렛이 거의 벌거벗은 거나 다름없는 사진이었다고. 스타킹. 자세를 취하고. 디 롭슨이 전철 역에 온통 붙이고 다니던 그 명함과 다를 게 없었어."

베라는 케이트에게 시선을 던졌지만, 그녀는 무표정했다. 베라는 그녀가 이 정보를 도저히 받아들일 수 없는 거라고 생각했다.

"부스 씨의 지갑은 돈 때문에 뒤졌지?"

"그는 돈이 많았어." 라이언은 시선을 들고 교활하고 느릿하게 미소 지었다. "부탁하면 내게도 돈을 줬어. 단지 그 대신 들어야 하는 설교가 마음에 안 들었을 뿐이지."

"그 사진이 훨씬 더 값나갈 거라고 생각했군?"

"난 놀랐어. 그런 식으로 생각한 건 아니야. 그냥 챙겼어."

그리고 곰곰이 생각해봤겠지. 이 사진을 어떻게 해야 가장 잘 이용할 수 있을까.

"넌 그 사진을 마가렛에게 보여줬어." 질문이 아니었다. 아직 이 부분이 어떻게 흘러갔는지 정확히 알 수 없었지만, 소년에게 그 점을 들키고 싶지는 않았다.

"난 마가렛에게 설명할 기회를 줬어." 그는 말했다. "그게 옳은 일 같아서."

"그게 언제더라, 라이언?" 기억을 더듬는 듯한 말투.

"며칠 전날 밤…." 그는 말했다.

"네가 그녀를 죽이기 전?"

"난 그녀의 방에 올라갔어. 노크를 했지."

베라는 그가 문짝에 구부정하게 기대선 모습을 상상했다. 사진 때문에 잔뜩 건방진 자세로. 정보는 힘이다. 그러나 속으로는 아직 초조했을 것이다. 아직 악몽을 꾸는, 시내에서 마가렛을 보고 도망쳤던 어린 소년.

"그녀가 방으로 들어오라고 했나?" 베라는 약간 놀랐다는 듯 물었다. "프라이버시를 중요하게 생각했는데."

"나랑 이야기하고 싶다고 했어." 라이언의 자신감이 약간 수그러들었다. "내게 차를 끓여줬어."

"넌 그녀에게 사진을 보여줬고."

"탁자 위에 놓았어." 그는 입을 다물고 주위를 둘러보았다.

"마가렛은 화가 났지." 베라가 말했다. "아주 화가 많이 났을 것 같은데 말이야."

"그럴 권리가 없었어." 그의 얼굴은 다시 붉게 달아올랐다. "창녀처럼 입고 있었던 건 그 여자였다고. 스튜어트의 지갑에 들어 있던 건 그녀의 사진이었어."

"마가렛이 정확히 뭐라고 했지, 라이언? 이건 아주 중요해. 가능하다면 단어 하나하나 정확히 듣고 싶은데."

"사진을 돌려주는 대가로 돈을 낼 거라고 생각한다면, 아주 큰 착각이라고 했어." 소년은 흉내 내는 재주를 타고났다. 처음으로 베라는 마가렛의 음성을 직접 들은 것 같았다. 명료하고, 결단력 있는 말투였다. "내 행동을 봐가면서 용돈을 줘왔다. 넌 어려운 시절을 보냈다. 말콤에게 부탁해서 네게 일을 주라고 했고, 거기서 잘 해나가는 것 같아서 기뻤다. 하지만 이건 네 마지막 기회다. 다시 한 번 도둑질을 하거나 학교를 빼먹으면, 경찰에 가겠다. 스튜어트와 쉼터에서 물건을 훔친 걸 신고하고, 날 협박하려 한 것도 신고하겠다." 그는 말을 끊었다. 다시 원래 목소리가 되돌아왔다. "내가 그런다고 눈 하나 깜빡할 줄 알고. 잘난 척하는 암소 같은 년. 창녀."

"그녀가 사진을 어떻게 했지, 라이언?" 마가렛의 방에서 발견되지 않았기 때문에 한 질문이었지만, 사진은 라이언에게서 빼앗았을 것이다.

"내게서 뺏어서 태웠어." 그는 뚱한 어린 아이처럼 대꾸했다. "촛불 위에 들어 올려서 태웠어."

"그럼 살해 당일 오후로 넘어가보자, 라이언. 네 친구들은 전철에서 내렸고, 마가렛 크루코스키가 탔지. 널 엿 먹일 수 있는 여자. 네게 마지막 기회를 줬는데, 넌 또 학교를 빼먹고 시내에서 돌아다니고 있었어. 그녀가 네게 뭐라고 했지? 뭐라고 했건, 아마 꽤 강한 말이었겠지. 넌 그녀가 앉은 자리로 따라가서 늘 갖고 다니던 칼을 꺼냈어." 리키 버트처럼. "그리고 그녀가 널 외면하는 순간, 감히 네게 등을 보이는 순간, 그 칼로 찔렀지." 베라의 음성에 역겨움이 묻어났다. 케이트 듀어는 흐느끼고 있었다. 아마 밤새도록 흐느꼈을 것이다.

"라이언?" 베라는 재촉했다. 그는 이제 허리를 곧게 세우고 있었다. 매우 곤두서 있었다. 나이 많은 여자에게 소년 취급을 받는 굴욕을 다시 생생하게 떠올리면서 분노로 하얗게 질려 있었다.

"그녀는 아무 말도 하지 않았어. 그럴 필요가 없었지. 날 쳐다보더군. 버릇없는 애 보듯이. 그녀는 창녀였어. 날 감히 그런 눈으로 볼 자격이 없었다고."

"그래서 그녀를 죽였군."

"그래!" 분노 때문에 목구멍이 긴장해서 쉰 목소리였다. 그는 반쯤 일어났고, 탁자 너머로 침을 튀기며 내뱉었다. "내가 그녀를 죽였어."

방 안에는 침묵만 감돌았다. 케이트의 숨 죽인 흐느낌만 들릴 뿐이었다.

베라는 조 애쉬워스에게 이야기를 계속하라는 뜻으로 고개를 끄덕였다. "나도 그 전철에 있었어. 네가 여자애들과 같이 있는 걸 봤고, 네가 그 애들을 대하는 방식이 마음에 들지 않더군. 하지만 네가 살인범이라는 생각은 해본 적이 없었어. 그냥 좀 버릇없는 녀석이다 싶었지. 사실이고. 약한 아이들에게 약을 팔고 늙은 여자를 칼로 찔러 죽이는 게 영리한 짓이라고 생각하는 버릇없는 녀석."

"넌 파팅턴 역에서 다른 승객들과 같이 전철에서 내렸어." 베라가 말했다. "눈 속에 숨어서. 전철 버스가 기다리고 있었고, 넌 그걸 타고 마을로 돌아갔지. 집에 늦게 들어갔어." 베라는 잠시 뜸을 들였다가 이었다. "하지만 네 어머니는 몰랐어. 네가 학교에서 클로이와 같이 돌아온 줄 알고 있었지."

케이트는 고개를 들었다. "라이언이 들어오는 소리를 들었어요." 이 작은 무지로 인해 자신이 마치 아들의 공범이라도 된 듯한 아연실색한 말투였다. "문 소리를 들었는데, 그냥 바람 때문에 편지함이 흔들리는 소리라고 생각했죠. 북풍이 불 때는 늘 흔들리니까."

"클로이도 알고 있었니?" 베라는 혹시 라이언이 머리 좋은 여동생을 끌어들여 형제간의 우애와 마가렛을 위한 정의 사이에서 선택해야 하는 입장에 놓았다면 이것은 살인보다 더한 죄라고 생각했다. 어머니의 편애를 받는 자식, 안 그래도 죄책감을 갖고 있을 것이다. 잠시 기억이 스쳐갔다. 그녀와 이웃들, 술을 지나치게 먹고 드물게 털어놓은 수사 실패담. 현명하고 부드러운 잭이 말했다. "이봐, 베라. 죄책감은 던져버려."

라이언은 갑자기 방어적으로 고개를 들었다. 분노는 사그라들었지만, 아직 곤두서 있었다. "클로이에게는 말하지 않았어."

"하지만 눈치챘겠지?"

그는 고개를 돌리고 아무 말도 하지 않았다.

베라는 조에게 고갯짓을 했다. 다음 이야기는 그가 이었다.

"처음 하버 스트리트 부엌에 들어섰을 때, 어딘가 낯익다는 기분이 들었어. 기시감이랄까, 그런 게 있었지. 넌 교복 차림으로 여느 학생처럼 소파에 널브러져 있었지. 그때 난 전철에서 본 그 청년과 네가 동일인이라는 걸 깨닫지 못했어. 그러다 네 엄마를 알아보고—젊었을 때 팬이었거든—낯익다는 기분이 들었던 것이 그 때문이라고 생각했지. 내가 그때 제대로 기억했다면, 아마 널 먼저 불러들여서 신문했을 거고 사건은 그때 끝났을 거야. 디 롭슨은 아직 살아 있겠지."

베라는 조가 평생 이 기억을 갖고 갈 거라고 생각했다. 팝송의 감상적인 가사에 흔들려서 수사를 그르쳤다고. 죄책감은 던져버려, 친구. 결국 자신의 폭력적인 아들에 대해 털어놓은 벨 버트가 그들을 올바른 길로 인도했다. 게다가 첫날 라이언을 체포했다면, 커의 작업장 헛간 아래 묻혀 있던 리키 버트의 시체는 찾아내지 못했을 것이다. 베라는 아직 그건에 대해 잘된 것인지 아닌지, 말콤에게는 어떤 의미가 있을지 알 수 없었다. 어쩌면 잠든 시체는 그대로 놓아두는 것이 나을 때도 있을 것이다. 하지만 베라는 사람을 죽이고 처벌을 모면할 수 있는 세상은, 아무리 피해자가 버트 같은 건달일지라도, 악한 곳이라고 생각했다. 게다가 이번 일이 말콤의 말년에 평화를 가져다줄지도 모른다. 그가 교도소 도서관에서 잡역부로 일하면서 어린 시절 읽지 못한 책을 섭렵하는 모습은 충분히 상상할 수 있었다. 베라가 언제 한 번 방문할 수도 있을 것이다.

창살이 쳐진 좁은 유리창을 통해 맑은 겨울 햇살이 접견실 안으로 쏟아져 들어오고 있었고, 조는 신문을 계속했다.

"디는 왜 죽어야 했지?"

라이언은 대답이 없었다. 그는 자기 앞의 긁힌 탁자만 계속 내려다보았다.

"그날 밤 전철 안에서 널 봐서? 시내에서 마가렛을 보고 도망친 청년이 너라는 것을 기억해서? 게다가 쉼터 겨울 바자회에서 널 봤으니, 어쩌면 네가 도둑질을 했다는 것을 알아냈을 수도 있겠지." 베라는 대답을 끌어내기 위해 목소리를 약간 더 높였다.

"디는 파팅턴에서 마들로 오는 버스를 같이 탔어. 그녀가 누군가에게 그 사실을 말할 수도 있잖아. 두고 볼 수는 없지." 라이언은 다시 공격적으로 고개를 들고 두 여자를 죽일 배짱이 있었다는 것이 자랑스러운 듯 대꾸했다. 변호사는 경고의 표시로 그의 팔에 손을 댔지만, 그는 의식하지 않았다. 베라는 변호사 역시 다른 사람들과 마찬가지로 역겨울 거라고 생각했다. 분명 그도 더 이상 소년의 말을 막으려는 몸짓은 보이지 않았다.

"계속 말해보렴, 라이언." 조는 말했다. "디의 아파트에 어떻게 들어갔는지 말해 봐." 학교 교장 같은 단조로운 음성이었다. 마치 스튜어트 부스 같았다. 그 방정식을 설명해보렴, 라이언.

"그녀가 날 초대했어." 소년은 갑자기 늑대처럼 야만적인 미소를 지었다. "퍼시 스트리트로 돌아오는 길에 술에 취해서 내게 부딪혔어. 섹스를 제안하더군. 멍청한 년! 내가 언제 그런 데 돈 쓴 줄 알고."

"계속해 봐." 조의 음성에 비난의 기색은 없었다. 베라는 잠시 자부심을 느꼈다. 그는 그녀의 제자였고, 자신의 감정을 통제하는 법을 잘 배웠다. 처음 왔을 때는 진흙처럼 물렀다.

"쓰레기장 같은 아파트였어." 그 때문에 자기가 저지른 일이 정당화되기라도 한다는 말투. "지저분했어. 디는 옷을 갈아입으러 침실로 들어갔어. 나는 그 여자만 봐도 구역질이 났다고."

"그러고?"

"거실 탁자에 칼이 있었어. 부엌칼. 잘 들지 알 수 없었지만, 더 안전할 거라고 생각했어. 내 칼을 쓰는 것보다."

그는 베라를 흘끗 보았다. 맙소사, 영리하게 잘했다고 칭찬 듣고 싶은 거군. 베라는 입을 꾹 다물었다. 대답하지 않는 것이 최선이다. 어떤 대답이든 무시당하는 것보다 좋아할 것이다.

"그래서 칼은 잘 들었나?" 정말 관심 있는 듯한 목소리.

라이언은 곧장 대답하지 않았다. "텔레비전을 켰어. 그녀가 소리를 넬 수도 있으니까. 그런 뒤 침실로 갔어." 그는 조를 올려다보았다. "칼날이 약간 구부러져 있더군. 힘이 좀 필요했어. 하지만 뭐, 잘됐어."

"그런 뒤 어떻게 했지, 라이언?"

"욕실로 가서 씻었어. 문 손잡이와 칼 손잡이에서 지문을 닦고, 학교에 갔어. 음악 수업이 있었는데, 스튜어트가 엄마에게 내가 학교를 빼먹었다고 고자질을 하면 안 되니까."

45
|

한낮이었다. 휴가 준비는 다 끝났다. 스튜어트 부스가 케이트 듀어를 데리러 왔다. 베라는 저 집에 어떤 종류의 크리스마스가 펼쳐질까, 휴가가 끝날 때까지 연인 관계가 계속될 수 있을까 궁금했다. 스튜어트는 케이트에게 그녀가 듣고 싶은 이야기를 해주었다. 라이언이 그렇게 나쁜 아이가 아니라는 말, 어쩌다 엇나가서 안 좋은 사람들과 어울렸을 뿐이지 사실은 바른 아이라는 말. 학교에서 라이언이 학생들을 괴롭히고 마약을 거래하고 이런저런 폭력을 행사하는 모습을 본 사람이 있나? 그러나 어쩌면 아무도 보고 싶지 않았을지 모른다. 라이언은 점잖은 집안 출신이고, 어머니는 한때 유명했고 여름 축제에 관객들을 당연히 끌어모을 케이티 거스리인데. 오직 마가렛 크루코스키만 자신이 법 위에 군림한다고 생각하는 오만한 청년이 다시 떠올라 걱정했을 뿐이었다. 마침내 베라와 조가 살인자를 찾아내는 데 결정적인 도움이 된 것도 바로 리키 버트와의 유사점 때문이었다.

그들은 경찰서 밖 주차장에 서 있었다. 베라, 조, 홀리. "내가 한 잔 사지." 베라가 말했다. "축하주로. 우리 집에 가든가. 나중에 내가 택시를 불러줄게."

홀리는 충격받은 표정이었다. 베라는 전에 자신의 집에 그녀를 초대한 적이 없었다. "죄송해요. 크리스마스는 부모님과 보내기로 했어요. 갈 길이 멀고, 어제부터 기다리고 계세요."

"아." 베라는 진심으로 반가웠다. 홀리는 그녀의 집 상태를 달가워하지 않을 게 뻔했다. "조?"

"죄송합니다! 샐도 계획이 있어요." 그는 사과의 뜻으로 두 손을 들었다. 같이 가서 사건 이야기를 더 하고 싶지만 오늘 같은 날 취해서 들어가면 샐이 길길이 날뛸 거라는 뜻이기도 했다.

"그렇겠지." 베라는 말했다. "가족들에게 오붓한 크리스마스 지내라고 인사 전해줘."

홀리가 차에 탄 뒤에야 베라는 뭔가 기억이 났다. 그녀는 손을 흔들며 차를 따라갔다. 홀리는 버튼을 눌러 운전석 유리창을 열었다.

"젠장, 홀. 우리 비밀 산타 놀이 안 했어."

"아뇨. 걱정 마세요. 어차피 제대로 될 놀이가 아니었잖아요."

베라는 헥터의 랜드로버에 올라 혼자 산으로 향했다.

〈끝〉

하버 스트리트(리커버)

1판 1쇄 발행 2017년 5월 26일
2판 1쇄 발행 2021년 11월 1일

지은이 앤 클리브스
옮긴이 유소영

발행인 김지아
디자인 풀밭의 여치 blog.naver.com/srladu

펴낸곳 구픽
출판등록 2015년 7월 1일 제2015-27호
주소 서울시 광진구 동일로 459, 1102호
전화 02-491-0121
팩스 02-6919-1351
이메일 guzma@naver.com
홈페이지 www.gufic.co.kr

ISBN 979-11-87886-12-9 03840